ÜBER DAS BUCH:

In einem einsamen Dorf, fern jeder Zivilisation, lebt der chinesische
Bauer Ling Tan mit Frau, Söhnen und Schwiegertöchtern. Eine gelas-
sene Heiterkeit, Vertrauen zu den Menschen und der Glaube an das
Gute haben bisher sein Leben bestimmt – doch der Krieg, der auch in
sein Heimatdorf dringt, verändert alles. Das Land wird verwüstet, das
Leben seiner Familie ist bedroht. Ling Tan verliert seine Heiterkeit,
sein Vertrauen zu den Menschen scheint gebrochen – doch die Hoffnung auf eine bessere Zukunft und den Glauben an das Gute läßt er
sich nicht nehmen. Seine Verbundenheit mit der Erde gibt ihm die
Kraft, die stärker ist als Gewalt.

DIE AUTORIN:

Pearl S. (Sydensticker) Buck, geboren am 26. 6. 1892 in Hillsboro, West
Virginia, wuchs als Tochter des Missionars Sydensticker in China auf.
Nach Studien in den Vereinigten Staaten kehrte sie (bis 1935) nach
China zurück, wo sie 1917 den Missionar L. Buck heiratete. 1922–1932
war sie Professorin für englische Literatur an der Universität Nan-
king. Als Mittlerin zwischen China und dem Westen erhielt sie für
ihren Roman *Die gute Erde* (UB 20705) 1932 den Pulitzerpreis und
1938 den Nobelpreis für Literatur. Pearl S. Buck starb am 6. 3. 1973 in
Danby, Vermont.

Pearl S. Buck

Drachensaat

Roman

Ullstein

ein Ullstein Buch
Nr. 23886
im Verlag Ullstein GmbH,
Frankfurt/M – Berlin
Titel der Originalausgabe:
»Dragon Seed«
Einzig berechtigte Übersetzung
aus dem Amerikanischen

Ungekürzte Ausgabe

Umschlagentwurf:
Hansbernd Lindemann
Foto: MAURITIUS – J. Beck
Alle Rechte vorbehalten
Taschenbuchausgabe mit freund-
licher Genehmigung des Scherz
Verlag, Bern und München
© 1964 by Scherz Verlag, Bern und
München
Gesamtdeutsche Rechte beim
Scherz Verlag, Bern und München
Printed in Germany 1996
Gesamtherstellung:
Ebner Ulm
ISBN 3 548 23886 6

September 1996
Gedruckt auf alterungs-
beständigem Papier mit
chlorfrei gebleichtem Zellstoff

Von derselben Autorin
in der Reihe
der Ullstein Bücher:

Die gute Erde (20705)
Das Mädchen Orchidee (23238)
Und fänden die Liebe nicht (23574)
Der Regenbogen (23637)
Alle unter einem Himmel (23706)
Peony (23734)
Die beiden Schwestern (23749)
Das Mädchen von Kwangtung
(23861)
Über allem die Liebe (40146)

Die Deutsche Bibliothek –
CIP-Einheitsaufnahme

Buck, Pearl S.:
Drachensaat : Roman ; [einzig
berechtigte Übersetzung aus dem
Amerikanischen] / Pearl S. Buck. –
Ungekürzte Ausg. – Frankfurt/M ;
Berlin : Ullstein, 1996
   (Ullstein-Buch ; Nr. 23886)
   Einheitssacht.: Dragon seed <dt.>
   ISBN 3-548-23886-6
NE: GT

I

Ling Tan schaute auf. Über das Reisfeld, darin er bis zu den Knien im Wasser watete, schallte die hohe Stimme seiner Frau. Was hatte sie ihn zu rufen? Es war erst früher Nachmittag und weder Essens- noch Schlafenszeit!

Am gegenüberliegenden Feldrain standen seine beiden Söhne über die nasse Pflanzung geneigt. Sie pflanzten Reissämlinge, und ihre Arme bewegten sich im gleichen Takt und so nah beieinander wie die Arme eines einzigen Menschen.

»Ho!« schrie der Vater hinüber. Wie ein Mann hielten die Söhne inne und richteten sich empor.

»War das eure Mutter?«

Die stattlichen, handfesten Jungen horchten auf. Ling Tans Brust hob sich bei ihrem Anblick voll Stolz. Sie waren beide bereits verheiratet. Der ältere, Lao Ta, hatte einen Sohn, der jetzt vier Wochen alt war. Der jüngere, Lao Er, hatte erst vor vier Monaten geheiratet, aber seine Frau fing schon an, ungeduldig zu werden.

Außer diesen beiden hatte Ling Tan noch einen dritten Sohn, das war Lao San, sein Jüngster; um diese Zeit saß er auf dem Rücken eines Wasserbüffels, der irgendwo an den Abhängen graste, die den weiten Talgrund umsäumten. Auch zwei Töchter hatte Ling Tan, und nur eine davon war noch unverheiratet. Die ältere war eine Kaufmannsfrau in der großen Stadt, deren Mauern man von Ling Tans Haus in der Ferne erblickte.

Jetzt erscholl die weibliche Stimme von neuem über die Felder und schrillte so deutlich, daß kein Irrtum mehr möglich war.

»Alter Knochen, wo bleibst du? Bist du taubstumm – he?«

»Es ist unsere Mutter!« rief Lao Ta.

Die drei grinsten sich an, und Ling versenkte das Bündel Reissetzlinge, das er in der Linken hielt, in das Wasserfeld. »Das heißt das Geld zum Fenster hinauswerfen«, knurrte er, »wenn die Frau den Mann mitten am Nachmittag aufhält. Macht weiter, ihr zwei!«

»Beruhige dein Herz« , sagte der ältere Sohn.

Die jungen Männer neigten sich wieder über ihr Tagwerk und pflanzten mit jedem ihrer raschen Handgriffe einen der grünen Setzlinge in das schmutzigtrübe Wasser. Ihre Knöchel sanken in den fruchtbaren Schlamm. Auf ihren nackten gebräunten Rücken lag warme Sonne, und sie plauderten unter dem breiten, lockeren Geflecht ihrer Bambushüte.

Diese zwei Söhne Ling Tans waren, soweit ihre Erinnerung zurückreichte, immer die besten Freunde gewesen und waren es noch. An Alter waren sie kaum ein Jahr auseinander. Von jeher hatten sie sich alles erzählt. Nicht einmal ihre Verheiratung mit zwei verschiedenartigen Frauen hatte sie auseinandergebracht.

Als ihr Vater sie anrief, hatten sie gerade von ihren Frauen gesprochen. Da er sich wieder abwandte, setzten sie ihr Gespräch fort. Sie waren noch so jung, diese zwei ausgewachsenen Männer, daß ihnen alles, was ihre Körper betraf, ihr Essen und Trinken, die Vorfälle ihrer Tage und Nächte, Anlaß zum Staunen und Reden gab. Ihre Gedanken reichten nicht weiter als die grünen Hügel um ihres Vaters Grund, welcher dereinst ihr Grund werden sollte, und der Mittelpunkt ihrer Welt war das Dorf Ling. Alles, was dort lebte und starb, war mit ihnen verwandt, seit vielen Jahrhunderten. Und dort hinten die Stadt war für sie weiter nichts als ihr Markt. Wenn sie Korn, Gemüse oder Früchte geerntet hatten, verkauften sie dort ihren Überschuß. Sonst wußten sie nichts von dem städtischen Leben. Seit ihre Schwester mit einem Kaufmann in der Stadt verheiratet war, hatten sie sich wohl mitunter selbst ausgescholten: Sie müßten hingehen und ihren Schwager besuchen. Aber sie taten es nur sehr selten. Auf ihrem Grund und Boden gab es für sie genügend Beschäftigung.

Ohne die Geschwindigkeit, mit der sie die Setzlinge in den Schlamm senkten, herabzumindern, plauderten sie unter ihren Hüten. Hinter ihnen lag die weite Leere des Wasserfeldes, vor ihnen dehnten sich die geraden Reihen der grünen, fest und aufrecht stehenden Stauden, und Lao Er fragte den Bruder: »Sag, kann ein Mann wissen, wann das, was er in eine Frau pflanzt, Wurzel schlägt?«

»Das ist nur ein blindes Pflanzen«, lachte Lao Ta, »deshalb muß man es immer und immer wieder tun. Das ist nicht so wie hier das Pflanzen im Sonnenlicht. Hat sie sich gegen dich gesträubt?«

»Am Anfang wohl«, antwortete Lao Er, »jetzt nicht mehr.«

»Laß sie drei Tage in Ruh, und dann verhalte dich so, als wäre es deine erste Anpflanzung«, riet Lao Ta und war ganz der ältere Bruder, der dem unerfahrenen Jungen Lehren erteilte; »ehe ein Mann seinen Samen ausstreut, muß der Boden vorbereitet sein. Ich meine, die Saat muß nicht unbedingt ausgeschüttet werden. Alles muß seine Richtigkeit haben; erst wenn ein jedes richtig bereit ist, kann die Aussaat beginnen. Das Saatgut darf nicht herumgestreut werden wie Samen des Unkrauts im Wind. Es muß tief in die Erde gesenkt werden, so – und so – und so . . .« Bei jeder Wiederholung des Wörtchens »so« senkte er seinen nackten gebräunten Arm in die feuchte Erde hinab und pflanzte einen kräftigen Setzling.

Lao Er lauschte andächtig.

»Ich bin zu ungeduldig«, gestand er und schämte sich ein wenig.

»Dann ist es nur deine Schuld, wenn du keinen Sohn bekommst«, erklärte der ältere Bruder und warf ihm einen verstohlenen Blick zu. Er liebte den Jüngeren. Seine vollen Lippen entfalteten sich zu einem Lächeln. »Wenn du ein Jahr lang verheiratet bist, wirst du merken, daß der Sohn wichtiger ist als die Mutter!«

»Wie heftig sie aber auch ist!« bemerkte Lao Er. »Jeden Monat, wenn ihr Fluß eintritt, ist sie erbost.«

Sie lachten wieder, und beiden stand das junge lebhafte Mädchen vor Augen, das Lao Ers Frau war. Lao Tas Weib war ruhig und plump. Vielleicht besaß auch sie Temperament, doch ließ sie nichts davon merken. Lao Ers Weib hingegen war wie ein Wirbelwind, der von Westen weht. Wo sie auch hinkam, brachte sie alles in helle Bewegung. Lao Er hatte sich auf den ersten Blick in sie verliebt.

Auch Lao Ta liebte sein Weib, aber nicht mit seinem ganzen Wesen. Sein Zubettgehen schob er zumindest so lange auf, bis die andern Männer im Teehaus und auf dem Platz vor dem kleinen Dorftempel, ältere Männer als er, schon zu gähnen und sich zu recken anfingen und keine Lust mehr verspürten, herumzuschlendern. Und wenn er dann heimkam und sein Vater noch wach war, hielt er mit ihm vor der Schwelle des Hauses gern noch einen langen Schwatz. Er liebte die Frau, aber ohne Eile. Meist hatte sie sich schon niedergelegt und schlummerte in seinem Bett. Er brauchte sich dann nur zu ihr zu legen.

Lao Ers Frau aber war ein Wirbelwind und steckte voller Possen. Er wußte nie, wo sie war, außer wenn sie gerade neben ihm lag. Jeden Abend verfolgten ihn die wachsamen Augen der andern Männer, die darauf lauerten, sich über ihn lustig zu machen, wenn er als erster aus ihrer Mitte aufbrach, weil er darauf brannte, sie wiederzusehen, und doch nicht wußte, wo er sie finden werde. Er nannte sie »Jade«; ihr richtiger Name war etwas länger. »Jade!« rief er, sobald er daheim das Zimmer betrat. Manchmal war sie da, aber meistens nicht. Selten, daß er sie im Haus zweimal am gleichen Ort fand, und nie erwartete sie ihn in seinem Bett. Er hätte gern gewußt, ob sie ihn liebe, aber er hatte noch nicht gewagt, sie danach zu fragen, aus Furcht, sie werde ihn auslachen. Ihr Lachen war wie ihr Zorn; immer ausbruchbereit, hell, unbändig und nicht mißzuverstehen. »Jade!« rief er beim Eintritt ins Haus und dachte darüber nach, in welchem Winkel sie sein könne.

Am Morgen war sie zu ihm aufs Feld gekommen und hatte ihm beim Reispflanzen geholfen, nach dem Mittagsmahl aber hatte sie die Lust daran verloren. »Ich gehe schlafen«, hatte sie ihm erklärt, sich auf ihr Bett geworfen und war vor seinen Augen fest eingeschlafen. Er hätte sich am liebsten zu ihr gelegt, doch er getraute sich nicht; er wußte, sein Vater würde ihn ausschelten und es nicht dulden, daß er am hellichten Tag bei der Frau läge, da die Reissämlinge auf das Einsetzen warteten. Er hatte sie also schlafen lassen und war wieder aufs Feld gegangen. Ihr kleines Gesicht mit den hohen Backenknochen war lieblich wie das eines Kindes. Wie lange sie wohl geschlafen hat? dachte er jetzt und sah zur Sonne empor. Sie stand noch immer zu hoch. Lao

Er seufzte und setzte Steckling neben Steckling. Was mochte Jade wohl treiben . . .?

Unter dem Binsendach, mit dem er im Sommer den Vorhof deckte, hörte Ling Tan einem Fremden zu. Es war ein Hausierer mit Shantungseide und Nesseltuch aus Chinagras, einer jener Händler, die im Frühjahr mit ihren Waren nach Südchina fahren, sie dort absetzen und zu Beginn des Sommers mit feinen südchinesischen Seidenstoffen, wie sie im Norden nicht hergestellt werden, wieder zurückkehren. Jetzt führte er nur noch einige unverkaufte Stücke seiner rauhen Grasleinwand mit sich, die so grob war, daß nur Bauernweiber als Käuferinnen dafür in Betracht kamen. Das war der Grund, warum der Mann aus der benachbarten Stadt auf die Dörfer gezogen war. Im Dorf Ling aber war er zuerst zum Hause Ling Tans gekommen, weil es größer war als die meisten andern und weil er am Zaun eine hübsche junge Frau hatte faulenzen sehen.

Er hatte gedacht, sie sei unbewacht, aber kaum hatte er sie angesprochen, war die Mutter, Ling Sao, hinter dem Zaun aufgetaucht. »Wenn du mit der Frau des Hauses sprechen willst«, hatte sie ihn angefaucht, »sprich mit mir; sie ist die Frau meines zweiten Sohnes!«

»Ich wollte sie eben fragen, wo ihre Schwiegermutter ist«, versicherte der Hausierer schleunigst. Ein einziger Blick hatte ihm die Gewißheit gegeben, daß er es mit einer herrschgewaltigen Mutter, dem Oberhaupt dieses Hauses, zu tun habe. »Ich bin auf dem Weg nach Norden«, fuhr er fort, »und habe zufällig noch etliche Ellen gutes Nesseltuch für schöne Sommerkleider im Vorrat. Im Dorf hat man mir gesagt, Ihr wäret die kundigste, sachverständigste Frau im ganzen Bezirk . . .«

»Tu dein Zeug 'raus und deine Zunge hinein!« knurrte die Alte.

Der Mann nahm die herrischen Worte mit höflichem Lächeln entgegen und folgte der Weisung geschwind. Wenige Minuten danach befand sich der Händler mit Ling Sao im Haus und im schönsten Feilschen.

»Das ist kein Preis, das ist geschenkt«, rief er nach einiger Zeit, »ich tu' es auch nur, weil es im Hochsommer droben im Norden Krieg gibt.«

Das Tuch fiel der Frau aus der Hand.

»Krieg? Was für ein Krieg?«

»Kein Krieg zwischen unsern Leuten«, antwortete der Mann, »den machen die Knirpse im Osten, da drüben über dem Meer; die möchten immerzu kämpfen!«

»Sie werden doch nicht hierherkommen . . .?«

»Wer weiß«, gab der Hausierer zurück.

Jetzt trat Ling Sao vor die Tür und rief ihren Mann.

Ling Tan kam, setzte sich im Vorhof an den Tisch unter dem Binsendach und hörte, was der Hausierer erzählte.

Die Steine unter seinen Füßen waren angenehm kühl; es war ein behagliches Gärtchen, im Winter von der Sonne warm und im Sommer erfrischend. Mitten hinein hatte ein Vorfahr Ling Tans ein kleines Becken gebaut und in einen irdenen Krug eine Lotosblume gepflanzt. Die trug nun sechs tiefrote Blüten mit goldgelben Herzen in ihrem Mittelpunkt. Hier stand auch während des ganzen Sommers der Tisch. Selbst wenn es regnete, nahm die Familie hier ihre Mahlzeiten ein; das Binsendach ließ den Regen nicht eindringen.

Da saßen sie also; Ling Sao goß ihnen Tee ein und setzte sich dann etwas abseits auf eine Bank, um zu schustern. Die Schuhsohle war dick, die Frau packte die eiserne Nadel, sooft diese in dem Zeug steckenblieb, mit ihren kräftigen weißen Zähnen, riß sie mit einem Ruck heraus und zog den hänfenen Faden durch. Ling Tan konnte es nicht mit ansehen; es tat ihm bis in die eigenen Zähne weh, aber weil er sich dies nicht erklären konnte, machte er nie eine Bemerkung darüber, sondern ließ seine Frau gewähren.

»Wirklich, die Knirpse vom Ostmeer haben Leute von uns getötet?« fragte er jetzt den Hausierer, und dieser antwortete: »Im Norden haben sie Männer, Frauen und Kinder erschlagen.« Er hob seine Tasse, leerte sie und stand auf. »Ich muß morgen in Pengpu sein«, entschuldigte er sich, »da muß ich jetzt gehen.« Es war nichts Besonderes an dem Mann; er sah aus wie die meisten Hausierer. Vom vielen Reden an mancherlei Orten waren seine Worte glatt und schmiegsam geworden.

Ling Tan rührte sich nicht. »Was kann man da tun?« murmelte er vor sich hin, aber da er niemanden direkt gefragt hatte, antwortete niemand. Der Hausierer schulterte seinen Packen, verneigte sich und zog ab.

Ling Tan blieb mit seinem Weib allein in dem Vorgarten. Sie fuhr fort zu nähen, während er dasaß und stumm auf sein Haus starrte. Es war aus Backsteinen gebaut und schon sehr alt. Das Dach war niedrig und mit Schindeln gedeckt. Die Wände im Innern bestanden aus Backsteinen, die mit Latten verschalt, mit Lehm verputzt und weiß gekalkt waren. Hier hatten seine Vorfahren gelebt, und hier waren sie gestorben. Hier war er als einziger Sohn seiner Eltern zur Welt gekommen. Hier lebten nun seine drei Söhne und sein Enkelkind.

Der Tag war ruhig und heiß. In den Lotosblüten bebten die goldgelben Herzen. Das Weinen des kleinen Enkels durchtönte die Stille. Ling Sao stand auf und ging ins Haus. Ling Tan setzte sich nieder und fand, er habe ein gutes Leben. Er empfand es als Glück, daß sein Stück Land nah bei der großen Stadt lag und nah bei dem großen Strom, in einem Tal zwischen Berghängen, von denen auch in der trockenen Zeit das Wasser herabfloß. Er hatte alles, was er sich wünschte, war weder arm noch reich. Einmal nur war ihm ein Kind gestorben, ein Mädchen. Er war noch nie krank gewesen. Mit sechsundfünfzig Jahren war sein Leib noch so straff und leistungsfähig wie mit fünfundzwanzig, Söhne könnte er zeugen, heute so gut wie einst, doch hatte seine Frau ihre fruchtbare Zeit hinter sich. Ein altes Weib aus dem Dorf drängte ihn immer, sich eine Beischläferin zu kaufen; sie wolle ihm eine besorgen, aber er mochte nicht. »Ich habe drei Söhne«, hatte er erst gestern der schmierigen Alten erklärt, und sie hatte geantwortet: »Heutzutage kann ein Mann nie genug Söhne haben. Denk, wenn es Krieg gibt, Krieg mit Kanonen und all dem ausländischen Zeug! Wie kann da ein Mensch genug Söhne haben?« Er aber hatte sie ausgelacht. Abgesehen davon, daß sein Weib nicht mehr gebären konnte, war sie doch sonst noch ebenso brauchbar wie je zuvor – besser noch! Sie kannte ihn und verstand sein Herz. Er war zufrieden. Er hatte kein Verlangen, mit einem jungen Ding das Leben von vorn anzufangen. Er sagte sich: Der Friede fliegt zum Fenster hinaus, wenn eine zweite Frau zur Tür hereinkommt.

Er schlug mit der Hand auf den Tisch, trank seinen Tee aus, erhob sich, band den Tuchstreifen, der ihm als Gürtel diente, fest um die Hüften und rief: »Ich gehe wieder an meine Arbeit!«

Er bekam keine Antwort, erwartete sie auch nicht,

denn es waren nur Weiber, die ihn gehört hatten, und ging seines Weges.

Auf dem Feld freute er sich, als er sah, wie nah seine zwei Jungen bei ihrer Arbeit dem äußersten Rand des zu bestellenden Feldes gerückt waren. Noch eine gute Stunde, dann sind sie bei Sonnenuntergang fertig! Das ist das letzte Feld; dann ist aller Reis eingepflanzt und die Familie wieder für ein Jahr versorgt.

Er macht sich ans Werk, beugt den Rücken und sieht in der braunen Flut verschwommen sein Spiegelbild: ein hageres Gesicht mit starken Backenknochen und eckigem Kinn. Ling Tan hat es leicht, seinen Hut auf dem Kopf zu behalten; das scharfe Kinn läßt die Schnur, die ihn festhält, nicht wegrutschen, selbst nicht beim heftigsten Wind. Da gibt es Leute im Dorf, die müssen das Sturmband zwischen die Zähne nehmen, weil ihr Kinn zu flach ist. Da ist Ling Tan anders gebaut! Er kann auch die Lippen richtig über den Zähnen schließen, nicht wie sein dritter Vetter, dem das Maul über dem Gebiß immer halb offensteht. Aber im übrigen ist dieser Vetter kein unrechter Kerl; er ist sogar fast ein Gelehrter. Er weiß, was die Maueranschläge des Magistrats in der Stadt einem sagen wollen.

Ling Tan kann nicht lesen, nicht ein einziges Wort. Er hat es auch niemals nötig gehabt. Er sagt immer: »Früher oder später erfährt man alles. Wenn es etwas Gutes ist, hört man es bald, und das Böse – je später man davon weiß, um so besser!« Drum hat er auch seine Söhne nicht in die Schule geschickt und hat es noch nie bereut. Selbst damals nicht, als die Studenten und Studentinnen aus den städtischen Lehranstalten heraus aufs Land kamen und predigten, heute müsse jeder Mann und jede Frau lesen und schreiben lernen. Ling Tan sah diese

Schüler nur an und sagte sich dann: Warum muß ich glauben, was sie mir sagen? Ich sehe dafür keinen Grund. Ich sehe nur, daß sie blaß sind. Er hat seine eigenen Gedanken und hält daran fest. Darum redet er auch jetzt auf dem Felde nichts, und seine Söhne sagen auch nichts zu ihm. Erst muß die Arbeit getan und der letzte Setzling gesetzt sein.

Dann erst richteten sich die drei Männer auf, schoben die Hüte zurück, ließen sie über den Rücken hängen, und Lao Ta fragte: »Was hat die Mutter gewollt?«

»Es war ein Hausierer da, aus dem Norden«, antwortete der Vater. »Er hat erzählt, es käme zum Krieg.« Während der verflossenen Stunde hatte Ling Tan sich die Angelegenheit durch den Kopf gehen lassen und herausgefunden, sie habe für ihn keine Bedeutung. Der Norden war weit entfernt.

Mit seinen scharfen Augen maß er die Reihen der Setzlinge, deren Grün sich gegen das Braun des Wassers deutlich abhob. Ihr Schatten bildete einen schnurgeraden schwarzen Strich. Jeder der beiden Jungen hatte eine ebenso sichere Hand wie er selbst. Er wischte sich mit dem Gürtelrand den Schweiß vom Gesicht und gebot dem jüngeren Sohn: »Geh jetzt und kauf im Laden von unserem achten Vetter ein Stück Schweinefleisch! Das wollen wir heute abend mit Kohl verzehren.«

»Laß mich für ihn hingehen!« bat der Erstgeborene und machte dabei ein Schelmengesicht.

Ling Tan schaute vom einen zum andern und bemerkte, daß Lao Er rot wurde. »Was habt ihr?« fragte er. Lao Ta grinste und wollte nicht mit der Sprache heraus. Der jüngere Bruder lachte verlegen und dumm wie ein kleiner Junge. Sie sind doch noch richtige Kinder, dachte der Vater und lächelte: »Behaltet eure Geheimnisse nur für euch! Ich will sie nicht wissen.«

Zufrieden wandte er sich dem Hause zu und sah alsbald seinen zweiten Sohn durch das Pförtchen im Zaun des Vorgartens schlüpfen. Also, dachte Ling Tan, ist das, was ihm Beine macht, innerhalb meiner vier Pfähle. Daß sich der Junge nur wegen Jade beeilte, kam ihm nicht in den Sinn.

Lao Er hastete in die Kammer, die er mit seinem Weibe bewohnte. Aber es war niemand da. »Jade!« rief er und erhielt keine Antwort. »Jade?« wiederholte er mit gedämpfter Stimme. Vielleicht hatte sie sich versteckt; das tat sie öfter und kam erst zum Vorschein, wenn er darüber verrückt wurde, und lachte ihn aus. Aber obwohl er noch mehrmals rief, ließ sich Jade nicht blicken. Die Kammer war leer.

Wie immer, wenn er die Frau nicht entdeckte, befiel ihn Angst. War sie ihm durchgebrannt? Er lief auf den Hof und suchte die Mutter. Auch sie war nicht da. Lao Er rannte in die Küche.

Unter dem großen Holzdeckel des Kessels dampfte der Reis für das Abendessen. Der junge Ehemann schaute um die Ecke des dicken, gemauerten Herdes und sah seine Mutter, die dort zusammengekauert am Boden saß und das Feuer mit trockenem Gras unterhielt. Er getraute sich nicht, die Mutter nach seinem Weibe zu fragen, und weil er sich schämte, hub er zu schelten an: »Mutter, was brauchst du das Feuer zu schüren? Mein unwertes Weib sollte das für dich tun!«

»Unwert, da hast du recht«, versetzte die Alte; »seit die Sonne hoch am Himmel stand, ist sie mir nicht zu Gesicht gekommen. Oh, dieses junge Weibsvolk! Die Heiratsvermittlerin hat uns mit ihr hereingelegt! Das kommt alles nur daher, daß ihnen die Füße nicht mehr gewickelt werden. Als ich jung war, hat meine Mutter mir beide Füße fest eingebunden. Drum bin ich als junges Mädchen und als Frau immer zu Hause geblieben. Jetzt aber rennen die Weiber herum wie die Ziegen!«

»Ich werde sie finden. Dann werde ich sie durchhauen und herbringen!« rief Lao Er wütend. Er hätte Jade verprügeln können.

»Ja, versuch's nur!« höhnte die Mutter, und ihre schmalen Augen funkelten schlau. »Heutzutage lassen sich die Weiber nicht so leicht schlagen!«

Sie lachte hinten im Hals und schichtete das trockene Gras über die Glut. Dabei ging sie sorgsam mit geizigen Fingern zuwege, obwohl auch sie nicht von armen Bauern stammte. Ihre Familie besaß einen fetten, fruchtbaren Boden, doch hatte sie von ihrem Vater gelernt, man dürfe nirgends, in keinem Haus, sei es arm oder wohlhabend, mit Speise, Futter, Kleidung oder Brennstoff verschwenderisch umgehen! Wenn sie aus selbstgewobenem Stoff ein Gewand zuschnitt, gab es dabei nicht mehr Abfall, als in den Handteller geht. Dafür hatte sich seinerzeit schon die Heiratsvermittlerin verbürgt und wirklich die Wahrheit gesprochen. Unter den heutigen jungvermählten Frauen war ihresgleichen selten geworden. Der Frau ihres Ältesten, Orchidee, hatte man in der Kindheit die Füße gewickelt, aber bevor noch die Füße richtig verkrüppelt waren, kam die Revolution, und Binden und Schnüre wurden auf Geheiß von Orchidees Vater entfernt. Bei ihren eigenen Töchtern hatte Ling Sao mit dem Einbinden gar nicht beginnen dürfen. Ling Tan hatte es nicht erlaubt.

Blatt um Blatt, Stengel an Stengel, Grasschicht auf Grasschicht häufte sie in dem Feuerloch und dachte dabei an die Schwiegertöchter. Je nachdem, ob sie brav oder schlimm sind, können sie ein Haus glücklich oder unselig machen. Denn wir Alten hängen von ihnen ab. Auf die Söhne ist kein Verlaß. Im Haus ist das Weib mächtiger als der Mann.

Daher kann sich Ling Sao auch nicht vorstellen, daß ihr zweitältester Sohn, wenn er sein Weib erwischt, es verprügeln wird.

»Er wird sie nicht schlagen«, schnaubt sie in die Flammen. Sie selbst ist von ihrem Mann, als sie noch jung war, nur zweimal geschlagen worden: einmal im Zorn und einmal aus Eifersucht; dabei war er stärker als seine Söhne. Und auch ihm ist es nicht ungestraft hingegangen. Sie hat ihn mit beiden Fäusten verdroschen, hat ihm die Wangen zerkratzt und so tief in sein Ohrläppchen gebissen, daß die Narbe noch immer zu sehen ist und die Leute ihn heute noch fragen: »Wer hat dich denn da gebissen?« – »Ein Bergtier«, pflegt er lachend zu antworten; denn Ling Sao stammt aus den Bergen. »Und nun erst Jade . . .! Wie könnte sich Jade von ihrem Mann schlagen lassen!«

Ling Sao seufzt, läßt das Feuer weiterglimmen und rafft sich auf. Die Knie tun ihr weh, aber sie achtet nicht weiter darauf. Sie hebt den Holzdeckel vom Reiskessel und zieht den Duft ein. Der Reis ist fast gar. Da braucht sie auch nicht weiter aufzulegen. Die vorhandene Hitze genügt, daß er schön weich wird. Sorgsam setzt sie den Deckel wieder auf, gähnt und holt die Reisschalen von einem Brett bei der Esse. Vom Mittagsmahl ist noch ein Rest Fisch vorhanden; das gibt ein Gericht. Dazu will sie den übriggebliebenen Kohl in den Reis rühren. Fische kosten sie nichts. Fische hat sie in ihrem eigenen Weiher; man braucht nur das Netz ins Wasser zu tauchen.

Ling Sao bestellt den Tisch im Vorhof mit Eßschalen und Eßstäbchen und geht hinauf in das Gelaß, das ihr und Ling Tan als Schlafgemach dient. Da steht er vor einer Schüssel und wäscht sich mit kaltem Wasser. Kein Wort wird zwischen den Gatten gewechselt, doch über ihre Gesichter, durch ihr Gemüt weht die Empfindung von Frieden und häuslichem Glück. Die Frau setzt sich auf den Boden, zieht ihren silbernen Zahnstocher aus dem Haar, stochert gelassen in ihren Zähnen und sieht zu, wie er sich wäscht. Sein Körper, denkt sie zufrieden, ist noch genauso beschaffen wie damals, als ich ihn zum ersten Male sah: zäh, schlank und braun, und sie beobachtet seine behenden, kraftvollen Bewegungen. Das Handtuch, mit dem er sich abtrocknet, ist aus Kattun. Sie hat es selber gewebt – wie fast alle Tücher, die sie im Hause verwenden. Ja, er ist ein reinlicher Mann, nie ist ein Gestank oder auch nur ein Rüchlein um ihn. Seine Zähne sind makellos. Sein dritter Vetter – oh, dessen Atem gleicht dem eines Kamels! »Wie kannst du nur neben ihm schlafen?« hatte Ling Sao erst kürzlich seine Frau gefragt, und diese antwortete: »Stinken nicht alle Männer?« – »Meiner nicht!« hatte Ling Sao stolz darauf erwidert.

»Ich will jetzt mein Abendessen«, erklärte plötzlich Ling Tan, zog seine weiten blauen Kattunhosen an und gürtete sich mit einem reinlichen Band. Dabei fiel ihm das Schweinefleisch ein. »Ich habe den Ältesten nach Schweinefleisch geschickt.«

Die Frau machte große Augen. »Von Mittag ist noch ein halber Fisch übrig.«

»Ich will Schweinefleisch«, gebot Ling Tan.

»Du sollst es bekommen«, versetzte die Frau, stand auf und ging, um es zuzubereiten.

Als sie die Küche betrat, sah sie das Fleisch auf einem getrockneten Lotosblatt bereits auf dem Tisch liegen. Sie nahm es auf und untersuchte es; sie war immer gewärtig, von ihrem achten Vetter beim Einkauf betrogen zu werden, obwohl es bisher niemals der Fall gewesen war. Der Metzger achtete auf seinen Vetter Ling Tan, und vor Ling Sao hatte er Angst. Wie jeder Schlächter führte er auch minderwertiges Fleisch, wußte aber genau, wem er es verkaufen durfte. Dieses Pfund Schweinefleisch war das beste Stück, das man bekommen konnte. Die Frau befühlte das rote Fleisch und das weiße Fett unter der dicken weißen Schwarte und konnte keinen Fehler entdecken. Sie hackte es rasch mit Knoblauch zusammen, salzte und rollte es zu Kügelchen, die sie ins kochende Wasser warf. Sie hatte beim Kochen eine gewandte Hand, und ehe Ling Tan zwei Pfeifen geraucht hatte, war das Gericht bereit. »Euer Vater will essen«, rief sie dem Ältesten durch die Küchentür zu.

Sein Kind im Arm, trat Lao Ta sauber gewaschen aus der Kammer, die er mit seiner Familie bewohnte. »Da sind wir.«

Ling Tan verließ sein Zimmer und rief nach dem jüngeren Sohn.

»Der hört nicht«, schmähte sein Weib von der Küche her, wo sie den kalten Kohl in den kochenden Reis rührte. »Der sucht seine Frau!« Vom Vorhof antwortete das Gelächter der zwei Männer, denen die Frau nie weglief.

Die Mutter stimmte in das Gelächter mit ein, schöpfte den Reis in Schalen, trug sie hinaus und stellte sie auf den Tisch. Die Frau des Ältesten stand, ihre Jacke zuknöpfend, im Haustor.

»Mutter, laß mich dir helfen«, bat sie aus Höflichkeit, doch machte sie keinerlei Anstalten, der alten Frau beizustehen, und weil die andern lachten, lachte sie auch, obwohl sie nicht wußte, warum. Aber in diesem Haushalt wurde immer über etwas gelacht, und da Orchidee ein gutherziges Geschöpf von heiterer Gemütsart war, lachte sie höflich weiter, ohne sich um den Grund zu kümmern.

Während die beiden Männer Platz nahmen, erschien der jüngste der Söhne beim Zauntor. Seinen Wasserbüffel führte er an einem durch die Schnauze gezogenen Halfterband. Er war ein großer schweigsamer Junge von fünfzehn Jahren. Wenn er kam, sprach niemand mit ihm; er erwartete es auch nicht. Er empfing nur einen raschen liebevollen Blick aus den Augen seiner Mutter, und ein Aufleuchten ging über das Gesicht seines Vaters. Beide schauten nach ihm, um zu sehen, ob er sich wohlbefinde, und der junge Lao San wußte, was den Eltern selbst nicht bewußt war: daß er der Sohn war, den sie am meisten liebten, wenn auch nicht ohne Sorgen. Denn Lao San nahm sich schon als Kind manches heraus, was seine größeren Brüder sich nicht erlaubten. Sie aber ließen es ihm durchgehen – höchstens, daß sie ihm eine Kopfnuß auf seinen geschorenen Schädel gaben, wenn er sie allzusehr quälte und hänselte. Den Eltern gegenüber war er oft trotzig und leicht beleidigt. Man befahl ihm so selten wie möglich eine bestimmte Arbeit. Mit Absicht schickte Ling Tan ihn mit dem Büffel auf den Berg; er wollte den ungebärdigen Sohn nicht immer in seiner Nähe haben. So ersparte er sich die Mühe, mit dessen Eigensinn fertig zu werden.

Der Grund dieser Nachgiebigkeit aber war Lao Sans Schönheit. Dieser dritte Sohn war nämlich so schön, daß die Eltern seit seiner Geburt zu jeder Stunde auf seinen Tod gefaßt waren. Wie sollten die Götter auf solche Schönheit nicht neidisch werden? Er hatte lange, schmale Augen; ihre Iris war schwarz wie Onyx im Wasser und das Weiße ganz klar. Sein Gesicht war gerade, die Lippen ebenmäßig geschnitten und üppig wie die eines Gottes.

Ein Hauptfehler war seine Verträumtheit, aber auch diese verzieh man ihm, wie man ihm alles nachsah; er war ja auch in den letzten zwei Jahren ungewöhnlich rasch gewachsen.

Er stand außerhalb der Einfassung zwischen den Bambusstauden, goß Wasser aus einem Krug in ein hölzernes Becken und wusch sich. Dann kam er herein und setzte sich auf seinen Schemel am Tisch.

Es war ein Anblick, eines Mannes Herz zu erquicken, fühlte der Vater, als er die Seinen anschaute. Zwar war Lao Ers Platz noch leer, aber er würde schon kommen; dann war der Tisch voll besetzt. Lao Ta hatte seinen Kleinen auf dem Schoß und schob ihm von Zeit zu Zeit ein Brösel Reis, das er zuvor fein gekaut hatte, behutsam in das zahnlose Mäulchen, das so rosig war wie eine Lotosknospe.

Die Luft wurde abendlich kühl. Die Lotosblüten schlossen sich für die Nacht. Ringsum war Schweigen. Nur von der Webkammer her vernahm man die Geräusche eines Webstuhls, an dem Ling Tans jüngste Tochter noch bei der Arbeit saß und wartete, bis man sie zu Tisch rief.

Die Mutter holte, den Wasserbüffel zu füttern, einen Arm voll Stroh. Ein gelblicher Hund kroch wedelnd herbei und bettelte um sein Fressen. Gegen Fremde, von denen er nichts Gutes erwartete, war er grimmig wie ein Wolf, aber vor seinem Herrn schmeichelte er wie ein Kätzchen, kuschte sich folgsam unter den Tisch und wartete auf seine Brocken, während Ling Tan ihm seine Füße auf den Rücken setzte und, mit Behagen die Körperwärme des Tieres unter seinen Sohlen verspürend, sich am Kitzeln des zottigen Felles ergötzte. Dann neigte er sich gnädig herab und warf dem Geschöpf, das wie alles andere zu seinem Hausstand gehörte, ein gutes Stück Fisch zu.

Währenddessen suchte Lao Er in den Pflanzungen rings um das Haus noch immer nach Jade.

Die Sonne war noch nicht untergegangen, und ihre langen gelben Strahlen lagen wie Honig über dem Grün. Der Weizen war geschnitten und der Reis eben erst eingepflanzt. An ihrem blauen Kittel müßte er Jade sogleich erkennen. Da war nichts, wohinter sie sich verbergen konnte. Und doch war sie nicht zu sehen. Sie war wohl ins Dorf gegangen.

Er durcheilte im Geist die Orte, wo sie sich aufhalten könnte: Im Teehaus konnte Jade nicht sein; dort waren nur Männer. Auch nicht im Haus von Ling Tans drittem Vetter; denn ein Sohn dieses Hauses, der so alt war wie er, hatte Jade heiraten wollen, damals, als die Alte, die ihre Heiratsvermittlerin war, nach dem besten Ehemann für sie Umschau hielt. Dieser vierte Vetter hatte Jade zuerst erblickt, als sie in ihrem Heimatdorf vor dem Haus ihres Vaters stand, und er hatte sich augenblicklich in sie verliebt. Aber auch Lao Er hatte sie dort gesehen und sich verliebt. So war zwischen den beiden jungen Männern Haß und Feindschaft entstanden. Der geringste Anlaß genügte damals zum Streit. Im Dorf wußte man es; jedermann hatte ein wachsames Auge auf die zwei Kampfhähne, und alle waren allzeit bereit, mit lautem Ruf und raschem Sprung einzugreifen, wenn sie aufeinander losgingen. Nur Jade hielt sich abseits und verriet nicht, wem sie den Vorzug gab. Sie zuckte nur mit den schmalen Schultern, und wenn ihre Mutter sie fragte, äußerte sie sich nicht. Sie meinte höchstens: »Wenn beide zwei Beine, zwei Arme, alle Finger und Zehen und weder die Krätze haben noch schielen, bleibt es sich gleich.« Daher machte ihr Vater seine Entscheidung nur davon abhängig, welcher von beiden Vätern der Freier ihm für seine Tochter den besten Preis anbieten würde. Die zwei Jünglinge baten, drängten und quälten nun ihre Väter, drohten mit Selbstmord, wenn sie die Frau nicht bekämen, und störten auf diese Weise den Frieden in beiden Häusern derart, daß Ling Tan, als er eines Tages seinen dritten Vetter im Teehaus traf, ihn beiseite nahm und ihm folgenden Vorschlag machte: »Da ich vermögender bin als du, erlaube mir, dir dreißig Silbertaler zu geben. Sie sind für dich. Ich bitte dich: Sag deinem Sohn, daß mein Sohn dieses Mädchen bekommen soll! Sonst finden wir keinen Frieden.«

Der Vetter war einverstanden; denn dreißig Silbertaler waren viel Geld. Um so viel zu verdienen, brauchte er ein halbes Jahr. »Also abgemacht!« Lao Er wurde mit Jade verlobt und heiratete sie, so schnell es anging. Aber im tiefsten Grund seines Herzens kam er nicht darüber hinweg, daß sie ihm nicht aus eigenem Antrieb den Vorzug gegeben hatte. Warum nur? fragte er sich, wenn er nachts bei ihr lag, und immer wenn sie sich ihm zuwandte, gedachte er, sie zu fragen: »Warum hast nicht du mich gewählt? Die Wahl lag doch bei dir ...« Doch er fragte sie nie. Er kannte ihren Körper, aber sie selbst kannte er nicht. So war kein Friede in seiner Liebe; sein Lieben war hastig und unruhvoll und quälte sein Herz mit aller erdenklichen Pein.

Nun schritt er eilends dem Dorf zu und spähte dabei mit weit geöffneten Augen, doch so, daß es niemand auffallen konnte, nach einer schlanken Mädchengestalt in blauem Kattunkittel und Hosen und schwarzem, kurzgeschnittenem Haar. Vor noch nicht drei Wochen war er in furchtbare Wut geraten, als er abends nach Hause kam und sah, daß Jade ihr schönes langes Haar abgeschnitten hatte. »Es war so heiß«, sagte sie ihm in sein erbostes Gesicht.

»Dein Haar gehört mir«, hatte er sie angeschrien, »du hattest kein Recht, es wegzuwerfen.«

Er bekam keine Antwort, und als er ihre Verstocktheit bemerkte, fuhr er sie wiederum an: »Was hast du mit dem langen abgeschnittenen Haar getan?«

Auf sein Schelten hin war sie schweigend in ihre Kammer gegangen und hatte ihm ihre langen abgeschnittenen Flechten gebracht. Das obere Ende war mit einer roten Schnur zusammengebunden. Er nahm ihr das Haar aus der Hand und legte es auf seine Knie. Da lag es, weich, glatt und tiefschwarz, ein Stück von ihr, das sie freiwillig von ihrem Leben getrennt hatte. Die Tränen waren ihm in die Augen geschossen; es war ihm zumute, als habe er etwas besessen, das lebte und nun gestorben war. Und er fragte leise: »Was sollen wir damit anfangen? Man kann es nicht wegwerfen.«

»Verkauf's!« hatte sie ihm geantwortet. »Ich will dafür ein Paar Ohrringe.«

»Ohrringe willst du?« Er war erstaunt. »Du hast keine Löcher in deinen Ohren.«

»Ich kann sie mir stechen«, hatte sie ihm geantwortet.

Er aber entschied: »Ich werde dir Ohrringe kaufen, aber nicht um den Preis deiner eigenen Haare«, und er verschloß die Flechten in seinem schweinsledernen Koffer, in dem er seine besten Kleider und neben anderen besonderen Dingen ein silbernes Kettchen verwahrte, das er als Kind um den Hals getragen hatte. Wenn Jade einst alt sein wird, hatte er sich gesagt, und ihr Haar weiß und er selber so alt, daß er nicht mehr weiß, wie sie jetzt aussieht, wird er die langen schwarzen Haare aus seinem Koffer hervorholen und sich ihrer Jugend erinnern.

Er hatte noch keine Zeit gehabt, die Ohrringe zu kaufen. Das Pflanzen der Reissetzlinge hatte ihn in den drei Wochen vom Morgengrauen bis Sonnenuntergang in Atem gehalten. Erst jetzt, während er tat, als schlendere er müßig durchs Dorf, gelobte er sich, indem er immerzu mit geschärften Sinnen und Augen nach allen Richtungen Ausschau hielt: Wenn ich Jade nun finde und sie nichts Unrechtes getan hat, will ich morgen in die Stadt gehen und ihr Ohrringe kaufen, heute nacht aber will ich herausfinden, welche Art Ohrringe ihr wohl am besten gefallen.

Er sah sie noch immer nicht.

Immer unruhiger wurde er und immer besorgter. Er dachte an den Rivalen, der sich noch keine Frau genommen hatte und immer noch schmollte und grollte, weil er die einzige, die er begehrte, verloren hatte. Lao Er begab sich zum Haus des Verwandten.

Die Frau des Vetters stand vor der Tür. Ihr Aussehen erinnerte ihn an ein Schwein. Wie sie dastand, den Eßnapf dicht vor dem schwammigen Gesicht, und schlürfte und schmatzte, war ihm, als fresse das Weib aus einem Trog. Vor ihr konnte er Jades Namen nicht über die

26

Lippen bringen. »Bist du beim Essen, Schwester unseres Vetters?« fragte er höflich.

Sie nahm den Napf vom Gesicht. »Komm herein und iß mit!«

»Ich kann leider nicht, aber ich danke dir«, gab er zurück. »Bist du allein zu Haus?« forschte er vorsichtig.

»Dein Großvetter, mein Mann, ist beim Mahl; aber dein Vetter, mein Sohn, ist noch nicht zu Hause.«

»Aha!« machte Lao Er. »Wo ist er denn?«

»Er ist in der Stadt. Als die Sonne über dem Weidenbaum stand, hat er gesagt, er gehe in die Stadt«, erklärte die Frau. »Ich weiß nicht, wo er jetzt ist.« Damit führte sie ihren vollen Napf wieder an ihren breiten Mund, und Lao Er ging weiter.

Sein Herz schlug in wilden Schlägen. Wenn Jade mit diesem Vetter zusammen ist, wird er beide ermorden! Er wird ihre Leichen offen auf die Straße legen, damit alle es sehen! Das Blut schoß ihm durch alle Adern, stieß bis zum Hals empor und färbte ihm Wangen und Augen tiefrot. Seine Rechte zuckte.

Blindlings rannte er weiter und geriet in die Nähe des freien Platzes vor dem Teehaus des Dorfes. Viel Volk stand da beisammen, was aber nichts Außergewöhnliches war. Gaukler, reisende Kaufleute mit fremdländischen Waren und Schausteller aller Art ließen sich häufig hier sehen. Heute aber schien es etwas anderes zu sein.

Etwa fünf junge Männer und Frauen, städtisch angezogen, wie er sogleich erkannte, zeigten Lichtbilder auf einer weißen Leinwand, die zwischen zwei Bambusstäbe gespannt war. Lao Er hatte kein Auge für die Bilder. Durch eine Lücke in der Menge erhaschte sein Blick sogleich den verhaßten Vetter, der dort auf einer langen hölzernen Bank saß. Er war so sicher, Jade bei ihm zu finden, daß er schon auf die Nachbarin seines Vetters losfahren wollte. Aber es war nicht Jade. Jade war nirgends zu sehen.

Verblüfft stand Lao Er da. Sein kochendes Blut war plötzlich abgekühlt; er fühlte sich müde, niedergeschlagen und hungrig. Wenn ich sie finde, sagte er sich verzweifelt, bekommt sie Prügel, auch wenn sie nichts Unrechtes getan hat. Ich werde sie schlagen, weil sie nicht dort ist, wo eine Frau hingehört: weil sie nicht daheim ist und auf ihren Mann wartet!

Jetzt erst drang ihm die Stimme des jungen Menschen, der die ganze Zeit schon gesprochen hatte, in Ohr und Bewußtsein. Und er vernahm seine Worte: »Wir müssen unsere Häuser verbrennen. Wir müssen unsere Felder in Brand stecken. Wir dürfen dem Feind keinen Mundvoll Nahrung zurücklassen, der ihn vor dem Hungertod retten könnte! Seid ihr dazu entschlossen?«

Niemand unter der Menge rührt sich. Niemand spricht. Niemand scheint zu verstehen, was all das bedeutet. Sie starren nur immerzu nach dem Bild auf der weißen Leinwand. Jetzt blickt auch Lao Er dorthin. Das Bild zeigt eine Stadt mit vielen Gebäuden; aus allen Häusern qualmt schwarzer Rauch, und hohe Flammen schlagen empor.

Das Volk schaut und schweigt. Und auf einmal sieht Lao Er, wie sich jemand bewegt und aufspringt und das kurzgeschnittene Haar aus der Stirn zurückwirft; es ist Jade, die schreit: »Wir sind dazu entschlossen!«

Vor allen Leuten hat Jade gerufen. Lao Er ist zusammengezuckt. Was sind das für Worte? Was ist damit gemeint? Wer gibt seiner Frau das Recht, zu sprechen, wenn er nicht dabei ist?

Er winkt und ruft ihr zu: »Komm heim, ich habe Hunger!«

Sie wendet sich um, sieht nach ihm hin und scheint ihn nicht zu erkennen. Aber sein Zuruf hat die Umstehenden wieder zu sich und zu ihrem Dorf zurückgebracht. Die Starrheit löst sich. Einige gähnen und recken sich, und die Männer brummen: »Wir haben auch Hunger, wir hatten es ganz vergessen.«

Einer nach dem andern steht auf und drückt sich heim, und Lao Er nickt dem Vetter zu und ärgert sich sogar, daß er ihm nichts vorwerfen kann, und steht und wartet auf Jade. Er gedenkt nicht, sanft mit ihr umzuspringen, und beobachtet sie verstohlen mit halbem Auge; es ist ihm peinlich, ihr vor allen Leuten offen ins Gesicht zu sehen.

»Vergeßt nicht«, ruft der junge Redner, »was wir euch gezeigt haben; es ist wahr!« Aber niemand hört mehr auf ihn . . .

Lao Er blieb stehen, bis Jade kam. Dann ging er voran. Ein Seitenblick zeigte ihm, daß seine Frau ihm folgte. Erst als sie das Dorf hinter sich hatten, sprach er und zwang sich zur Härte: »Weshalb bereitest du mir Schande und stellst dich vor allen Leuten zur Schau?«

Darauf gab sie ihm keine Antwort. Er hörte nur ihren festen Schritt auf dem staubigen Pfad hinter seinem Rükken. Und er fuhr sie an, so laut er nur konnte: »Ich will heim. Mein Magen knurrt wie ein hungriger Löwe.«

Hell und sanft vernahm er hinter sich ihre Stimme: »Warum hast du denn nichts gegessen?«

»Wie kann ich essen, wenn du nicht dort bist, wo du hingehörst?« schrie er, ohne sich nach ihr umzuwenden. »Soll ich herumfragen, wo du steckst? Ich muß mich vor meinen eigenen Eltern schämen, weil ich nicht weiß, wo meine Frau ist.«

Auch hierauf kam keine Antwort. Stumm ging sie hinter ihm drein, bis er es nicht mehr aushielt; er mußte wissen, was in ihr vorging. Ohne daß er es wollte, fuhr plötzlich sein Kopf herum, und sein Blick begegnete ihren Augen, die nicht trotzten, sondern klar waren und nur darauf warteten, daß er sie ansähe.

Nun lachten sie beide. Im selben Augenblick, da ihre Blicke sich fanden, brach das Lachen aus ihrer Brust, und sein Zorn fuhr aus ihm heraus wie Wind aus den Därmen.

Jade machte zwei flinke Schritte nach vorn und ergriff seine Hand. Es war ihm nicht möglich, sich ihrem Griff zu entziehen, obwohl er ihr noch immer böse war und nicht an Verzeihung dachte. »Du machst mich krank«, stöhnte er. Seine Stimme war plötzlich so schwach wie die eines Greises.

»Oh, wie blaß, wie dünn und griesgrämig siehst du aus«, lachte sie mitleidig herzlich. »Du bist zu bedauern, du weiße Rübe, du große du!«

Ihr Spott war ihm nicht recht. Er wußte nicht, was er eigentlich wollte; aber dies Necken und Lachen ertrug er nicht. Der Mond, der als weiße Wolke aufgetaucht war, verwandelte sich in der Finsternis in flüssiges Gold, und die Wasserfelder waren von den Stimmen der Frösche erfüllt. In seiner Hand lag die ihre und war wie ein kleines, pochendes Herz. Er hob sie zu seinem Hals empor und bettete sie in die Bucht zwischen Kehle und Kinn. Was wollte er . . .? Etwas Mächtiges, Großes, aber er fand keine Worte dafür. Seine Worte waren ihm immer zuwenig für seine Not. Sie reichten für das gewöhnliche Leben; für das, was er fühlte, waren sie nicht genug.

»Ich wollte, ich wäre ein gelehrter Mann«, sagte er stockend. »Ich wollte, ich hätte die Worte!«

»Wozu Worte?« fragte sie ihn.

»Um mich zu erleichtern«, brachte er langsam hervor, »damit ich dir sagen kann, was in mir ist.«

»Was ist in dir?«

»Ich weiß es, Jade, aber die Worte fehlen mir.«

Fern von dem letzten der Häuser, auf schmalem Weg zwischen den Reisfeldern, standen die beiden sich gegenüber. Von einer hohen Weide hingen die Äste gleich langen Fransen auf sie herab. Lao Er legte die Hände auf ihre Schultern und zog sie zu sich heran. Sie regte sich nicht, und er hielt sie fest. Sie standen allein in der stillen Nacht und waren sich näher denn je.

Sie flüsterte: »Ich bin doch auch nicht gelehrt . . .«

»Sprichst du darum so selten mit mir?«

»Wie kann ich es, wenn du immer schweigst? Zwei müssen sprechen, sonst versteht man sich nicht.«

Er sann über ihre Antwort nach, und seine Arme lockerten sich.

»Wenn jeder nur auf den anderen wartet und keiner weiß, was er sagen soll, wenn der andere nicht vorher spricht . . .? Wenn beide immer nur warten, versteht man sich nicht.«

»Willst du mir sagen, was in dir ist, wenn ich dir alles sage, was in mir ist?« fragt Lao Er.

»Ja.«

Lao Er läßt die Arme sinken und fühlt sich der Frau ohne Berührung so nah wie noch nie. »Dann . . . heute nacht werden wir miteinander reden.«

»Ja.« Ihre Stimme klingt so zart, als käme sie nicht von Jade, aber er hört sie. Sie legt ihre Hand in die seine. So gehen sie miteinander nach Hause. Erst vor der Umzäunung begibt sie sich wieder an ihren Platz hinter ihm.

Die Männer haben ihr Mahl längst beendet. Am Tisch sitzen die Mutter, des älteren Bruders Weib und die jüngste Schwester beim Essen.

»Ihr wart ja lang weg!« schilt die Mutter. »So lang kann man nicht warten.«

»Ihr sollt nicht warten«, entgegnet der Sohn. Dann, barsch vor Scham und Furcht, man könnte seine Liebe, die Liebe zur Gattin, entdecken, herrscht er Jade an: »Tu mir mein Essen in eine Schale, ich esse beim Vater und Bruder!«

Als gehorsames Weib füllt Jade den Napf und reicht ihn ihrem Mann. Dann erst setzt sie sich zu den Frauen.

Auch Jade hat jetzt vergessen, was jener junge Redner auf dem Platz vor dem Teehaus gesprochen hat. Verträumt hebt sie die Schale mit Reis. Sie spürt keinen Hunger; ihr Herz schlägt zu schnell. Dieser Mann, dem sie vermählt ist . . . wird sie in dieser Nacht erfahren, wie er in Wahrheit ist?

Ling Sao steht auf. »Du hast kein Essen gekocht«, wendet sie sich an ihre jüngste Schwiegertochter, »darum wäschst du hernach auf.«

Jade erhob sich beim Ton der schwiegermütterlichen Stimme. »Ja, Mutter.«

Daß sie so sanftmütig antwortete und sich sogleich gehorsam erhob, schien der Alten so ungewohnt, daß sie im Dämmer der Lampe sie verwundert ansah und stumm vor Staunen zum Zaun ging. Mein Sohn hat sie also doch verprügelt, dachte sie, während sie durch das Tor der Hofmauer schritt.

Draußen auf der Tenne saß Ling Tan auf einer Bank, und neben ihm auf der festgestampften Erde kauerten die zwei älteren Söhne. Der jüngste Sohn hatte sich auf einem Bündel Weizenstroh zusammengerollt und schlief. Ling Sao musterte ihren Zweitältesten. Er aß mit Behagen. Nichts als die reinste Freude konnte die Mutter an ihm bemerken. Er hat sie bestimmt geschlagen, dachte sie vergnügt, das ist die glücklichste Ehe, wo der Mann seine Frau durchprügeln kann. Sie war stolz auf ihren wackeren Sohn.

Dieser aber dachte bei sich: Wer hätte geahnt, daß ein Mann und ein Weib durch Worte näher zusammenkommen als durch ihr Fleisch?

Folgendes aber geschah in dieser Nacht mit seinem Weib Jade und ihm: Zuerst, als er neben ihr lag, fühlte er nur etwas seltsam Fremdes, Beklemmendes. Es ist doch nur Jade, sagte er sich; aber ihm war, als sei sie ihm ferner als damals in ihrer Hochzeitsnacht. Einen Leib konnte man sehen, das Fleisch betasten, doch was lag hinter dem schönen Gesicht und hinter der zarten Haut verborgen . . .? Er hatte es nie gewußt, und jetzt begehrte er nicht, sie zu berühren; nur hören wollte er, lauschen. Er harrte, und sie lag schweigend.

»Wartest du auch?« fragte er endlich.

»Ja.«

»Wer soll zuerst etwas sagen?«

»Du«, gab sie zurück. »Frage mich, was du willst!«

Was er wollte . . . da! Jetzt drang es aus seinem grübelnden Hirn hervor, bis zur Zungenspitze. »Denkst du öfter an meinen Vetter, der dich auch haben wollte?« platzte er dumm heraus.

Sie fuhr im Bett auf, zog die Beine an, kreuzte sie und setzte sich aufrecht. »Und das hast du wissen wollen?« schrie sie. »Oh, du bist blöde! Das hat dich gezwickt? Also nein – nein – nein – und wenn du mich noch so oft fragst, sag’ ich dir: nein!«

Sein Kopf wirbelte, wie von einem Strudel durchbraust.

»Was hast du denn immer gedacht, wenn du so still herumgegangen bist, und was denkst du nachts, wenn du stundenlang kein Wort zu mir sprichst?« rief Lao Er.

»Ich denke an zwanzig Sachen und dreißig Sachen gleichzeitig! Meine Gedanken sind eine Kette; sie läuft immer schneller und schneller. Wenn ich anfange und denke an einen Vogel, dann denke ich, wie er fliegt und wieso er sich über die Erde erhebt und daß ich es nicht kann; und dann denke ich an die fliegenden Boote der Fremden, und wie man sie baut, ob da ein Zauber darin steckt oder ob diese Fremden nur mehr verstehen als wir und wissen, was wir nicht wissen. Und wenn ich jetzt daran denke, denke ich, was der junge Mann vor dem Teehaus erzählt hat: wie diese Boote über die Städte im Norden fliegen und sie vernichten und wie die Menschen vor ihnen davonrennen und sich verbergen.«

Lao Er zerriß die Kette ihrer Gedanken. Die Städte im Norden lagen ihm fern. »Warum bist du heute ins Dorf gegangen?«

»Ich bin zu Hause gesessen und habe an deiner blauen Jacke genäht. Nachher habe ich keinen Faden mehr gehabt, und deine Mutter hat nur weißen. Da bin ich fortgegangen, um blauen Faden zu kaufen. Wie ich ins Dorf kam, standen die Leute herum, und . . .«

Er unterbrach sie wieder: »Ich wollte, du gingest nicht allein auf die Straße.«

»Warum?«

»Dort sehen dich andere Männer.«

»Ich sehe sie nicht an.«

»Ich will nicht, daß sie dich ansehen. Du bist hübsch, und du bist meine Frau.«

»Ich will nicht immer im Hof und im Garten stehen. Man lebt nicht mehr in der alten Zeit.«

»Ich wollte, es wären noch die alten Zeiten. Ich möchte dich am liebsten einschließen.«

»Wenn du mich einsperrst, esse ich nichts. Dann werde ich sterben.«

»Ich laß dich nicht sterben.«

Sie lachte. »Wir leben jetzt in einer neuen Zeit, und ich will kommen und gehen, wie es mir paßt.«

»Hat je schon ein Mann mit dir gesprochen?«

»Nur wie zu anderen Bekannten.«

Sie schwiegen wieder. Dann fragte er: »Sag, was hast du gedacht, wie du mich zum erstenmal gesehen hast?«

Jade zupfte an der blau-weiß geblümten Bettdecke aus Kattun. »Ans erste Mal kann ich mich nicht mehr erinnern.«

»Nein . . . ich meine, wie du – nach unserer Hochzeit . . .«

Jade wandte den Kopf zur Seite. Er sah im Mondlicht ihre Stirn und die kleine gerade Nase, den Mund mit der leicht gewölbten Oberlippe, das volle Kinn. Sie antwortete: »Ich war froh, daß du größer bist als ich. Für eine Frau bin ich zu groß.«

»Das bist du nicht.«

Sie ließ es dabei bewenden. Er fragte weiter: »Und was hast du noch gedacht?«

»Ich dachte, ich wüßte gern, was du von mir denkst.«

»Du wußtest doch, daß ich dich haben wollte.«

». . . und ich dachte darüber nach, ob wir einmal miteinander reden würden.« Ihr Kopf fuhr in die Höhe. »Oder ob wir bloß so zueinander sind wie die anderen Verheirateten. Ja, und ob du darauf achten wirst, wie ich bin, oder nur darauf, daß ich dir Kinder zur Welt bringe und in der Küche stehe! Ob ich die Deine bin oder bloß zu deinem Haushalt gehöre! – Willst du lesen lernen? In den Büchern stehen Dinge, die man wissen muß. Kauf mir ein Buch, willst du . . .? Ja – das ist mein Geheimnis. Statt der Ohrringe kauf mir ein Buch! Deshalb hab' ich mir das Haar schneiden lassen. Ich wollte mir dafür ein Buch kaufen. Ich hatte nur Angst, es dir zu sagen, darum sprach ich dir von den Ohrringen. Aber ich möchte ein Buch.«

Sie neigte sich über ihn.

»Ein Buch?« fragte Lao Er verdutzt. »Was kann unsereins mit Büchern anfangen?«

»Ich möchte ja nur ein einziges Buch«, bettelte Jade.

»Du kannst es doch nicht lesen!«

Und Jade antwortete: »Ich kann lesen.«

Wenn sie ihm mitgeteilt hätte, sie könne fliegen wie ein Vogel, er hätte unmöglich erstaunter sein können. Er rief: »Wie – du kannst lesen? Bei uns liest keine Frau.«

»Ich habe es gelernt«, gab Jade zurück, »ein Schriftzeichen nach dem andern. Mein Vater hat einen meiner Brüder zur Schule geschickt, und von ihm habe ich jeden Tag etwas gelernt. Aber ich habe kein Buch, das mir gehört.«

Er sann nach und sagte erschüttert, langsam, bedächtig: »Wenn du dir so sehr ein Buch wünschst, werde ich dir eins schenken. Aber nie hätte ich gedacht, daß eine Frau in unserem Haus lesen wird.«

So sprachen sie miteinander die halbe Nacht, bis sie von dem vielen Reden müde waren. »Wir müssen schlafen«, sagte er endlich, »morgen gibt es viel zu tun, und wenn ich auch noch in die Stadt gehen soll, um das Buch zu kaufen . . .« Er stockte, hielt den Atem an.

Während er sprach, hatte sich Jade über ihn gebeugt.

Jetzt schmiegt sie sich an ihn, wie sie es vordem noch niemals getan hat. Und diese Regung ist so voller Süßigkeit, daß Lao Er kein Wort mehr hervorbringt. Es ist der köstlichste Augenblick seines Lebens, viel schöner als damals in ihrer Hochzeitsnacht, als er sie zum erstenmal nahm.

Es war dies das erste Mal, daß sie aus eigenem Antrieb zu ihm kam. Was war ich doch für ein Narr, daß ich nicht früher erkannt habe, wie das Herz des Weibes beschaffen ist! zog es ihm durch den Sinn. Niemand hat mir etwas davon gesagt.

Bis dahin hat er nur die Erfahrung gemacht, daß die Heirat dem Mann das Weib noch nicht gibt. Jetzt erst besaß er sie, weil sie sich ihm gab.

Als ihn der Schlaf übermannte, wußte er so gewiß, als hätte es ihm ein Gott verbürgt, daß Jade in dieser Nacht empfangen hatte.

II

Lao Er hatte für seinen Vater schon oft in der Stadt eingekauft, denn von allen Familienmitgliedern war er der einzige, der dieses Geschäft zu dessen Zufriedenheit ausführte. Der Vater mied die Stadt, da sein Atem, wie er sich ausdrückte, dort nicht gleichmäßig ein- und ausströmte. Die Mutter fand sogar, daß das Stadtvolk stinke. Ling Tan ließ diese Ansicht freilich nicht gelten; jede Art Menschenfleisch, sagte er, habe ihren besonderen Geruch. Seine Frau aber meinte, wenn dem so sei, bleibe sie lieber bei ihrer eigenen Sorte Gemüse und Fleisch, das auf den Feldern gedeihe und nicht von langem Herumliegen verdorben sei. Der älteste Sohn wiederum war zu vertrauensselig und glaubte alles, was ihm die Stadtleute vorredeten. Der jüngste Sohn war noch zu jung, außerdem ließ ihn Ling Tan nicht gern in die Stadt, damit er dort keine Schlechtigkeiten lerne. Also hatte man Lao Er das Stadtgeschäft anvertraut. Seit Jahren schon brachte er die Eier in den Eckladen an der Brücke beim Südtor, wog beim Schlachten das Schweinefleisch ab und schaffte den Überschuß ihrer Reisernte zu den Reishändlern.

Als er nun durch das große Tor in die Stadt kam, fühlte er sich daher durchaus nicht befangen, blieb auch nicht bei jedem Schritt stehen und hielt Maulaffen feil, sondern schritt erhobenen Hauptes einher.

Sein Gesicht war sauber gewaschen, und sein stattlicher Leib steckte in anständigen Hosen und einer reinlichen blauen Jacke. Da Sommer war, brauchte er keine Socken, sondern trug nur ein Paar neue Strohsandalen, die er während der langen Winterabende mit seinem Bruder aus Reisstroh geflochten hatte. Ehe er in die erste Geschäftsstraße einbog, glättete er sein kurzgeschnittenes schwarzes Haar.

Er wußte genau, wohin er sich in seinen Geschäften zu wenden habe, und wenn er mit den Leuten verhandelte, geschah dies kühl, überlegt und zugleich nach guter ländlicher Sitte in höflicher Form. Wenn ihm der Abnehmer seiner Eier einen schlechten Nickel in Zahlung gab, nahm er ihn, ohne mit der Wimper zu zucken, in Empfang, war jedoch das nächste Mal, wenn er wieder Eier ablieferte, darauf bedacht, daß sich unter seiner vollkommen frischen Ware drei faule Eier befanden. Drei Eier waren genau einen Nickel wert, und wenn der Eiermann diese drei faulen Eier entdeckte, wußte er sehr genau, was sie zu bedeuten hatten: daß nämlich Lao Er einen schlechten Nickel ebensogut zu erkennen vermochte wie er selber ein schlechtes Ei. Auf diese Weise verstanden die beiden einander besser, als wenn sie viele Worte gewechselt hätten, und es kam selten zum Streit. Lao Er wurde von seinen Geschäftsfreunden in der Stadt geachtet und fühlte sich ihnen gewachsen.

Allein heute, da es galt, ein Buch einzukaufen, kam sich Lao Er so unwissend vor wie ein kleines Kind.

Er begab sich in die Straße, in der die Buchhändler ihre Ware auf Brettern, die über Bänke gelegt waren, zur Schau stellten, und musterte ihre Auslagen längere Zeit. Außer daß einige Bücher groß und dick, andere aber klein oder dünn waren, dünkte ihn ein Buch wie das andere.

Als die Verkäufer ihn so herumstehen sahen, fragten sie ihn, einer nach dem andern, was für ein Buch er denn suche.

Das wisse er nicht, lautete seine Antwort; denn er schämte sich zu gestehen, er suche ein Buch für seine Frau. Er fürchtete, der Buchhändler könne Jade für unweiblich oder gar wunderlich halten. Da sagte er lieber, das Buch sei für ihn.

Die Buchhändler waren fast alle vertrocknete alte Männchen. Keiner von ihnen kam auf den Gedanken, Lao Er könne vielleicht gar nicht lesen. Vielmehr legte ihm einer nach dem anderen seine Ware bereitwillig vor.

Lao Er nahm aufs Geratewohl ein Buch in feuerrotem Umschlag in die Hand und fragte: »Was ist das für eines?«

»Das seht Ihr doch«, warf der Buchhändler hin und wies auf den Titel.

Lao Er lachte verlegen: »Ich muß Euch gestehen, ich kann nicht lesen.«

Der Buchhändler traute seinen Ohren nicht. »Wozu wollt Ihr dann ein Buch?« rief er empört. »Kauft lieber Süßigkeiten oder ein Spielzeug oder Stoff für ein neues Gewand oder einen silbernen Ohrlöffel, kauft alles, was Ihr nur wollt, bloß kein Buch!« Lao Er graute vor so viel Verachtung.

Aber er nahm sich zusammen. »Ich will ein Buch, aber nicht von Euch«, entgegnete er scharf und ging weiter, fest entschlossen, nunmehr seine verheiratete Schwester zu besuchen. Wenn ihr Mann zu Hause war, wollte er sich bei ihm nach einem Buch erkundigen, und sobald er ein solches in Erfahrung gebracht hätte, hierher zurückkommen und das Buch vom Tisch des Buchhändlers nebenan und vor den Augen dieses anmaßenden Alten erstehen.

Mit dieser Absicht schlenderte er durch menschenwimmelnde Straßen, bis er den Laden erreichte, dessen Inhaber seine Schwester geheiratet hatte.

Es war ein Geschäft ausländischer Gebrauchs- und Luxuswaren, angefüllt mit fremdartigen Lampen, blitzenden, leuchtenden Glaskugeln, Gummischuhen, geschliffenen Flaschen, Kuchen und anderen Eßwaren in Büchsen aus Zinn, Strickwaren in allen erdenklichen Formen und Farben, Schreibfedern und Bleifedern, Tellern und Schüsseln und goldgerahmten Bildern, auf welchen man fette Frauen mit runden Augen erblickte. Wie oft schon hatte Lao Er seine Zeit damit verbracht, all diese Merkwürdigkeiten zu betrachten! Heute jedoch hielt er sich damit nicht auf, sondern schritt vielmehr geradewegs durch den Laden nach hinten, wo sich die Wohnung der Schwester befand. Die zwei Gehilfen des Schwagers ließen ihn durch, denn sie kannten ihn.

Er fand den Besitzer des Ladens – Wu Lien war sein Name – in einem Rotang-Sessel behaglich zurückgelehnt; auf seinen Knien hielt er sein jüngstes Kind. Er wár bis zum Gürtel nackt und ziemlich fett für sein Alter. Sein Körper war weich und weiß wie der eines Weibes. An seinen farblos glatten Handgelenken sah man dicke Speckringe, und seine Finger waren kurz, fett und spitzig. Seitdem er so üppig aß und trank, stand er bei seinen Bekannten im Ruf, ein reicher Mann zu sein. Er ließ sie lachend bei ihrer Meinung.

Als Lao Er eintrat, fächelte er sich gerade. »Ah, mein Schwager«, rief er ihm zu, »nimm Platz – mache es dir bequem!« Dabei erhob er sich ein wenig vom Sitz, doch nicht mehr, als es bei einem jüngeren Bruder der Gattin geboten war, und rief mit lauter, blökender Stimme: »Mutter meines Sohnes, dein zweiter Bruder ist da!« Worauf seine Frau herbeistürzte. Ihre Jacke stand vorn offen, und ihr Gesicht war so freundlich wie immer.

»Bist du da, lieber Bruder?« fragte sie den Ankömmling, obwohl dieser kaum drei Schritte von ihr entfernt stand. »Wie geht es den Alten und allen anderen, warum besucht mich meine Schwägerin nie, ist sie in Hoffnung? Meiner Seel, bist du ein hübscher Mann geworden!«

So sprudelten ihre Worte, gemischt mit kicherndem Lachen, heiter durcheinandergequirlt aus ihrem aufgeworfenen roten Mund, und ehe der Bruder antworten konnte, lief sie wieder hinaus und kam alsbald mit ausländischen Süßigkeiten, die sie aus dem Laden geholt hatte, sowie mit frisch bereitetem Tee zurück.

Lao Er erzählte nun, was es Neues gab, spielte mit seinem kleinen Neffen und hörte dem Schwager zu, der ihm erzählte, wie gut sein Geschäft gehen könnte, wenn nur nicht diese Studenten Tag und Nacht gegen Kauf und Verkauf ausländischer Waren predigten. Wenn man die Leute in Ruhe ließe, würde kein Mensch danach fragen, woher ein Artikel komme. »Geschäft hat doch nichts mit Studenten und Vaterlandsliebe zu tun. So ein Unsinn!«

Als alles gesagt war, konnte Lao Er seinem Schwager endlich die Angelegenheit mit dem Buch unterbreiten. Wu Lien konnte nämlich lesen, denn er war ein Städter. Schon sein Vater und Großvater hatten hier gelebt. Trotzdem hatte sich jeder von ihnen zu seiner Zeit die Gattin außerhalb der Stadtmauern geholt; denn in der Stadt, fanden sie, verweichlichten die Frauen nach einer Generation oder höchstens zweien: Sie schliefen bis spät in den Tag hinein und blieben bis tief in die Nacht hinein auf, spielten Ma-Yong, wollten ihre Kinder nicht mehr stillen, sondern nähmen für sich eine Amme und für ihren Mann eine Konkubine.

Als Sohn und Enkel von Stadtbürgern hatte Wu Lien seit seiner Jugend viele Bücher gelesen.

Auf Lao Ers Frage nahm er bedächtig das Kind von den Knien und begann würdevoll als ein Mann, der sich auf Bücher verstand: »Es gibt Bücher für jeden Bedarf. Deshalb muß man sich zuerst fragen, wozu man das Buch benötigt und wer es lesen soll. Wenn ein Mann den Wunsch hat, es heimlich zu lesen, zu seinem eigenen Genuß, so kann ihm mit solchen Büchern gedient werden. Ist er an sein Haus gefesselt und kann er nicht reisen, so gibt es auch dafür genügend Bücher. Wenn er gern an Gift denkt und an Mord und nicht den Mut hat, solche Taten selbst zu begehen, so steht auch hierfür manches Buch zur Verfügung. Wozu brauchst du also dein Buch?«

Lao Er lachte etwas verschämt und entschloß sich endlich, die Wahrheit zu sagen. »Ja, mein Bruder, die Sache ist die«, gestand er, »ich habe mein Weib gefreit und gedacht, sie sei wie alle anderen. Und jetzt entdecke ich: Sie kann lesen! Und sie will unbedingt ein Buch.«

»Du hättest sie fragen sollen, was für ein Buch sie wolle«, meinte Wu Lien – was Lao Er auch einsah.

»Ich hätte nie gedacht, daß es bei Büchern solche Unterschiede gibt«, führte er zu seiner Entschuldigung an.

Wu Lien erwog zunächst die schwierige Frage bei sich, dann wandte er sich an sein Weib, das die ganze Zeit mit offenem Mund zugehört hatte. »Mutter meiner Söhne, du bist eine Frau. Sprich, was würdest du lesen, wenn du imstande wärst zu lesen?«

Der Gedanke, sie könne lesen, machte die Angeredete lachen. Dabei hielt sie, wie immer beim Lachen, die Hand vor den Mund, denn ihre Zähne waren nahezu schwarz. »An so etwas habe ich nie gedacht«, sagte sie endlich und lachte weiter. Erst als sie in dem fetten Gesicht ihres gebildeten Gatten Unwillen ob ihrer Einfalt aufsteigen sah, tat sie die Hand vom Mund, nahm sich zusammen und überlegte sich seine Frage so lange, bis ihr ein Einfall kam.

»Als ich ein Kind war in unserem Dorf, habe ich oft einem einäugigen Alten zugehört, der immer Geschichten von Räubern erzählte: Sie wohnten an einem See und hießen Seeräuber. Wenn der Mann von ihnen erzählte, haben sich jedesmal alle, Männer und Frauen und wir Kinder, weit vorgebeugt, damit uns ja nichts von dem entging, was weiter geschah.«

Wu Lien blickte voll Stolz auf sein Weib. »Du hast genau das richtige Buch getroffen«, lobte er sie, »das ist das beste, das einzige, Bruder«, erklärte er. »Da steht alles drin, was du suchst, und alle Weiber, die ihre Männer betrügen, werden dafür bestraft; die Redlichkeit siegt. Es kommen auch ungezogene Sachen darin vor, aber die Bösen werden gezüchtigt oder fallen im Kampf vor den Guten. Das Buch heißt *Shui Hu Chuan* und ist voll richtiger Räuber. Ich habe das Buch schon gelesen, als ich ein kleiner Junge war, und möchte es gern wieder einmal lesen.« Dabei lächelte er in Erinnerung an die Freuden, die ihm das Buch einst bereitet hatte, und zupfte an seiner fetten Unterlippe.

Lao Er stand auf, wiederholte den Titel des Buches, dankte seinen Verwandten und wünschte ihnen einen recht angenehmen Tag und durchquerte schon wieder den Laden, der jetzt von zahlreichen Kunden besucht war, als plötzlich ein Lärm von heftig streitenden Stimmen ihn aufhorchen ließ.

Es war ein solches Gebrüll und erhob sich so unvermutet, daß im Laden Kauf und Verkauf jäh stockten und Kunden wie Angestellte erstarrten. Alle Köpfe wandten sich nach der breiten Ladentür. Als Lao Er hindurch wollte, sah er sich von einer Schar junger Menschen aufgehalten, die Steine und Stöcke schwangen.

Ihr Anführer war ein hochgewachsener, barhäuptiger Jüngling. Sein langes Haar fiel ihm bis in die Augen. Er strich es zurück und befahl dem einen Verkäufer mit lauter Stimme, einen Schrank aufzuschließen.

Der Angestellte zögerte; da hob der Jüngling die Hand, in der auch er einen Stein hielt, holte aus und warf ihn mit Wucht durch die Scheibe des verschlossenen Schrankes. »Feindeswaren!« schrie er mit gellender Stimme. Und zugleich griff er mit beiden Händen in den

44

Behälter, riß Uhren, Schmucksachen, Schreibfedern heraus und warf sie auf die Straße. Gleichzeitig stürzten die jungen Menschen von draußen herein, erbrachen Schränke, Laden und Kasten und warfen den Inhalt auf den Boden oder zum Fenster hinaus.

Unter den Kunden erhob sich empörtes Murren; einige aber rafften zusammen, soviel sie nur greifen konnten, und machten sich damit aus dem Staube; und sobald etwas auf die Straße geworfen wurde, stürzte draußen das Volk darüber her.

Als aber die jungen Menschen dies merkten, verdoppelte sich ihre Wut; sie stürmten hinaus, schlugen mit ihren Stöcken auf die Menge los und warfen mit Steinen auf die Plünderer, bis sich diese zurückzogen.

Eine Abteilung der Jungen stand nun Posten und bewachte die von der anderen Abteilung aus dem Geschäft auf die Straße geschleuderten Waren. Hemden, Röcke, Mäntel, Decken, Strickwaren, Hüte und Schuhe flogen heraus, und alles wurde in Brand gesteckt.

Rings um die Flammen stand mit hungrigen Augen die Masse, entsetzt über die Verwüstung. Aber niemand getraute sich, etwas dagegen zu sagen.

Auch Lao Er stand und sah, was geschah. Sein Mund war offen, aber auch er fand kein Wort der Widerrede. Sein Schwager kam nicht zum Vorschein; kein Verkäufer war mehr zu sehen. Wie sollte er als einzelner Mann seine Stimme erheben, da alle schwiegen? Er stand und schaute, bis ihn der Abscheu hinwegtrieb.

Schon war er halbwegs beim Stadttor, als ihm das Buch einfiel, das er hatte kaufen wollen. Rasch kehrte er um, eilte in die Straße der Buchhändler, trat an den Verkaufstisch neben dem Stand jenes alten Ekels und verlangte das Buch *Shui Hu Chuan*.

Der Buchhändler warf es ihm hin. Es war ein dicker alter Band, der die Spuren vieler unsauberer Hände trug. »Ein so schmutziges Buch«, meinte Lao Er und sah auf die Fettflecken und Daumenabdrücke, »muß aber billig sein.«

»Vielleicht war es vor kurzem noch wohlfeil«, versetzte der Antiquar, »aber in den letzten Tagen sind viele Studenten gekommen, das Buch zu kaufen, um es zu studieren. Wenn Ihr mich fragt, warum – ich weiß keine Antwort. Man weiß ja nie, weshalb diese Jungen dies oder jenes tun. Diese Jünglinge sind wie die Betrunkenen, und was ihre Mädchen betrifft – pfäh!« Er spuckte auf den Straßenstein, auf dem er stand, und scharrte den Auswurf mit dem Fuß aus.

Lao Er fragte nach dem Preis des Buches. – Der Buchhändler verlangte drei kleine Silberstücke. Lao Er sah ihn entgeistert an. »Drei – für ein Buch?«

»Warum nicht für ein Buch?« ereiferte sich der Alte, »für ein Stück Schweinefleisch zahlst du ebensoviel und ißt es, und es ist weg. Ein Buch hingegen prägst du in deinen Geist und dein Herz ein, und dort bleibt es, und wenn du es vergessen hast, kannst du es noch einmal lesen und lange Zeit daran denken.«

Da langte Lao Er in seinen Gurt, entnahm ihm drei Münzen und zahlte. Doch ärgerte er sich über den alten Buchhändler nebenan, der den Handel mit verächtlichem Lächeln verfolgt hatte und nun, nachdem der Kauf getätigt war, das gleiche Buch, jedoch unbeschädigt und sauber, aus seinen Beständen nahm und ihm vorwies: »Da ist es! Wenn Ihr den Titel wußtet, warum habt Ihr ihn nicht genannt?«

Obschon dies Lao Er verdroß (denn er hätte vorgezogen, den einwandfreien Band zu erwerben), beharrte er in seiner abweisenden Haltung mit den Worten: »Schildkrötenei! Nach dem, was heute morgen geschah, nehme ich lieber von ihm ein beflecktes als aus deiner Hand ein sauberes Buch« und machte sich auf den Heimweg.

Ehe er noch ans Ende der Buchhändlerstraße gelangt war, kam ihm in den Sinn, er müsse noch einmal zum Laden des Schwagers hinübergehen, um nachzuschauen, was die Ruchlosen dort verübt und ob sie sich endlich entfernt hätten. Er machte abermals kehrt, fand das Geschäft verschlossen, Fenster und Eingangstür mit Brettern verschalt, und auf der Straße lag nur noch ein Haufen Asche, in dem Kinder und einige Bettler nach Knöpfen und metallenen Überresten herumstocherten. Das Stadtvolk indessen lief achtlos vorüber. Lao Er war unschlüssig, ob er nach hinten ins Haus gehen und sich nach dem Befinden der Schwesterfamilie erkundigen sollte, dachte dann aber an seine Eltern und ihre Betrübnis, falls auch er in diese Händel verwickelt würde.

Sein Zaudern wurde durch den Anblick einiger grimmig aussehender Schriftzeichen verstärkt, die mit Kreide groß an die Bretterverschalung gemalt waren. Er starrte die Buchstaben lange Zeit an, und da er sie nicht zu deuten wußte, wandte er sich an einen ehrwürdigen Herrn in langem schwarzem Gewand, der gerade vorüberging. »Wollt Ihr mir erklären, Herr, was diese Buchstaben bedeuten?« bat er ihn.

Der Alte blieb stehen, zog eine Hornbrille hervor und erklärte: »Diese Buchstaben besagen: Was diesem Haus geschah, wird jedem Haus geschehen, das Feindeswaren feilhält, und sollte diese Maßnahme nicht genügen, so wird denen, die Feindesgut kaufen oder verkaufen, das Leben genommen werden.«

»Ich danke Euch, Herr«, rief Lao Er aufs höchste beunruhigt. Diese Worte waren in der Tat so bedrohlich, wie die Schriftzeichen hatten ahnen lassen. Da mußte er, schon als guter Sohn seiner Eltern, der seine Pflicht kannte, sogleich diese Stätte verlassen und in die Sicherheit seines Heimes flüchten. Auf keinen Fall durfte er sich anmerken lassen, daß er mit diesem Haus verwandt oder verschwägert war.

In höchster Eile wandte er der Stadt, in der solche Dinge geschehen konnten, den Rücken und fühlte sich erst wieder erleichtert, als ihn der Friede der Felder umgab und ein klarer Himmel über ihm ruhte. Unter dem Arm hielt er das Buch.

Zu Hause angelangt, gab er zuerst Jade ihr Buch. Doch über seinem Bericht vergaß man sogar dieses Buch. Im Vorgarten hörten alle ihm zu; sogar Pansiao, die jüngste Schwester, verließ ihren Webstuhl und trat vor die Tür, um zu lauschen.

Ling Tan zog eine Weile an seiner Wasserpfeife. Dann erst begann er zu sprechen. »Hast du gefragt, wie der Feind heißt?«

Lao Er schaute zerknirscht zu Boden. »Schilt mich blöde, Vater«, sagte er, »aber es kam mir nicht in den Sinn, danach zu fragen.« Er war selber über seine Dummheit erschrocken.

Aber alles, was in der Stadt geschah, lag den Bewohnern des friedlichen, einsamen Hauses unendlich fern, und die Nacht brach herein wie alle anderen Nächte. Man aß und schickte sich, ganz wie sonst auch, zum Schlafengehen an.

Vor dem Einschlafen plauderte Ling Tan noch ein Weilchen mit seinem Weib. Sie waren um ihre ältere

Tochter besorgt; Ling Tan meinte, er hätte besser daran getan, sie einem Bauern zur Ehe zu geben, selbst wenn dieser ihm nur die Hälfte dessen versprochen hätte, was Wu Lien ihm gezahlt hatte.

Aber sein Weib wollte davon nichts wissen. »Sie gehört nicht mehr zu unserem Haus, und was ihr zustößt, ist Sache ihres Mannes, nachdem sie ihm schon zwei Söhne geboren hat. Wenn sie sich in Not befinden, werden sie morgen gewiß eine Möglichkeit haben, uns Nachricht zu geben.«

Ling Tan nahm sich die Worte zu Herzen und stellte die Sorgen um seine Tochter zurück. Bald breitete sich über die Gatten die Ruhe des uralten Hauses und die Stille der Felder, die sie von jeher bestellt hatten und auf die sie vertrauten. Das Feld spendete ihnen Nahrung und alles, dessen sie sonst bedurften. Was auch geschehen mochte, die Erde, auf der sie lebten, war ihr Eigentum und ernährte sie.

Lao Ta ruhte in seiner Kammer mit seinem Weibe, und während sie ihr Söhnchen stillte, äußerte er seine Gedanken über das Ungemach, das seine Schwester und deren Gatten befallen hatte. »Das kommt nur von dem Studium im Ausland«, belehrte er seine Frau. »Diese Studenten von heute haben die alte Rechtschaffenheit verloren. Es fehlt ihnen das Maß, mit dem sie sich selbst und ihr Tun beurteilen könnten. Heute scheint ihnen dies recht und morgen schon etwas anderes. Sie bilden sich zuviel auf ihr bißchen Gelehrsamkeit ein, und dieser Hochmut treibt sie zu bösen Taten.«

»Wir werden nie ein Kind von uns in so eine Schule gehen lassen«, murmelte seine Frau und sank in Schlummer, während der Säugling weiter an ihrer Brust sog.

»Nein, das werden wir nicht«, pflichtete ihr der Mann bei und versank in tiefe, schwere Gedanken. Er dachte langsam, mühsam und schwitzte dabei, wie wenn er, hinter dem Wasserbüffel schreitend, ein hartes Brachfeld pflügte. Endlich formte sich ein Gedanke in ihm, und er sprach ihn laut aus, damit sein Weib ihn sich merke. »Ein Mann«, betonte er, »soll bei seinem Haus bleiben. Denn wenn er auf seinem eigenen Boden in seinem Heimwesen steht und die Arbeit leistet, die er gelernt hat, und sich um sein Eigentum kümmert – wer kann es ihm dann zerstören? Und wenn jeder Mann sich so verhält, wie kann dann ein Feind gegen das Volk aufkommen?«

Er wartete auf ein zustimmendes Wort seiner Frau, aber es kam zuerst nur ein Schweigen und dann ein leises Schnarchen.

Und Pansiao, die ihre Tage am Webstuhl verbrachte und niemals in die Stadt kam, konnte sich von den Dingen, die sie gehört hatte, gar keinen Begriff machen. Sie schwanden ihr aus dem Sinn wie ein Traum. Sie wurde im Haus noch immer als Kind behandelt; sie war das letzte, das ihre Mutter geboren hatte, und zwar so spät, daß Ling Sao sich dessen schämte; bei der Geburt dieses Spätlings war sie schon über Vierzig gewesen.

Pansiao war nicht so stark wie ihre Geschwister. Daher kam es, daß sie trotz der Verwunderung, mit der sie dem zweiten Bruder zugehört hatte, im Augenblick, da sie sich hinlegte, einschlief.

Selbst Lao Er und Jade vergaßen den Vorfall. Sie hatten das Buch aufgeschlagen, und nun begann Jade beim schwachen Licht der Bohnenöllampe laut die Schriftzeichen zu lesen. Lao Er hörte zu und schaute dabei auf ihre reizenden Lippen. Ein Wunder, dachte er, daß diese zwei Augen so etwas können: Sie picken aus dem Papier die Schriftzeichen, die mir wie Spuren von Hühnerfüßen erscheinen. Die Augen geben sie ihrer Stimme, und ihre Stimme trägt sie zu meinen Ohren, und ich verstehe sie ganz.

Ja, er verstand jedes Wort, aber was seine Sinne mit höchstem Entzücken erfüllte, war Jades Antlitz, wie sie die Augenlider hob und senkte und ihren Blick über die Seiten des Buches hinauf- und herabwandern ließ und mit den zierlichen Fingern über die Schriftzeichen hinfuhr. Sie las so schön und sang die Worte, wie es die Märchenerzähler tun. Und ihm war, als müßten ihn Stolz und Liebe ersticken. Er konnte nicht anders, er mußte es ihr sagen; es hätte ihn sonst zersprengt. Und er flüsterte: »Ich hoffe, mir wird nichts Böses zustoßen, weil ich so ruchlos bin. Aber ich liebe dich mehr als meine Eltern. Ja, wenn nur noch Speise genug für sie oder dich wäre – ich gäbe sie dir und ließe sie hungern. Mögen es mir die Götter verzeihen, doch es ist wahr; ich kann nichts dafür!«

Sie sah auf, ihr Gesicht wurde blutrot und bleich, ihre Stimme schwankte; sie senkte das Buch. »Wenn du mich ansiehst, kann ich nicht lesen.« Ihre Lippen bebten. Sie lächelte, und er sagte: »In das Buch kann ich nicht sehen; ich weiß ja nicht, was es sagen will. Darum muß ich dich ansehen.«

Und Jade, um ihre Verlegenheit zu verdecken und ihn abzulenken, denn seine Liebe machte sie scheu, griff sein Wort auf und rief: »Ich habe ja ganz vergessen: Ich wollte dich lesen lehren!« Und sie ergriff wieder das Buch, und er mußte sich mit ihr über die Schriftzeichen neigen. Sie nannte jedes und zeigte darauf und ließ ihn das Wort wiederholen. Und Lao Er war gehorsam und tat, was sie ihn hieß, aber sein Geist war anderswo. Er schwebte um Jade und lernte nichts.

Als sie endlich zusammen zu Bett gingen, hatte er die Ereignisse des Tages völlig vergessen, als wären sie niemals vorgefallen.

Von allen, die im Hause ruhten, dachte nur noch der dritte Sohn, Lao San, an das, was Lao Er in der Stadt erlebt hatte. Sein Bett, ein Bambuslager, war in dem Hauptraum des Hauses aufgeschlagen, denn für eine eigene Kammer war kein Platz. Doch hatte der Vater versprochen: Wenn Lao San heirate, werde er für ihn und seine Frau ein Gelaß anbauen.

Nun lag der Junge auf seinem Bambusbett, wälzte sich hin und her und konnte nicht einschlafen. Er sah im Geist jene jungen Menschen, die den feinen Laden zerstört hatten. Wer waren diese Menschen, und wer war der Feind, gegen den sie zum Kampf riefen? Die Erkenntnis kam ihm, daß es in der Welt noch vieles gab, wovon er nichts wußte, und er fragte sich, wie schon manches Mal, wie es möglich sei, all das Unbekannte kennenzulernen, wenn er fort und fort im Haus seines Vaters bliebe.

Vom Wälzen des Leibes und der Gedanken war er müde geworden, und da er trotzdem noch immer nicht einschlafen konnte, stand er auf und ging in den Stall zu dem Wasserbüffel.

Das riesige schweigende Tier hatte sich auf den Boden gelegt. Der Junge zog ihm etwas Stroh unter dem Maul hervor und kuschelte sich in das Fell des warmen mächtigen Körpers. Die Gegenwart seines dumpfen, vertrauten Gefährten beruhigte sein Herz, und auch er fiel in Schlummer.

Der letzte Schimmer spät dämmernden Sommerlichts versank in der Finsternis. Das Haus inmitten der Felder war still wie ein Ahnengrab.

Aber es war kein Grab. Es war voll von Leben, schlafend und ewig. Der schmale, abnehmende Mond schien in das Wasser der Felder und auf das schweigende Haus, so wie er hundert und aber hundert Jahre geschienen hatte.

III

Ling Tan war ein Mann, der sozusagen sein Leben zugleich in die Tiefe und in die Weite lebte, so selten er auch sein Grundstück verließ. Er hielt es nicht für nötig zu wandern; denn dort, wo er war, war genug. Unter der Bodenschicht, die er bebaute wie vor ihm sein Vater, befand sich der Leib der Erde. Er besaß nicht nur wie andere die Oberfläche des Erdbodens. Nein, seiner Familie und ihm gehörte die Erde auch unter der Oberfläche. Ling Tan dachte oft über dieses Besitztum nach. An den schönen langen Tagen einsamen Pflügens oder wenn er zwischen den jungen Ähren das Unkraut jätete, fragte er sich nicht selten, was unter der schwarzen Erdrinde, in die er die Wurzeln der Pflanzen einbettete, wohl alles liegen möge.

In seiner Jugend hatte er einmal für seinen Vater einen Brunnen gegraben und zum erstenmal etwas von dem gesehen, was unter den Feldern lag. Da kam zuerst eine tiefe und dicke Erdkruste, fruchtbar und locker, wie seine Vorväter sie gepflügt und beackert hatten, samt allem, was sie Jahr für Jahr an Dünger hineingetan hatten. Diese Erde war so üppig, als wolle sie jeden Augenblick aus eigenem Antrieb lebendig werden. Zum

Wachstum genährt, für gute Ernte gedüngt, lag sie da, nach Samen verlangend gleich einem Weibe, das seine Zeit sehnsüchtig erwartet.

Diese Erde war ihm bekannt. Unter ihr aber lag eine harte gelbe Schicht Lehm, fest wie ein Tiegel. Wie kam dieser gelbe Boden hierher? Ling Tan wußte es nicht, auch sein Vater hatte es ihm nicht erklären können, aber der gelbe Boden war da und fing den Regen auf und hielt ihn den Wurzeln entgegen, die seiner bedurften.

Und unter dem gelben Klumpen befand sich ein steinernes Bett, aber es war nicht aus einem Block, sondern in viele dünne Stücke gespalten und zersplittert, und zwischen den einzelnen Teilen lag graufahler Sand. Und unter dem Lager war noch ein zweites, und das war von allen das merkwürdigste. Hier gab es Bruchstücke von Ziegeln und Scherben blauen Geschirrs, ja, als Ling Tan damals den Brunnen aushob, stieß er sogar auf eine alte Silbermünze, dergleichen er nie zuvor gesehen hatte; ferner auf eine zerbrochene weiße Schüssel aus Ton und schließlich auf einen dunkelbraunen glasierten Krug, der mit grauem Staub angefüllt war. Er hatte all diese Funde seinem Vater gezeigt, und Vater und Sohn hatten sie lange betrachtet. »Diese Gegenstände«, hatte sein Vater gesagt, »wurden von Menschen benutzt, von denen wir abstammen. Wir wollen sie zu deinen Großeltern ins Grab legen.«

So geschah es, und Ling Tan fuhr fort zu graben, bis eines Morgens aus den Tiefen der Erde helles klares Wasser hervorsprudelte. Bis zur Stunde war der Quell niemals versiegt.

Doch jenseits dieses Gewässers ging seine Erde noch weiter. Andere hatten das Land vor ihm besessen, hatten darauf gelebt und waren selbst ein Teil davon geworden, und die Alten im Dorfe wußten noch mehr: Wenn man auf seinem Boden oder auf irgendeinem Stück Land nur tief genug grabe, so meinten sie, werde man mit der Zeit Überreste und Grundmauern entdekken, die vormals nichts anderes waren als Schlösser und Tempel und mächtige Städte.

Die Erde, so hatte Ling Tan vernommen, war rund. Solches hatte ihm ein junger Mann mitgeteilt, der eines schönen Tages ins Dorf gekommen war und dort über viele merkwürdige Dinge gepredigt hatte. Er komme, hatte dieser Jüngling behauptet, um dem einfachen Volk zu helfen, und zwar mit etwas, was er »Unterricht« nannte.

Zu glauben, die Erde sei rund, schien Ling Tan eine schwere Zumutung, und er dachte oft an den jungen Mann: ein braver, ein guter Junge! Er hat wohl zur Rettung seiner armen Seele ein Gelübde abgelegt, von Dorf zu Dorf zu gehen und dort sein Wissen zu predigen. Und wenn er seitdem unter seinen Melonen eine vollkommen runde fand, erklärte er wohl: »Die ist wie die Erde.«

Was er nicht verstehen konnte, war nur, wie es möglich sei, daß die Menschen auf der anderen Seite der runden Erde herumgehen konnten. Doch als er eines Abends im Teehaus hierüber Bedenken äußerte, meinte sein dritter Vetter, das könne schon wahr sein. Er habe nämlich gehört, die Menschen dort auf der anderen Seite der Erde täten in allen Dingen das Gegenteil von dem, was richtig und gut sei.

Solcher Art waren die Dinge, über die Ling Tan beim Bestellen seines Ackers nachgrübelte, und er konnte manchmal hellauf lachen bei dem Gedanken, daß irgendwo weit unter der Stelle, auf der er stand, sein Land immer weiter und weiter ging, so weit, bis schließlich Fremde darauf stünden, vermutlich sogar säten und ernteten – ganz als ob es ihr Eigentum wäre! Ich müßte ihnen von Rechts wegen ein Pachtgeld dafür abverlangen, lächelte er unter seinem breiten Bambushut und lachte bei dem Gedanken so lange, bis einer der Söhne ihn nach dem Grund der Heiterkeit fragte. Dann sagte Ling Tan: »Ich habe daran gedacht, daß auf der Rückseite meines Landes irgendein Ausländer sein Getreide mäht, ohne mich um Erlaubnis zu fragen. Wenn ich wüßte, wie ich es anfangen müßte, könnte ich ihn verklagen.« Dabei funkelten seine schwarzen Äuglein, und seine Söhne stimmten in sein Gelächter ein.

Aber keiner von ihnen hatte je einen Fremden aus der Nähe gesehen, obwohl in der Stadt zahlreiche Ausländer friedlich ihrem Gewerbe nachgingen.

Die Ausländer, die auf der Rückseite seines Landes lebten, wurden im Haushalt Ling Tans mehr und mehr zum Gegenstand fröhlicher Scherze. War etwa der Erdboden trocken, so spielte er den Erbosten und meinte, die Fremden auf der anderen Seite hätten ihm das Wasser abgezapft und so sein Land trockengelegt. Und wenn seine Steckrüben nicht recht wachsen wollten, erklärte er: »Die Ausländer dort unten zupfen wieder an den Wurzeln.«

Auf diese Weise geschah es, daß sein ganzes Hauswesen gegen alle Ausländer eine sorglose Freundschaft empfand. Außer in dieser scherzhaften Form war der Fremde ihnen völlig unbekannt. Und wenn jemand zu ihnen ins Haus gekommen wäre und hätte erklärt, er sei Ausländer, Ling Tan hätte ihn hocherfreut eingeladen, am Tisch Platz zu nehmen, mit ihnen Tee zu trinken und ihr fröhliches Mahl zu teilen.

Aber Ling Tan gehörte nicht nur die Erde unter seinen Füßen, so tief sie reichte; er besaß, nach seinem Dafürhalten, auch den Raum über seinem Stück Land, so weit er nach oben ging. Die Sterne, die über seinem Boden erglänzten, waren seine Sterne, und alles, was jenseits der Sterne war, gehörte ihm auch. Sonst wußte er nichts von Gestirnen, denn niemand konnte ihm etwas vom Himmel erzählen. Sterne waren für ihn eine Handvoll Lichter, Laternchen oder vielleicht glitzernde Steine, Verzierungen, hübscher Tand, gleich den Ohrringen einer Frau, nur zum Schmuck, nicht zum Nutzen bestimmt. Sie taten nichts Unrechtes, und er wußte nicht, ob sie etwas wert waren; er war nur froh, daß sie da waren, sonst wäre der Himmel zu seinen Häupten bei Nacht zu schwarz gewesen.

Aber mochten die Sterne nun sein, was sie wollten: Wenn sie über seinem Stück Land standen, gehörten sie ihm, Ling Tan, und er stellte mitunter Betrachtungen an, wie es wohl wäre, wenn er in einem künftigen Dasein die Macht besäße, hinaufzureichen, sich einen Stern herunterzuholen und auf seiner flachen Hand zu betrachten. Ob es ihn da wohl brennen würde?

Also gingen Ling Tans Gedanken und vermischten sich mit anderen Gedanken über Getreidepreise und den mutmaßlichen Ausfall der Ernte und ob er dereinst, wenn für ihn die Zeit gekommen, zu den Ahnen einzugehen, seinen Grund und Boden unter seine drei Söhne teilen oder das Ganze dem Ältesten geben solle, wobei der zweite Sohn seinem Bruder helfen müßte.

Wenn er also verfügte – bliebe dann Nahrung genug für den dritten, wenn dieser sich verheiratete und selber

Söhne zeugte? Werden sie nicht miteinander in Streit geraten, wenn ihr Magen nicht voll ist?

Aus dem reichen Schatz seiner Erfahrung wußte Ling Tan, daß Menschen, deren Land sie ernährt, keinen Streit miteinander bekommen, es wären denn kleine Zwiste, die der Schlaf einer Nacht in Vergessenheit bringt. Nur wenn Land die Ursache des Streites ist, kämpfen sie gegeneinander und bringen sich um.

Eines Tages legte er die Frage der Teilung dem ältesten Sohn vor, nicht etwa, weil er sich alt oder arbeitsmüde fühlte, sondern nur, weil er wußte, daß die Jahre des Menschen gezählt sind und nun für ihn die Zeit da war, einen Entschluß zu fassen und nachzudenken, solange sein Geist noch stark war. »Kann dieses Land drei Männer mit ihren Familien und Kindern ernähren, wenn ich dahin bin?« fragte er Lao Ta.

Dieser zog eben an einem Strick einen Eimer Wasser aus dem Ziehbrunnen. Erst wand er ihn ganz herauf, trank sich satt, schüttelte das verschüttete Wasser von seinen nackten Armen und Schultern und gab dann die Antwort: »Das Land kann es, und ich bin bereit, es unter dieser Bedingung zu übernehmen. Wenn meine Brüder damit zufrieden sind, will ich gern weniger essen, um mit ihnen in Frieden zu leben.«

Weiter fragte Ling Tan nichts; denn die Antwort befriedigte ihn und mehr noch als seines Ältesten Wort dessen aufrichtiger Blick. Er wußte: Er konnte sein Land diesem Sohn hinterlassen; was es auch immer tragen mochte, er würde es gerecht unter allen verteilen.

Ling Sao gab solchen Gedanken an Sterne, Sonne, Mond, Erde und Erbe nicht Raum; hätte man sie darüber befragt, würde sie geantwortet haben: Was hab' ich damit zu schaffen? Ihr Haus stellte ihr genug Aufgaben, an die sie zu denken hatte. Die Wirtschaft, das tägliche Leben, die Ausbesserungen, alles hing von ihr ab. Ihr jüngstgeborener Enkel wußte auch später noch nicht, wer seine richtige Mutter war. Ob die Frau, von deren molliger Brust er trank, oder das große, kräftige Weib, das ihn immer aufnahm, bei allen Besorgungen ihn als Packen an ihrer Hüfte herumschleppte und ihn mit süßem, gekautem Reis aufpäppelte. Für ihn war die Großmutter gleich der Mutter. Und was ihre Söhne anging, so wollte Ling Sao zwar, daß sie heirateten, und dies möglichst zeitig, damit es in ihrem Haus nicht zu Torheiten käme, wußte aber zugleich, daß keine von diesen jungen Frauen ihren Söhnen das sein konnte, was sie ihnen war. Längst waren die Jungen herangewachsen, aber noch immer freute sich Sao, wenn sie von ihnen gerufen wurde, damit sie den Riemen an einer Sandale festmache, einen Knopf annähe oder sonst etwas ausbessere; denn noch immer riefen sie, wenn auch aus rauhen Kehlen, nach ihrer Mutter, genauso wie einst die Kinderstimmen nach ihr gepiepst hatten. »Ma-am«, riefen sie, und Sao antwortete: »Ja, meine Klößchen.« So rief sogar ihr ältester Sohn, der schon Vater war, und niemand fand etwas dabei. Es war auch notwendig, daß sie sich um ihn kümmerte; denn Orchidee war eine von denen, die sich nach einer Geburt wunder was einbilden, an nichts mehr denken als an das Kind, es anstaunen und jeden seiner Atemzüge belauschen. »Und das halten sie dann noch für eine Beschäftigung! Für nichts anderes haben sie Zeit«, grollte Ling Sao, »nicht einmal ihr Zimmer macht sie mehr rein oder besohlt ihrem Mann ein Paar Schuhe! Sie näht keinen Stich mehr für ihn.«

So murrte die Mutter und beklagte sich bei ihrem Mann. »Diese Orchidee«, schimpfte sie eines Abends im Bett: »Seit sie dieses letzte Kind hat, hat sie für nichts mehr Zeit, nicht einmal für das ältere. Wenn ich nicht wäre, müßte sogar unser Sohn in Lumpen herumlaufen wie ein Bettler und Hungers sterben. Sie kann weiter nichts als herumsitzen und ihr Kleines anglotzen. Dabei ist es noch so winzig! Man kann es hinlegen, wo man will – es bleibt liegen. Was soll erst werden, wenn es zu kriechen anfängt und dann zu laufen? Und wenn drei oder mehr Kinder da sind, was dann? Ein Kind bekommen hat bei mir noch gar nicht gezählt. Es ist auch nichts. Weißt du noch, Tan, wie ich damals das Feld bestellt und den Weizen geschnitten habe und dabei mit unserem Zweiten schwanger ging? Erinnerst du dich, wie ich die beiden zusammen in den Bottich gelegt habe und an meine Arbeit gegangen bin, und nichts ist ihnen geschehen! Aber diese Orchidee, das faule Geschöpf – ihr Kind könnte ja am Ende ein Sonnenstäubchen verschlucken, wenn sie nicht immer aufpaßte!«

»Es gibt nur wenige Frauen von deiner Art«, gähnte Ling Tan im Halbschlaf.

»Und Jade«, brummte Sao ermutigt weiter, »was habe ich von der? Sie hat nur Sinn für das Buch, das unser zweiter Sohn ihr mitgebracht hat. Und wenn sie ihr Kind bekommt . . .«

Ling Tan wachte auf. »Jade bekommt ein Kind?« staunte er.

Sao verzog ihr Gesicht in der Dunkelheit. »Ihr Blut zögert nun schon zehn Tage über ihre gewohnte Zeit«, erklärte sie feierlich. Als gute Mutter ihrer Söhne hielt es Ling Sao für ihre Pflicht, die Frauen der Söhne nach solchen Dingen zu fragen. »Wenn ihr Kind kommt, ehe sie ihr Buch fertiggelesen hat – was sie dann tut, weiß ich nicht«, schimpfte sie weiter. »Ich schwör' dir: Sie wird dabei das Buch in der Hand halten. Soll das Kind selbst schauen, daß es geboren wird! Ein Unglückstag war das, an dem ein Buch ins Haus kam. Für eine Frau ist nichts so schlimm wie das Lesen. Lieber Opium als Lesen!«

»Nein, kein Opium!« fuhr der Mann auf. »Nie mehr soll auch nur eine Unze Opium in dieses Haus kommen. Den Opiumfluch habe ich bei meiner alten Mutter erlebt.«

»Gut, also kein Opium«, gab Sao nach.

Sie wußte um das Unglück, das über das Haus gekommen war, als Ling Tans Mutter in ihrem vierundsechzigsten Jahr mit Opiumrauchen begann, um ihre Gebärmutterschmerzen zu lindern. Weder um Kleidung noch Nahrung hatte die Alte sich mehr gekümmert, wenn sie nur Opium hatte; das mußte sie haben! Tag und Nacht lag sie mit halb geschlossenen Augen und träumte und schlief und wachte nur auf, wenn man versuchte, ihr das Gift zu entziehen. Aber niemand hatte das Herz, die Entziehungskur durchzuführen. Denn dann steigerten sich ihre Schmerzen ins Unerträgliche. Nur unter Opium vermochte sie ruhiger zu atmen. Sieben Jahre lang zog sich das Leiden hin. Für die Beschaffung des Giftes wurde mehr Geld vertan, als Essen und Bekleidung der ganzen Familie kosteten. Und was das schlimmste war: Der Opiumgenuß wurde in jenen Jahren verboten. Wer Opium kaufte, verkaufte oder gebrauchte, setzte sein Leben aufs Spiel. Tans Vater wußte dies wohl und verbot daher seinem Sohn, Opium zu kaufen. Er selber jedoch schlich an geheime Orte, es einzuhandeln, und sagte niemandem etwas davon. Das Unternehmen wurde von Monat zu Monat gefährlicher. Jedesmal, wenn Tans Vater sich wieder aufmachen mußte, um Opium zu kaufen, ordnete er zuvor mit dem Sohn seine Angelegenheiten auf das sorgfältigste und schärfte ihm ein: Wenn er von diesem Gang nicht zurückkäme, dürfe der Sohn nicht nach ihm suchen; dann liege er schon im Kerker, ohne Hoffnung auf Rettung; dann dürfe Ling Tan sich nicht anders verhalten, als wenn ihm der Vater gestorben wäre. Dann müsse er seine Sohnespflichten erfüllen und weiterleben. Jedesmal, wenn sie so Abschied nahmen, sahen sich Vater und Sohn in die Augen und fühlten: Vielleicht ist es das letzte Mal.

Niemals, solange er lebte, vergaß Ling Tan den Ausdruck des guten verrunzelten Angesichts seines bekümmerten Vaters, der immer wieder sein Leben wagte, um die Schmerzen der alten Frau zu lindern. Als endlich, innerhalb dreier Tage, eine Seuche zuerst die Mutter und dann den Vater dahinraffte, fühlte er Dank im Herzen; denn nun war sein Vater in Frieden gestorben und im Bewußtsein, daß seinem Sohn der gefahrvolle Gang nach Opium für immer erspart blieb.

Seit dieser Zeit war für Tan das Opium der Zerstörer jeglichen Friedens, und er begrüßte es, als die Gesetze immer schärfere Strafen für Opiumhandel androhten, so daß man am Ende kaum mehr davon hörte und nur noch ganz Reiche zur Opiumpfeife griffen.

Wenn aber Ling Sao erst einmal begonnen hatte, von ihren Kindern zu reden, fand sie so leicht kein Ende. So ging denn auch jetzt ihr Gemurmel im Dunkel des friedlichen Hauses weiter. »Und was soll nun werden, wenn unsere Jüngste heiratet?« grübelte sie. »Wie ist es dann mit der Weberei? Pansiao ist fünfzehn Jahre alt, und es wird Zeit, daß wir daran denken, einen Mann für sie zu finden! Jade müßte dann ihren Platz am Webstuhl einnehmen! Du hast die Pflicht, dies unserem zweiten Sohn klarzumachen, und unserm Ältesten mußt du sagen, daß mir sein Weib mehr als bisher im Haushalt zu helfen hat. Wenn ich einmal tot bin, muß sie meine Arbeit übernehmen, und Jade muß weben, und wenn wir für unsern jüngsten Sohn eine Frau suchen, müssen wir eine starke und tüchtige ausfindig machen, die mit ihm auf dem Feld schaffen kann. Alle, die Teile unseres Lebens sind, müssen zum Leben beitragen, wenn wir nicht mehr da sind.«

Von Ling Tan kam keine Antwort. Er war in Schlaf versunken; denn nichts wirkte auf ihn so einschläfernd wie seines Weibes Stimme, wenn sie von Haushalt und Kindern sprach. Sie aber hielt sein Schweigen für Zustimmung und murmelte weiter: »Ich habe zwar gesagt, wir brauchen uns um unsere Älteste nicht zu sorgen, weil sie nicht mehr zu unserm Hause gehört, aber ich habe sie geboren und an meiner Brust genährt; darum wüßte ich gern, wie's ihr geht und ob ihr Mann seinen Laden wieder in Ordnung hat. Du wirst mich schelten, aber ich werde die Sorge um sie und ihre Kinder nicht los.«

Ling Tan schnarchte, und dieses Geräusch sagte ihr, daß sie auf keine Antwort zu rechnen habe. Sie schwieg und dachte: Immer, wenn es darauf ankommt, muß ich selbst nach dem Rechten sehen. Männer tun nur groß und bleiben dabei ihr Leben lang kleine Kinder. Wo etwas zu tun ist, muß die Frau es tun, sonst geschieht es nicht, und sie beschloß: Und wenn sie alle verhungern müßten, morgen gehe ich in die Stadt und schaue selbst nach, wie es der Tochter geht und besonders ihren zwei kleinen Kindern.

Als sie erwachte, stand ihr der in der Nacht gefaßte

Entschluß wieder vor Augen. Lange vor allen andern erhob sie sich und begann ihr Haus für den Tag ihrer Abwesenheit zu bestellen. Noch zeigte sich in den Fenstern kein Schimmer des Frühlichts, noch schienen die Sterne groß und mild wie um Mitternacht. Ling Sao aber trug das Maß der Stunden in sich. – Bis sie angekleidet, das Haus gefegt und der Reis dreimal gewaschen war, würden die Hähne krähen!

Und wirklich: Als sie den Reis zum drittenmal gewaschen und in den Kessel gelegt und frisches Wasser darübergegossen hatte, hörte sie, wie die Hähne von Dorf zu Dorf einander begrüßten, und wußte, jetzt rekelt sich Tan im Schlaf. Er wacht noch nicht auf, aber er schläft nicht mehr fest. Wenn die Hähne krähen, fühlt er dumpf, daß er sich bald zu seinem Tagewerk anschicken muß.

Zum Feuermachen ist es noch zu zeitig; also schleicht Sao ins Schlafgemach, holt sich leise die Schachtel, in der sie ihre Kämme verwahrt, stellt sie neben den Leuchter im Hof auf den Tisch, reinigt den kleinen Spiegel und kämmt sich und ölt ihre Haare. Eigentlich braucht sie dazu keinen Spiegel, hat sie doch ihr Lebtag ihr Haar immer auf die gleiche Art nach hinten gekämmt.

Bevor sie jedoch den Knoten einrollte, band sie das Haar mit einer kräftigen roten Schnur zusammen und machte es mit einem Öl geschmeidig, das sie selbst aus Spänen von feuchtem Ulmenholz gewonnen hatte. Dann flocht sie den Knoten über eine lange silberne Nadel. Diese, an beiden Enden blau emailliert, bildete einen Teil ihrer Brautausstattung, zu der außer zwei Ringen und einem Paar Ohrringen auch ein Ohrlöffel gehörte, der am unteren Ende in einen Zahnstocher auslief. Sao pflegte dies silberne Werkzeug stets in ihrem Haarknoten zu tragen; dort ruhte es sicher und war jederzeit zum Gebrauch bereit.

Als ihr Gesicht gewaschen, die Frisur fertig und ihr Mund ausgespült war, dämmerte schon der Morgen.

Sie löschte die Kerze, zündete unter dem Reiskessel Feuer an und rüstete Salzmöhren und gesalzenen Fisch als Zutat zum Reis.

Während sie so die Frühmahlzeit zubereitete, standen in den Kammern eines nach dem andern vom Lager auf; als letzte wie immer ihr zweiter Sohn Lao Er und seine Frau Jade. Die Mutter ließ ihnen dies hingehen; das erste Jahr ihrer Ehe war noch nicht um. Später würde ihnen Sao schon sagen, daß sie sich mit den andern zugleich zur Arbeit erheben müßten.

Alle bemerkten, daß die Mutter heute etwas Besonderes vorhatte. Sie trug ihre goldenen Ohrringe, ihren besten, aus weißer Baumwolle gefertigten Unterrock und dazu ihr neues Paar Schuhe; die Fersen hatte sie aber heruntergebogen, weil die Schuhe noch an den Zehen drückten. Als Ling Tan seine Frau erblickte, fragte er voller Erstaunen: »Mutter meiner Söhne, was soll das?«

»Ich habe in dieser Nacht nachgedacht«, sagte sie feierlich und unwiderruflich, »und fand nach allem, es sei das beste, nach unserer ältesten Tochter zu sehen, wie es ihr geht und ihren Kindern und deren Vater.«

»Wie kannst du allein in die Stadt gehen?« fragte ihr Mann.

Ling Sao warf den Kopf zurück. »Meinst du, daß ich mich vor Männern fürchte?« Damit setzte sie sich zum Essen, und während sie aß, rief sie ihrer Tochter und ihren Schwiegertöchtern zu, was sie während ihrer Abwesenheit tun sollten. »Orchidee«, befahl sie, »du mußt dir deinen Kleinen auf den Rücken binden, dann hast du die Hände frei; denn du mußt heute kochen. Du, Jade, achte für sie auf das Feuer, auf daß kein Rauch die Augen meines Enkels beize! Pansiao, du webst wie gewöhnlich; nur wenn dein Vater etwas braucht, Kind, mußt du seinem Ruf nachkommen, denn die andern zwei haben für ihre Ehemänner zu sorgen. Wenn du, mein dritter Sohn, etwas brauchst, ruf deine Schwester! Der Tee im Topf muß immer heiß sein. Stellt aber kein Essen für mich zurück; ich will mich bei meiner Tochter so satt essen, daß ich bis morgen genug habe. Denn sie kauft für mich immer besonderes Fleisch und holt Süßigkeiten und Würste. Was ich dort esse, hält zwei Tage vor.«

Alle hatten der Rede der Mutter aufmerksam zugehört. Ling Tan holte aus seiner Kammer einige Silbermünzen und schenkte sie ihr. Sie aber tat, als wolle sie das Geld nicht nehmen. »Ich werde doch nicht dein gutes Silber vergeuden, nein, ich nehme es nicht. Behalte es lieber, um im Herbst Saatgut zu kaufen! Außerdem brauche ich nichts. Wenn du an den Kauf eines Geschenkes denkst, kann ich nur sagen: Ich habe nichts nötig.«

Aber Ling Tan hielt ihr lachend das Geld hin, und so nahm sie es denn, wie es von Anfang an ihre Absicht gewesen war. Wenn er ihr nichts gegeben hätte, würde sie es von ihm gefordert haben, aber da er so artig war, es ihr unaufgefordert zu überreichen, fand sie, sie müsse ihm ebenso höflich Antwort geben.

Und nun war sie zum Aufbruch bereit. Alle begleiteten sie zum Tor, wünschten ihr einen glücklichen Tag, und sie setzte sich in Bewegung. In ein weißes Taschentuch eingebunden, trug sie ein paar Geschenke für ihre Tochter: sechs Hühnereier, fünf reife Pfirsiche und getrocknete Dattelpflaumen.

Die Sonne stand schon über dem Berg, wenn auch noch nicht so hoch, um allzu große Hitze zu geben, als Ling Sao zum erstenmal ihren Schritt hemmte und Rast machte. Es wird heiß werden, sagte sie sich. Am Himmel ist nicht das kleinste Wölkchen zu sehen; kein Wind kräuselt das Wasser der Reisfelder. Und sie freute sich auf den Tag, mochte er heiß oder kühl sein. Sie war noch jung genug, sich über Abwechslung im Einerlei ihrer Tage zu freuen. Auch liebte sie es, in das Haus ihrer Tochter zu treten, dort das Neueste zu erfahren und sich als Mutter der Herrin zu fühlen, nicht bloß als gewöhnliche Besucherin. Sie wurde von den beiden Dienerinnen mit gleicher Ehrfurcht behandelt wie ihres Schwiegersohnes eigene Mutter, und das war mehr, als sie für sich in Anspruch zu nehmen berechtigt war.

Sie war schon zeitig aufgebrochen und holte so rüstig aus, daß sie bald einige Nachbarn einholte, die ihr Gemüse oder Traglasten Heu zum Wochenmarkt brachten, und jeder rief ihr ein freundliches Wort zu: Wie es ihr ginge, wohin sie eile und was ihr Mann mache. Für einen jeden hatte sie eine fröhliche Antwort bereit und erkundigte sich nach den kleinen Begebenheiten in seinem Haushalt. Auf diese Weise verkürzte sie sich angenehm die Zeit ihrer Wanderung.

Als sie in den tiefen Schatten des großen Stadttores eintrat, brannte die Sonne schon heiß, und sie genoß mit Freude die Kühle, die sie umfing.

Ohne Mißhelligkeiten erreichte sie das Haus ihrer Tochter.

Der Laden ihres Schwiegersohnes Wu Lien war zwar wieder geöffnet und beide Verkäufer zugegen, doch waren die Scheiben noch immer nicht ausgebessert, und in den Behältern und Kasten sah es böse aus. Bei ihrem Rundgang durch das Geschäft gewahrte Ling Sao sogleich, daß vieles von dem, was hier sonst feilgehalten wurde, verschwunden war. Es gab nur noch unansehnliche Gegenstände und Stoffe, wie man sie ebensogut in jedem Dorfladen findet.

Da erst erkannte Ling Sao die Größe des Unheils und wußte zugleich, daß der Mann ihrer Tochter es nicht gewagt hatte, sich sein Recht zu verschaffen, da er sich wohl vor weiteren Unruhen fürchtete. Die vollen Lippen fest aufeinandergepreßt, ging sie hinten zum Laden hinaus in die Wohnung.

Wu Lien lag schlaff in seinem Sessel. Er war so vom Fleische gefallen und hatte dermaßen an Fett verloren, daß seine Haut wie ein allzu großes Gewand um ihn herumhing. Niemals hatte sie vordem so fette Backenwülste in solchen Falten herabschlottern gesehen. Der früher weit vorgewölbte Bauch hing schlaff wie ein Gummiball ohne Luft. Beim Eintritt Saos lag Wu Lien in Schlummer versunken, und ihre Tochter, die neben ihm saß, fächelte ihm frische Luft zu. Als sie die Mutter erblickte, wagte sie nicht, das Fächeln zu unterbrechen oder zu sprechen, sondern gab ihr ein Zeichen, sie möge sich recht leise verhalten.

»Ist er krank, daß er so hinfällig aussieht?« wisperte Sao der Tochter ins Ohr.

»Krank vor Kummer«, flüsterte ihre Tochter. »Er nimmt keinen Bissen mehr zu sich.«

Ling Sao wußte, daß jegliche Kreatur, Mann, Weib oder Vieh, die ihre Nahrung verweigert, sich auf dem

Weg zum Grabe befindet. Und sie erschrak heftig bei dem Gedanken, ihre älteste Tochter könnte schon in so jungen Jahren Witwe werden. Rasch entschlossen und ohne sich Zeit zu nehmen, nach ihren Enkeln zu sehen oder die Mutter ihres Schwiegersohns zu begrüßen, huschte sie in die Küche, streifte die Ärmel hoch und schob die Köchin vom Herd weg.

»Hüte für mich das Feuer«, gebot sie dem Weib so energisch, daß dieses wortlos gehorchte. »Erst niedrig brennen lassen, und wenn ich sage: Jetzt!, dann mache das Feuer für die Dauer von hundert Atemzügen rasch auflodern und hierauf wiederum niedrig und schwach!«

Aus den mitgebrachten Eiern, etwas Fleisch und Zwiebeln, welche sie auf dem Tisch in einer Schüssel entdeckte, bereitete sie nun ein so angenehm duftendes Gericht, daß Wu Lien, dem eine kitzelnde Fliege den Schlummer ein wenig gestört hatte, den köstlichen Duft roch und die Augen aufschlug. »Wie riecht das gut!« hauchte er matt, und seine Frau erwiderte: »Meine Mutter hat sechs frische Landeier gebracht, die sie eben bäckt.«

»Ich kann sie essen«, flüsterte Wu Lien.

Als seine Frau das hörte, rannte sie in die Küche und kam gerade hinzu, als Ling Sao die Eier anrichtete. »Er will«, rief sie vergnügt, ergriff den Teller und Eßstäbchen, eilte damit zurück und reichte sie ihrem Mann.

Wu Lien hatte seit der Plünderung seines Ladens so gut wie nichts gegessen, und da er sich sonst dreimal am Tag vollgefressen hatte, war sein Nahrungsbedürfnis stufenweise gestiegen und hatte nun, ohne daß er sich dessen bewußt war, den höchsten Grad erreicht. Jetzt aber befand sich das leckere Gericht unmittelbar vor seiner schnuppernden Nase: Eier, wie sie ein Stadtmensch von seiner Geburt bis zum Tode nie zu kosten bekommt – da stieß er mit seinen Eßstäbchen zu und ließ den Teller nicht eher vom Mund, als bis er gänzlich geleert war.

Ling Sao und ihre Tochter standen mit verklärten Augen dabei, lächelten sich an und schauten wieder auf ihn. Und als er den geleerten Teller absetzte und ein gewaltiger Rülpser aus seinem Schlund emporstieg, lachten sie auf, und Sao rief: »Jetzt weiß ich, warum ich heute hierherkommen mußte und weshalb mein schwarzes Huhn, das sonst nur alle paar Wochen ein Ei legt, in vier Tagen zwei gelegt hat und die gelbe Henne sogar einen Tag über den anderen! Die Götter haben es so gewollt, denn nun bist du wieder bei Kräften. Auf, bring den Tee, so heiß er ihn trinken kann«, wandte sie sich an die Tochter, »dann wird er munter und frisch wie ein neugeborenes Kind.«

Die Tochter folgte. Die Mutter setzte sich und rief nach dem jüngsten Sohn Wu Liens, man solle ihn ihr schleunigst bringen! – Wenn Ling Sao kein Kind auf den Knien oder an ihrer Hüfte hatte, fühlte sie sich nicht wohl.

Das Enkelkind, das man ihr brachte, saß nackt auf ihrer Hand, und nur ein Wachstuch lag unter ihm zum Schutz gegen Nässe.

Wu Lien trank den heißen Tee unter Aufsicht der Schwiegermutter, wobei ihm abermals aufstieß. Dann fragte sie ihn nach seinem Geschäft, doch belehrte sie ihn zuvor: »So schlimm es auch steht, nie solltest du deswegen mit Essen einhalten und vom Fleisch fallen. Bedenke stets, daß du Eltern und Söhne hast. Kein Mensch gehört sich allein, sondern denen vor ihm und nach ihm. Wenn er sich selbst herunterbringt oder anderen solches gestattet, zerreißt er das Band der Familie, und die Söhne des Himmels verderben.«

Wu Lien sah sie traurig an. »Wer weiß, meine alte Mutter, vielleicht verderben die Söhne des Himmels auf jeden Fall.«

Ling Sao blickte auf ihre Tochter. Für solche Worte fehlte ihr das Verständnis.

»Das ist es ja«, seufzte die junge Frau, »das sagt er in einem fort: Die Söhne des Himmels verderben.«

Ling Sao fächelte sich erregt Luft zu. »Die Söhne des Himmels sind wir, das Volk. Und daher sollst du, Wu Lien, niemals denken, daß ein einziger Unglückstag dich vernichten kann. Du mußt wieder Waren einkaufen und wieder die schönen ausländischen Sachen hereinnehmen. Die Stadt muß dich schützen; das mußt du verlangen und Mut fassen.«

Doch Wu Lien stöhnte: »Ich habe schlimme Neuigkeiten! Ich habe sie die letzten drei Tage bei mir behalten.«

»Das ist nicht gut«, unterbrach die Schwiegermutter, »schlechte Nachrichten, die man bei sich behält, schaden der Leber und greifen die Galle an. Zorn und Sorgen und böse Neuigkeiten müssen gleich wieder heraus, sonst wird man krank.«

»Die traurigen Nachrichten sind nicht für mich allein«, versetzte Wu Lien, »sie gelten dem ganzen Volk. Die Ostmeerfeinde haben Schiffe an unsere Küste gesandt, und ihre Soldaten sind an unserem Ufer ausgestiegen. Unsere Soldaten haben sich dagegen gewehrt, aber wir sind nicht stark genug.«

Während Wu Lien also berichtete, dachte er sich bereits, daß die zwei Frauen es nicht ganz fassen würden. Sie waren nie über die Umgebung der Stadt hinausgekommen. Daher waren die zweihundert Meilen Entfernung zur Küste für sie soviel wie zweitausend. Sie hatten noch niemals in einem Eisenbahnzug gesessen, geschweige denn in einem der ausländischen windschnellen, knatternden Zauberwagen. Nicht einmal bis zum Flußhafen waren sie gekommen und hatten dort eines der fremden Schiffe gesehen, obwohl dieser Hafen nur sieben Meilen entfernt war. Das einzige, was sie wußten, war, daß vor Jahren ausländische Schiffe aus ihren Kanonen auf ein Heer gefeuert hatten, das in diese Stadt eingezogen war, und zwar deshalb, weil man einige Ausländer gefangengenommen hatte. Sogar draußen auf dem Land und in Ling Tans Haus hatte man damals den Donner der fernen Kanonen gehört. Oft hatte man darüber gesprochen, aber es schließlich vergessen.

»Erinnert ihr euch an die Kanonen, die ihr einstmals gehört habt?« fragte Wu Lien die Weiber. »Solche Kanonen haben sie jetzt an der Küste gelandet, um unsere Stadt in Asche zu legen.«

»Gewiß, ich erinnere mich«, beruhigte die Schwiegermutter, »ich weiß es genau; denn ich kratzte damals gerade den Reiskessel mit weißem Sand aus. Der Kessel tönte in meiner Hand; es klang wie ein Echo. Ich schrie nach dem Vater, denn ich fürchtete schon, es könnte ein Erdbeben sein. Und dann war es doch nicht so schlimm.«

»Diesmal wird Schlimmes geschehen«, ächzte Wu Lien. Er sah, was nicht zu übersehen war, denn er war Kaufmann und reiste zweimal im Jahr zur Meeresküste, um Waren zu kaufen. Und er kannte die Stadt nur zu gut. Die Studenten, die ihm sein Warenlager zerstört hatten, waren Vorboten größeren Unheils. Darum wagte er keine Güter mehr einzuhandeln. Doch wenn er kein Lager mehr hatte – wie sollte er dann noch irgend etwas verkaufen, das die Kunden nicht anderswo auch erhielten?

»Beruhige dich nur«, beschwichtigte Sao, »das Meer ist sehr weit von uns weg; selbst der Fluß ist schon weit genug. Was können die Feinde uns anhaben?«

»Sie haben fliegende Boote«, ereiferte sich der Schwiegersohn und ärgerte sich, daß sich die Frauen nicht fürchteten. Sie sollten seine Angst teilen! Er stellte die Gefahr so furchtbar wie möglich dar: »In zwei Stunden können die fliegenden Boote vom Meer hier bei uns sein. Dann fallen ihre eisernen Feuereier auf uns und legen unsere Häuser in Schutt. Was soll ich dann tun?« rief er verzweifelt.

»Ihr kommt einfach in unser Dorf«, verfügte die wackere Sao. »Ich habe von jeher gesagt, die Stadt ist gefährlich, aber wenn ihr in unserm Haus wohnt, kann ich das kleine Klößchen da jeden Tag sehen.«

Wu Lien war kein Tor. Ein- oder zweimal im Monat las er sogar eine Zeitung. Öfter noch ging er in das größte Teehaus der Stadt, wo er alles erfuhr, was sich irgendwo zugetragen hatte. Infolgedessen wußte er auch, was es für ihn bedeutete, wenn das, was man ihm angedroht hatte, ernst gemeint war. Und er war um so beunruhigter, als er gegen das Ostmeervolk keinen Haß empfand. Jedem Krieg war er im Innersten abhold. Ein Krieg würde nur sein Geschäft zugrunde richten und das vieler anderer auch. Nur im Frieden können die Menschen gedeihen, denn im Krieg ist alles verloren.

Da er nun lange genug zu Hause bei den Weibern herumgesessen hatte, beschloß er, ein wenig ins Teehaus zu gehen, das er seit der Plünderung seines Geschäfts aus Scham gemieden hatte.

In seiner Kammer kleidete er sich an, wobei er kummervoll feststellte, wie die Hosen um seinen Bauch schlotterten, weil das Gürtelband viel zu weit geworden war.

Beim Verlassen des Hauses ging er nicht durch das Zimmer, in dem die Frauen saßen; er benutzte ein Nebenpförtchen, das in eine Seitengasse führte. Durch Seitenstraßen bewegte er sich auch bis zum Teehaus, das er nur durch eine Hintertür zu betreten wagte. Auch setzte er sich nicht an den großen Mitteltisch, wo er sonst mit seinen Bekannten zu tafeln pflegte, sondern an ein bescheidenes Seitentischchen.

Alle seine Freunde mußten von seinem Unglück gehört haben, aber keiner hatte ihn besucht. So wußte er nicht, wie er nun angeschrieben stand: ob man ihn noch einen guten Kaufmann nannte oder einen Verräter hieß.

So saß er nun da und suchte herauszubekommen, was er in den Augen der anderen sei.

Es währte nicht lange, bis er es merkte.

Anfänglich zwar behagte es ihm, wieder hier zu sein, an einem Ort, an dem man nicht durch Kinder und Weiber gestört wurde. Bald aber spürte er etwas anderes.

Es war nicht mehr wie sonst. Obwohl voll von Gästen, lag Stille über dem Hause. Stumm saßen die Männer beim Tee, und wenn einer einmal die Stimme erhob, geschah es nur zum Zweck einer raschen Mitteilung oder Bestellung. Dann herrschte wieder Schweigen. Auch wurde kaum etwas gegessen, und doch hatte sich sonst an diesen Tischen eine schwitzende, munter lärmende Menge an den köstlichsten Speisen gütlich getan und sich mit Bechern besten Weins fröhlich zugetrunken. Auch jetzt waren alle wohlgekleidet; aber sie saßen steif, und trotz der Hitze zog keiner ein Kleidungsstück aus, um wie sonst seinen Leib ausdünsten zu lassen. Es war, als frören alle vor Furcht.

Wu Lien saß an seinem Tisch und lauerte darauf, ob einer ihn grüßen würde. Er bestellte sich grünen Tee.

Ein unordentlicher kleiner Aufwärter brachte ihn, wischte die Schale mit einem schwärzlichen Lappen aus, und der beklommene Gast hatte nicht den Mut, ihn deshalb zu tadeln. Er blies nur in seine Tasse, spülte sie selbst mit etwas heißem Tee aus, trank dann langsam, dieweil sein unsteter Blick durch den Raum wanderte in der Hoffnung, einem andern zu begegnen. Ein einziger grüßender Blick – dann ist alles gut, sagte er sich. Wenn nicht, dann ist mein Name als der eines Verräters gebrandmarkt. Jene Studenten vollzogen nämlich ihr Rächeramt nicht nur durch Zerstörung. Sie druckten die Namen der von ihnen Heimgesuchten obendrein in den Zeitungen, schlugen sie an Mauern und Stadttoren an und nannten die also Geächteten Schurken und Feinde des Landes.

Als er eben die Teeschale zum zweitenmal füllte, erspähte Wu Lien einen Bekannten gleichen Berufs, mit dem er in diesem Teehaus häufig geschmaust und manche Schale Tee geleert hatte. Ob ihn der Mann eines Grußes würdigen würde . . .? Dann war alles im rechten Geleise, und er würde ihn bitten, an seinem Tisch Platz zu nehmen.

Aber des Mannes Auge glitt über ihn hinweg, als wäre er ein Stein oder ein Stück Holz.

Ich bin ein Schurke, fiel es wie Blei in Wu Liens bekümmertes Herz, ich bin ein Verräter.

So rasch hatte die Welt um ihn her sich verwandelt, daß ein Geschäft, das noch vor wenigen Wochen allen guten Handelsgepflogenheiten entsprach, heute nichts anderes war als Verräterei. Der Tee wurde ihm im Munde zu salziger Brühe.

Er legte stumm einige Kupfermünzen als Zahlung auf den Tisch und verließ, ohne sich umzusehen, das Teehaus.

Wu Lien begab sich auf einem Umweg wieder in seine Wohnung, die er durch die gleiche Seitentür, durch welche er sie verlassen hatte, betrat. Schon durch das offene Fenster vernahm er das Geplapper der Weiber.

Er rief nach seiner Frau, und als sie herbeigerannt kam, gebot er ihr, ihm das Essen in seine Stube zu bringen; er wolle in Ruhe sein Mahl einnehmen, dann aber in seinen Laden gehen, um eine Bestandsaufnahme zu machen.

Ich werde keine neuen Waren mehr anschaffen, beschloß er in tiefer Betrübnis. Ich bin vernichtet, ich und mein Haus. Und solange ich lebe, wird mir nicht klarwerden, warum! Wieso soll alles, was ich mein Lebtag in allen Ehren getan habe, mit einemmal ein Verbrechen sein?

Ling Sao wußte von diesen Erwägungen nichts, sie setzte vielmehr wacker den ihr vorgesetzten Speisen zu, untersuchte die Enkelkinder vom Kopf bis zu den Füßen, und als sich endlich die alte dicke Gevatterin wieder entfernt und schlafen gelegt hatte und sie mit ihrer Tochter allein war, begehrte sie alles zu wissen, was Wohl und Wehe der Tochter betraf. Denn dann erst konnte sie sagen, ob ihre Älteste glücklich und im Hause des Gatten erfolgreich sei.

»Liebt dich dein Mann noch wie früher?« begann sie.

»Womöglich noch mehr«, gab die Tochter lachend

zurück. »Wenn er etwas braucht, ruft er immer nach mir. Außer mir darf ihn niemand bedienen. Bevor man den Laden geplündert hat, schenkte er mir noch ein Stück Seide für ein Gewand, und jetzt – jetzt sagt er, er wollte, er hätte noch viel mehr aus dem Laden genommen und mir geschenkt. Und er sagt, ich sei eine Frau, wie er sie sich ausgesucht hätte, wenn er sie hätte aussuchen dürfen.«

»Geht er abends aus?« fragte Ling Sao streng. Zwar sagte sie es ihrer Tochter nicht, doch wußte sie wohl, daß die Frau, deren Mann allzu zärtliche Reden führt, auf der Hut sein muß; denn oft rührt sein freundliches Lob von schlechtem Gewissen her, und er will sie durch süße Redensarten betören.

Erst als die Tochter voll Stolz erwiderte: »Das ist niemals der Fall, meine Mutter«, ließ Ling Sao ihren Argwohn fahren. In der Stadt war ihrer Ansicht nach jeder Verdacht berechtigt. Wußte sie doch, daß es hier Weiber genug gab, die anderen Schlages als ihre Tochter waren. Diese war aufrichtig und bieder, und wenn sie Farbe auf ihr Gesicht malte, tat sie es so, daß sie niemanden damit täuschte oder gar in Versuchung führte. Auch war sie schon außer Form; seit der letzten Geburt quoll ihr Busen über. Die Stadtweiber aber sorgten dafür, daß ihr Leib an Geschmeidigkeit und an Schlankheit dem einer Schlange glich. Mutterbrüste waren bei diesen Geschöpfen verpönt, und Schminke und Puder wandten sie so listig und kunstvoll an, daß es aussah, als seien ihre Larven schon von Natur so gebildet; und obwohl es solche Gestalten niemals und nirgends auf dieser Welt gab, fielen die Männer darauf herein. Nun aber war Ling Sao selig.

Der Tag war glücklich für sie verlaufen, und als sie

sich endlich zum Heimweg anschickte, band ihr die Tochter ins Tüchlein etliche Kuchen. Sie nahm einen letzten Schluck Tee, beroch die Wangen der beiden Kinder, preßte die weichen Körperchen noch einmal an sich, nickte ihrer Tochter zu und schritt durch den Laden, in dem sich Wu Lien befand. Da aber noch andere Männer anwesend waren, machte sie ihm nur eine stumme Verneigung; denn sie wußte, was sich gehörte. Dann ging sie hinaus und wanderte durch die Straßen zum Stadttor.

Ihr war, als habe die Stadt noch nie so üppig geblüht wie an diesem Abend. Die Läden waren voll von Waren und Menschen, und die Gassen wimmelten von kauf- und schaulustigem Volk. Das war ein Hin und Her, ein Auf und Ab, ein unablässiges Kichern und Schwatzen. Kein Lüftchen regte sich; der Abend war heißer noch als der Tag. Manche hatten ihre Nachtlager vor ihren Häusern aufgeschlagen; sie verzehrten dort sogar ihre Abendmahlzeit, damit ihnen nichts entgehe, was auf der Straße sich zutrug. Allenthalben hörte man sorgloses Gelächter.

Sie ging weiter und freute sich an der Fruchtbarkeit aller Felder.

Die Reisfelder waren trocken, der junge Reis sproßte bereits und verhieß eine vortreffliche Ernte. Es stand gut um das sorgsam bebaute Land, und wenn es um das Land gut steht, fand Ling Sao, steht es mit allem gut.

Zu Hause harrte man schon ihrer Ankunft. Alle hatten getan, was ihnen geheißen war.

Der eine Tag Abwesenheit hatte in ihr alles Verlangen und alle Freuden der Heimkehr erregt. Und als sie nun in die Gesichter der Ihren schaute, schien jedes einzelne ihr werter und gütiger als vordem. Ja, selbst Jade gefiel ihr nun besser. Sie sah in das hübsche Gesicht und dachte: Ich darf meinen Zweiten nicht dafür tadeln, daß er sie zu sehr liebt. Und von Orchidee dachte sie: Ich muß gegen sie nicht mehr so streng sein; sie ist eine gute Seele.

Dann sah sie sich ihre jüngste Tochter, Pansiao, an, nahm ihre Hand, besah die Wunden, welche die Fäden des Webstuhls verursacht hatten, und sagte: »Morgen brauchst du nicht zu weben, Pansiao. Laß den Webstuhl einen Tag stehen und reibe dir etwas Öl in die Handflächen!«

Diese Milde und Güte Ling Saos erfüllte das ganze Haus mit Behagen; alle saßen um sie herum wie um ein fröhliches Feuer und freuten sich ihrer wohltuenden Wärme.

Da vergaß sie, ihrem Mann etwas vom Krieg zu sagen.

IV

Wie hätte also Ling Tan auf die Begebenheiten des folgenden Tages gefaßt sein können? Der Morgen begann gleich jedem andern. Der Tag war hell und der Himmel wolkenlos. Vor drei Tagen hatte es geregnet. Es war somit noch zu früh, um wieder mit Regen zu rechnen. Darum wollte Ling Tan heute pflügen und morgen pflanzen. Übermorgen konnte es wieder regnen.

Er begab sich zur Arbeit, die Söhne begleiteten ihn, im Haus machten die Frauen sich an ihr Geschäft.

Es war um die Mitte des Morgens, als Ling Tan das Brausen fliegender Boote vernahm.

Das Geräusch war ihm nicht unbekannt; dann und

wann hatte er es schon gehört, wenn auch noch nie so laut wie jetzt. Er schaute empor.

Er sah Sonne auf silbrigen Fahrzeugen, die aber nicht wie früher einzeln erschienen, sondern in großer Schar, und sich so eilig dahinbewegten wie Wildgänse, wenn sie am herbstlichen Himmel gen Süden ziehen.

Im ersten Augenblick dachte Ling Tan, es könnten wirklich verfrühte Wildgänse sein. Aber sie flogen nicht von Norden nach Süden, sondern von Osten nach Westen und hastiger, als die Wildgänse ziehen. Binnen weniger Augenblicke waren sie über den Köpfen der Ackersleute.

Sobald sie der blinkenden Flugboote gewahr geworden, hatten Ling und alle andern, die da ihr Land bestellten, zu arbeiten aufgehört. Mit gereckten Hälsen standen sie und bestaunten die Schnelligkeit der Dahinfliegenden. Die Schönheit der jähen Erscheinung entzückte ihr Herz. Sie wußten, es waren ausländische Fahrzeuge, wie keiner der Ihren sie anzufertigen verstand, und neidlos bewundernd verfolgten sie die schmalen und flinken Körper der silbernen Vögel am Himmel.

Und dann sahen sie auf einmal, wie sich aus einem der Vögel etwas Silbernes loslöste und, während die Flugboote weiterzogen, zur Erde herniedersank. Ein wenig nach Osten getrieben, fiel es in eines der Reisfelder. Ohne die mindeste Furcht sahen die Ahnungslosen, wie dort, wo es den Boden traf, ein Springquell dunkler Erde hoch aufspritzte, und rannten, begierig, das Wunderding aus der Nähe zu schauen, dem Reisfeld zu, Ling Tan mit seinen drei Söhnen inmitten der übrigen.

Allein, sie sahen nichts Silbriges mehr, sondern nur einige Splitter Metall und ein gewaltiges Loch.

Als sie staunend am Rande standen und hinabschauten, begann der Eigentümer des Feldes zu jubeln: »Seit zehn Jahren wünsche ich mir auf meinem Grund einen Fischteich. Nie fand ich die Zeit, ihn auszuheben, und nun ist er da – hier!«

Das also war der Zweck dieser Flugmaschine: Brunnen zu bohren, Fischteiche und Kanäle zu graben, wo immer man deren bedurfte. Und sie schritten die Grube nach beiden Richtungen hin aus; sie fanden sie dreißig Schritt breit und an die vierunddreißig Schritt lang, und der Eigentümer wurde um den Gewinn beneidet.

So völlig waren sie in ihr Staunen verloren, daß sie erst nach einer Weile bemerkten, was weiter geschah. Einer der Reisbauern glaubte den gleichen Lärm zu hören, bei dem vor kurzem dieses Erdloch entstanden war. Er blickte auf und entdeckte über der mehr als drei Meilen entfernten Stadtmauer Rauch und Qualm wie von mächtigen Feuersbrünsten. Eine Rauchsäule nach der andern stieg in die windstille Luft empor und ballte sich in der Höhe zu schwarzen Gewitterwolken.

»Was soll das?« rief Ling Tan erregt, doch niemand antwortete ihm. Keiner der Landleute verstand das Geschehnis.

Sie standen dicht beieinander und waren sich in ihren blauen Kitteln so ähnlich, daß man sie kaum unterscheiden konnte, und alle waren von gleichem ratlosem Staunen erfüllt. Sie zählten acht Feuer über der Stadtmauer und noch ein kleineres seitwärts. Sie dachten, die schimmernden Silberboote seien ein Raub der Flammen geworden – da tauchten diese plötzlich wieder aus dem schwarzen Gewölk hervor und schwebten höher, viel höher als vorher, wie Sterne am Himmelszelt, wandten sich der Sonne zu und verschwanden gen Osten, von wo sie gekommen waren.

Der Qualm wuchs und verdichtete sich über der Stadt, doch da die Bauern ihn sich nicht zu erklären vermochten, begaben sie sich wieder an ihre Feldarbeit. Staunen und Neugierde blieben ihnen im Herzen; da aber kein Markttag war und das gute Wetter anhielt, schien es ihnen wichtiger, ihren Kohl zu bauen, bevor wieder Regen kam, und keiner nahm sich die Zeit, in die Stadt zu gehen und die Ursache dieser Rauchfeuer zu erkunden.

Gegen Abend verblaßte der dunkle Rauch; alles war wie zuvor, und sie gingen nach Hause zum Abendessen, zur nächtlichen Rast, um für die Arbeit des nächsten Tages Kräfte zu sammeln.

»Wenn es wichtig genug ist, darüber zu reden«, bemerkte Ling Tan auf dem Heimweg zu seinen Söhnen, »werden wir wohl davon hören, ehe wir sterben, auch ohne daß einer von uns deshalb in die Stadt läuft.«

Sie lachten herzlich, und bei Tisch beneideten alle den Mann, dem ohne Mühe und Kosten ein Fischteich auf seinem Grundstück gegraben worden war.

In der Nacht aber, als der zunehmende Mond untergegangen war und alles im Dunkeln lag, denn noch begann der neue Tag nicht zu dämmern, hörte Ling Tan das Geheul seines Hundes.

So tief er auch immer schlief, wenn sein Hund anschlug, wachte Tan sogleich auf; denn das Tier war abgerichtet, daß es das Haus warne, wenn irgendwer sich verstohlen ihm näherte. Ling Tan hörte sein zweimaliges Bellen, dann verstummte es plötzlich, und eine Hand schlug gegen das verschlossene Tor.

Wenn es ein Fremder wäre, dachte der Herr des Hauses, würde der Hund weiterbellen. Man muß ihn mit raschem Zustoß getötet haben – oder es ist ein Freund, der an die Tür pocht.

Kein gewitzter Mann wird in stockfinsterer Nacht aufstehen, sein Tor zu öffnen, wenn er nicht weiß, wer davor steht. Daher weckte Ling Tan sein Weib, ließ es jeoch nicht eher hinaus, als bis er einen Entschluß gefaßt hatte. Ling Sao war schon auf dem Sprung, nach dem Rechten zu sehen; denn sie war ein beherztes Weib und fürchtete sich vor keinem Mann; das sagte sie immer. Wenn daher einer ans Tor klopfte, dachte sie nur daran, möglichst rasch aufzutun und zu sehen, wer draußen sei.

»Durch solche Hast«, erklärte Ling Tan und hielt ihren Arm mit beiden Händen umklammert, »ist schon manch wackerer Mann ums Leben gekommen, ehe er noch sehen konnte, wer ihn erschlug.«

Während sie noch miteinander flüsterten, war draußen der Lärm noch angewachsen. Sie erhoben sich, und schon waren auch die übrigen Hausbewohner erwacht. Die drei Söhne sprangen von ihren Betten, und alle gingen zusammen zum Tor. Ling Tan trug das Bohnenöllämpchen voran.

Ob man sich melden solle und sprechen, fragten sie sich. Ling Tan entschied: Niemand dürfe reden; man solle nur horchen.

Sie hörten, wie der Hund winselte, jedoch nicht vor Angst, sondern vor Freude. »Man wird ihm etwas Gutes zu fressen gegeben haben«, raunte Ling Tan. Und zugleich vernahmen sie staunend eine weibliche Stimme, die rief: »Sind meine Eltern auch tot, daß sie nichts hören?«

Diese Worte klangen klar und deutlich über die Lehmmauer an das Ohr der Bewohner, und sofort wußten alle, wer nach ihnen verlangte. Ling Sao stürzte vor und rüttelte an der Tür. »Es ist unsere älteste Tochter«, schrie sie. »Warum liegt sie bei Nacht nicht in ihrem schönen Bett?«

Sie schob den Riegel zurück und stieß hastig das Tor auf. Nie hätten sie so etwas vermutet.

Draußen stand ihre Älteste mit Wu Lien, und beide trugen ein Kind auf dem Arm, und auch die alte Gevatterin Wu Sao stand da auf ihren unförmigen Beinen und war wie betäubt und wußte weder, wo sie sich befand, noch, was ihr geschehen. Sie führten einige Bündel Kleider mit sich, einen Teetopf, Bettzeug und einen Korb von Eßschalen, Küchengerät und zwei Leuchtern.

Da die älteste Tochter ihre Eltern erblickte, brach sie in lautes Jammern und Weinen aus. »Wir sind halb tot«, schluchzte sie. »Wir wären ganz tot, wenn wir der Straße zehn Schritte näher gewesen wären. Die beiden Dienerinnen und unsere Verkäufer liegen unter den Trümmern begraben. Die Hälfte des Ladens ist weg. Wir haben nichts mehr als unser nacktes Leben.«

Mit diesen Worten drängten sich die Ankömmlinge durch das Tor, das Ling Tan sofort hinter ihnen schloß. Er dachte nicht anders, als daß die Stadt von Räubern überfallen worden sei, was zwar seit hundert Jahren nicht mehr, in früheren Zeiten jedoch nicht selten vorgekommen war. Damals waren mitunter aus dem Gebirge ganze Räuberbanden in die Stadt eingebrochen. »Warum waren die Stadttore nicht verschlossen?« fragte er Wu Lien.

»Wie soll man Stadttore gegen den Himmel verrammeln?« rief dieser aus, setzte sein Jüngstes zu Boden und sah an sich herunter. Während des langen Marsches hatte das Kleine ihn mehrmals von oben bis unten naß gemacht, und er sah aus, als hätte er unter einer Dachtraufe genächtigt. Mit kläglicher Miene sah er den Schaden. Sonst hatte er nie ein Kind auf den Schoß genommen, bevor es nicht gute Manieren gelernt hatte.

»Gegen den Himmel?« wiederholte sein Schwiegervater, hob das Lämpchen empor und betrachtete ihn. »Was soll das heißen?«

»Habt ihr denn nichts gehört? Sie haben die Stadt bombardiert!«

»Bombardiert?« wiederholte Ling Tan abermals. Er hörte das Wort heute zum erstenmal.

»Die fliegenden Boote sind heute morgen über die Stadt gekommen«, jammerte seine Tochter. »Wir haben sie nicht beachtet; wir waren mit unseren eigenen Angelegenheiten beschäftigt. Und dann hat uns der eine Gehilfe gerufen: Man müsse so etwas ansehen, es sei es wert! Der Himmel hat mich davor bewahrt, ihm Gehör zu schenken. Ich stillte gerade mein Kind, daher lief ich nicht auf die Straße; sonst hätte ich es getan. Mein Mann schlief noch, und seine ehrwürdige Mutter schlief auch, und das andere Kind spielte zu meinen Füßen. Aber die Dienerinnen rannten hinaus, und da hörte ich einen Krach: *Pu-túng!* Ich bin in die Höhe gesprungen, daß meine Brust dem Säugling aus dem Mäulchen herausrutschte; die Erde hat unter meinen Füßen gebebt, und von überall her erscholl Geschrei und Gebrüll, ich schrie selber, und der Stuck prasselte von den Wänden, und ein Balken fiel von der Decke grad auf den Tisch. Das war aber noch lange nicht alles! Der ganze Laden – ja, denkt nur, Vater und Mutter! –, der Laden zitterte, und die Wand an der Wetterseite krachte zusammen, nur noch ein Steinhaufen ist übrig. Die Hälfte von unseren Waren liegt da begraben und auch die beiden Gehilfen; einer von ihnen hat erst kürzlich geheiratet, und der andere war so ein ehrlicher Mensch! Wo sollen wir je wieder so einen hernehmen?«

»Was nützt mir der ehrlichste Verkäufer, wenn mein Laden hin ist!« ächzte Wu Lien.

Mutter Ling Sao stand fassungslos. Ihr Geist verstand nicht, was da zu ihren Ohren drang. Und da sie nicht damit fertig wurde, gab sie das Nachdenken auf und beschäftigte sich nur noch mit dem, was sie erfaßte: daß hier in stockfinsterer Nacht ihr Kind stand und ihre Enkelkinder mit ihrem Vater und dessen lallender Mutter und daß sie todmüde waren, hungrig und in furchtbarer Angst.

»Wir müssen Betten für euch zurechtmachen«, rief sie, »Jade, du mußt Feuer anzünden und Tee bereiten, und du, Orchidee, tu Weizennudeln ins Wasser, und dann sollt ihr essen und schlafen! Morgen früh laßt uns über das Unglück nachdenken und uns zurechtfinden!«

Sie vermutete, es handle sich nur um ein neues Ungemach, das die Studenten verursacht hätten, die bereits einmal Wu Lien den Laden beschädigt hatten. Sie lebte in der Vorstellung, als sei in der ganzen Stadt nur sein Geschäft, und zwar diesmal vom Himmel herunter, zerstört worden.

Jade wußte es besser. Ohne ein Wort zu sagen, eilte sie in die Küche. Lao Er folgte ihr, kauerte sich neben sie hinter den Herd. Sie zog vielsagend die Augenbrauen empor. »Sind das nicht ›die‹?« fragte sie.

»Wer anders als ›die‹«, gab er zurück.

Nachdem man gegessen hatte, die Kinder zu Bett gebracht waren und alles, unter dem schützenden Dach geborgen, in Schlaf versunken war, setzten die beiden ihr Gespräch fort.

»Das bedeutet, daß unser Land verloren ist und daß

sie unsere Städte erobern«, sagte Jade, und Lao Er bestätigte: »Es bedeutet, daß wir vielleicht alle sterben.«

Der Gedanke, Jades Leib könnte zugrunde gehen, war ihm unerträglich. Er neigte sich über sie und umschloß sie mit beiden Armen.

So lagen sie beieinander, doch nicht in sinnlicher Leidenschaft. Ihre Herzen schwollen, nicht vor Freude und Liebeslust, sondern allein vor Empörung und Abscheu vor dem, was sie kommen sahen, vor Haß und Wut; denn da war nichts, das Entsetzliche abzuwenden. »Wie ist das möglich, daß wir nicht besitzen, was alle anderen auf dieser Welt haben?« stöhnte Jade laut in die Nacht hinaus. »Warum haben wir keine Kanonen und Flugboote, keine Verteidigung und keinen Schutz?«

»Das alles galt uns nur immer als Spielzeug und Tand«, versetzte Lao Er. »Was brauchen das Leute wie wir, die einzig ihr Leben liebhaben!«

Jade schwieg betroffen und dachte kummervoll und beschämt, wie süß auch ihr nun das Leben erschien, seitdem sie gewiß war, ein Kind zu gebären. Sie fand es schön, schwanger zu gehen, Tag für Tag sich auf seine Ankunft zu freuen und zu beobachten, wie in ihr das Unsichtbare, das Neue heranwuchs, um der Welt ein neues Leben zu bringen. Das war gut. Was war das doch für ein Wahnsinn, zerstören zu wollen, was Leben erschuf! »Wenn aber die ganze Welt mit solchen bösen Spielzeugen spielt«, erklärte sie endlich, »müssen auch wir es lernen, damit zu spielen.«

»Unsinn, das ist Unsinn«, sagte er düster.

Lange lagen sie in der Nacht und grübelten darüber nach, was sie tun sollten, und schliefen ein und wußten es immer noch nicht.

Am Morgen war nicht an Arbeit zu denken. Bis alle gesättigt waren, verstrich der halbe Vormittag, und dann standen sie um Wu Lien und seine Frau herum und hörten, was sie erzählten.

Jetzt endlich verstand Ling Tan, was in der Stadt sich ereignet hatte. Nichts so Unbedeutendes wie der Zusammenbruch eines Geschäftes! Überall, wo die silbernen Eier zu Boden gefallen und auseinandergeborsten waren, lag alles in Schutt. »Und die Menschen?« fragte er seinen Schwiegersohn.

»In tausend Stücke!« erwiderte dieser. »Als wären auch sie nur aus Ton. Hier ein Arm, dort ein Kopf, da ein halber Fuß, ein Bein, Eingeweide, ein Herz, Blut und Splitter von Knochen.«

Dann war Schweigen. Einer schaute den andern an. Keiner konnte sich vorstellen, was er nicht mit eigenen Augen gesehen hatte.

»Aber warum!« schrie Jade auf, und es war, als käme ihr Aufschrei aus aller Mund.

»Wer kann es wissen?« seufzte Wu Lien. »Der Himmel ist über uns allen.«

Sein Weib begann wieder zu schluchzen, auch Orchidee und Pansiao weinten. Stumm standen sie auf, und jeder begab sich an seine Arbeit, die Frauen richteten wieder das Essen und kümmerten sich um die Kinder, Ling Tan und die Söhne gingen aufs Feld hinaus.

Nur Wu Lien saß allein, abgesondert, denn er verstand nichts vom Ackerbau und nichts von Vieh und vom Pflug. Er war ein Kaufmann, und wenn er keine Handelsware besaß, mußte er müßiggehen. Dieser Müßiggang war für ihn ärger als alles, was er bis dahin erlebt hatte; denn er konnte kein Ende absehen.

Unter dem großen Weidenbaum jenseits des Teiches pflegten Jade und Lao Er heimlich zusammenzukommen. Seit jenem Tag, da Lao Er seine Frau vor dem Teehaus wiedergefunden und sie hier zum erstenmal haltgemacht hatten, waren sie immer und immer wieder hierher zurückgekehrt. Denn sonst hatten die beiden von früh bis spät niemals Gelegenheit, sich allein zu sehen, und sie liebten sich doch so sehr! Im Hause waren in allen Zimmern, mit Ausnahme ihrer Schlafkammer, immer noch andere. Doch sich dorthin am hellen Tage zu begeben, verbot ihnen die Sitte. Die anderen hielten das für unziemlich, und wenn es im Dorf bekannt würde, gäbe es sicher Gelächter und kränkenden Spott, weil sie nicht die Dunkelheit abwarten konnten. Damals, als sie nach Hause gingen, hatte Lao Er den tiefen, schützenden Schatten unter dem überhängenden Weidenbaum bemerkt. Wie zu einem Vorhang schlossen sich die herabrieselnden Zweige zusammen. Darum hatte er Jade mitunter gebeten, dorthin zu gehen und auf ihn zu warten. Dort konnten sie unbelauscht beieinander sein. Manchmal auch saßen sie nur zusammen und fühlten, daß sie sich nahe waren. Er streckte nur seinen Arm aus und ergriff ihre Hand; dann war der Tag nicht mehr lang.

Als sich Lao Er an diesem Vormittag mit seinem Vater zur Arbeit begab, brauchte er Jade nur zuzunicken. Da wußte sie schon, daß sie ihn am Mittag unter dem Weidenbaum treffen werde.

Schon vor ihm war sie dort, setzte sich auf den moosigen Grund und wartete. Es war sehr still. Nichts hörte man als hie und da das platschende Geräusch eines Frosches, der, von ihrer Anwesenheit aufgescheucht, ins Wasser sprang, und dazwischen das Zirpen einer Zikade, das sich mählich erhob, zu heiß lockendem Surren anstieg und wieder in Schweigen versank. Kaum konnte man glauben, die Welt dieses Tales sei anders geworden, und doch wußte Jade, wie völlig sie verwandelt war. In dem seltsamen Buch, das ihr Mann für sie gekauft hatte, stand deutlich geschrieben, und Jade verstand es: wie der Friede den Menschen verlorengeht und welche Greuel sie dann gegeneinander verüben. Sie schlachten einander im Krieg ab; Raub, Mord und Vergewaltigung herrschen; sie foltern und fressen Menschenfleisch. Dies alles geschieht in dem Land, dem der Frieden verlorengeht.

Wie können wir davor bewahrt bleiben? sann Jade. Wie sollen wir unser Kind davor schützen?

Sie dachte an jenen Jüngling vor dem Teehaus, der die Menge gefragt hatte, ob sie imstande sei, ihre Häuser in Brand zu stecken, die Ernte zu zerstören, damit der Feind keinen Nutzen daraus zöge, und wie sie als einzige sich erhoben und gerufen hatte: »Wir sind dazu imstande!« – Aber damals hatte ich noch kein Kind unter dem Herzen, dachte sie still.

Und sie grübelte darüber nach, wieso ihr das Leben nun über alles kostbar erschien – nur weil sie ein Weib war und neues Leben in sich trug! Wozu ich bestimmt bin, das muß ich zu Ende führen. Es ist wichtiger als alles andere!

Das war der Augenblick, da Lao Er die langen Zweige der Weide zurückschlug, den Schweiß von der Stirn und dem gebräunten Leib wischte und sich neben sie setzte.

»Ich habe nachgedacht, warum ich jetzt so verändert bin«, sagte sie, »und an nichts denken kann als nur an das Kind.«

»Das müssen wir auch«, erwiderte Lao Er, »wäre es anders, dann wäre das Ende für uns gekommen. Ich habe

90

auch bei der Arbeit nachgedacht, und ich weiß jetzt, was ich zu tun habe. Wir werden nicht hierbleiben. Wir wollen weg von hier, irgendwohin, wo uns der Feind nicht erreicht. Dort kannst du gebären.«

»Das Haus deines Vaters verlassen? Was wird er sagen?« fragte sie leise.

»Ich werde es ihm nicht eher mitteilen, als bis ich die Antwort auf das, was er mir sagen wird, weiß«, entgegnete Lao Er. ergriff ihre Hand und hielt sie fest und genoß die Süßigkeit ihres gewandelten Wesens. Denn seit sie um ihre Bestimmung wußte, war sie voll Sanftmut.

Als nach einigen Tagen die fliegenden Boote wieder erschienen, war Ling Tan in der Stadt. In seiner Unwissenheit hatten er und die Seinen, ja selbst Wu Lien vermeint, diese Boote seien nur einmal gekommen, dabei werde es aber sein Bewenden haben. Auch viele Städter dachten nicht anders und begannen zu bauen und auszubessern und suchten auf mancherlei Art, die Zerstörung zu meistern.

Tan hatte beschlossen, allein zu gehen, damit die andern indessen die Arbeit verrichten könnten. Kaum aber hatte er sein Anwesen verlassen, als er hinter sich eilige Schritte hörte. Er wandte den Kopf und sah seinen Jüngsten in raschem Lauf.

»Was heißt das?« fuhr er ihn an.

»Laß mich mit dir gehen, Vater«, keuchte der Junge.

»Warum willst du mit mir gehen?« versetzte Ling Tan. »Meines Wissens ist heute kein Festtag.«

Der Junge zog mit der Zehe im Staub einen Strich, den er angelegentlich betrachtete. »Ich möchte mitkommen«, trotzte er.

Ling Tan erwog, ob er den großen Jungen derb ausschelten solle, aber der Tag war so freundlich und klar,
daß er davon absah. Auch waren ihm heftige Auseinandersetzungen von jeher verhaßt, in schlimmen Zeiten
noch mehr als in guten. Wo Tan nur konnte, vermied er
jeglichen Zwist. »Also dann komm, Schlingel«, gab er
mit lachender Miene nach.

Lao San warf den Kopf zurück, und Vater und Sohn
setzten die Wanderung fort. Leicht schritten sie in ihren
Sandalen über die Steine dahin.

Der gestrige Tag war unfreundlich grau gewesen,
kein Regen zwar, aber Wolken fast bis zu den Dächern
der hohen Pagode. Heute jedoch war ein Wetter, nicht
hochsommerlich, sondern frisch wie im Herbst, und dies
erquickte sie so, daß ihre Herzen froh zu schlagen begannen. So zogen sie durch das Südtor ein.

Zunächst erblickten sie nichts, das ihnen von dem
Vorgefallenen Kunde gab, außer den ernsten Gesichtern derer, die aus und ein gingen.

Die Stadt war uralt. Seit Jahrhunderten war sie der
Sitz der Herrscher gewesen, der Kaiser und Könige und
all derer, die es sich wohl ergehen lassen, indem sie vom
Gute des Volkes zehren und das Geld, das sie ihm nehmen, mit vollen Händen wieder hinauswerfen. Daher
hatte man auch jahrhundertelang in den Mauern der
Hauptstadt bei Tag und Nacht unablässig Musik und
Gelächter gehört. Anmutige junge Weiber hielten sich
jederzeit für die Reichen bereit, und minder anmutige
und junge standen den weniger Bemittelten zu Dien-
sten. Auf dem Weiher fuhren heitere, kunstvoll ge-
schnitzte Gondeln; herrliche Tempel ragten und gol-
dene Pagoden, Zeugen früherer Zeiten.

Seit der Revolution jedoch gab es dort keine Könige

oder Kaiser mehr, Herrscher aber gab es noch immer, und auch sie errichteten prachtvolle Bauten und neuartige Wohnhäuser, in welchen aus der Wand Wasser floß und Wärme strömte und Licht in gläsernen Kugeln, Drähten und Fäden unsichtbar wartend lag und bei Berührung mit der Hand aufflammte, heizte oder leuchtete.

Auch die neuen Gebieter nahmen das Geld des Volkes und ließen es freigebig in mancherlei Festen und Lustbarkeiten wieder aus ihren Händen gleiten, so daß auch in ihren Zeiten Fröhlichkeit und Wohlleben herrschte und neue, stattliche Läden sich überall auftaten, in denen es Dinge zu kaufen gab, von denen man etliche Jahre zuvor weder etwas gesehen noch jemals gehört hatte. Gewöhnliche Kulis, die Rikschas zogen oder sich als Lastträger verdingten, brauchten des Nachts sich nicht mehr mit flackernden Kerzen in leichten Papierlaternen zu plagen. Sie trugen ein Licht in der Hand, das unabhängig von Wetter und Wind nach ihrem Gefallen aufleuchtete und ihnen den Weg wies. All das machte die Leute zufrieden und glücklich.

Und jedermann wußte, das all diese Köstlichkeiten von jenseits des Meeres stammten. Daher bewunderte das Volk die Fremden, die solche Neuigkeiten hervorbrachten, und hielt sie für edle, verehrungswürdige Menschen. Doch dies nur bis zu dem Tag, an dem die fliegenden Boote über die Stadt kamen.

Heute hörte Ling Tan, wie man auf allen Straßen und im Teehaus, in dem er mit San eine Erfrischung einnahm, voll Bitterkeit grollte: Mit Freuden verzichte man auf alle neumodischen Wunderdinge des Auslandes, wenn von dort Scheußlichkeiten kämen wie diese, die ihre Stadt in eine Riesenruine verwandeln könnten.

»Aber wo sind die Ruinen?« fragte Ling Tan den

Aufwärter und sah voll Bestürzung, wie der Gefragte plötzlich in Tränen ausbrach.

»Ich hatte ein Häuschen aus Lehm und Stroh«, schluchzte der Mann, »es lehnte sich an das Haus eines Reichen bei der Brückenstraße des Nordtores. Und jetzt liegt mein Haus mit dem seinen in Trümmern. Wer in seinem Haus umkam, weiß ich nicht. In meinem sind alle tot, und ich wäre bei ihnen, wenn ich nicht zur gleichen Stunde hier im Teehaus gearbeitet hätte. Ich wünschte, ich wäre bei ihnen. Ich hatte zwei kleine Söhne, die Frucht zweier Jahre!«

Ling Tan gab ihm zum Trost eine Münze mehr und begab sich mit seinem Sohn zur Brückenstraße am Nordtor, um die Ruinen mit eigenen Augen zu sehen.

Alles, was ihm der Kellner und andere vordem erzählt hatten, reichte nicht an den Eindruck heran, den er hier empfing. Zwei Dutzend Menschen hätten in hundert Arbeitstagen keine solche Zerstörung bewerkstelligen können, wie hier in kaum eines Atemzuges Dauer geschehen war. Starr stand Ling Tan da. Die Straße war ein einziges Durcheinander von Gebälk und Steinen, Schutt, Mörtel und Staub, und zwischen den Trümmern grub ein wehklagendes Volk mit bloßen Händen oder mit Eisenstäben herum, einige auch mit Hacken, nach Dingen und Menschen, die nicht mehr wiederkehrten.

Während die beiden sich der Stätte des Unheils näherten, stieß eine Frau einen durchdringenden Schrei aus. Zwischen den Trümmern, die andere bloßgelegt hatten, sah sie den Fuß ihres Mannes. »Sein Fuß . . . sein Fuß . . . ich erkenne ihn!« weinte sie laut. Es war alles, was sie von ihrem Mann noch erkennen konnte. Sonst war von ihm nichts mehr vorhanden als dieser Fuß und ein Stumpf seines Beines.

Tan stand mit weit aufgerissenen Augen; in seiner Brust schlug das Herz so gewaltsam, daß sein Leib unter den Schlägen erbebte. Plötzlich vernahm er neben sich würgende Kehllaute und sah, als er zur Seite blickte, daß sein Sohn heftig erbrechen mußte.

»Gib alles heraus, mein Sohn, es müßte dich sonst vergiften! Ich tadle dich nicht, Kind. Es ist mehr, als ein Mensch ertragen kann.« So sprach Tan und wartete geduldig, und Lao San gab alles Genossene von sich.

Dann führte der Vater ihn wieder zurück zum Teehaus, wusch ihm Nase und Mund, flößte ihm ein wenig Tee ein, und da sich der stolze Knabe ob seiner Schwäche schämte, sagte er: »Es ist keine Schande, wenn einem Mann bei diesem Anblick schlecht wird, mein Sohn. Jeder Rechtschaffene müßte bei solchen Greueln krank werden und böse. Wer bei den Schandtaten, die hier schuldlosen Menschen zugefügt wurden, nicht brennende Scham empfindet, ist ein Tier.«

Beide saßen bedrückt und schweigend, und Ling Tan fühlte sich elender noch als sein Sohn; denn in ihm bohrte die qualvolle Frage, warum diese Zerstörung gekommen sei und was sie zu bedeuten habe. Und während er so in Gedanken saß, von vielen Fragen bedrängt, betrat ein Jüngling das Teehaus, einer jener Studenten, die sich in diesen Tagen des Schreckens unter das Volk mischten. Wo immer sie zehn oder zwanzig Menschen beisammen sahen, in Läden, Teehäusern oder auf Straßen, hielten sie Ansprachen, und so auch hier.

Der junge Mann stieg auf eine Bank und begann: »Ihr, die ihr euer Vaterland liebt, hört mich an! Gestern flog der Feind über die Stadt und warf Bomben ab, die Häuser und Läden zerstört und Männer, Weiber und

Kinder getötet haben. Der Krieg hat begonnen. Wir müssen uns rüsten. Wir müssen den Feind bekämpfen. Wir müssen Widerstand leisten bis in den Tod, und nach uns müssen sich unsere Kinder dem Eindringling widersetzen. Hört, ihr tapferen Männer! Der Feind hatte zuerst Erfolge, aber sie werden nicht lange währen. Er hat unser Land bis hundert Meilen landeinwärts genommen. Wir dürfen nicht zulassen, daß er uns auch noch die zweiten hundert Meilen nimmt. Sollte es trotzdem geschehen, so müssen wir die folgenden hundert Meilen verteidigen. Kämpft! Kämpft!«

Als Ling Tans Sohn diese anfeuernden Worte vernahm, zollte er ihnen Beifall, und andere Jungen taten ein Gleiches. Ling Tan aber streckte die leeren Hände aus und rief: »Wie soll ich damit kämpfen?«

Der Student aber war bereits seines Weges gegangen, und niemand war da, der auf Tans Frage eine Antwort wußte; denn alle, die ringsum saßen, hatten nichts als die gleichen wehrlosen Hände wie er.

Und als gelte es, diese unbewaffneten Hände blutig und furchtbar zu verhöhnen, drang mit einemmal von Osten her jener Ton in das Teehaus, der diesen Menschen nun schon so bekannt war wie das Pochen des eigenen Herzens.

»Die Boote – die fliegenden Boote . . .!« keuchten und schrien die Männer, und ehe sich Tan dessen versah, war der Raum leer. Nur er, sein Sohn und der Aufwärter waren geblieben.

»Ihr tätet besser, euch zu verbergen«, riet dieser.

»Wie kann man sich vor Unheil wie diesem verbergen?« schrie Tan. »Warum versteckst du dich nicht?«

»Wozu soll ich mich in Sicherheit bringen«, sagte der Mann, »da ich alles verloren habe außer dem Nichts, das ich bin.« Und er ging, während das Dröhnen näher und näher kam, durch das menschenleere Lokal, wischte die Tische ab, goß stehengebliebenen Tee aus halbvollen Schalen in einen Eimer und rückte die Bänke gerade.

Jetzt war das Getöse so nahe, daß Tan, der seinem Sohne etwas zurief, die eigene Stimme nicht mehr hörte. Lao Sans Gesicht war so vor Entsetzen verzerrt, daß der Vater glaubte, ihn beruhigen zu müssen. Er wollte ihm sagen, er brauche sich nicht zu fürchten: Kein Mensch sterbe, wenn die ihm vom Himmel bestimmte Stunde noch nicht gekommen sei! Da aber sein Zuspruch im wilden Tosen verhallte, streckte er nur seine Hand aus und legte sie sanft auf den Arm des Knaben. So saßen sie, bis der Aufwärter kam und ihnen durch Zeichen bedeutete, unter den Tisch zu kriechen, um wenigstens gegen herabfallende Ziegel gesichert zu sein.

So krochen sie denn unter den Tisch und warteten da, und der Kellner geisterte durch den Raum, reinigte ihn und setzte ihn für die Wiederkehr der geflohenen Gäste instand. Tan verstand nicht, daß ein Mensch dazu fähig war. Jede Sekunde konnte das Dach einstürzen und den Mann samt seiner Arbeit begraben! Auch fühlte er trotz des Trostes, den er seinem Jungen bereithielt, in seinem Herzen unsagbare Angst; nichts wünschte er sehnlicher, als zu Hause zu sein.

Furchtbare Donnerschläge folgten rasch aufeinander. Tan wußte, was da geschah. Er dachte an das silbrige Ding, das im Reisfeld seines Nachbarn zerplatzt war. Und er verhüllte sein Angesicht.

Er fühlte sein Ende nahe. Vor seinen Augen stand bei jedem Einschlag der Tod, den in derselben Sekunde

Menschen erlitten. Sein Trommelfell schmerzte und drohte zu zerreißen. Seine Augen traten aus ihren Höhlen. Sein Atem versagte. Er blickte auf seinen Sohn.

San lag in sich selbst zusammengekrümmt, den Kopf zwischen den Beinen, die Knie gegen die Ohren gepreßt, ein hilfloses Bündel, von klammernden Armen zusammengeschnürt. So hockte auch Tan, so verharrten sie beide, und das Schrecknis zog über ihre Häupter hinweg. Es war ein Augenblick, doch schien er lange wie die Ewigkeit.

Dann kurze Stille, bis sie neues Lärmen vernahmen: Feuer!

»Komm, mein Kind«, sagte Ling Tan zu seinem Sohn, »weg von diesem Ort, komm mit mir nach Haus!«

Sie krochen unter dem Tisch hervor und rannten Hand in Hand aus dem Teehaus.

Tan machte halt. Durfte er wirklich weg? Weglaufen vor der Feuersbrunst, ohne löschen zu helfen – an Ruinen vorüber, aus denen qualvolle Schreie der Verschütteten tönten, vorbei an Weinenden, Jammernden, die ihre Häuser in Brand und ihre Lieben zerfetzt und verkohlt sahen? Konnte er das?

»Nein«, sagte er zu seinem Sohn, »laß uns sehen, was sich tun läßt!« Und ungeachtet der Lehren der Weisheit, die da geboten, die Stätten des Unheils zu meiden, außer in Fällen, wo einer für jedes verlorene oder gerettete Leben Rechenschaft abzulegen habe, kehrten sie um und gingen zu einer der Brandstätten.

Aber was konnte ein Sterblicher gegen den Untergang ausrichten? Was wollten diese paar Wackeren mit ihren Eimern voll Wasser gegen den unersättlichen Brand? Die Flammen spotteten ihrer Mühen und fielen über die Löschleute her, daß alles entsetzt zurückwich und tatenlos in die Lohe starrte. Die aber fraß sich weiter von Haus zu Haus, von Gasse zu Gasse, bis sie auf eine neu angelegte, breite, glänzende Straße stieß. Hier endlich verendete sie zischend und fauchend in rauchender Asche.

Diese neuen Prunkstraßen hatten den Einwohnern Kummer genug bereitet. Die neuen Gebieter nach der Revolution hatten sie ausgedacht und so abgesteckt, daß sie in bedeutender Breite und schnurgerade die Hauptstadt durchzogen. Was ihnen im Wege stand, hatte weichen müssen: Hütten, Kaufhäuser und sogar Tempel! Auch das war Zerstörung gewesen und hatte im Volk großen Jammer verursacht. Die Bürger, Bauern und Kulis waren damals genauso hilflos gewesen wie jetzt, da sie keine Waffen in Händen hatten. Aber heute war man dankbar und froh für das einst erduldete Ungemach. Die breite Straße hatte dem Feuer Einhalt geboten. Die breite Straße war von Freunden gebaut, das Feuer jedoch kam vom Feind. Und so zog denn auch Tan gefaßt mit seinem Jungen von dannen.

Niemals hatten beide beim Anblick der Felder tiefere Freude empfunden als jetzt. Sie ließen ihre Gefühle nicht laut werden, und auf dem ganzen Heimweg sprach keiner ein Wort. Gegen Abend erreichten sie wieder ihr Dorf.

Aus den Häusern der einzigen Straße vom Ling-Dorf riefen die Männer die beiden an und wollten wissen, was da geschehen sei. Und Ling Tan blieb stehen und begann zu berichten. Alle scharten sich um ihn und standen auf dem steinigen Dorfweg und lauschten. Niemand unterbrach seine Rede.

Auch als er geendet hatte, herrschte noch eine Weile Schweigen, bis endlich ein Alter das Wort ergriff. Er stand im neunzigsten Lebensjahr und war der Dorfälteste: »Die alten Sitten waren die besten, die alten Zeiten nur waren gut. Damals lebten wir abgesondert in unserem Land, und die Fremden hausten auf ihrem Gebiet. Da gibt es Leute, die meinen, die Ausländer seien gutartig und nützlich! Ich aber sage euch: Das Böse, das jetzt von ihnen auf unser Haupt kommt, ist größer als alle Wohltaten, die wir ihnen verdanken. Ich wollte, wir hätten niemals ein fremdes Erzeugnis gesehen. Wären sie doch immer dort geblieben, wo die Götter sie hingestellt haben: jenseits der Meere und fern unserer Küste! Denn die See hat ihren göttlichen Sinn, und die Fremden haben gegen den Willen der Götter gehandelt, als sie das trennende Meer überschritten.«

In Ehrerbietung hörten die Männer die Rede des Greises und wandten sich dann in schwerer Betrübnis den Häusern zu.

In Ling Tans Behausung aber herrschte in dieser Nacht ein Klagen und Jammern, als sei einer der Ihren gestorben.

Endlich erkannte der Herr des Hauses die Notwendigkeit, den Weibern, Kindern und jüngeren Männern einen Halt zu geben. So gebot er dem Wehklagen Einhalt und hieß alle, auf seine Worte zu hören. Und sie scharten sich um ihn.

Zum erstenmal saßen Männer und Frauen nicht abgesondert; sie wollten nicht voneinander lassen und baten, zusammenbleiben zu dürfen. Dicht aneinandergedrängt saßen sie im Vorhof am Tisch, auf dem die Speisen standen. Doch niemand langte zu. Wer hätte in dieser Stunde auch Lust zum Schmausen verspürt! Über ihnen der Himmel, die Felder vor ihnen und ringsum die Nacht waren sommerlich warm und friedlich und still. Aber keiner genoß mehr den Frieden, der sie umgab. Jeder gedachte des Unglücks, das sie ohne Verschulden befallen hatte.

»Ich kann euch nicht schützen«, sagte Ling Tan, »vor diesen neuen Sorgen und Nöten kann ich mich selber nicht schützen. Heute sah ich mit eigenen Augen, was du, Wu Lien, uns zuvor erzählt hast, und ich weiß, was schon unlängst geschehen und heute abermals eingetreten ist, wird morgen sich wiederholen, und wir haben den fremden Waffen nichts entgegenzusetzen als unsere nackten Leiber.«

So sprach er und schaute in jedes Gesicht, und alle sahen ihn an. Und er sprach weiter: »Ihr, meine zwei Ältesten, seid Männer, und du, Wu Lien, bist älter als sie. Wenn ihr irgend etwas zu sagen wißt, sprecht!«

Die beiden Söhne blickten auf Wu. Dieser räusperte sich und erklärte: »Auch ich sehe keinen Ausweg, um mich zu retten. Ich kann nur eure Nachsicht erbitten, daß ich zu dir, mein Vater, mit meiner Sippschaft gekommen bin. Ich habe nichts gelernt, als mit anderen Menschen Geschäfte zu tätigen, wo aber wäre in dieser Stunde ein Mensch, mit dem ich handeln könnte? In Kriegszeiten müssen Leute wie ich dahinleben, wo und wie es nur eben geht, und auf Frieden hoffen.«

Lao Ta erklärte: »Wenn es Feuer vom Himmel regnet, gibt es nur zwei Möglichkeiten. Die eine, ihm zu entgehen, ist, daß man davonrennt; die zweite, das Feuer herunterkommen zu lassen und hinzunehmen. Ich, mein Vater, gedenke zu tun, was du tust.«

»Und ich«, erklärte der zweite Sohn, »will ihm entgehen!«

Ling Tan horchte auf und schloß seine Rede: »Wäre ich ein Mann ohne Land, dann würde auch ich mich aufmachen. Auch wenn ich noch jung wäre, würde ich nicht länger verweilen. Doch ich bin alt; darum bleibe ich hier, wo ich geboren bin und mein Leben gelebt habe. Was immer auch kommen mag: Wenn die Stadt fällt, wenn die Nation fällt, wie heute einige auf der Straße sich ausdrückten – hier will ich stehen. Wer will, mag bei mir bleiben. Wer aber gehen will, möge gehen!«

Lao Er fühlte den Vorwurf, und er rief aus: »Du schiltst mich, mein Vater?«

»Ich schelte dich nicht, ich tadle dich nicht«, gab Tan freundlich zurück, »im Gegenteil! Ich billige dein Verhalten. Denn wenn alle, die hierbleiben, sterben müssen, dann wirst du unseren Namen und Stamm an anderer Stätte am Leben erhalten. Ich bitte dich nur um eines, mein Sohn. Wenn dieser Krieg beendet ist, kehre zurück und sieh, ob wir noch leben! Und wenn wir tot sind, zünde zu unserem Gedächtnis Weihopfer an, verbrenne den Weihrauch und übernimm unser Land!«

»Ich verspreche es dir«, sagte der Sohn.

Keine der Frauen äußerte ihre Meinung. Doch sah jede, wo ihr Platz war, und war entschlossen, ihn einzunehmen. Und als man auseinanderging, teilte jede ihrem Mann mit, was sie dachte.

Wu Liens Frau lobte ihn, weil er, ohne etwas Bestimmtes zu sagen, so trefflich gesprochen habe. Der Aufenthalt in ihrem Geburtshaus gefiel ihr; sie fühlte sich sicher, denn sie war nicht in der Stadt. Und Jade pries ihren Gatten, weil er so fest und entschieden geantwortet hatte.

Nur Orchidee seufzte, sie ginge lieber mit ihren Kindern dorthin, wo die fliegenden Boote nicht hingelangten. Doch ihr Ehemann wies sie zurecht: »Wenn alle Menschen von Osten nach Westen wandern, schenken sie dann nicht das Land unsern Feinden? Das darf nicht sein. Wir müssen an unserem Land festhalten.«

»Gut«, stimmte Orchidee ihm zu. »Dann ist wenigstens Jade weg.« Sie mochte die Schwägerin nicht, weil diese nicht gern mit ihr tratschte, sondern jede freie Stunde dazu benutzte, in ihrer Kammer zu sitzen und in ihrem Buch zu lesen. Obendrein war sie eifersüchtig, weil Jade empfangen hatte; bis jetzt war sie die einzige Schwiegertochter gewesen, die dem Hause Ling Tans Kinder geboren hatte. Insgeheim hatte sie auf Jades Unfruchtbarkeit gerechnet. »Weiber, die Bücher lesen, sind immer unfruchtbar«, hatte sie oft geäußert und fest daran geglaubt. Und jetzt hatte ihr Jade bewiesen, daß dies nicht stimmte.

Ling Sao erging sich in Lobreden auf ihren Mann, weil er dort blieb, wo er hingehörte, in seinem Haus und auf seinem Boden.

Niemand hatte gefragt, was der dritte Sohn dachte, und er sprach darüber zu keinem. Wenn er daran dachte, was er in der Stadt gesehen hatte, stieg es ihm wieder hoch, und Säure trat ihm in den Mund, aber nicht aus Furcht, sondern aus Zorn. Nach wilder Knabenart sann er, wie er sich am Feind rächen könnte, und er lag lange Zeit wach in der Nacht und biß die Nägel und weinte, weil er sich ohnmächtig fühlte und viel zu jung. Niemand wußte, was in Lao Sans Innerem vorging.

Pansiao, die jüngste Tochter, dachte gar nichts, weil sie sich nicht auf das Denken verstand. Von allen Reden hatte sie kaum etwas erfaßt. Und niemand kümmerte sich um sie, sowenig wie um den Hofhund, zu welchem ja auch, so wie zu ihr, jedermann freundlich war.

Am folgenden Tag kamen die Flugboote wieder und auch am Tag darauf und am nächsten abermals und wieder am nächsten. Jeden Tag erschienen sie, und die Hauptstadt lag unter der Geißel des Todes und zuckte unter den peitschenden Flammen.

Nie wieder wollte Ling noch irgendeiner aus seinem Haus Tan in die Stadt. Sie wollten dort bleiben, wo sie waren. Sie machten sich an die Erntearbeiten. Sie brachten das Korn und die Frucht ein wie jedes Jahr. Sie rüsteten sich für den Winter, und jedesmal, wenn die Todesboote nahten, verließen sie ihre Felder und verbargen sich im Bambusröhricht. Denn eines Mittags war ein Flugboot tief herabgeflogen wie eine Schwalbe, die über die Teiche dahinstreicht. Und dieses fliegende Boot hatte einen Bauern, der im Anschauen versunken auf seinem Acker stand, den Kopf glatt vom Rumpf getrennt. Dann war es wieder emporgestiegen, als wäre seine Missetat nur ein Scherz gewesen.

V

Als nun die Stadtleute jeden Tag, außer bei Regenwetter, den Tod über ihre Dächer dahinbrausen hörten, drängten sie sich in den Tempeln zusammen und flehten die Götter um Regen an. Als aber mehrere Tempel von Bomben zerstört worden waren, trauten sie sich nur noch bei Regen in einen Tempel. Sie strömten aus der Stadt heraus, suchten Zuflucht in kleinen Dorfwirtshäusern oder drückten sich in einem Winkel bei einem Bauern zusammen. Sie schliefen auf Friedhöfen oder draußen irgendwo unter einem Baum.

Nie hatte Ling Tan solche Leiden gesehen wie jetzt.

Frauen und kleine Kinder, Greise und Greisinnen schleppten ihr bißchen gerettete Habe, in Bündel verschnürt, aus der Stadt, fast alle zu Fuß, ein unendlicher Zug. Nur wenige Reiche konnten sich in dieser Zeit ein Reit- oder Zugtier verschaffen. Tan hatte einstens in Zeiten der Hungersnot die Leute von Norden herabziehen sehen, aber das waren die Armen gewesen, Bauern, deren Land eine Zeitlang nicht trug, doch lebte in ihnen die Hoffnung auf fruchtbare Jahre; dann kehrten sie wieder nach Hause zurück. Jetzt aber kamen Arme und Reiche zusammen, und keiner von ihnen wußte, ob er jemals zurückkehren könne.

Wie ein Fluß, der bei Hochwasser über die Ufer tritt, überflutete nun das Stadtvolk die Dörfer, Weiler und Felder ringsum. Doch dies war nicht der einzige Strom und auch nicht der stärkste. Ein breiterer, reißenderer ergoß sich von Osten her über das Land. Unaufhaltsam – so wie der Feind von Sonnenaufgang her vorrückte – zogen die Menschen sich Schritt für Schritt vor ihm zurück und vereinigten sich mit der Flut ihrer Schicksalsgenossen, strömten mit ihr in gewaltigen Wogen landeinwärts gen Westen, ohne zu wissen, wohin es ging, und nur eines schien ihnen gewiß: der Tod – wenn sie länger verweilten.

Anfänglich hielt Ling Tan sein Haus den Flüchtlingen offen; die Frauen erbarmten sich ihrer, kochten für sie, schafften Nahrung herbei und weinten beim Anblick der furchtbaren Leiden.

Verwundete schleppten sich mühsam vorwärts, konnten nicht weiter, und auch viele der kleinen Kinder brachen zusammen. Man mußte sie zurücklassen. Wer wollte sie zu sich nehmen? Viele von ihnen starben am Weg. Der Strom der Flüchtlinge duldete kein Verweilen. Dies aber bedeutete für Ling Tan die Rettung. Denn keinem, der hier vorbeikam, war diese Gegend weit genug vom Feind entfernt. Nach kurzer Rast brachen sie wieder auf. Es gab für sie keine Sicherheit, ehe sie nicht über Ströme, Seen und Berge tief ins Landesinnere gelangt waren. Dorthin, ins Hochgebirge, würden die Feinde nicht vorzurücken wagen, es wäre denn, sie hätten das ganze Land von der Außenwelt abgeschnitten.

Dieser Flüchtlingsstrom schien auch Lao Er eine Möglichkeit zu eröffnen, den Plan, den er sich ausgedacht hatte, ins Werk zu setzen. Er wartete nur, bis Menschen vorbeikämen, deren Gesellschaft ihn nützlich und hoffnungsvoll dünkte. Jade wartete an seiner Seite, und sie hielten Ausschau nach solchen, die nicht krank, alt oder mit zu vielen Kindern beladen wären.

Tag für Tag schauten sie aus, ob sie die rechten Gefährten für ihre Wanderung fänden, bis eines Tages ein Trupp von über vierzig kräftigen jungen Männern und Frauen des Weges kam. Die Frauen schritten frei und mutig daher wie Männer; nie waren ihre Füße eingebunden worden, und Jade faßte Zutrauen zu ihnen und schloß sie sogleich beim ersten Anblick ins Herz. Die Haare der jungen Frauen waren so kurz wie die ihren. In ihren kleinen Bündeln trugen sie Bücher.

»Wir sind Studenten«, stellten sie sich auf Befragen vor, »Schüler einer besonderen Schule, und unsere Blicke sind auf die Berge gerichtet: tausend Meilen von hier. Unsere Meister sind schon dorthin gegangen; wir folgen ihnen. Dort in Höhlen und Schlupfwinkeln werden wir weiterlernen und lernen, bis dieser Krieg beendet sein wird. Dann kehren wir wieder zurück, um einen guten Frieden zu schaffen.«

Niemand aus dieser Schar sprach davon, sich selber an diesen Krieg zu verschwenden; dies gefiel Ling Tan über alle Maßen. Auch blieben sie nicht über Nacht. Sie hielten nur Mittagsrast und baten um Tee. Ihr Brot führten sie mit sich. Und Tan hörte auf ihre Worte und lobte sie: »Solche, die nichts gelernt haben und nicht zum Lernen bereit sind, besitzen allein ihren Leib. Diese mögen nur kämpfen, wenn gekämpft werden muß. Ihr aber, die ihr in euern Gehirnen Wissen und Weisheit tragt, ihr besitzt einen Schatz, den sollt ihr aufheben für die Zeit, da wir der Weisheit bedürfen, und sollt uns sagen, wie wir zu leben haben!«

Sie lagerten sich alle im Schatten der Weidenbäume vor dem Hoftor; denn Hof und Vorhof waren zu eng, die Menge zu fassen. Tan stellte den jungen Menschen Fragen, welche bald von den Jünglingen, bald von den Mädchen beantwortet wurden, und zwar, zu Tans größtem Erstaunen, von diesen ebenso klug wie von jenen, so daß er bald völlig vergaß, wer ihm geantwortet hatte: Mann oder Weib. Zum erstenmal erfuhr er von diesen Jungen, was sich an der Küste begeben und warum sie der Feind angriff.

Sie führten darüber ein langes Gespräch.

Obschon Ling Tan noch genauso lebte wie seine Vorfahren und ebenso dachte wie seine Ahnen vor vielen Jahrhunderten, vielleicht gerade deshalb, war er nicht nur ein wahrhaft menschlicher, sondern auch ein scharfsinniger Mann. »Das Leben«, so hatte er stets seinen Söhnen erklärt, »ändert sich nicht. Die Menschen speisen mit verschiedenartigen Eßwerkzeugen, aber die Nahrung bleibt Nahrung. Sie schlafen in den verschiedenen Zeitaltern in verschiedenen Betten, doch ihr Schlaf bleibt der gleiche.« So war er auch jetzt überzeugt, daß sich die Zeiten zwar geändert hätten, nicht aber der Mensch. Als er daher diese Studentinnen und Studenten befragte, erkundigte er sich mehr danach, welche Waffen die Feinde besäßen, als nach ihrer Denkart. Doch als er vernahm, es giere der Feind nach dem Land, das sein eigenes Volk bewohnte, verstand er mit einemmal diesen ganzen Feldzug, seine Bedeutung und seine Gründe.

»Land«, sagte er und sah in die vielen jungen Gesichter, indem er bedächtig seine alte Wasserpfeife füllte, »Land ruht im tiefsten Grunde all dessen, was Menschen begehren. Hat ein Volk sehr viel Land und ein anderes zuwenig, so kommt es zu Kriegen. Denn vom Land kommt die Nahrung; das Land bietet Wohnung und Schutz. Ist das Land zu klein für seine Bewohner, so wird die Nahrung knapp und die Behausung zu eng. Dann wird auch der Menschen Sinn und Verstand immer enger und kleiner und knapper.«

Die Jungen hörten ihm achtungsvoll, wenn auch ungläubig zu. In ihren Augen war Tan nur ein alter Bauer, unkundig des Lesens und Schreibens. Was wußte er von der Weisheit, die sie aus den Büchern sogen? Allein die Höflichkeit des Herzens, die sie als Kinder von ihren Eltern gelernt hatten, war ihnen nicht abhanden gekommen. Daher hatten sie artige Worte und stimmten ihm zu. »Es ist wahr, was du sagst, alter Vater«, sagten sie, doch im Innern schenkten sie ihm keinen Glauben.

Er aber war mit ihnen zufrieden, mochten sie ihm nun recht geben oder nicht. Und als am frühen Nachmittag sein zweiter Sohn ihm erklärte, er und Jade wollten mit diesen Jungen ziehen, denn alle seien sie gut zu Fuß und voller Mut, überlegte er sich die Sache nur kurz und ging dann, seiner Gewohnheit gemäß, zu seiner Frau, um sich mit ihr zu besprechen.

Ling Sao jedoch hatte es schon von Anbeginn mißfallen, daß ihr Zweiter mit Jade das Haus des Vaters verlassen wollte. Tan fand sie am Rande des Teiches, wo sie Kleider wusch.

Sie hatte ein paar alte blaue Hosen Ling Tans gut eingeweicht, um einen glattgeschliffenen Stein gebreitet und schlug nun mit einem Prügel darauf, damit das Wasser den Schmutz heraustreibe. Während er ihr berichtete, fuhr sie mit dem Walken fort. »Ich sehe nicht ein, warum auch Jade auf und davon geht«, murrte sie. »Wer wird auf sie schauen, wenn ihre schwere Stunde herannaht? Soll unser Enkel gleich einem wilden Kaninchen auf öder Heide geboren werden? Wenn unser Sohn mit aller Gewalt auf und davon will, gut – soll er gehen! Sie aber, das sage ich dir, soll hierbleiben und unseren Enkel so zur Welt bringen, wie es sich gehört.«

Langsam und schwer versetzte Ling Tan: »Es ist besser, wir haben nur wenige junge Frauen in unserm Haus; je weniger, desto besser. Für das, was uns hier bevorsteht, ist Jade zu schön.« Er hatte Dinge vernommen, die ihn tief bestürzten. Eben erst hatte einer der Jungen ihn beiseite genommen und ihm unter vier Augen erzählt, was den jungen Frauen geschehe, die in die Hände der Feinde fallen.

Sao senkte den Prügel und sah ihren Gatten an. »Was redest du da für Zeug? Wo gibt es für ein junges Weib einen sichereren Ort als im Heim ihres Mannes? Glaubst du, daß irgendein Auge sie schärfer bewacht als das meine? Sobald Lao Er fort ist, darf sie mir keinen Fuß mehr vor unsere Schwelle setzen. Nur er ist daran schuld, daß sie mir nie gehorcht hat.«

»Vielleicht kommen Zeiten, da fremde Füße unser Hoftor durchschreiten«, sagte Tan ernst.

Sao schwang wieder den Prügel und schlug auf das Kleidungsstück ein. »Ich fürchte mich vor keinem Mann«, stieß sie hervor. »Laß nur den Fuß eines fremden Mannes unsere Schwelle berühren; dann wirst du schon sehen, wer ihm zuerst an die Kehle springt: ich oder der Hund!«

»Wie dem auch sei«, wandte Tan ein, »eine Frau hat ihrem Mann zu folgen. Und wer soll auf unsern Sohn schauen, wenn sein Weib nicht bei ihm ist?«

Ling Tan trat ins Haus, rief seinen Sohn und sagte ihm ruhig, es sei das beste für ihn, zu wandern und Jade mit sich zu nehmen. Er dachte dabei an die Worte des jungen Mannes, daß abermals hundert Meilen des Landes verloren seien. Und in dem dritten Hundert befand sich sein Haus. »Wenn aber das Kind auf der Welt ist«, bat er, »sende mir eine Botschaft! Wenn es ein Knabe ist, schicke mir eine rote Schnur! Ist es ein Mädchen, dann lege eine blaue in deine Sendung!« Und er bereute zum erstenmal, daß er die Söhne nicht hatte lesen und schreiben lernen lassen.

»Ich werde euch Nachricht geben«, sagte Lao Er stolz. »Jade kann gut schreiben. Sie wird euch alles berichten.«

In höchstem Erstaunen rief Ling Tan: »Wirklich? Das kann sie? Davon hat uns die Heiratsvermittlerin nie etwas mitgeteilt.«

»Sie dachte gewiß, es erhöhe nicht ihren Wert«, lächelte Lao Er.

»Ich hätte auch nie gedacht, daß Lesen und Schreiben für ein Weib von Nutzen sein könne.« Ling Tan nickte.

110

»Es beweist mir nur, wie sehr die Zeit aus den Fugen ist.«

Er ging in den Hof, setzte sich nieder, zündete seine Pfeife an und versank in Nachdenken. Der Sohn begab sich sogleich zu Jade, um ihr zu sagen, sie dürften gehen.

Jade hatte als erste die Meinung geäußert, daß diese Jungen die richtigen seien, um mit ihnen das Weite zu suchen. Jetzt hatte sie für sich selbst und Lao Er zwei Bündel geschnürt. Darin befand sich das Notwendigste für ihre Reise.

Als Lao Er eintrat, saß sie wartend auf dem Bettrand und hob die großen Augen zu ihm empor. »Dürfen wir gehen?«

»Ja.« Lao Er setzte sich neben sie und legte den Arm um ihre Schultern. »Ob es nicht doch zu schwer für dich ist?« fragte er zart. »Ich wünschte, ich könnte das Kind an deiner Statt tragen.«

»Du wirst es einmal.« Sie stand auf.

Da sah Lao Er, daß sie schon für die lange Wanderung völlig gerüstet war. Unter die Sohlen ihrer gewobenen Schuhe hatte sie Strohsandalen gebunden, wie man sie auf dem Felde zu tragen pflegte. Sie hatte ein einfaches Gewand angelegt, kräftige blaue Kleidung, wie Bauernweiber sie tragen: Beinkleider und Jacke, nicht aber das lange Obergewand, das ihr bestes und nach städtischer Mode gefertigt war.

»Ich bin bereit«, sagte sie und griff nach dem Bündel.

Lao Er zögerte. »Das hätte ich nie gedacht, daß mein Kind einmal an anderer Stätte zur Welt kommt als ich«, sagte er traurig.

»Es wird sein Haus finden«, ermutigte ihn Jade.

»Wir müssen den Ort seiner Geburt beachten«, sagte Lao Er gedankenvoll, »denn es ist wichtig und voller

Bedeutung, wo ein Mensch in die Welt eintritt: ob im Gebirge oder im Tal oder in einer Stadt, ob es Tag oder Nacht ist und ob in der Nähe ein Wasser fließt, auch ob der Himmel trüb oder klar ist ... wie die Provinz heißt und wie die Leute dort reden, damit man ihm später alles erzählen kann.«

»Ach«, sagte sie reisefiebrig, »laß uns aufbrechen, da es doch einmal sein soll!«

Lao Er zauderte. »Du ... ich erinnere mich noch an den Augenblick, da ich in diesem Haus den Leib meiner Mutter verließ. Eine Finsternis steht mir vor Augen, wie ich sie später nie sah. Dann kam das Licht als ein Schmerz; so daß ich aufschrie. Dann fühlte ich unter mir Arme ...«

»Kommst du jetzt mit oder nicht?« schrie Jade. »Ich hasse es, wenn einer sagt: ich gehe, und er geht dann nicht.«

Aus ihrer Stimme schlug Lao Er die Verzweiflung des Weibes entgegen, das für sein Junges Sicherheit sucht. Er stand auf.

Sie gingen zusammen hinaus. Sie verneigten sich vor seinem Vater und vor dem älteren Bruder. Den andern riefen sie ein Lebewohl zu. Die Mutter war nirgends zu sehen.

Die Jungen drängten zum Aufbruch; vor Anbruch der Dunkelheit wollten sie noch ihr Nachtquartier erreichen, und der Weg war lang.

So mußten die beiden gehen, ohne die Mutter noch einmal gesehen zu haben. »Sagt meiner Mutter, wir hätten sie überall gesucht«, rief Lao Er. »Sagt ihr, es sei ein böses Vorzeichen, daß wir sie bei unserem Weggang nicht gefunden haben!«

»Ich will es ihr sagen«, beruhigte der Vater. Doch was

er selbst fühlte, als er den Sohn sein Haus verlassen sah, unwissend, wohin, unwissend, wann er zurückkehren werde, wer weiß, vielleicht nie – denn wer konnte sagen, was noch geschah –, dies alles drängte er in sein Herz zurück. Stumm folgte er Lao Er und Jade bis vor das Hoftor und stand auf der Tenne. Neben ihm standen alle Bewohner des Hauses, nur nicht die Mutter des Sohnes.

Es war ein Nachmittag im Hochsommer, nicht anders als jeder andere, schwül, sonnig und still. Der Himmel war blau. Nur auf den grünen Bergen lagerten silberne Wolken. Vielleicht brachten sie ein Gewitter; man konnte es noch nicht wissen. Mitunter künden sie Unwetter an, manchmal auch nicht . . .

Ob es nicht doch eine Torheit, ein Wahnsinn ist, was ich tue, fragte sich Tan im tiefsten Innern, daß ich den guten Jungen hinausziehen lasse, fort aus der Sicherheit dieses Hauses, und mit ihm die junge Frau samt der kostbaren Bürde, die sie unter dem Herzen trägt? Es ist doch alles nicht anders als sonst hier . . . Und Zweifel stiegen in ihm gleich einem Gewölk auf. Ob diese Jungen wirklich in allem die reine Wahrheit gesprochen haben . . .? Nein, er kann es nicht glauben, daß kaum einhundert Meilen von seinem Haus entfernt Heersäulen des Feindes im Anmarsch auf dieses Gebiet stehen.

Dieser zweite Sohn, das wird ihm auf einmal klar, hat etwas ganz Besonderes an sich, etwas Gutes, das den zwei andern abgeht. Immer schon war er behender als sein älterer Bruder und heller im Kopf. Sein Lachen war vernünftiger, sinnvoller. Er wandte es nur an einen richtigen Spaß und lächelte nie bloß aus Höflichkeit oder um einen anderen damit zu besänftigen, wie es der Ältere tat. Ja, und der Jüngste – der taugt zu nichts als zum Hüten des Wasserbüffels. Und mag Sao auch reden, soviel sie will: Jade ist von den vier jungen Weibern im Hause doch die Beste!

Zum zweitenmal, seit er sie kannte, richtet er nun an Jade das Wort; sonst gehorchte er den alten Gebräuchen und strengen Vorschriften, die das nicht dulden. Das erstemal, daß er zu ihr sprach, war damals, da sie als Braut seine Schwelle betrat und er sie begrüßte. Das zweitemal jetzt, da er sie aus seinem Hause entläßt . . . »Tu deine Pflicht, mein Kind«, bittet er sie, »denke immer, er ist mein Sohn, und dein Kind ist mein Enkel! Alles liegt jetzt in dir und auf dir. Dort, wo das Weib getreu ist, findet kein Übel Einlaß. Die Frau ist die Wurzel, der Mann ist der Baum. Der Baum wächst nur, wenn die Wurzel stark ist.«

Jade antwortet nicht. Nur ihr lieblicher Mund, sonst immer ernst und gerade, lächelt zaghaft. Glaubt sie, was er ihr sagt . . .? Ihr Lächeln verrät es nicht.

Nun geht sie dahin, nun sind sie fort.

Lange steht Ling Tan auf seiner Tenne und schaut in die Richtung, in welcher die Schar der Jungen entschwindet.

Dann läßt er die Blicke umhergehen. Aus dem Schornstein der Küche steigt Rauch.

Er eilt ins Haus und schaut hinter den Herd. Da kauert Sao und speist die Flammen mit Trockengras. »Wo warst du?« ruft er sie an. »Überall hat man nach dir gesucht!«

»Ich wollte nicht kommen, um meinen Sohn fortgehen zu sehen«, kommt es leise zurück. »Laß mich nie zusehen, wenn eines vom Hause fort muß!«

»Du hast ja geweint!«

Tan sieht ihre geröteten Augen. Auf ihren braunen

Wangen sind die herabgeflossenen Zähren getrocknet, er sieht noch die silberne Spur.

»Das ist nur der Rauch, der mir in die Augen beißt. Ich habe nicht geweint.«

Tan widerspricht nicht. Hilflos, ratlos steht er vor ihr und sieht, wie ihr von neuem Tränen aus den Augen hervorquellen. Sie hat in ihrem Leben nur selten geweint.

Ihr Weinen versteinert Ling Tan. Er rührt sich nicht von der Stelle.

Sonderbar war es, wie sehr Ling Tan und sein Weib überall nun im Haus ihren zweiten Sohn und Jade vermißten . . . Waren nicht alle andern noch da? Tummelte sich nicht die gleiche Zahl Kinder im Hof zwischen Hühnern und Enten und zauste den Hofhund, bis er genug hatte? Auch war die Unterbringung der Gäste leichter geworden. Wu Lien mit Weib und Kindern schliefen nun in dem freigewordenen Raum und Wus alte Mutter dort, wo der dritte Sohn bisher geruht hatte; dieser schlief jetzt im Hof auf einem Bambuslager.

Und doch: Ling Tan und sein Weib vermißten die beiden. Ihr Weggehen hatte dem Haus etwas von seiner Stärke geraubt. Der ältere Bruder war ohne den jüngeren ohne Rückgrat. Zu folgsam, zu nachgiebig, allzu gefällig pflichtete er allem bei, was Vater und Mutter meinten. Er würde gewiß alles tun, was man ihn hieß, dessen war Ling Tan gewiß. Was aber wird sein, wenn bei dem nahenden Unheil niemand mehr da ist, um Lao Ta Anweisungen zu erteilen? Alles ruht einzig auf mir, fühlte der Vater. Auf einmal wurde er inne, was für ein selbständig denkender Mensch sein Sohn Lao Er trotz seiner Jugend schon war, und ebenso Jade, die Trotzige,

Eigensinnige! Sie war ein Weib, das ohne zu fragen das Richtige tat. Sogar Mutter Sao vermißte sie, mehr, als sie eingestand.

Doch als echtes, ehrliches Weib bekannte sie ihrem Gatten schon nach ein paar Tagen lachend, während sie sich vor dem Schlafengehen das lange Haar auskämmte: »Hätt' ich doch drauf geschworen, daß es bei uns im Haus nicht eher Frieden gibt, als bis Jade draußen ist, und wenn's nicht wegen des Enkelkindes wär', brauchte sie nicht wiederzukommen! Aber jetzt? Mit Orchidee ist es zum Aus-der-Haut-Fahren! Was ich ihr nicht genau vorschreibe, wird nicht getan. Und unsere Älteste kann weiter nichts, als von früh bis spät nach mir blöken: ›M-ma . . . was kommt jetzt dran? Was soll ich jetzt tun?‹ Ich sag' ihr: ›Los! Fege die Böden, besprenge den Hof, er ist staubig, bring Trockengras für die nächste Mahlzeit zum Herd; es liegt auch wieder schmutzige Wäsche herum! Wende das Fischnetz, daß es gut trocknet, oder, wenn's sonst nichts zu tun gibt, schneide Mohrrüben in Scheiben und leg sie in Salz für den Winter!‹ Und was hör' ich darauf? ›M-ma . . . was soll ich zuerst?‹«

Tans Äuglein zwinkerten der Zürnenden zu: »Du bist eben ihre Mutter. Sie fragt dich bei allem, weil du ihr immer alles befohlen hast. Jade ist niemals von dir gegängelt worden, drum sieht sie die Dinge mit eigenen Augen und nicht mit unsern.«

»Was kann ich dafür?« Sao hielt im Kämmen inne und schnitt ein gekränktes Gesicht.

Sie und ihr Mann sind in all den Jahren so miteinander verwachsen, daß sie kein tadelndes Wort erträgt, wo sie fühlt, sie hat recht. Bei andern, oh, da ist sie nicht empfindlich! Die können sie mitsamt ihrer Mutter verfluchen und ihren Vater Schildkrötensohn heißen – dergleichen prallt von ihr ab; darüber lacht sie oder schimpft doppelt so gröblich zurück. Allein wenn ihr Gatte andeutend bemerkt, sie habe irgendwo etwas Falsches getan, dann ist es aus; vergebens versucht sie ihre Bekümmernis zu bemeistern und den Vorwurf in Scherz zu kehren – unmöglich! Der leiseste Tadel senkt sich als Dolch in ihr Herz und peinigt sie noch nach Tagen. Und da Ling Tan dies weiß, hat er sich längst abgewöhnt, etwas an seiner Frau auszusetzen. Kleinigkeiten läßt er ihr durchgehen; er kennt zu gut ihr heftiges, heißes, leicht aufwallendes Herz und ihren Eifer, mit dem sie all seine Wünsche erfüllt – obwohl sie das von sich aus nie zugibt, im Gegenteil: »Ich fürchte mich vor keinem Mann«, lautet, wie immer in solchen Fällen, auch diesmal ihr Lieblingswort, »und vor dir erst recht nicht.«

»Du bist die beste Mutter in unserem Bezirk«, beschwichtigt er sie, »und wo in andern Provinzen oder jenseits der Meere gäbe es eine wie dich? Ich bin froh, daß deine Seele nicht dürr ist und kühl. Ich liebe dich, so, wie du bist: stürmisch und heiß. Ich mag deine hurtige Zunge, selbst wenn sie gegen mich losfährt«, lacht er sie herzlich an, und sie wird rot vor Freude und Glück und will es sich doch nicht anmerken lassen.

Tan denkt bei sich: Wenn diese Frau vor ihm stürbe, nie würde er eine andere zu sich ins Haus nehmen; jede andere schmeckte ihm wie eine ungesalzene Mohrrübe. »Weißt du auch, warum du Jade nicht gern hast?« neckt er die Vergnügte.

»Ich weiß genug«, gibt sie zurück, kämmt sich weiter und schaut ihn kampflustig an.

»Das weißt du nicht«, beharrt er, »du liebst sie nicht, weil sie dir gleicht.«

»Jade – mir?« schreit die Alte und stellt sich wütend und freut sich dabei; denn Jade ist eine Schönheit und, wenn Sao es auch nicht zugeben will, eine ungewöhnliche Frau.

»Ihr beide«, erläutert Tan, »ihr beide seid standhafte, widerborstige, ausdauernde, hochfahrende und entschlossene Frauen, und das ist der beste Schlag, ich mag keinen andern.«

Ein Tag folgte dem andern, und sie gewöhnten sich langsam an den Verlust der zwei Besten. Die Lücke schloß sich allmählich; die Arbeit ging weiter.

Ling Tan trieb seinen dritten Sohn an die Arbeit, ließ ihn nicht mehr den Büffel hüten, sondern nahm ihn mit auf das Feld. Als Hirten dingte er einen kleinen Burschen. Der saß nun, für einen Kupfer am Tag, auf dem Rücken des Tieres, wenn dieses nicht zur Feldarbeit eingespannt wurde.

Orchidee war seit dem Weggang der Schwägerin besser gelaunt. Nun war niemand mehr da, der sie vorwurfsvoll ansah, wenn sie nichts Rechtes zuwege brachte oder nicht sauber gekämmt und gebürstet war, angeblich aus Mangel an Zeit. Jades schmiegsames Haar war immer geglättet gewesen. Nun konnte niemand mehr Orchidee den Rang streitig machen, weder an Tüchtigkeit noch an Schönheit.

Pansiao hingegen war über Jades Weggang tief betrübt. Denn während der letzten Wochen hatte sich diese abends bemüht, ihr einige Schriftzeichen beizubringen. Den andern war zwar diese Beschäftigung als ein leeres Spiel erschienen, Jade aber verstand, was sie für dieses schweigsame Kind bedeutete, das unbeachtet und unscheinbar im Haus umherging. Jade allein war es

118

aufgefallen, wie selten das Mädchen sprach und zu wie wenigen Menschen; denn auch sie hatte vordem als stilles Kind im großen Hauswesen ihres Vaters gelebt, eines von vielen im Hof seiner Weiber.

Ihr Vater war ein reicher Mann, er besaß Ländereien, die er zum Teil verpachtet hatte und zum Teil selber bebaute. Da er sich eine Nebenfrau hielt, wuchs Jade zwischen den Kindern der beiden Gattinnen auf; insgesamt waren es siebzehn. Jade hatte sich unter den vielen stets einsam gefühlt und lieber ungesellig geschwiegen als gesellig geschwatzt. Im Haus ihres Schwiegervaters fand sie alles ganz anders. Ling Tan und Ling Sao plauderten unbekümmert; Lao Er redete, wie ihm ums Herz war; Orchidees Mundwerk ging von selber und ununterbrochen wie das Aus- und Einatmen; ein Gleiches galt von der älteren Schwägerin. Nur diese jüngste war immer für sich. Das hatte Jade nachdenklich gestimmt, und um herauszubekommen, was in dem Kind vorging, fragte sie es einmal, da ihr nichts anderes einfiel: »Möchtest du gern ein paar Buchstaben lernen? Dann könntest du, statt immer allein zu sitzen, mit der Zeit mein Buch lesen.«

»Oh . . .«, hatte das scheue Kind geantwortet, »so etwas könnte ich nicht. Wie soll ich die schweren Zeichen behalten? Ich vergesse schon, was meine Mutter mir sagt, und das ist leicht!«

»Es ist leichter, sich Schriftzeichen zu merken«, hatte Jade sie belehrt, »denn sie erzählen dir, was du gern wissen möchtest.«

So hatte sie Pansiao bald überredet, und siehe, das junge Ding faßte gut auf, so daß Jade ihr keines Schriftzeichens Bedeutung mehr als einmal zu erklären brauchte; denn jeder Buchstabe erzählte ihr eine Geschichte.

Nun aber war es damit zu Ende; Jade war fort. Pansiao konnte nur immer und immer wieder die ihr bereits bekannten Schriftzeichen wiederholen, bis eines Tages ihr Wissensdurst sie zu einer der häufig vorüberziehenden Studentinnen zog. Und sie bat sie um ein oder zwei Schriftzeichen. Und als wieder so ein Mädchen vorbeikam, wiederholte sie ihre Bitte, die ihr ebenfalls gern erfüllt wurde. So lernte sie mit der Zeit etwas lesen.

Dann reichte ihr einmal eine freundliche Junge aus ihren Habseligkeiten ein Buch und ermahnte sie: »Passe gut darauf auf! In solchen Zeiten sind Bücher kostbarer als Nahrung.«

Pansiao dankte und nahm das Buch. Zwar hatte sie noch nicht genug Schriftzeichen gelernt, um zu verstehen, was das Buch enthielt, doch hatte sie nun ein Ziel und war gewiß, es einst zu erreichen.

Ein Stückchen Holzkohle in der Hand, ging sie den Band von Anfang bis Ende durch und bezeichnete jeden Buchstaben, den sie kannte. Vorläufig standen diese Bekannten jedoch noch zu weit auseinander, um sich ihr verständlich machen zu können.

Was Ling Tan am meisten verwunderte, war der Umstand, daß jedermann im Haus und im Dorf sich so rasch an all das gewöhnte, was nun ihr tägliches Leben war. Denn Tag für Tag stellten sich die Luftboote ein.

Aber nachdem man beschlossen hatte zu bleiben, auch wenn die Stadt dem Feind in die Hände fiele, nahm man die Sache gelassen hin. Die Hälfte der Stadtbewohner war schon geflohen; bald ging noch ein Drittel der übrigen fort, und schließlich waren nur noch solche da, die nicht ein noch aus wußten oder gänzlich mittellos waren, oder auch solche, die meinten, es sei ihnen gleich, wer da herrsche; Hauptsache sei, daß die Stadt endlich Ruhe finde, und so warteten sie auf irgendeine Art Frieden.

Irgendein Ende war nahe, das fühlten alle. Denn Meile um Meile rückten die Heere des Feindes heran, und Ortschaft um Ortschaft geriet in ihre Gewalt. Aber von dem, was in den eingenommenen Orten geschah, hörte man nichts. Die Flüchtlinge waren schon vorher gegangen, und nach der Eroberung eines Gebietes, nach dem Fall einer Stadt oder eines Dorfes vernahm man nichts mehr. Schweigen. Niemand wußte, ob der Feind grausam war oder gnädig. Und alle warteten.

So wartete auch Ling Tan. Aber während der Wartezeit mußte ununterbrochen Arbeit geleistet werden. Es ging auch nicht an, immer ins Bambusgebüsch zu rennen, sobald die fliegenden Boote über ihren Äckern erschienen. Doch da es den Kopf kosten konnte, wenn er, allein in den Feldern arbeitend, sich dem Feind dort oben als Ziel darbot, sann er auf einen Ausweg.

Eines Abends, um die Stunde, zu der die meisten Männer gern ihre Weiber verlassen, um, fern ihrem Schelten, unbehelligt von Kinderlärm, in Frieden beisammenzuhocken, begab sich Tan in das Teehaus des Dorfes.

Als alle versammelt waren, stand er auf und sprach: »Meine älteren Brüder, ihr und ich, wir sind Männer der Arbeit. Krieg oder nicht Krieg, wir müssen aus unserer Erde Nahrung herausholen. Wie aber können wir dies, solange wir müßig die Zeit im Bambusholz verbringen, und zwar Tag für Tag in der günstigsten Zeit, ehe wir müde sind?«

»Wir hassen den Müßiggang ganz so wie du!« rief eine Stimme. Beifälliges Gemurmel ging durch den Teeraum.

»Aber was sollen wir tun? Was schlägst du vor?« fragte

ein zweiter. »Ich sah, wie ein Mann von einem Luftboot getötet wurde. Und weißt du: Müßiggang ist nicht so gefährlich wie tot sein.«

Ein unbehagliches Lachen ging durch die Schar der Zuhörer; auch Ling Tan lachte ein wenig und fuhr dann fort: »Ich möchte nur sagen: Keiner von uns soll sich mehr in die Bambusstauden zurückziehen. Laßt uns lieber auf unseren Feldern ausharren! Tun wir, als sähen wir die Luftboote nicht! Da wir unser so viele sind, werden sie es für Zeitvergeudung halten, so viele Köpfe aufs Korn zu nehmen und abzuschneiden, und daher weiterfliegen und uns nicht behelligen.« Er erteilte weitere Ratschläge, die allen gefielen und die sie befolgten.

Sie arbeiteten fortan, auch wenn sich die Luftboote näherten, weiter auf ihren Feldern. Nur schaute niemand von nun an nach oben. Auf ihre Hüte von Bambusstroh aber flochten sie auf Tans Rat am Morgen weit überhängende Bambuszweige, so daß die Feinde, wenn sie aus ihren Flugbooten schauten, weder die blauen Hosen noch auch die braune Haut der entblößten Arbeiterrücken wahrnahmen, sondern nichts erblickten als grünes Gezweig.

Und das Dorf und die einzelnen Bauernhöfe ringsum lagen gleich Inseln in einem unablässig dahinfließenden Menschenstrom. Aus der Stadt kamen bald keine Flüchtlinge mehr, da sich alles, was Beine und Geld besaß, schon geflüchtet hatte, aber von Osten kamen alltäglich Hunderte an Ling Tans Besitztum vorüber und hasteten weiter gen Westen. Und da Tan diese Leute befragte, woher sie kämen, und er aus ihrem Mund täglich die Namen von immer näher gelegenen Orten vernahm, ermaß er genau, daß der Feind in stetigem Vorrücken war.

Als er endlich auf diese Weise die Namen von Ortschaften hörte, die er selbst schon wandernd besucht hatte, stand für ihn fest, daß die Feinde gesiegt hatten. »Leisten denn unsere Heere nicht Widerstand?« fragte er immer wieder.

Und immer wieder kam die wehmütige Antwort: »Die Unsern ziehen sich zurück, um ihre Kräfte für eine gewaltige Schlacht aufzusparen.« – »Wo?« Das wußte ihm keiner zu sagen, so viele Ling Tan auch befragte. Daß aber diese gewaltige Schlacht erst weit hinter seinem eigenen Stück Land werde geschlagen werden, stand für ihn außer Zweifel. Denn keiner von all denen, die da vorüberströmten, wollte bei ihm verweilen. Alle hatten ein Ziel, das weit entfernt hinter Bergen und Flüssen lag.

Ling Tan war gefaßt und bestellte sein Haus für die Zeit, da der Feind über sie herrschen würde; denn auch unter feindlicher Herrschaft galt es zu leben.

War der Feind gut oder böse? Tan kam nicht dahinter. Die Berichte, die er empfing, die Reden, die er vernahm, ergaben kein Bild, und einer widersprach dem anderen.

Der Sommer sank in den Herbst. Die Ernte rechtfertigte alle Erwartungen. Die Reiskörner waren so schwer wie seit zehn Jahren nicht mehr. Die Felder, talauf, talab, trugen so reichlich und üppig, daß sich kaum Hände genug zum Ernten und Einsammeln fanden. Die Leute im Tal hatten für nichts mehr Gedanken als für das Einbringen des reichen Ertrages, und wenn Soldaten zu ihnen herauskamen und um Bettstroh für ihre Quartiere ersuchten oder Hilfe zum Graben der Laufgräben rings um die Stadt her verlangten, zeigten die Bauern verdrossene Mienen. »Wir haben über und über genug von euch Kriegern«, ließen sie sich unfreundlich vernehmen, »erntet selber und mästet euch nicht an uns! Geht und stört uns nicht bei der Arbeit!«

Sooft Ling Tan solche Antworten hörte, freute er sich; denn er verachtete alle, die am Krieg teilnahmen.

Und doch horchte auch er eines Tages auf, als einer der barsch zurückgewiesenen Krieger plötzlich zu weinen begann, über die halb abgeernteten Felder blickte und auf die tätigen Ackersleute und schmerzlich bewegt in die Worte ausbrach: »Wenn wir dieses Land nicht verteidigen können, nein . . . ich wage es nicht auszudenken, was euch dann zustoßen wird! Wir haben mit eigenen Augen die Leiden unserer Landsleute dort in den Küstenstrichen gesehen, die der Feind an sich gerissen hat!«

Aber die anderen schenkten dem Mann keine Beachtung. Die Ernte wartete, und die Soldaten zogen sich wieder zurück.

Zum Schneiden und Dreschen der Frucht drängte Ling Tan jeden im Haus an die Arbeit, außer Wu Lien, der nicht imstande war, die Sense zu führen, und keine Sichel zu handhaben wußte. Seine Frau jedoch konnte es noch und fühlte sich beim Ernten glücklich wie alle andern.

Wer aber so viel Land besaß wie Ling Tan, erntete mehr, als er bedurfte, und mehr, als er aufspeichern konnte. Der Überfluß mußte verkauft werden, und dies um so mehr, als es den in der Stadt Zurückgebliebenen an Nahrung fehlte. Auch gab es dort unterirdische Speicher, darin der Wintervorrat vor Feuer und Bomben gesichert schien.

124

Wieder vermißte Ling Tan mit Schmerzen den zweiten Sohn, und da er niemand andern wußte, dem er das wichtige Geschäft anvertrauen konnte, mußte er selbst, wenn auch ungern, sich in die Stadt begeben, um den Überschuß seiner Ernte zu gutem Preis loszuschlagen.

Es war ein trauriger Tag. Seit er zum letzten Male hier war, hatte sich die Verwüstung der Hauptstadt bedeutend verschlimmert. Reichtum und alles, was sonst einer Stadt ein heiteres Aussehen verleiht, waren entschwunden, und was geblieben war, bot einen kläglichen Anblick.

Und doch war auch etwas von Mannhaftigkeit zu verspüren. Die in der Stadt Zurückgebliebenen jammerten nicht und sprachen nicht von Flucht, und als Tan endlich zum großen Reismarkt gelangte, fand er zwar die Hälfte der Läden geschlossen, doch die Inhaber der geöffneten verkauften und kauften wie immer und sagten, daß sie es auch weiterhin so halten würden, möge da kommen, was wolle; das Volk müsse essen, und was sollte es essen, wenn kein Reis da sei? Und als Ling Tan einen höheren Preis verlangte denn je zuvor, bewilligten sie ihn, und so hatten die schlimmen Zeiten für ihn auch ihr Gutes. Zufrieden begab er sich auf den Heimweg, die Taschen voll Silber, das die Händler ihm für das Versprechen, Reis zu liefern, gegeben hatten.

Die Nachrichten aber, die er gehört hatte, waren beunruhigend. Am schlimmsten schien ihm, daß nun bereits die weißhäutigen Fremden die Stadt verließen. Zwar kannte Tan keinen von diesen Weißen, aber er wußte aus früheren Notzeiten, obwohl die Not niemals so schwer gewesen wie jetzt: Wenn die Weißhäutigen sich davonmachen, ist es nicht anders, als wenn die Ratten ein Schiff verlassen.

»Es werden nicht alle weggehen«, meinte Wu Lien, als Tan ihm am Abend die Nachricht brachte. »Zwei oder drei oder auch zehn bleiben immer, weil sie nirgends sonst unterkommen. Die anderen aber, die ziehen davon, und das läßt Schlimmes vermuten; denn die Weißen haben ein Mittel, alles herauszufinden, was irgendwo auf der Erde geschieht. Wo wir noch nichts ahnen, wissen es diese Fremden schon längst.«

Welcher Art dieses Zaubermittel sei, wünschte Orchidee zu wissen.

»Sie fangen Nachrichten aus der Luft auf«, erläuterte Wu, »und lassen Worte durch Drähte laufen.«

Orchidee horchte mit offenem Mund. »Wenn ich nur nie einen Weißen sehe«, stammelte sie, »ich würde vor Schreck tot umfallen.«

Aber Wu Lien schalt sie ob ihrer Unwissenheit. »Zwei- oder dreimal kamen schon Weiße in meinen Laden, um Auslandsware zu kaufen. Sie zahlen wie alle andern. Sie haben zwei Beine wie wir und sehen wie Menschen aus. Nur ihre Farbe und ihr Geruch fielen mir auf.«

»Können Sie sprechen?« erkundigte sich Orchidee.

»Ja, aber nur gebrochen, ungefähr so wie kleine Kinder«, erwiderte Wu nachsichtig.

»Ich möchte sie trotzdem lieber nicht sehen.«

»Das brauchst du auch nicht«, gab Wu Lien ihrer Dummheit nach und wandte sich an Ling Tan: »Was auch kommt, es ist mir lieber, wenn es bald kommt. Ich denke mir: Wenn die Stadt erst gefallen ist – wenn sie fallen muß –, werden wenigstens die Luftboote nicht mehr kommen, und ich kann zurück und wieder mein Geschäft aufmachen.«

Ling Tan verschwieg, was er bei sich dachte: Es gibt

genug wackere Kaufleute in der Stadt, die ihr Geschäft offenhalten; Wu könnte recht gut schon jetzt zurückkehren. Es gibt Menschen mit großem Mut und solche mit kleinem und solche, die keinen besitzen. Erst in der Gefahr erweist sich, zu welcher Gattung ein Mann gehört.

Doch er gab seinem Schwiegersohn die gesittete Antwort: »Jetzt wird es nicht mehr lange dauern. Drum bleibe in meinem Haus, bis wieder Ordnung ist!«

Zu allen aber, welche in diesen Tagen bei seinem Gehöft vorüberzogen, sprach Tan: »Ich habe einen Sohn, der sich mit seinem Weib in jenen Gegenden befindet, in die ihr zieht. Es ist ein hochgewachsener Jüngling, ihr werdet ihn leicht erkennen; seine Augen sind von leuchtendem Schwarz, und sein Weib ist fast ebenso groß wie er, und sie geht schwanger.« Und er nannte jedem die Namen Lao Er und Jade und bat: »Wenn Ihr sie seht, so meldet ihnen, wir leben noch, und alles sei bei uns, wie es immer war!«

Viele waren unter dem wandernden Volk, die ihm versprachen, nach den Gesuchten Umschau zu halten, und Ling Tan wünschte von Herzen, es möchte einer von dort zurückkehren und ihm nur ein einziges Wort von den beiden berichten. Doch es kam keiner zurück.

Der zehnte Monat des Jahres brach an, aber ob dieser zehnte oder der neunte Monat ein besseres Leben bot – wer konnte es wissen? Die weißen Gänse wurden, wie alljährlich im Herbst, hinaus auf das Stoppelfeld getrieben, damit sie die übriggebliebenen Körner aufpickten. Der Himmel blaute. Das hohe trockene Gras an den Berghängen färbte sich rötlich und harrte der Sichel. Tan zog mit den Seinen hinauf, um es für den Winter zu schneiden. Nur Wu Lien blieb wieder daheim, da er die

Sichel nicht handhaben konnte, und Tan gebot seiner Ältesten, an Stelle der Mutter bei ihm zu bleiben und die Hausarbeiten zu verrichten; denn Ling Sao führte Sichel und Sense so gut wie er selbst.

Tag für Tag schafften sie miteinander auf den grasigen Halden, banden das frisch geschnittene lange Gras in große Garben, und wenn sie diese des Abends zu Tal trugen, um es an der Mauer des Hauses aufzustapeln, sah man nichts von den fleißigen Schnittern als ihre Beine.

Bald hatte man genug Vorrat zur Feuerung und zur Ernährung, und Ling Tan dachte: Was immer kommt, ich kann meinen Hausstand ernähren.

Am zehnten Tag des zehnten Monats rasteten sie. Es war das Fest der Ernte, und es zogen an diesem Tag auch einige Schüler hinaus auf die Dörfer. Aber Ling Tan verwunderte sich, wie wenige es in diesem Jahr waren.

Sonst waren Studenten und Schüler zum Fest wie Heuschreckenschwärme über die Gegend gekommen und hatten im Teehaus und auf der Dorfstraße gepredigt, was alles man tun solle: daß alle das Lesen erlernen müßten und wie sich ein jeder jeden Tag gründlich zu waschen habe; auch daß es not täte, alle Fliegen und Stechmücken zu vertilgen, und wenn einer die Blattern habe, dürften die andern sich ihm nicht nähern. »Sollen wir am Ende die Kranken hinsterben lassen?« hatte Ling Sao, als sie solches vernahm, einmal gefragt. Das Bauernvolk, das den Studenten zugehört hatte, verlachte die Predigten und wollte ihnen nicht glauben; denn diese Studenten waren noch jung, und was sie lehrten, war nicht von ihren Vätern erprobt.

Doch am Zehnten des Zehnten in diesem Jahr war die

Zahl der Studenten nur sehr gering. In Ling-Dorf erschienen nur zwei junge Männer, und was sie vorbrachten, war etwas anderes als in früheren Jahren.

Es waren magere Jünglinge, und ihre Gesichter waren vom Lesen der Bücher blaß. Ihre Haare hingen lang herab; sie trugen ausländische Brillengläser, blaue Studentenröcke und Hosen und schienen Eile zu haben, bald wieder wegzugehen.

»Ihr Männer des Dorfes, unsere älteren Brüder«, huben sie an, »hört, was wir euch sagen! Der Feind naht heran, und ihr sollt alle wissen, was euch bevorsteht, wenn er hier ist. Hofft nicht, daß ihr dann Frieden habt, nein, sie werden über euch herrschen und euch zu Sklaven machen! Sie werden euch mit Opium schwächen und euch alles nehmen, was ihr besitzt. Überall, wo sie hinkamen, haben sie die Häuser geplündert, die Lebensmittelvorräte geraubt und viele Frauen geschändet.«

Ling Tan war untätig durch das Dorf geschlendert, und da der Tag schön und die Luft kühl war, hatte er sich in das Teehaus begeben; denn er hatte gehofft, dort eine wandernde Schauspielertruppe anzutreffen, wie sich deren in früheren Jahren an Festtagen allemal eingestellt hatten. Doch hatte er nichts als die zwei bleichen Jünglinge und etliche Dorfbewohner getroffen, unter ihnen seinen dritten Vetter mit seiner Frau und ihrem Sohn.

Tan hatte die Ansprache gehört und meinte: »So etwas tun die Soldaten immer, und was das Opium betrifft, zur Zeit meines Großvaters hat unsere eigene Obrigkeit uns gezwungen, Opium zu pflanzen, nur um davon Steuern erheben zu können!«

Hierüber ärgerte sich der junge Redner und rief: »Es

ist schlimmer, wenn uns die Feinde solches Leid zufügen!« Worauf Tans dritter Vetter einwarf: »Vor langer Zeit habe ich einmal einen gesehen, der war aus dem feindlichen Volk. Er hatte Haare und Augen wie ihr und wir und auch die gleiche Hautfarbe. Er war zwar etwas kurz- und säbelbeinig, doch wäre er unserer Sprache mächtig gewesen, hätte er gut für einen der Unsern gelten können – weit eher als jene Weißhäutigen, die aussehen wie die leibhaftigen Teufel.«

Aus Gründen, die niemand verstand, verdroß diese Rede die beiden Studenten noch mehr. Sie sahen sich an, und der eine sagte zum andern: »Wozu verschwenden wir unsern Atem an solche Bauerntölpel? Sie wissen nicht einmal, was es heißt, sein eigenes Land zu lieben. Wenn sie nur fressen und schlafen können, ist's ihnen gleich, wer über sie herrscht.«

Nun aber packte die Bauern die Wut und besonders Ling Tan. »Wir sind mit unseren eigenen Herrschern nicht eben gut gefahren«, schrie er laut. »Sie haben uns bis zum Weißbluten besteuert. Ich sehe keinen Unterschied, ob einer von Tigern oder von Löwen gefressen wird!«

Mit diesen Worten sprang er auf, raffte einen Klumpen Erde vom Boden und schleuderte ihn gegen den jungen Mann. Und als die anderen Gäste dies sahen, folgten sie seinem Beispiel.

Vor Angst, gesteinigt zu werden, rannten die Jünglinge, so schnell sie nur konnten, zum Dorf hinaus, und das war für sie das Ende des Festes.

Und es war für viele Tage und Monde das letzte Mal, daß Ling Tan einen Studenten zu Gesicht bekam.

Nun galt es, den Acker für den Winterweizen zu pflügen. Während die Pflugschar die Furchen zog, schaute

Ling Tan auf die dunklen Erdschollen und sann über die Worte des jungen Mannes nach, der ihn beschuldigt hatte, er wisse nicht, was es heiße, sein eigenes Land zu lieben. Liebe ich nicht diese Erde? fragte er sich. Ist diese Erde nicht mein Land? Der junge Mensch hat sein Land verlassen und ist geflohen, um sich zu retten, so wie es mein Sohn und Jade getan haben. Aber ich liebe mein Land zu sehr, um es preiszugeben. Ich will lieber sterben als mein Land verlassen. Kann ein Mensch sein Land mehr und besser lieben als so?

An jedem Regentag schleppte er eine Tracht Reis in die Stadt, um das Versprochene abzuliefern. Einmal nahm er auch seine zwei Söhne mit, die ihm halfen, eine schwere Last zu tragen.

In der Stadt vernahmen sie schlimme Kunde, die dort schon von Mund zu Mund ging: Der Feind habe gesiegt und befinde sich im Anmarsch auf diese Gegend. Sie hörten es zuerst im Laden der Händler, an welche sie ihren Reis verkauft hatten.

Ling Tan fragte aus banger Brust: »Wann haben wir diesen Feind zu erwarten?«

»Wenn er nicht noch zuletzt aufgehalten wird – in weniger als einem Monat«, antwortete der älteste Händler.

»Tun unsere Herrscher denn nichts, um sein Kommen zu verhindern?« forschte Ling Tan.

»Der Feind hat Kanonen von solcher Art und Beschaffenheit, wie wir sie nicht besitzen«, sagte der Kaufmann. »In all den Jahren, da wir überall diese neuen Schulen errichtet und neue Straßen gebaut haben, hat unser Feind gewaltige Kanonen gegossen, Schiffe und Boote für das Meer und die Lüfte geschaffen, und was haben wir ihnen entgegenzustellen? – Nichts als unsere nackten Leiber.«

Ohne ein Wort zu erwidern, geleitete Tan seine beiden Söhne nach Hause. Und während sie durch den kalten Wind des Spätjahres dahinschritten, erwog er in seinem Sinn immerzu, was der Kaufmann gesagt hatte. Ja, ihre Vorfahren hatten sie gelehrt, ein guter Mensch dürfe kein Krieger sein; kriegliebende Männer seien verächtlich, die Hefe des Volkes. Und sie hatten ihren Vätern geglaubt.

Ich glaube ihnen noch immer, dachte Ling Tan, besser ist es zu leben als umzukommen. Frieden ist besser als Krieg. Und wenn auch manche, Räuber zum Beispiel, es bestreiten, so bleibt doch die Wahrheit bestehen.

Aber noch am selben Abend prüfte er sorgsam die Sicherheit seines Tores und die Stärke der Riegel und Schlösser und begann, Bandhaken, Türangel und Scharniere zu erneuern und zu verstärken. In der Küche vermauerte er ein kleines Fenster, das nach außen führte, und beschloß, beim Herannahen der Feinde seine Familie hinter der Haustür zu halten. Sollte einer am Tor verlangt werden, so wollte er allein hingehen.

Eine neue Furcht, die Angst vor dem Ungewissen, wohnte tief in ihm, und nie waren ihm Tage so kostbar und köstlich erschienen wie diese, da der Feind näher und näher rückte. Er zählte und schätzte jede Stunde, als wäre sie die letzte, die er zu leben hätte. Klarer denn je sah er die Anmut der Hügel, die Schönheit der Berge und die Innigkeit dieses Landes.

Auch die Gesichter der Seinen wurden ihm von Minute zu Minute teurer und liebenswerter. Er kaufte Pansiao ein neues Kleid aus blauer Seide. Er schenkte Ling Sao ein breites Stück weißer Baumwolle, sechs Fuß lang und so fein, wie es ihr eigener Webstuhl nicht herstellen konnte. Jedem seiner Söhne gab er zehn Silbertaler. Jedes der Enkelkinder erhielt eine Silbermünze, und seiner ältesten Tochter und seiner Schwiegertochter gab er Leinwand.

Niemand von den Beschenkten wußte, was diese ungewöhnlichen Gaben bedeuten sollten. Tan aber wollte ihnen nur zeigen, was er für sie empfand und wie er sie liebte in diesen letzten Tagen des Friedens.

VI

Zu Anfang des elften Monats steht der Feind dicht vor der Stadt. Die Luft ist unbewegt. Ling Tan arbeitet auf dem Feld.

Jetzt hebt er den Kopf. Wie ein fernes Jammern tönt von weit her das Getöse der Schlacht. Dann und wann ein heulendes Pfeifen. Niemand weiß, was es ist. Einige sagen: die fremden Riesenkanonen des Feindes.

Der Strom der Flüchtlinge ist versiegt. Wer es über sich gewann, ist fort. Wer geblieben ist, weiß, daß er nicht anders kann. Ling Tan war die letzten Tage mit Winterarbeit beschäftigt. Die Abende saß er lang auf und flocht Strohsandalen aus zähem Reisstroh. Es hat auch bereits geschneit. Unter der lichten weißen Decke grünt der Winterweizen. Aber der Schnee ist schon wieder verschwunden; Tage sind darüber hingegangen, und nur die bösen Nachrichten, die mit ihnen kamen, sind geblieben und haben sich noch verdichtet.

Am siebenten Tag des elften Monats hat der oberste Herr des Landes die Stadt als letzter verlassen und eine Besatzung zurückgelassen, damit sie die Stadt gegen den Feind verteidige. »Doch wo kann Tapferkeit sein, wenn die Herrschenden auf und davon sind?« murrte das Volk, als es von dem Aufbruch vernahm. Rings um die einstige Hauptstadt, im Umkreis von zwanzig Meilen, bewaffnen sich die Dörfler mit Messern und uralten Ahnenschwertern, greifen zu Heugabeln und alten Schußwaffen, die sie vor Zeiten, als noch Räuber das Land unsicher machten, auf den Diebsmärkten an sich gebracht hatten. Es gilt vor allem, sich gegen die fliehenden Soldaten des eigenen Heeres zu wappnen; weiß man doch, daß eine geschlagene Truppe, gleich welcher Fahne sie folgt, alles an sich reißt, was sie begehrt; denn sie weiß, daß sie nie mehr zurückkehrt und ihre Verbrechen nimmer geahndet werden.

Ling Tan rüstet sich mit einem alten Breitschwert, das einst sein Urgroßvater geführt hatte. Seit Jahren hat es unberührt auf dem Boden eines alten schweinsledernen Koffers gelegen; jetzt aber zieht Ling Tan es hervor; sein Weib reinigt es mit weißer Holzasche.

Über diesen Vorkehrungen war ein halber Monat verstrichen, und niemand bezweifelte mehr, daß jeder neue Tag der letzte ihrer Selbständigkeit sein könnte. Und sie ermaßen die Zeitdauer ihrer Freiheit an dem Schlachtenlärm, der Tag für Tag deutlicher an ihr Ohr drang. Das Heulen der Riesengeschütze rückte bereits so nahe, daß bisweilen die Reisschalen auf dem Tisch einen klappernden Tanz vollführten und die Kinder laut aufschrien.

Die schlimmste Kunde der letzten Tage kam aus den Ortschaften, die zwischen Ling-Dorf und der Stadt lagen. Es war noch ein Glück für die aus Ling, daß die Entfernung der Ortschaft zur Stadt ein weniges über drei Meilen betrug. Denn im Umkreis von just drei Meilen hatten die Verteidiger der Stadt alle Dörfer in Asche gelegt, um dem Feind keinen Rückhalt zu bieten.

Scharen von Bauern aus den eingeäscherten Orten zogen mit Kind und Kegel vorüber. Ihre Rücken krümmten sich unter der Last ihres Hausrats. An Tragstangen, welche sie, zwei und zwei, auf den Schultern trugen, schaukelten Körbe mit kleinen Kindern. So hasteten sie landeinwärts. Es war ärger als in den Jahren der Hungersnot. Als Ling Tan die Fliehenden befragte, riefen sie nur: »Häuser und Ernte, alles verbrannt! Unser Land ist verbrannte Erde! Sollen wir warten, bis uns der Feind erschlägt?«

Das Getöse der Schlacht in den Ohren, blickte Tan über sein Land. Soll auch er seine Erde verbrennen? Aber wohin mit dem Hausstand, mit den Frauen und kleinen Kindern? Wer wird sie ernähren, wenn er jetzt die Ernten von Reis, Korn und Gras in Brand steckt? Alles sträubt sich in ihm, und der tiefste Grund seines Widerstrebens ist sein unbeugsamer Wille, sein Land nicht zu verlassen.

Wieder ein Tag ging dahin. Der Lärm der Geschütze wuchs von Stunde zu Stunde. Am zehnten Tag des Monats fuhr es wie ein Wind über das Land, der Feind werde in drei Tagen dasein.

Ling Tan verrammelte Hof- und Haustor so fest, daß es sich für die fliehenden Horden nicht lohnte, die Riegel zu sprengen, das Tor zu zerschmettern. Da überfielen sie leichter ein anderes Gehöft, und Ling Tans Haus blieb unversehrt. Die Verwüstungen, die sie im Dorf wie allerorten verübten, waren schändlich, und viele riefen empört: Schlimmer könne der Feind nicht hausen als die eigenen Soldaten! Ja, manche erklärten offen, sie wünschten den Feind herbei, damit er Ordnung schaffe und herrsche.

Wu Lien gehörte zu denen, die um jeden Preis Ordnung ersehnten.

Nachdem die letzte Abteilung des geschlagenen Heeres vorüber war, verließ er das Haus, wanderte auf der Dorfstraße auf und ab und ächzte und schimpfte vor jedem Laden, den er ausgeräumt fand. Im Bäckerladen fand sich kein Stäubchen Mehl, keine Brotrinde mehr – alles war weg, restlos alles, ohne auch nur einen Nickel Entgelt.

»Sag mir bloß keiner, es könnten die andern uns Ärgeres antun als unsere eigenen Leute«, grollte er laut, und als er wieder nach Hause kam, kündigte er Tan an: »Sobald der Feind die Stadt besetzt hat, geh' ich und mach' meinen Laden auf; ich glaube, dann wird es eher besser als schlimmer.«

»Wenn du damit recht hast«, bat Ling Tan, »dann bitte ich dich, laß dir auch für mich ihre Vorschriften geben!« Auch er war entrüstet. Als die geschlagenen Truppen vor seinem Haus erschienen, war er unter sein Dach gestiegen und hatte durch eine Lücke hinaus- und hinuntergespäht. Der Anblick der rohen, gierigen Mienen und ihre verruchten Reden brachten ihn dermaßen auf, daß er an sich halten mußte, um nicht hinunterzuspringen und den Zügellosen an die Gurgel zu fahren. Doch besann er sich noch zur rechten Zeit auf das alte Wort, daß ein Mann, der Soldat wird, aufhört, ein Mensch zu sein, und sich wieder zurück in das Tier verwandelt, das er in einem früheren Dasein gewesen ist.

Nun waren die Soldaten weitergezogen, und in dem reglosen Schweigen, das zwischen dem Abzug der Verteidiger und der Ankunft der Angreifer lag, berief Ling

136

Tan die Dörfler ins Teehaus zu einer Beratung, um sich darüber schlüssig zu werden, wie man den Feind empfangen wolle. Die Zeit drängte.

Und Ling Tan sprach: »Gewiß werden sie sehen, daß wir ein offenes, unverteidigtes Dorf sind. Kein Feind wird über Menschen herfallen, die bereit sind, ihn aufzunehmen. Lasset uns diesem Eroberer höflich begegnen – nicht um ihn mit falscher Freundlichkeit in Sicherheit zu wiegen, sondern allein, um ihm zu sagen, daß wir vernünftige Männer sind, die sich mit dem abfinden, was das Schicksal nun einmal beschert.«

Alle stimmten ihm zu, und einer fragte: »Woher wird er kommen? Auf welcher Straße sollen wir ihm entgegengehen?« Andere fragten: »Wie sollen wir ihm begegnen?«

Keiner von allen hatte zuvor einen fremden Eroberer erblickt, und obschon alle Gnade erhofften und jeder dem andern etwas Günstiges zu erzählen wußte, das er über die Fremden in Erfahrung gebracht hatte, waren sie dennoch im ungewissen, welches Verhalten der Sieger von den Besiegten erwarten mochte und was sie jenen sagen sollten.

Der Dorfälteste ließ seine neunzigjährige Weisheit laut werden: »Welche Straße sollte der Feind benützen, wenn nicht unsere eigene? Laßt uns ihm so entgegengehen, als besuche ein neuer Geistlicher unser Dorf!«

Da er so alt war, fand er bei allen Gehör und Zustimmung. Vielleicht wird der fremde Eroberer besser sein als die eigenen Behörden.

Der dreizehnte Tag des elften Monats brach an.

Als Ling Tan am Morgen erwachte, wußte er: Dies war der gefürchtete Tag.

Aller Kampfeslärm war verstummt. Die Luft war so

137

rein und still, als hätte niemals ein Feind die heimische Küste betreten. Rauhreif lag weiß über dem Land. Der erste Wintermorgen. Ling Tan war früh aufgestanden; seit einiger Zeit schlief er schlecht. Nun ging er allein zum Hoftor und schaute hinaus über die vereisten Felder.

Unter der weißen Decke grünte der Winterweizen. Ob ich ihn schneiden werde, dachte Ling Tan, oder wird es statt meiner ein anderer tun? Er fand keine Antwort . . .

Auf den Strohdächern im Dorf begann der Rauhreif unter dem Rauch aus den Essen langsam zu tauen; die Weiber hatten ihr Feuer angefacht. Ling Tan kehrte ins Haus zurück, ging in die Küche und fand seine Frau am gewohnten Ort hinter dem Herd, der schon brannte.

»Heut ist es«, sagte der Mann, und die Frau: »Ich weiß es«, und sah ihn an. Ihr Blick war fest und entschlossen. »Ich fürchte mich vor keinem Mann.« Das oft vernommene Wort hatte einen harten, neuen Ton. »Ich will mich auch nicht fürchten«, sagte Tan und war ruhig.

Schweigend wusch er sich und spülte den Mund aus. Schweigend kamen die andern aus ihren Kammern und setzten sich an den Tisch. Auch die Kinder, die sonst lärmten, lachten und Unfug trieben, kamen und setzten sich schweigend.

Als alle gegessen hatten, sprach Tan als Oberhaupt seines Hauses: »Das große Schweigen über dem Land hat mir gesagt: Die Schlacht ist vorüber. Unser Heer kämpft nicht mehr. Vielleicht zieht der Feind eben jetzt in die Stadt ein. Wir müssen uns jetzt alle hier im Haus aufhalten. Keines von euch darf, ohne es mir zu sagen, hinaus, vor allem kein Weib und kein Kind. Ich selbst werde an einer Stelle sein, von der aus ich alles ringsum überblicke. Wenn ich einen Fremden herannahen sehe, rede ich ihn an, ich allein. Niemand von euch soll sich blicken lassen, außer dir, mein ältester Sohn, und auch nur dann, wenn du mich in Bedrängnis siehst! Aber auf gar keinen Fall darf eine der Frauen ihr Angesicht zeigen.«

Also begann der lange, schweigende Tag in den Mauern des Hauses. Als Tan geendet hatte, neigte jeder sein Haupt. Die Frauen begaben sich an ihre Arbeit; Wu Lien zog sich in seine Kammer zurück; die beiden Söhne, Ta und San, gingen an ihre Winterarbeit, flochten Sandalen und drehten Seile; Tan aber blieb rauchend sitzen. Sein Kopf war wie ausgehöhlt; kein Gedanke bewegte sich hinter der Stirn. Er horchte.

Aber er hörte nichts.

Lange saß er da und wartete, dann aber beschloß er zu ergründen, was dieses unergründliche Schweigen bedeute; und so, es war schon heller Morgen, öffnete er ein wenig das Tor, nur einen Fingerbreit.

Der Rauhfrost war von den Feldern gewichen. Die Sonne schien warm. Der Hofhund, den er vor dem Haustor angebunden hatte, damit er beim Herannahen eines Fremden anschlage, schmiegte sich schmeichelnd an seine Füße und winselte leise um Futter. Sonst war nirgends ein lebendes Wesen zu sehen. Alle Dörfler hatten, wie er, sich streng im Hause gehalten. So weit sein Auge reichte, waren die Straßen leer. Auf den Wegen zur Hauptstadt kein Mensch.

Tan trat aus dem Torspalt und stand eine Weile da, die Pfeife noch in der Hand. Er spähte zur Stadt hinüber. Nirgends die Spur eines Brandes. Die hohe Stadtmauer umhegte alles, was drinnen lebte, und gab kein Zeichen und keine Kunde von dem, was die Einwohner

litten. Litten sie denn ...? Während Ling Tan diese
Frage bedachte, wurden andere Leute vom Dorf, die
auch verstohlen gelugt hatten, seiner gewahr und kamen langsam, erst zwei, dann ein dritter, behutsam ge-
duckt ein fünfter, ein sechster, ein Dutzend aus ihren
Häusern, mit scheuem Blick auf die Straße, schauten
sich an und näherten sich einander.

Ling Tan fragt: »Hat irgendeiner von euch irgend etwas gehört?«

Sie schütteln die Köpfe. »Nichts!«

Vierzehn Köpfe.

»So etwas läßt sich doch auskundschaften«, fühlt der
Sohn von Ling Tans drittem Vetter halb ungeduldig,
halb vorsichtig vor.

»Wie? Wie?« fragt Tan. »Hast du etwa Mut, nach
der Stadt zu gehen, um nachzusehen, was es gibt? Du
bist hier der einzige Mann ohne Weib und Kind und
Kindeskinder, an die unsereins denken muß.«

»Ich gehe«, antwortet der Jüngling trotzig, »ich
fürchte mich nicht.« Er wirft das schwarze Gelock zurück, das ihm bis in die Augen hängt.

»Frage zuerst deinen Vater!« befiehlt Ling Tan. »Ich
möchte nicht die Verantwortung tragen, wenn dir ein
Leid geschieht.«

»Mein Vater läßt mich nach eigenem Gutdünken
handeln«, versetzt der junge Mann selbstbewußt und
macht sich, so wie er ist, auf den Weg.

Die anderen stehen und staunen und schauen hinter
ihm drein. Auf der weiten, verödeten Ebene, die sich
zur Stadt hinbreitet, schreitet seine hohe, einsame Gestalt die leere Straße dahin ... Und einer sagt: »Ich bin
froh, daß es nicht mein Sohn ist.« Und alle denken das
gleiche.

Dann scheiden sie voneinander. Sie wissen nichts mehr zu sagen. Jeder geht wieder zurück in sein Haus und verschließt Tor und Tür.

Es wurde Mittag... Der Nachmittag kam... Das große Schweigen hielt an. Nur einmal ein ferner Kanonenschuß.

Am hohen Nachmittag wurde Ling Sao ungeduldig. Auch die Kinder, die sich den Tag über ruhig und geduldig gezeigt hatten, konnten nicht länger brav sein; sie wurden lebhaft und drängten, sie wollten hinaus, um im Vorhof zu spielen. Wu Lien, dem Ling Tan vom Kundschaftsgang des Vettersohnes berichtet hatte, wünschte spazierenzugehen. Tan aber hatte Angst, ihn gehen zu lassen. Wu sah man den reichen Mann an. Wie leicht konnte ein Feind denken: Ein Haus, aus dem dieser feiste Kerl kommt, muß Güter und Nahrungsmittel in Hülle und Fülle bergen!

»Wenn das noch einige Tage so weitergeht«, meinte Ling Sao, »werden unsere Mauern vor Ungeduld bersten.«

Tan öffnete das Haustor, und siehe da: Auch die Tore der andern Häuser hatten sich aufgetan. Auf der Straße spielten einige Knaben; die Hoftore waren nur angelehnt. Sogar ein Laden war wieder geöffnet; ein zweiter folgte... rings harmloser Frieden.

Nun rief Ling Tan in sein Haus: »Laßt jeden, der Lust hat, hinaus auf die Tenne! Doch daß sich keiner weiter entfernt, als mein Ruf reicht, damit jeder das Haus noch erreicht, falls es nötig sein sollte, das Tor zu verschließen!«

Schon eilten die Hausbewohner fröhlich hinaus. Alle waren erstaunt, als sie sahen, daß es draußen noch ebenso war wie zuvor. »Ich hätte geschworen«, lachte

Orchidee, »unser Erdboden habe inzwischen die Farbe gewechselt.«

Ling Tan machte die Runde, und da er nirgends etwas Außergewöhnliches zu entdecken vermochte und der Nachmittag weiter fröhlich verlief, beschloß er, zum Haus seines Vetters zu gehen, um zu erfahren, ob dieser etwas von seinem Sohn vernommen habe.

Unterwegs riefen die Männer, die in den Türen standen, ihn sorglos an; einige lachten, und einer bemerkte: »Wenn uns der Feind auf diese Art angreift, läßt sich's ertragen.« Und ein anderer rief: »Man überläßt uns unserem Schicksal; das ist ein freundlicher Feind!«

Tan nickte aufmunternd, doch sagte er nichts, sondern eilte zum Haus seines Vetters. Hier fand er des Vetters Weib in höchster Aufregung, weil ihr Sohn noch nicht zu Hause war, und sie hatte den Abendreis heiß und wollte keine Feuerung vergeuden, um ihn warm zu halten; das war ihr das ärgste. Bis der Junge zu Hause war, mußte der Herd brennen. Der Gedanke, ihrem Sohne könnte etwas zugestoßen sein, quälte sie weniger als der unnötig verbrauchte Brennstoff, und so konnte Tan sie denn auch leicht über des Sohnes Verbleiben beruhigen. Der Junge ziehe es wahrscheinlich vor, erst in der Nacht heimzukehren, meinte er.

Der Vetter, der schon gegessen hatte, saß da, einen Zahnstocher handhabend, und las in einer alten Zeitung, die er mit heimgebracht hatte. »Hier steht, die Feinde hätten aus ihren fliegenden Booten Briefe herabgeworfen, in denen geschrieben stehe: ›Fürchtet euch nicht. Wir bringen Frieden und Ordnung!‹«

»Wenn es sich so verhält, sind sie gute Menschen«, antwortete Tan, »und der Tag war ja bis jetzt recht friedlich.«

Die Spannung der letzten Zeit fiel von ihm ab. Er fühlte sich plötzlich sehr müde und gähnte und dachte daran, wie schlecht er die letzten Nächte geschlafen habe. Nun aber war der gefürchtete Tag vorbei. Alle waren am Leben, und niemand hatte auch nur den Schatten eines Feindes gesehen. Sein Herz wurde leichter.

»Ich denke, ich kann mich zur Ruhe legen und schlafen«, sagte er und verabschiedete sich; »ich werde nach Hause gehen, doch wenn euer Sohn kommt, laßt es mich wissen!«

»Ich will es«, versprach ihm der Vetter und erhob sich, während Ling Tan hinausging, aus Höflichkeit etwas von seinem Sitz, wobei seine Augen jedoch an dem Zeitungsblatt hafteten; denn was auf einem Papier gedruckt war, galt ihm mehr als alles, was ein lebender Mund reden konnte.

Die Sonne war untergegangen. Tan hatte gegessen; sein ganzes Haus war gesättigt, die Kinder waren zu Bett gebracht, und auch er gedachte sich niederzulegen, zuvor aber noch einmal Umschau zu halten. Dies teilte er Sao mit.

Als er das Tor öffnete, war ihm, als höre er draußen jemanden stöhnen. Er lauschte gespannt. Er hatte sich nicht getäuscht. Sein Herz zitterte bang. Schon wollte er das Tor wieder zuschlagen und fest von innen verriegeln, denn wer konnte wissen, ob das, was er vernommen hatte, ein Geist war oder ein Mensch, als eine verlöschende Stimme kaum hörbar »Vetter!« rief.

Da stieß er das Tor auf und rief Ling Sao, sie solle die Öllampe bringen. Sofort war sie zur Stelle.

Sie gingen zusammen hinaus: Auf dem Boden lag der

Sohn seines Vetters, der kecke Jüngling, der am Morgen so keck in die Stadt gegangen war.

Tan hätte ihn schwerlich erkannt, hätte der Jüngling nicht jenes ärmellose rote Hemd aus Seidenatlas getragen, das er vor der vergangenen Jahreswende in einem Altkleiderladen der Stadt erstanden hatte und mit großer Liebe behandelte; denn keiner im Ort hatte ein solches Stück. Dieser Seidenatlas sprang jetzt Ling Tan in die Augen, aber das rote Geleucht war verdunkelt.

»O Mutter!« schrie Sao auf. »Er blutet!« Sie drückte Tan die Lampe in die Hand und wollte den Jungen umwenden, aber ihr Mann hielt sie fest.

»Berühre ihn nicht!« rief er ihr zu. »Daß seine Eltern nicht sagen, wir hätten den Zustand, in dem wir ihn fanden, verschlimmert! Halte das Licht; ich laufe, um sie zu rufen!«

Damit reichte er Sao die Lampe zurück, rannte die dunkle Dorfstraße hinab bis zur Hütte des dritten Vetters und pochte mit beiden Fäusten gegen das verschlossene Tor. Drinnen half der Hund durch heftiges Bellen, die Schlafenden aufzuwecken. Gleich darauf hörte er die Stimme der Hausfrau, die fragte, wer draußen sei.

»Ich bin's, Ling Tan«, rief er zurück. »Euer Sohn ist verwundet zurückgekehrt ... wie es geschah, wissen wir nicht, er fiel vor unserem Haus zu Boden, es war das erste Tor, das er erreichte; da liegt er noch. Wir wagten es nicht, ihn zu berühren.«

Die Frau erhob ein großes Geschrei und rief ihren Mann, und dieser stand taumelnd, schlaftrunken auf, wickelte sich in seinen Rock und öffnete endlich die Tür, was die Frau in ihrer Aufregung vergessen hatte.

Nun rannten sie die Dorfstraße hinauf, der Hund hinterdrein, bis dorthin, wo Ling Sao stand und die Lampe emporhielt. Inzwischen hatte der Lärm Ling Tans Söhne geweckt, auch Nachbarn waren erwacht und aus ihren Häusern gekommen. Die Menge stand um den Verwundeten geschart, doch niemand wagte ihn zu berühren, bevor nicht seine Eltern zur Stelle waren.

Der Vetter fuhr beim Anblick seines Sohnes entsetzt zusammen und zitterte. Die Mutter aber kniete neben ihrem Kind nieder, wandte es um und hielt es für tot. Gellend schrie sie auf.

Des jungen Mannes sonst so trotziges Gesicht war eingefallen und totenbleich. Reglos lag es im flackernden Licht der Lampe. »Wer hat dich verletzt?« schrie seine Mutter ihm in die Ohren. Er hörte sie nicht. »Oh, dein roter Satin ist bespritzt, bis oben hin, das wird dich verdrießen«, jammerte sie und stieß mit dem Ellenbogen den Hund zurück, der ihnen nachgelaufen war, da er das frische Blut roch und sich gierig herandrängte, um es aufzulecken.

Da geriet der Vater des Jungen in Zorn, gab dem Tier einen Fußtritt und schrie es an: »Vieh du, das ich gefüttert habe, willst du das Blut meines Sohnes trinken?« Und er verfluchte das Haustier.

Da aber alles Fluchen und Jammern den jungen Mann nicht wieder ins Bewußtsein zurückrief, rief Tan: »Man sollte ihn in sein Bett bringen und einen Heilkundigen holen, um nachzusehen, wie tief seine Wunde ist.«

Die Mutter aber fuhr wild herum und schalt ihn: »Ja, du bist es gewesen, der ihn heute morgen zur Stadt geschickt hat. Man hat's mir berichtet. Von sich aus wäre er nie hingegangen! Wie er von daheim weg ist, hat er nicht daran gedacht, dann aber hast du ihm gesagt . . .«

Ling Tan fiel ihr ins Wort, um sich zu rechtfertigen. Er blickte im Kreis der Nachbarn umher und rief alle zu

Zeugen auf: »Habe ich ihn nicht gewarnt? Habe ich es gebilligt, als er aus freien Stücken sich aufmachte?«

»So ist es«, verteidigten ihn die Nachbarn und brachten das Weib zum Schweigen.

Tan aber vergab ihr, denn er wußte, es war nur die Angst um den Sohn, die sie in Raserei versetzt hatte. Er bückte sich, faßte den Jungen beim Kopf und ersuchte den Vetter, die Beine zu packen; die Mutter faßte ihn um den Leib. So trugen sie den Bewußtlosen in sein Heim, legten ihn dort auf ein Bett und deckten ihn zu. Wo aber sollte man einen Arzt finden? Doktoren gab es nur in der Stadt, und auch sie waren vermutlich geflohen. Und wer hätte sich jetzt in die Stadt getraut, einen zu rufen, da jeder sah, in welchem Zustand der Junge zurückgekehrt war? Alle schüttelten die Köpfe und gingen nach Hause. Nur Ling Tan blieb mit dem Vetter und dessen Frau am Bett des Verwundeten.

Er glaubte nicht, daß der junge Mann tot sei, hielt ihn vielmehr nur für ohnmächtig und von dem Blutverlust geschwächt. Er befühlte die Hände und Füße. Sie waren eiskalt; aber am Leib um die Herzgegend war noch Wärme zu spüren ...

So ersuchte er denn seinen Vetter um heißen Wein. Den flößte er dem Verwundeten ein, und obwohl er kein Schlucken vernahm, war nach einer Weile der Wein verschwunden. Wieder goß er ihm ein wenig von dem heißen Trank in den Mund, und als er wieder hinsah, war auch dieses verschwunden.

Während er so um seinen Verwandten besorgt war, wehklagte des Vetters Weib und machte sich und allen die bittersten Vorwürfe. Wilde, böse Gedanken brachen aus ihr hervor, von deren Vorhandensein Tan nie etwas geahnt hatte. »Mein Sohn war nicht mehr der gleiche, seit ihr uns dafür bezahlt habt, daß wir eurem Sohn Jade als Frau überließen. Von da an hat er sein Leben nicht mehr geachtet. Oh, wir hätten nicht auf dich hören sollen, und du – du hättest es nicht von uns verlangen und uns nicht mit deinem Silber versuchen dürfen. Wir sind arm, unsereins kommt es hart an, Silber zurückzuweisen.«

Diese Beschuldigung erbitterte Tan, zumal er schon viel für seinen Vetter getan hatte, der immer nur Bücher las, anstatt seinen Lebensunterhalt zu verdienen. Er stellte unwillig den Becher auf den Tisch und fuhr los: »Hol mich der Henker, wenn ich je wieder irgend jemandem hilfreich zur Seite stehe! Mich dünkt, man macht sich am meisten verhaßt, wenn man Hungrige speist und denen Geld leiht, die ärmer sind als man selbst. Wenn du meinst, ich würde euch noch einmal helfen, bist du im Irrtum.«

Durch diesen Streit erwachte der Sohn aus seiner tiefen Ohnmacht. Mitten in ihrem Wüten tat er die Augen auf. »Vater . . .!« rief er.

Beim Klang seiner Stimme hielten sie alle inne; und im Augenblick, da sie sahen, daß er lebte, war aller Zorn verflogen. »Oh, mein Sohn«, schluchzte die Mutter und warf sich neben ihm nieder, »erzähl mir, wer dich verwundet hat!«

Der Junge versuchte zu sprechen, doch fiel es ihm schwer. Sie mußten sich tief zu ihm hinunterbeugen, um seinen abgerissenen Worten einen Sinn zu entnehmen. Als sie sich seine ruckweise hervorgebrachten Worte im Geist wieder mühsam zusammensetzten, ergab sich, daß ihr Sohn zusammen mit andern in der Stadt aufgegriffen, an die Wand gestellt, niedergeschossen und für tot liegengelassen worden war. Doch er war nicht gestorben. In der Nacht hatte er kriechend sich bis zu einer Gasse geschleppt. Dort hatte ein reicher Buddhist, der sich noch im allerletzten Augenblick in einem Karren aus der Stadt flüchtete, ihn aus Mitleid aufgenommen und in seinem Fuhrwerk verborgen. Unweit des Dorfes hatte er ihn abgesetzt. Bis zum Hause Ling Tans hatte der Junge noch kriechen können und dann das Bewußtsein verloren. Was weiter mit ihm geschehen war, wußte er nicht.

»Warum wollten sie dich töten?« fragte Ling Tan entsetzt.

»Wir rannten . . .«, keuchte der Junge, »so furchtbar waren die Soldaten . . . ich rannte mit den andern . . . Alles, was fortlief, wurde getötet . . .«

Die Eltern sahen sich an. Sie konnten sich das Gehörte nicht erklären. Warum unschuldige Menschen töten . . . weil sie Angst haben . . . ?

Das erste Frühlicht schien in die Kammer. Der Junge ächzte, die Brust tat ihm weh. Er war in die Brust getroffen. Als sie ihn anfaßten, schrie er vor Schmerzen laut auf und verlor wieder das Bewußtsein.

Sie deckten ihn zu und ließen ihn liegen.

Die Morgendämmerung wuchs, und Ling Tan hielt es für nötig, nach seinem Haus zu sehen. Er verabschiedete sich vom Vetter und versprach, später wiederzukommen. Damit verließ er das Haus.

Die Morgendämmerung war unheimlich grau und wurde noch unheimlicher durch das, was Ling Tan auf den Feldern erblickte. Denn wie er nach der Stadt hin spähte, war ihm auf einmal, als wenn sich das graue Land von selber vorwärts bewege. Er blieb stehen und starrte über die Ebene, und da sah er, wie fern aus den Toren der Stadt viel Volk sich zu Fuß auf das Dorf Ling zuwälzte. Sogleich trat er in sein Haus, schloß das Tor und verriegelte es.

»Wo bist du?« rief Ling Sao. Sie aber rannte auf den Ton seiner Stimme hin aus dem Gemach. Sie hatte ihr Haar gekämmt und den langen Zopf mit den Zähnen gepackt, um die rote Schnur, die ihn im Nacken hielt, einzuknüpfen, so daß sie nicht antworten konnte. Aufgeregt rannte Tan hinter ihr her und riß ihr den Zopf aus dem Mund. »Der Feind kommt«, keuchte er. »Alles soll aufstehen und sich rasch anziehen und sich bereithalten!«

Er stürzte zum Haus hinaus, ungewiß, was er tun solle. Er wußte nur, was man beschlossen hatte, bot also die Dorfalten auf, bat den Dorfältesten, er solle sein bestes Gewand anziehen, und seinen dritten Vetter, daß er seinen Gelehrtentalar anlege, und weckte den Wirt des Teehauses, daß er rasch den Teekessel aufstelle und Sesamkuchen auftische! Wenige Minuten danach standen alle auf der Dorfstraße. In der nebeligen Kälte des Wintermorgens zitterten sie vor Furcht.

Sie hielten Fähnchen des Feindes in ihren Händen, die unbekannten Eroberer zu begrüßen. Und wie Tan sie so sah, dieses Häuflein Bauern in ihren besten Kleidern, den gebeugten Uralten an ihrer Spitze, stiegen ihm, er wußte selbst nicht, warum, die Tränen in die Augen. Sein Herz ahnte Schlimmes, aber was sollte er tun? Er mußte mit ihnen gehen.

Seltsame Riesengebilde tauchten fern aus dem Nebel über den Feldern auf.

»Laßt uns gehen«, sagte er mit gepreßter Stimme und schritt langsam an der Seite des Greises voran. Sie gingen über das Pflaster der Dorfstraße, ließen das letzte Haus hinter sich und hoben ihre Fähnchen empor.

Die fremdartig geformten Ungetüme krochen gleich riesigen Ameisen durch Nebel und Staub. Die Bauern mußten, um nicht zermalmt zu werden, beiseite springen. Die Ungeheuer schoben sich an ihnen vorüber, und Tan und seine Gefährten erkannten: Es waren Rädergetriebe. Wie soll man Rädergetriebe bewillkommnen?

Ling Tan und seine Gefährten standen keuchend im Straßengraben, standen und harrten, und die Maschinen wälzten sich weiter durch das Dorf und immer weiter ...

Ist das der Feind? fragten sie sich. Keiner von ihnen hatte je solche Maschinen gesehen. Sie schleiften und wetzten und knirschten in dem Getriebe der eigenen Räder ... War das der Feind?

Keiner wußte eine Antwort.

Sie warteten im naßkalten Nebel und überlegten, ob es nicht ratsam sei, nach Hause zu gehen, als sie auf einmal stampfende Schritte hörten und in dem Dunst die Umrisse Marschierender sahen. Und das – das wußten sie – war der Feind!

Sie drängten sich auf dem Feldweg aneinander, und als die ersten der feindlichen Schar ihnen nahe gekommen waren, verneigten sie sich, und der Greis nahm den Hut ab; ein kalter Wind blies über seinen Schädel, und er begann mit piepsender Stimme die Begrüßungsrede, die er auswendig gelernt hatte:

»Fremde, Eroberer!« fing er an, aber schon entsank ihm der Mut; er stockte. Die grausamen Mienen der Anführer verhießen nichts Gutes. Ein Grinsen erschien auf den Gesichtern der vordersten; es war ein unmenschliches Grinsen.

Sobald Ling Tan das Stocken des Ältesten merkte, übernahm er die Führung und trat vor. »Ihr Herren«, sprach er sie an, »wir sind hier im Dorf nur Bauern und ein paar kleine Kaufleute und mein Vetter, der Gelehrte. Wir sind friedliche und vernünftige Leute und heißen Gesetz und Ordnung willkommen. Ihr Herren, wir sind ohne Waffen, wir haben nur Tee und Kuchen für Euch bereit . . .«

»Wo ist euer Wirtshaus?« fuhr einer der Feinde dazwischen.

Ling Tan verstand ihn kaum, so kehlig gebrochen kamen die Worte hervor.

»An der Dorfstraße, in der Mitte«, antwortete er. »Es ist ein armes Dorf, wir sind arme Leute.«

»Führ uns hin!« befahl der Feind.

Ling Tan verzagte. Die Augen des Feindes, die aus dem Nebel auf ihn gerichtet waren, gefielen ihm nicht. Immer näher drängten sie sich heran. Was konnten er und seine Gefährten anderes tun, als folgsam den Weg zum Teehaus zu zeigen . . . Sie gingen voraus.

Neben ihm, so schnell die schwachen Beine ihn trugen, humpelte der Dorfälteste, doch dem Feind schien es nicht schnell genug. Einer stieß ihn mit einem langen Messer, das an der Spitze des Gewehres befestigt war, in den Rücken. Der Greis schrie auf, ein Stöhnen entrang sich seiner Brust; noch niemals war einer dem alten Mann unwirsch begegnet. Mit einem mitleiderregenden Blick wandte er sein zerfurchtes Gesicht Ling Tan zu. »Ich bin verwundet«, ächzte er.

Ling Tan drehte sich um; er gedachte den Mann, der den Alten gestochen hatte, zur Rede zu stellen, doch was er auf diesen Gesichtern hinter sich las, ließ den Speichel in seinem Mund gerinnen, und er ging weiter. Nur seinen Arm legte er um den weinenden alten Mann, und als sie zum Tor seines Hauses gelangten,

151

schob er ihn rasch hinein und hieß seinen Sohn, für den Verletzten zu sorgen.

Ohne die beiden gelangten sie so zum Teehaus, wo der Wirt mit heißem Tee bei der Hand war, und seine zwei Söhne hielten die Sesamkuchen bereit. Auf ihren Gesichtern glänzte wie dickes Schmalz ein gastlich unterwürfiges Lächeln.

Aber der Feind stürzte sich in den Teeraum und auf die Tische wie eine Rotte von Teufeln.

Da zweifelten Ling Tan und seine Gefährten nicht länger daran, daß ihnen von diesen Gesellen, die ihre Eroberer waren, das Übelste drohe. Sie rückten in die Nähe der Hintertür des Teeraums und standen geduldig, dieweil der Inhaber mit seinen Söhnen den Tee einschenkte.

Während die Schalen gefüllt wurden, ging durch die Feindesschar ein Gebrumm, von dem Ling Tan und seine Gefährten kein Wort verstanden, bis einer, der etwas von ihrer Sprache kannte, sie anherrschte: »Wein – wir wollen Wein, nicht Tee!«

Ling Tan sah seine Mitbürger an. Wo Wein hernehmen, um den Durst dieser gierigen Masse zu stillen? Nur am Neujahrsfest tranken die Leute in Ling manchmal ein wenig Wein; sonst nur hie und da in der Stadt, wenn sie dort eine gute Ernte verkauft hatten. Hier aber – wo war hier Wein . . .?

»Weh uns, wir haben hier keinen Wein!« stammelte Tan und zog sich weiter zur Hintertür zurück.

Der feindliche Sprecher übermittelte diesen Bescheid den andern. Sie schauten noch finsterer als zuvor, brummelten untereinander, worauf der Sprecher das Wort ergriff: »Was für Weiber gibt's in dem Dorf?«

Ling Tan traute seinen Ohren nicht. Er schaute blöde

drein; er vermeinte zuerst, der Mann habe sich in dem Wort geirrt.

»Weiber . . .?« wiederholte er ungläubig.

Der Mann sagte hierauf nichts, sondern machte nur eine unzüchtige Gebärde. Da wußte Ling Tan, daß er Frauen meinte. Er starrte auf seine Gefährten. Dann keuchte er eine rettende Lüge hervor.

»Wir werden gehen und Weiber suchen«, versprach er, und damit rannten alle zusammen zur Hintertür hinaus. In der Wirtsküche rief er den dort arbeitenden Frauen zu: »Lauft – lauft – versteckt euch – sie suchen Weiber!« und raste weiter nach seinem Haus zu den eigenen Frauen.

Während er noch von innen Querbalken und Riegel vor das Hoftor schob, schrie er nach Sao, es sollten alle zusammenkommen. Und er riß sein Breitschwert hinter dem Tor hervor; und Ling Sao, ohne nach etwas zu fragen, stürzte durchs Haus und rief Söhne und Töchter und Enkel herbei, und Ling Tan stand hinter dem Hoftor und wartete.

Nach kurzer Zeit hörte er Schritte, die sich seinem Anwesen näherten. Und da er seine Erregung nicht länger meistern konnte, öffnete er das Tor ein wenig, zu sehen, wer wohl draußen sei. Besser wäre es für ihn gewesen, wenn er seine Unruhe bezähmt und sein Tor verrammelt gehalten hätte, denn im selben Augenblick, da er es auftat, standen ihm Feindgesichter vor Augen, grausam verzerrt von wollüstiger Gier. Ihr Ausdruck glich dem von Betrunkenen; rot waren diese Gesichter und brünstig, und als sie Ling Tan erblickten, drängten sie mit wildem Geschrei gegen ihn vor.

Er aber sprang zurück, und schon war auch das Tor zugeschlagen und verrammelt. Die spitzen Enden ihrer

Gewehre fuhren ins Holz, und zugleich hörte Tan, wie sein treuer Hofhund, der die Feinde angeknurrt hatte, mit heiserem Kläffen aufheulte. Dann war es still. »Mein guter Hund«, ächzte Tan, »er ist hin.«

Aber jetzt war nicht Zeit, einem Tier beizustehen. Allzugut war ihm hier, hinter dem Hoftor, klar, daß die Bohlen, so hart sie auch waren, nicht lange Widerstand leisten konnten. Er mußte darauf gefaßt sein, daß sie unter dem Anprall der Feinde bald brechen würden. Diese kurze Frist aber gehörte noch ihm.

Er dankte den Göttern, daß sie ihm diesen Krieg rechtzeitig verkündet hatten und daß ihm der Anblick von Kriegern im Kampf nicht unbekannt war. Daher wußte er auch, daß ein Mann in der Schlacht nicht mehr er selbst ist. Er hat keine Seele, kein Herz, keinen Geist mehr; nur das Niedrigste seiner Leiblichkeit ist noch da. Darum galt es, zuerst an die Frauen im Haus zu denken! Noch hielt das Hoftor. Er rannte in das Innere des Hauses, wo alle im Hauptraum versammelt waren: Menschen mit grünen Gesichtern, die Frauen mit ihren Kindern im Arm.

»Wir sind verloren«, schrie ihm sein ältester Sohn entgegen. Tan aber hob den Arm und gebot Schweigen. Längst schon hatte er in Vorahnung dieser Stunde einen Entschluß gefaßt.

»Ihr alle geht zu dem schmalen Hinterpförtchen, das immer verschlossen war! Man sieht es kaum; Ranken hängen darüber. Durch diesen Ausgang verlaßt das Haus und zerstreut euch über die Felder! Verbergt euch hinter jeder Erderhebung, die ihr nur findet! Versteckt euch im Bambusgebüsch! Jeder Mann muß den Aufenthalt von Frau und Kindern wissen, doch soll er sich nicht um die andern bekümmern; du, Lao San, habe ein Auge auf deine jüngere Schwester und deine Mutter!«

»Ich bleibe bei dir«, sagte Ling Sao.

»Unmöglich«, wehrte Tan, »ganz unmöglich. Ich will hinauf ins Dachgebälk klettern und versuchen, mich zwischen den Sparren zu verbergen.«

»Ich auch«, sagte Sao.

Es war keine Zeit, sie davon abzubringen, Tan rannte den anderen voraus zur rückwärtigen Mauer, in der sich das Pförtchen befand, schob die überhängenden Ranken beiseite und riß den verrosteten Riegel zurück. Die Öffnung war so eng, daß er, wie auch Wu Lien, sogleich die Unmöglichkeit einsah, hier Wu Liens Mutter hindurchzubringen. Er bat sie daher, zu warten, bis die anderen geflüchtet seien! Als alle im Freien waren, gab er sich Mühe, sie durch die Pforte zu zwängen; Wu Lien half von draußen mit und zog und zerrte – umsonst! Sie war zu fett; es ging nicht, man hätte sie denn in Stücke zerlegen wollen! Daher zog Tan sie wieder zurück und hieß Wu Lien gehen. Er werde für diese alte Seele sein möglichstes tun, versprach er, wenn Wu inzwischen den anderen behilflich sei.

Endlich waren sie fort. Tan bedeckte die schluchzende Alte mit Ranken, hoffend, es werde ihr so nichts zustoßen. Dann aber konnte er sich nicht länger um sie bemühen. Dringenderes war zu tun; sie war ja auch nicht seine Mutter. Schon gab das starke Gebälk des Haupttores nach; er erkannte es an dem Triumphgeheul gellender Stimmen, das sich draußen erhob. Rasch zurück in den Hauptraum!

Er sprang auf den Tisch, schwang sich auf den darüber befindlichen Balken, und hinter ihm kletterte, wie eine alte Katze, Ling Sao. Er neigte sich vor, reichte ihr die Hand, und als sie eingeklemmt festsaß, ruckte er sie empor und höher, bis sie den Dachfirst erreichten.

Dort, in dem dichten Gebälk, mit dem seine Vorfahren das Haus überdacht und das die Nachfahren einmal wohl in zehn Jahren geflickt und verstärkt hatten, wühlten die beiden sich über einer Seitenverstrebung ein Nest und kauerten sich zwischen Moder und Müll, Holz, Dachstroh und Schindeln, halb erstickt von Staub und Spreu, doch noch fähig zu leben, zu atmen.

Kaum hatten sie sich in höchster Eile geborgen, als das Haupttor zusammenkrachte und der Lärm rasender Männer den Hof und das Haus erfüllte. Unter sich im Hauptraum hörte Tan ihr Toben, doch konnte er sie nicht sehen. Er hielt Ling Sao fest umschlungen; kaum daß sie wagten, Atem zu holen.

Tan betete zu den Geistern der Ahnen, sie möchten ihm beistehen, daß weder ihn noch sein Weib in diesem Urväterstaub ein Husten oder das Niesen ankäme. Ein Glück, daß das Dachstroh in all den Jahren mit Spinngeweb, Feuchtigkeit und dem darunter befindlichen Balken so verfilzt war, daß es unter ihnen wie eine Matte dichthielt und weder Spreu noch Staub hinabrieseln ließ, was sie verraten hätte. Nur durften sie sich nicht rühren.

Einen Augenblick verweilten die Männer in dem Raum unter ihnen. Dann, da sie ihn leer fanden, rannten sie mit Gebrüll von einem Gelaß zum andern, durch alle acht Kammern bis in die Küche. Tan und sein Weib hörten ihr gutes Geschirr klirrend am Ziegelboden zerschellen, Haushaltsgerät und Einrichtungsgegenstände zerschmettert zusammenkrachen und zitterten, man werde ihnen das Haus anzünden und sie müßten mit ihm verbrennen. Das werde das nächste sein, fürchteten sie. Schon überlegte Tan, wie er sich hinabschwingen und sein Weib mitziehen könnte – da hörten sie etwas anderes.

Nicht ein Zischen von Flammen war es, sondern gellendes Quietschen – sie meinten zuerst, es käme von einem ihrer Schweine; es tönte, wie wenn man ein Schwein absticht – dann abgerissene Worte, ein Gurgeln, ein langgezogenes Stöhnen, ein Röcheln. Jetzt wußten sie, was es war.

Der Feind hatte Wu Liens greise Mutter unter den Ranken entdeckt.

Schon schickte Ling Tan sich an, hinunterzuklettern und ihr zu Hilfe zu eilen, doch sein Weib hielt ihn wie mit eisernen Bändern umklammert.

»Nicht!« warnte sie, so leise sie konnte. »Nicht! Sie ist tot. Denke an uns! Sie war alt. Es gibt Junge; an die mußt du denken!« Und sie ließ ihn nicht los.

Er wußte, Sao hatte recht, und er blieb.

Endlich zog der rasende Feind seines Weges. Aber noch lange verharrten Ling Tan und sein Weib in Schweigen und wagten nicht, sich zu regen oder zu sprechen. Sie warteten, bis die Glieder heftiger schmerzten, als sie ertragen konnten, und sie zu ersticken drohten. Obwohl es ein kalter Wintertag war, waren ihre Leiber von Schweiß überströmt, ihre Kehlen brannten, sie mußten den Staub aushusten und spucken.

»Ich will hinunter«, flüsterte er ihr ins Ohr, »vielleicht kommt eines der Kinder zurück und denkt, wir seien tot.«

Wäre es nur auf sie angekommen, sie hätte ihm nicht erlaubt, sich von der Stelle zu rühren; doch da er die Kinder erwähnte, ließ sie ihn gewähren und folgte ihm nach. Sie krochen hinab in das, was einmal ihr gutes, geordnetes Heim gewesen war.

Es war nicht mehr geordnet. Sie faßten auf dem Ziegelboden des Hauptraumes Fuß und sahen sich um. Nichts war ganz geblieben, kaum ein Stuhl, auch nicht ihr Tisch, der, als ihn Sao berührte, in sich zusammensank, nicht das Bambuslager, auf dem Lao San geschlafen hatte.

Hand in Hand gingen sie von einem zum andern Gemach und sprachen kein Wort. Sie sahen den Ruin ihres Hauses.

Als sie alles betrachtet hatten, sagte Ling Tan: »Nur Reis haben sie mitgenommen. Du siehst, sie brauchten nichts von dem, was wir hatten. Aus blinder Wut nur haben sie alles zertrümmert, was für sie keinen Zweck hatte.«

Sie wußten, daß der schlimmste Anblick ihrer noch wartete . . . dort vor dem schmalen Hinterpförtchen . . .

So langsam sie sich auch dorthin bewegten, aus Furcht vor dem, was ihre Augen erblicken sollten – »Es muß sein«, sagte Tan tonlos, »wir müssen die ersten und einzigen sein, die es sehen; keines der Kinder darf . . .«

Sie schlichen durch die verwüstete Küche und durch die Tür und standen zusammen im schmalen Hinterhof. Zu ihren Füßen lag die Greisin; sie war tot.

Es wäre genug gewesen, die alte Frau tot daliegen zu sehen; doch sie sahen Ärgeres: Die Greisin lag nackt und so verwundet, daß der flüchtigste Blick genügte, um zu erkennen, was diese Unmenschen ihr angetan hatten.

Tan stöhnte. Wenn solches der hochbetagten, von der Bürde der Jahre entstellten, verblödeten Alten geschah, was hatten dann erst die Töchter in seinem Hause zu erwarten und selbst sein eigenes Weib!

Totenbleich wandte er sich an Sao: »Das erste, woran ich jetzt denken muß: Wo verberge ich euch? Wir Män-

158

ner können uns in der Gegend verstreuen und uns verstecken, doch wenn ein Feind so ist – was soll dann aus euch Frauen werden?«

Ling Sao fand keine Antwort. Was dieser geschehen war – es konnte ihr noch eher zustoßen. Sie fand kein Wort, ihn zu beruhigen. Scheu und in Scham, selbst vor dem eigenen Gatten, wandte sie sich ab, beugte sich nieder, hob die Gewänder der alten Frau auf und bedeckte ihre Blöße.

Auch mit vereinten Kräften war es den beiden nicht möglich, den Leichnam emporzuheben und beiseite zu tragen. Zu schwer war die Tote; drei kräftige Männer hätten die Last kaum bewältigen können. Es blieb ihnen nichts übrig, als sie dort liegenzulassen, wo sie gestorben war.

Ling Tan stieg vorsichtig über die Leiche, entriegelte das Pförtchen und lugte hinaus. Kein Mensch war zu sehen. Der Frühnebel war gewichen; die Sonne schien hell über das weite Land, und Ling Tan fluchte im Herzen dem Himmel dort oben, dem unbarmherzigen! Dann führte er seine Frau vom Leichnam der geschändeten Alten weg.

Den Rest des Tages saßen sie einsam in ihrem zerstörten Haus und dachten nicht an Essen und nicht an die Kälte. Sie warteten auf die Nacht und lauschten. Das Pförtchen blieb unverschlossen. Einer der Söhne mußte zurückkehren und ihnen berichten, was mit den anderen sei. Den übrigen Bauern im Dorf mußte es ebenso übel wie ihnen ergangen sein, doch sie wagten nicht, nach ihnen zu sehen.

So nahte endlich die Nacht und endete ein Tag, der der längste war, den Tan und Sao jemals erlebt hatten.

In der Nacht kamen ihr ältester und ihr jüngster Sohn leise zum Haus geschlichen. In Dunkelheit eingehüllt, hörten die Eltern den huschenden Laut ihrer Füße, dann ein Geräusch, als ob einer im Finstern gegen ein Zimmergerät stieße, dann die flüsternde Stimme des Ältesten: »Sie sind fort . . .«

»Nein . . . da sind wir«, raunte Tan aus dem Dunkel und tastete mit ausgestreckten Armen nach seinem Sohn, und sie fanden sich noch im Finstern. Keiner wagte, ein Licht anzuzünden.

»Wo sind die kleinen Kinder?« forschte Ling Sao zuerst. Während des ganzen Tages hatte sie immerfort die Enkel vor sich gesehen, gemartert vielleicht, Spielbälle menschlicher Grausamkeit . . .

»Alle sind in der Stadt«, flüsterte Lao Ta.

»In der Stadt«, stöhnte Tan auf. Das schien ihm das Ärgste von allem.

Aber der Sohn berichtete: »Wir schlugen uns in weitem Bogen durch ein Gehölz um die Stadt und kamen so vor das alte Wassertor. Dort sagten uns die Leute, die Stadt sei wohl voll von Jammer und Tod, doch gebe es dort für Frauen und Kinder noch eine Zuflucht. Oh, mein Vater . . . wir hatten inzwischen genug gehört, um zu wissen, daß der Feind gegen Frauen am ärgsten wütet. Wir durften die unsern nicht hierher zurückbringen, denn was vermöchten unsere bloßen Hände zu ihrer Rettung? Der einzige sichere Zufluchtsort aber, von dem uns die Leute sagten, lag hinter dem Wassertor, weißt du, dahinter ist alles noch unbebaut; dort ist für den Feind nichts zu holen. Wir warteten bis zum Anbruch der Dunkelheit und hielten uns in Gräben versteckt, und wenn wir einen Feind herannahen sahen, flohen wir hinter ein einsames Haus. Als es dunkel geworden war, öffnete jemand das Wassertor. Wir schlichen hindurch und brachten unsere Frauen und Kinder zum Zufluchtsort. Es ist eine fremdländische Schule, mein Vater, und eine fremdländische Frau steht ihr vor. Ich sah sie von nahem. Sie hat ein gutes Gesicht, wenn auch nicht unseren Glauben, sondern den ausländischen. Doch um die Schule herum ist eine hohe Mauer gezogen mit einem mächtigen Tor. Als wir anklopften, öffnete sich ein Spalt, die weißhäutige Frau schaute hervor, und als sie unsere Frauen und Kinder sah, machte sie das Tor weit auf und nahm sie zu sich.«

»Warum seid ihr nicht auch geblieben?« fragte Ling Tan.

»Sie haben nur Platz für Frauen und Kinder«, antwortete Lao Ta.

»Sind sie dort wirklich sicher?« begehrte der Vater zu wissen.

»So sicher man sein kann, wenn die Hölle losgelassen ist«, versetzte der Sohn bekümmert.

Tan dachte nach. »Ich habe einen Auftrag für dich, mein ältester Sohn. Wenn sich dort Frauen in Sicherheit befinden, mußt du auch deine Mutter hingeleiten, und dies sogleich, solange es noch dunkel ist.«

Die beiden Söhne blickten verwundert auf ihre Mutter. Sie aber senkte vor ihnen das Haupt in Scham, weil sie Männer waren, und sie war ein Weib. Zum erstenmal in all den Jahren vermochte sie nicht zu sagen: »Ich fürchte mich vor keinem Mann.« Und also schwieg sie.

»Aber – aber sie . . .«, stotterte Lao Ta.

Da erzählte ihnen der Vater, was der alten Frau Wu Lien geschehen war. Stumm hörten die Jungen seinen Bericht. Dann sagte Lao Ta leise: »Komm, Mutter, ich werde dich führen; mein jüngster Bruder soll hier beim

Vater bleiben! Wenn du in Sicherheit bist, werde ich wieder hierher zurückkehren. Wir zu dritt werden das Haus bewahren; wir werden es können, da wir nun wissen: ihr seid alle in guter Hut.« Dann wandten die beiden Jungen ihre Gesichter zur Seite, während die Eltern Abschied nahmen.

Niemals, seit sie mit achtzehn Jahren in dieses Haus gekommen war, hatte Ling Sao eine einzige Nacht von ihrem Gatten getrennt geschlafen. Und jetzt ... wie sollten sie jetzt voneinander scheiden? Als ihre Söhne sich abgewandt hatten, hingen die beiden so fest aneinander, so zärtlich, wie sie in früheren Tagen nie geglaubt hätten, daß es in der Gegenwart anderer möglich wäre. »Muß ich dich lassen?« jammerte Sao.

»Ja«, erwiderte Tan, »und du mußt es aus einem Grund, o Mutter meiner Söhne, den ich mir bei deinem Alter niemals hätte träumen lassen.«

Noch einen Augenblick hielt er die Hand seiner Frau, trat dann zurück und überließ sie dem Schutz ihres Ältesten. »Sieh zu, daß ihr kein Leid geschehe!«

»Nichts soll ihr geschehen«, versprach Lao Ta.

Also sandte Ling Tan sein Eheweib aus seinem Haus.

»Suche dir einen Platz, wo du schlafen kannst«, wies er den dritten Sohn an, und der junge und kräftige Lao San befreite eine Stelle des Fußbodens von Trümmern, legte sich nieder und schlief auch sofort vor Müdigkeit ein. Ling Tan vermochte es nicht.

Er saß mitten in den Trümmern seines Hauses und wartete.

Endlich, nach Stunden, kehrte sein ältester Sohn zurück. Nirgends hatte er einen Feind getroffen.

»Ich habe meine Mutter mit eigener Hand durch das große Tor gebracht. Die weiße Frau hat sie aufgenom-

men und gesagt, sie werde hier sicher sein, soweit ein
Mensch sicher sein könne.«

VII

Das Tor hatte sich hinter Ling Sao geschlossen. Ihr
Sohn war fort. An fremder Stätte sah sie sich einge-
sperrt, in düsterer Nacht, bei einem fremden Weibe. Sie
schaute zu der seltsamen Weißen empor, deren Haar
gelb war wie das einer Katze und sich nicht glatt um den
Kopf legte, wie Haare zu liegen haben, sondern in Krin-
geln stand wie Schafwolle. Die Augäpfel in dem weißen
Gesicht waren golden fahl – oder schienen sie nur so in
dem Licht der Lampe, die diese Frau in der Hand hielt?
   »Komm mit! Ich werde dir zeigen, wo deine Töchter
sind«, sprach die Frau.
   Ling Sao erschrak. »Bin ich verhext, daß ich Euch,
eine Fremde, verstehen kann?« fragte sie zitternd.
   Die Weiße lächelte matt. »Ich lebe seit zwanzig Jahren in dieser Stadt und studiere seitdem eure Sprache,
um euch den einzigen wahren Glauben zu lehren. Ist es
verwunderlich, daß du mich da verstehst?«
   Sie führte Ling Sao über einen schmalen gepflaster-
ten Steig, zu dessen Seiten rechts und links Gras wuchs.
Darüber hing das Gezweig mächtiger Bäume. Noch nie
hatte sich Sao an einem Ort wie diesem befunden.
   Nun standen sie vor einem hohen Gebäude. Die Frau
hieß sie eintreten, und sie traten in eine Halle, die voller
Menschen war. In dem schwachen Lichtschein der
Lampe sah man am Boden viel Volk auf Strohsäcken
liegen.
   »Deine Töchter liegen mit ihren Kindern dort in der

Ecke«, erklärte die weiße Frau und suchte sich einen Weg durch die Reihe der Schlafenden. In einem Winkel bei einem hohen Tisch fand Ling Sao ihre zwei Töchter mit Orchidee und ihren vier Enkelkindern. Die Kleinen wachten nicht auf, auch Orchidee schlief zuerst noch. Pansiao aber lag wach und schluchzte.

Als sie die Mutter erblickte, fuhr sie auf und streckte die Arme aus, ihr Gesicht wandte sich empor wie das eines kleinen Kindes. »M-ma, bist du da?« flüsterte sie wie im Traum.

»Ja, Klößchen, ich bin da«, tröstete Sao und kauerte sich auf den Boden neben das Mädchen. Seit ihrer frühesten Kindheit hatte Pansiao sich nicht mehr so nennen hören: Klößchen – kein besseres Trostwort hätte die Mutter finden können.

»Wo ist mein Vater?« wisperte die Tochter und griff nach der Mutter Hand.

»Er ist daheim bei deinen zwei Brüdern«, flüsterte Sao ihr zu. »Seid ihr alle hier wohlbehalten?«

»Das wohl«, versicherte Pansiao, »aber ich konnte nichts essen, ich hatte Angst, und jetzt fühle ich mich schwach.«

»Lege dich hin«, ordnete Ling Sao an, »am Morgen werde ich für euch Essen suchen.«

»Oh, sie ernähren uns hier«, erklärte das Mädchen und sank auf ihr Lager. Fast gleichzeitig hob die älteste Tochter den Kopf. »M-ma . . .?« fragte sie und sogleich darauf: »Wo ist meine Schwiegermutter? Ist sie mit dir gekommen?« Es geziemt sich für eine Ehefrau, zuerst nach der Mutter des Gatten zu fragen, weil sie zum Hause des Gatten gehört und dessen Mutter ihr nach der Hochzeit mehr gelten muß als ihre eigene. Auch Sao erachtete daher die Frage für richtig, doch wäre es ihr lieber gewesen, die Tochter hätte dies eine Mal nicht ihre Pflicht erfüllt. Wie sollte sie ihr beibringen, was jener armen Seele daheim widerfahren war? Eine fromme Lüge kam ihr in den Sinn, und sie erwiderte: »Sie liegt still daheim; ihr ist wohl.« Dann lenkte sie ab: »Wo ist der Vater deiner Kinder?«

»Er hat uns hierhergebracht«, kam leise die Antwort, »und gesagt, er wolle wieder in seinen Laden zurückkehren; jetzt, wo die Stadt gefallen sei, habe er keine Angst mehr, denn nun käme Frieden. Er wolle uns hierlassen, bis das Schicksal der Stadt klar ersichtlich sei; sobald sich die Aussichten bessern, will er uns zu sich nach Hause nehmen.«

Das Getuschel hatte die umliegenden Frauen geweckt. Eine nach der anderen richtete sich vom Lager auf, um zu erfahren, wer neu angekommen sei und was sie zu erzählen habe.

Die Frau aber, die neben Ling Saos ältester Tochter schlief, war jung und von so ungewöhnlicher Schönheit, daß Ling Sao sie auf den ersten Blick nicht recht leiden mochte. Denn sie dachte bei sich: Unmöglich, daß ein Weib, das so aussieht wie dieses, eine treue Gattin, eine gute Mutter und all das sein kann, was man von einem braven Weib verlangt. Und um der Schönen sogleich auf den Zahn zu fühlen, erkundigte sich Ling Sao: »Haben wir Euer Kind geweckt, gute Seele?«

»Ich habe kein Kind«, versetzte die junge Schönheit gelassen.

»Seid Ihr allein hier?« forschte Ling Sao weiter.

»Ich bin mit sechs meinesgleichen an diesem Ort.«

Auf diese Weise fand Ling Sao heraus, daß sie eine Kurtisane neben sich hatte, und da sie selbst eine fromme Frau war, beschloß sie, kein Wort mehr mit ihr zu reden, und streckte sich zwischen der Schönen und ihren zwei Töchtern aus, damit das Schlechte, das jener dort innewohnte, nur über ihren eigenen Leib ihre Töchter und Enkelkinder erreichen konnte.

Das bildschöne Weib aber tat ihr noch nicht den Gefallen, sich wieder niederzulegen. »Gute Mutter«, redete sie sie an, und Sao staunte über den süßen Ton dieser Stimme, »da Ihr nach uns hierhergekommen seid, wollt Ihr mir sagen, wie es jetzt in der Stadt zugeht?«

»Ich kam nicht durch die Stadt«, fertigte Sao sie ab.

»Seid Ihr vom Land, gute Mutter?« fragte die holde Stimme weiter.

»Ja«, gab die gute Mutter zurück, sonst nichts.

»Oh«, seufzte die süße Stimme, »dann könnt Ihr freilich nicht wissen, was wir in der Stadt in diesen Tagen erlitten haben.« Sie senkte ihr Haupt auf die Knie und seufzte: »Oh, diese Tage . . .«

Doch bevor Ling Sao sie fragen konnte, was sie damit meine, fuhr endlich auch Orchidee aus dem Schlaf und rief schlaftrunken: »Bist du auch da, meine Mutter? Wie kommst du hierher? Wer besorgt jetzt das Haus? Was hat sich zugetragen, seitdem wir weg sind?«

Das stieß sie so laut hervor, daß einige Kinder aufwachten und zu greinen begannen und man die Ruhestörerin bat, sich still zu verhalten. Ling Sao aber, die jedermann zeigen wollte, daß sie auch gegen ihre alberne Schwiegertochter streng und gerecht sei, schrie nur noch lauter: »Himmel, schaue hernieder auf mich, deren ältester Sohn mit einem so ungesitteten Weibe gestraft ist! Bei nachtschlafender Zeit, kaum daß sie mich sieht, verscheucht sie euch allen den Schlummer mit ihrem Gebrüll! Daß du mir nicht wieder den Mund auftust, blödes Geschöpf!«

Daraufhin legte sich Orchidee wieder zurück, und die andern taten ein Gleiches, um die Ängste des Tages im Schlaf zu vergessen.

Ling Sao hatte zeit ihres Lebens nur in zwei Betten geschlafen: dem engen kleinen, darin sie als Mädchen im Hause ihres Vaters geruht, und dem geräumigen, in dem sie mit ihrem Gatten geschlafen hatte. Auf diesem dritten Lager jedoch vermochte sie keinen Schlummer zu finden. Zu ihrer Linken lag eine Fremde, Verworfene; auf der rechten Seite atmete ihr die eigene Tochter ins Ohr, und ringsumher ertönten die Seufzer der Schläferinnen, ihr Schnarchen und manchmal ihr Stöhnen.

Im Laufe der Nacht fiel ihr ein, wenn der Tag anbreche, wolle sie ihr Gesicht verschmieren, ihr Gewand zerreißen, um alt und abschreckend auszusehen, und so nach Hause zurückkehren. Doch als der Morgen graute, ließ sie die Absicht fahren. Denn was immer sie mit sich anstellen mochte, sie konnte unmöglich häßlicher werden, als Wu Sao es gewesen war.

Da stand sie denn zeitig auf und half ihren Töchtern, die Enkelkinder zurechtzumachen. Gleichzeitig regten und rührten sich in der ganzen Halle die Frauen; die Kinder plärrten, und bald begann Ling Sao, auch andern Müttern bei ihrer Arbeit behilflich zu sein.

Nur die junge Schönheit an ihrer Seite regte sich nicht. Sie lag in eine rote Seidendecke gehüllt und schlief, oder schien zu schlafen, und ebenso die sechs andern, die neben ihr lagen.

Sie sind gewohnt, lange zu schlafen, ärgerte sich Ling Sao, so eine schläft bei Tag, weil sie des Nachts ihrem Beruf nachgeht!

Als ihre älteste Tochter und Orchidee angekleidet

waren, flüsterte sie ihnen ins Ohr, was das für Weiber seien, verbot, mit ihnen zu reden, und befahl Pansiao: »Wenn eines von diesen Freudenmädchen die Hand nach dir ausstreckt, laß dich nicht anrühren und gib keine Antwort, wenn sie dich etwas fragen! Hier gibt es anständige Frauen genug, mit denen du sprechen kannst. Am besten, du hältst dich zu mir und sprichst mit keiner, die du nicht kennst.«

So hielt sie die Ihren beisammen. Doch verstohlen äugte sie nach den schönen Schläferinnen.

Als die Sonne höher stieg und dienende Weiber große Eimer mit Reis, gesalzenen Fischen und Gemüse hereinbrachten, dazu Eßstäbchen und Schalen, rief Ling Sao: »Wie können wir essen, da wir kein Geld haben, dies alles zu bezahlen?« Sie hatte bei der gestrigen Aufregung vergessen, von ihrem Mann etwas Taschengeld zu verlangen; das kam ihr jetzt in den Sinn; zu essen und nicht zu bezahlen schien ihr eine Schande.

Die Speisenträgerin aber lachte und empfahl ihr, ebenso wie die anderen getrost zuzugreifen. Den Reis hätten fremde Frauen gespendet als gute Tat, um sich damit einen Platz im Himmel zu sichern. »Darum iß, gute Mutter! Denn wenn du issest, tust du selber ein gutes Werk; du hilfst unserer fremdländischen Herrin damit in den Himmel!«

»Ah«, machte Sao erstaunt, »das also ist der Grund, weshalb sie hierherkam, uns beizustehen.« Dann griff sie wacker zu, und als ihr Magen gefüllt war, fühlte sie sich viel wohler.

Als alle nahezu fertig waren, erhoben sich endlich die sieben Schläferinnen vom Lager, glätteten ihr duftendes Haar, nahmen die großen Schüsseln, die auf einem Tisch standen, gossen aus den daneben befindlichen Krügen Wasser hinein und wuschen sich so gründlich, daß kein Zweifel blieb, welcher Art diese Frauen waren, denn sie reinigten sich viel eingehender, als es anständige Frauen zu tun pflegen.

Dann holten sie ihren Morgenreis, welchen sie gesondert von allen übrigen stehend verzehrten, ohne auf die andern Frauen zu achten. Unter all den frommen, anständigen Weibern und Müttern war jedoch keine, die nicht heimlich nach diesen jungen Schönheiten geschielt hätte, um zu sehen, was sie trieben, und die nicht ihr Kind zur Seite gezogen hätten, wenn sich zufällig eine der sieben ihm näherte.

So begann dieser besondere Tag, und er wurde nicht schlimm für die vielen Insassen dieses großen Gebäudes, das voller Weiber war; weit über hundert mochten es sein, ohne die Kinder.

Das Feld vor dem Haus war mit kurzgeschnittenem, angenehm weichem Gras bewachsen, das dem Fuß schmeichelte, wenn er darüber hinging. Wohl war das Gras nicht mehr grün, aber noch war es eben und sanft, und da die Sonne schien und wärmte, gingen alle mit ihren Kindern hinaus und plauderten dort miteinander. Manch eine richtete an Ling Sao das Wort, denn sie hatte ein freundliches rundes Gesicht, so daß jede gern ein Gespräch mit ihr anknüpfte und sie mit »gute Mutter« anredete.

Dadurch erfuhr nun Mutter Sao bald von der einen, bald von der anderen Frau Dinge, wie sie ihr niemals zu Ohren gekommen waren, und je mehr sie hörte, um so höher stieg ihr Entsetzen. Sie hörte, daß viele in dieser Stadt die baldige Ankunft des Feindes erhofft hatten, auf daß mit ihm der Friede einkehre. Doch als der erwartete Feind erschien, hauste er so grausam, daß alle wie vor den Kopf geschlagen waren.

In vergangenen Zeiten hatten andere Soldaten die Stadt eingenommen; nie aber waren es Fremde gewesen. Das Volk war getäuscht und betrogen worden; man hatte ihm vorgeredet, die Fremden seien besser als die eigenen Soldaten. So hatten viele nicht einmal so weit für die eigene Sicherheit gesorgt, als es bei gewöhnlichen Feldzügen üblich war; und so kamen viele Unwissende unschuldig ums Leben.

Die Frauen erzählten Ling Sao, was sie mit eigenen Augen gesehen hatten: Wenn ein Mann beim Anblick des Feindes den Rücken wandte und floh, wurde er im Laufen erschossen. Tausende waren auf diese Weise am ersten Tag umgekommen.

Den ganzen Morgen hörte Ling Sao diese Berichte mit an, so daß sie mittags den Reis, der doch gut trocken und mit Liebe gekocht war, kaum herunterbrachte.

Auch vom Abendessen – es gab vortrefflichen Reis mit Kohl, der mit Bohnenöl so gut gekocht war, daß sie ihn selbst nicht besser hätte zubereiten können – konnte sie keinen Bissen verzehren. Das von den Frauen Gehörte verschloß ihr Kehle und Magen.

Auf einmal schien ihr alles, was sie und Ling Tan erlitten hatten, so ungeheuerlich es auch war, vor dem großen Unglück der anderen zusammenzuschrumpfen. Viele der Frauen, mit denen sie gesprochen, hatten zusehen müssen, wie Angehörige vor ihren Augen getötet, geschändet oder zu Tode geprügelt worden waren. Aber es gab auch manche, die nichts erzählten, weil ihre Leiden unsagbar waren.

Als die Nacht hereinbrach, war Ling Sao wie gelähmt. Eine vordem nie gekannte Angst hatte sich ihrer bemächtigt. Was stand noch bevor, wenn das Land von einem solchen Feind besetzt war?

In diesen Gedanken verbrachte Sao ihre zweite Nacht außer Haus und merkte auf einmal, daß sie den ganzen Tag über kaum ihres Gatten gedacht hatte – so voll waren ihr Ohren und Herz von dem vernommenen Leid. Jetzt erst, da sie die Enkelkinder im Bett sah und sich die Mütter zu ihren Kindern legten, streckte auch sie sich auf ihrem Lager aus.

Und wieder ruhten an ihrer Seite die sieben Kurtisanen. Am Morgen hatte sich Sao mit der Absicht getragen, ihre Schlafstätte und die ihrer Kinder an eine andere Stelle des Saales zu verlegen. Sie hatte es aber vergessen, und jetzt ging es nicht mehr.

Wortlos legte sie sich hin, wobei sie möglichst weit von der jungen Buhlerin abrückte.

Nach einer Weile jedoch begann sie zu reden. »Warum seid ihr hier?« fragte sie mißmutig. »Euresgleichen sollten nicht hier sein.«

Die Junge lächelte traurig. »Auch wir sind Frauen«, versetzte sie ruhig mit ihrer hübschen Stimme, »auch wir fürchten uns vor reißenden Tieren.«

Mit diesen Worten zog auch sie sich zurück und hielt sich, im Bewußtsein ihres Berufes, von Sao fern. Sie sprach kein Wort mehr mit dieser, sondern nur noch mit ihren Gefährtinnen, die zu ihrer Linken lagen. Was sie miteinander redeten, verstand Sao nicht. Sie stammten aus einer anderen Gegend, und wenn sie sich unterhielten, geschah es in ihrer eigenen Sprache. Und auch fremde Sprachen beherrschten sie. Dies wußte Ling Sao; denn solche Dinge weiß jeder.

Sie sind wahrscheinlich aus Soochow, dachte sie. Nur um festzustellen, ob ihre Annahme richtig sei, wandte sie sich noch einmal an die Kurtisane. »Kommt ihr von Soochow?«

»Ja«, antwortete die schöne Buhlerin.

»Wieso seid ihr dann hier in der Stadt?« erkundigte sich Sao weiter; wenn diese Weiber gekommen waren, um aus den Soldaten Nutzen zu ziehen, warum blieben sie dann nicht draußen auf der Straße und machten die Stadt für die anständigen Frauen und frommen Mütter auf diese Art sicherer?

»Wir waren in Soochow, als Soochow fiel«, erwiderte die junge Kurtisane. »Zweiunddreißig Freudenmädchen lebten in unserem Hause. Von allen sind nur wir übriggeblieben, wir sieben. Wir sind entkommen, aber nicht unversehrt. Und weil wir nicht vergessen konnten, was uns geschah, sind wir hierher geflohen. Dann konnten wir nicht mehr weiter; wir hatten kein Geld. Als wir hörten, die Weißen gewährten den Frauen in diesem Hause Zuflucht, kamen wir hierher; wir verabscheuen diese Eroberer. Das sind keine Herren – Herren kennen wir wohl.«

Sie kehrte Ling Sao den Rücken zu und schwieg. Bald darauf hörte Sao, wie das junge Weib still vor sich hin weinte. So leise, daß man es kaum vernahm, so sanft war das Weinen, daß Ling Sao in ihrem guten warmen Herzen erwog, ob sie das anmutige junge Geschöpf nicht trösten solle. Doch sie hielt sich zurück. Zu heftig war ihre Abneigung gegen deren Gewerbe. Ling Tan hatte sein Lebtag nie eine Buhlerin angesehen – das wußte Sao; trotzdem erfüllten sie diese Frauen, von denen sie nie zuvor eine gesehen hatte, mit Widerwillen und Furcht.

Sie ließ ihre Nachbarin weinen, bis diese endlich, müde geweint, einschlief. Dann übermannte die Müdigkeit auch Ling Sao.

Es war tiefe Nacht, als sie, und mit ihr der ganze Saal, von donnernden Schlägen gegen das Tor aufgeschreckt wurde. Schüsse krachten; zitternd lagen die Frauen im Dunkel.

Dann hörten sie laute Stimmen. Die Sprache verstanden sie nicht, aber es waren Männerstimmen, und alle wußten: Vor dem Tor stand der Feind.

Die Frauen sprangen auf, warfen die Kleider, die sie neben sich liegen hatten, hastig über und warteten unbeweglich, stumm. Wenn eines der Kinder zu weinen begann, wurde es auf jede mögliche Weise zur Ruhe gebracht.

Es währte nicht lange, da öffnete sich die Tür, und die weiße Frau trat in die Halle. In der Hand hielt sie ihre Laterne, hob sie hoch empor, daß das Licht auf alle Gesichter fiel, und begann: »Ich habe euch eine schlimme Mitteilung zu machen. Der Feind steht vor unserem Tor, hundert Bewaffnete. Sie erklären, sie wollen herein, und ich habe nicht die Macht, sie zurückzuhalten. Ich bin ohne Waffen. Ich habe nichts als die Kraft, die mein Gott mir verleiht, und die Macht meines großen und starken Vaterlandes. Meinen Gott fürchten die Männer da draußen nicht. Doch mein Land fürchten sie noch ein wenig, denn es ist mächtig. Dies ist der Grund, weshalb sie noch nicht eingedrungen sind und daß es mir gelang, sie zu kaufen . . . um teuren Preis.«

Der schmale Mund bebte in dem bleichen Gesicht der Sprecherin. Sie schaute über die angstvoll Horchenden hin und fuhr fort: »Der Preis ist von solcher Art, daß ich mich schäme, ihn euch zu nennen. Und doch, ich muß ihn euch sagen, denn nur ihr selbst könnt euch erretten. Die Feinde erklären, sie würden das Haus nicht betreten, wenn wir ihnen einige Frauen schicken, die mit ihnen gehen wollen, etwa fünf oder sechs, vielleicht . . .«

Sie schwieg. Alle schwiegen. Wo gab es Frauen, die zu solchen Männern gingen, selbst wenn sie damit die andern loskauften?

Die weiße Frau wartete, und von neuem erhob sich von draußen der Lärm wilder Stimmen und hämmernder Schläge gegen das Tor. Stumm ging die hohe Frau wieder hinaus, und alle saßen da wie erstarrt. Niemand sprach, aber jede Frau fühlte in ihrem Herzen: Ich kann es nicht.

Es währte aber nicht lange, da kam die Weiße mit ihrer Laterne zurück und stieß keuchend, hastig hervor: »Ich kann sie nicht länger zurückhalten! Wenn ich ihnen nicht augenblicklich die Frauen schicke, brechen sie ein. Oh, meine Schwestern . . .«

Sie stockt. Von der erhöhten Türschwelle schaut sie herab auf die Frauen. »Wer bin ich, daß ich je einer Frau sagen dürfte, sie solle zu solchem Zweck durch unser Tor hinausgehen, und doch . . . es kam mir in den Sinn, ob der Allmächtige uns nicht in diese vier Wände Frauen gesandt hat, die – die vielleicht – daß er sie – hergesandt hat zur Rettung der frommen Weiber . . . Ich verlange es nicht – ich möchte nur sagen – wenn es hier solche gibt – und wenn sie das Gefühl haben, sie können es über sich bringen – aber vielleicht ist es besser zu – zu . . .« Sie kann nicht weiterreden. Die Laterne schwankt in ihrer Hand. In dem gelben flackernden Licht sehen die Frauen, wie sich das Gesicht der Weißen verzerrt.

Und da sieht Ling Sao etwas, was sie nie mehr vergessen kann, so alt sie auch werden mag, was bis zu ihrem Tode ihr Herz milde stimmen wird, nachsichtig und lind gegen alle, die von frommen Frauen geschmäht werden.

Sie sieht, wie sich die junge Schönheit neben ihr erhebt, wie sie ihr Haar glatt zurückstreicht und ihr Gewand richtet. Sie hört den süßen Ton ihrer Stimme; sie spricht müde und traurig: »Kommt, meine kleinen Schwestern, kommt, erhebt euch, glättet das Haar und lächelt! Wir müssen zurück an unsere Arbeit.«

Stille herrscht in dem weiten Raum, während die anderen sechs auf den Ruf der lieblichen Stimme aufstehen. Stille herrscht, während die sieben zwischen den Strohsäcken quer durch den Saal sich zur Tür hin bewegen. Dort macht die eine, welche die andern gerufen hat, vor der weißen Frau halt.

»Wir sind bereit«, spricht sie leise.

»Gott segne euch!« erwidert die Frau. »Er nehme euch dafür auf in sein Himmelreich!«

Die junge Kurtisane schüttelt den Kopf.

»Euer Gott kennt uns nicht«, sagt sie ruhig; und gefaßt schreitet sie voran auf dem Weg zum Tor.

Die andern folgen; hinter ihnen hebt die weiße Frau ihre Laterne hoch und leuchtet ihnen zu ihrem letzten Gang.

Der Raum, den sie verlassen haben, liegt wieder in Dunkelheit. Keine der Frauen spricht.

VIII

Wu Lien war allein in seinem Laden und arbeitete.

Außer um seine Fensterläden zu öffnen, setzte er die ersten drei Tage nach seiner Rückkehr keinen Fuß vor die Tür, sondern räumte, so gut es ging, im Innern des Ladens auf. Jedoch das erste, was er tat – sogleich nachdem er sein Weib und die Kinder in der Obhut der weißen Frau wußte und noch bevor er sich etwas zu essen suchte –, war etwas anderes. Er kratzte aus dem Küchenschlot Ruß heraus und verrührte ihn mit etwas Wasser. Dann suchte er im ganzen Haus nach einem Pinsel, und da er nirgends etwas Derartiges fand, wickelte er einen Lappen um einen Stiel, tunkte ihn in den schwarzen Rußbrei und malte damit auf die gekalkte Außenwand seines Geschäftes in großen schwarzen Schriftzeichen die Worte: Ostmeerwaren sind hier zu verkaufen.

Zum erstenmal, seit die Studenten seinen Laden geplündert hatten, fühlte er so etwas wie Genugtuung. Wo waren diese Studenten heute? Keiner von ihnen war mehr zu sehen. Wer nicht rechtzeitig geflohen war, lag tot – kein Zweifel! Er aber lebte, und sein Laden war wieder geöffnet. In ein paar Tagen, wenn alles gutging, wollte er sein Weib und die Kinder abholen, um wieder mit ihnen in Wohlstand zu leben.

»Vaterlandsliebe . . .«, knurrte er vor sich hin. »Heißt das Vaterlandsliebe, wenn man anständigen Geschäftsleuten Waren verdirbt und verbrennt? Können sich vernünftige Menschen so benehmen?«

Wu Lien war überzeugt, ein besserer Vaterlandsfreund zu sein als diese Studenten; denn er lebte, er hatte niemandem etwas zuleide getan und war bereit, binnen kurzem wieder Verdienst und Nahrung für sich und andere zu beschaffen.

Darum begab er sich, obwohl er nie zuvor eine solche Arbeit verrichtet hatte, mit Lust an die Säuberung und Instandsetzung seines Ladens, soweit dies angesichts der eingestürzten Wand möglich war. Auch die Wohnung gedachte er, ehe seine Frau wieder zurückkäme, etwas in Ordnung zu bringen.

Allerdings wußte er noch nicht, wann er sie würde abholen können. Er konnte seine Augen nicht ganz davor verschließen, daß der Tod auf den Straßen umging, noch konnte er seine Ohren gegen die Angstschreie von draußen verstopfen, die des Nachts und manchmal sogar am hellen Tag ihm verrieten, was irgendwo in der Nähe ein Weib erlitt. Deswegen ging er auch nicht vor die Tür, selbst nicht durch das Hinterpförtchen, und dachte nur bei allem: Das geht mich nichts an. Ist es meine Schuld, daß die Soldaten so sind? Mochten sie sein, wie sie wollten, er war ein Mann der Ruhe und Ordnung.

Dennoch sagte er sich, er müsse, bevor er seine Familie wieder zurückführe, sich von dem Eroberer eine Art Schutzbrief ausbitten, in dem ihm bezeugt wäre, daß er ein braver Bürger sei, einer, der es verstehe, daß die Zeiten sich ändern und der Himmel die Herrscher des Volkes nach seinem Gefallen wechselt. Denn was der Himmel beschied, wollte er dankbar hinnehmen und sein Geschäft weiterführen.

Wohin er sich jedoch wegen eines solchen Papiers wenden und wen er darum ersuchen müsse, wußte er nicht.

Aber nicht lange nachdem er die Schriftzeichen auf seine Hauswand gemalt hatte, kamen vier feindliche Soldaten an seinem Laden vorbei. Der eine war klein und Offizier, die drei anderen bildeten sein Gefolge. Sie traten ein und fragten Wu Lien, ob er Lebensmittel zu verkaufen habe. Nach dem, was er der mangelhaften Anrede des Offiziers entnehmen zu dürfen glaubte (denn von dem, was die drei andern redeten, verstand er kein Wort), wünschte der Mann Fisch, und zwar gesalzenen Fisch.

Das einzige, was Wu Lien auf Lager hatte, waren einige kleine Büchsen mit Fischchen, doch waren sie nicht gesalzen, sondern schwammen in Öl. Sofort brachte er sie herbei und zeigte sie vor. Der Mann nickte, sie seien ihm recht, und fragte: »Wieviel?«, wobei er die Finger emporhob.

Wu Lien staunte und freute sich über die Frage. Er war es von früher her gewohnt, daß Soldaten, die seinen Laden betraten, ohne zu fragen nahmen und wieder gingen. Er zuckte daher die feisten Schultern und antwortete lächelnd: »Nichts – es ist ein Geschenk.«

Nun war es an den Soldaten, zu staunen. Der Offizier lächelte gleichfalls, daß man seine glänzend weißen, gepflegten Zähne sah, und bemerkte: »Ah! Hassen Sie uns nicht?«

Wu Lien lächelte noch mehr und antwortete: »Ich hasse niemand.«

Der Offizier nickte gnädig, sprach mit seinen Leuten, die sich sogleich verneigten, und erklärte: »Für Ihre Waren müssen Sie etwas nehmen.«

Wu verbeugte sich ebenfalls. »Das ist unmöglich«, versetzte er mit vollendeter Höflichkeit. »Ich habe diese Ware aus eurem Land erhalten und gebe sie euch zurück.«

Daraufhin setzte sich der Offizier auf einen kleinen Stuhl vor dem Ladentisch und deutete mit der Hand nach der Straße. »Das alles – wir bedauern. Unsere Soldaten – tapfer, sehr tapfer – nur wütend.«

Wu Lien neigte ergeben das Haupt. »Auch bei uns gibt es Soldaten, ich weiß, wie Soldaten sind. Jetzt aber laßt uns auf Frieden hoffen! Nur im Frieden können wir Handel treiben.« Er erzählte dem Offizier in einfachen Worten, die dieser verstehen konnte, wie ihm die Studenten sein Warenlager zerstört hatten, und schloß: »In

178

den letzten Jahren waren die Verhältnisse hier in der Stadt schlimm. Vielleicht wird es jetzt besser.«

»Oh, wir versprechen«, sagte der Offizier, »wenn viele so sind wie Sie.«

»Viele sind so«, gab Wu Lien bescheiden zurück, und da er nun schon etwas mehr Mut hatte, wandte er sich zu seinen eben neugeordneten Wandbrettern, nahm ein paar Büchsen mit süßem Gebäck herunter und überreichte jedem der Soldaten eine davon; dies rief allgemeine Freude hervor. »Verzeiht, daß ich euch keinen Tee anbiete«, schmeichelte er weiter, »meine Frau ist nicht hier, ich bin allein.«

»Warum?« wünschte der Offizier zu wissen.

Wu Lien hielt die Hand vor den Mund und hustete. »Sie ging ihre Mutter besuchen«, entschuldigte er sich, »in einigen Tagen soll sie zurückkehren.«

Der Offizier verstand, warum der Kaufmann sein Weib nicht bei sich hatte, doch freute er sich, daß er den Grund nicht angab, und ersuchte ihn um Tinte, Papier und Federkiel, was dieser schnellstens aus der Wohnung herbeiholte.

Der Offizier schrieb ein paar klobige Buchstaben hin, die Wu nicht zu lesen vermochte, und darunter, in Schriftzeichen, die Wu richtig entzifferte, setzte er seinen Namen und den des Hauses, in dem er wohnte. »Wenn jemand kommt und Sie belästigt, zeigen Sie das Papier vor!« befahl er und überreichte Wu Lien den Zettel.

»Wie soll ich Euch danken«, sagte Wu Lien, »ich kann Euch nur meiner Ergebenheit versichern, Herr! Was Ihr von mir verlangt, werde ich tun.«

»Gut«, dankte der Offizier, »ich werde Ihnen außerdem ein Abzeichen aus unserem Stabsquartier senden, damit Sie es vor Ihrer Tür befestigen, und falls dies nicht genügt, einen Wachtposten.«

Wu Lien war froh über das Abzeichen, doch der Gedanke an einen Posten vor seiner Haustür ließ ihn erzittern. Wer hatte jemals von einem Wachtposten gehört, der nicht mehr aß und soff als zehn gesittete Männer und nicht nur den besten Platz im Haus, sondern alles verlangte, was ihm in den Sinn kam? Daher versicherte er beflissen: »Für Brief und Siegel alle Dankbarkeit meines Herzens, zehntausendmal tausend Dank! Für eine Wache aber, o Herr, bin ich ein zu unbedeutender Mann. Mein Besitz ist nicht mehr den halben Preis wert. Gestattet, daß ich im Notfall mich an Euch wende, und glaubt mir, wenn Ihr eines ehrlichen, zuverlässigen Mannes bedürft – hier bin ich, Wu Lien, der Kaufmann, dies ist mein Laden, der zuvor meiner Väter Laden gewesen ist und mit Eurer gnädigen Erlaubnis nach mir der meiner Söhne sein wird.«

»Gewiß«, warf sich der Offizier in die Brust, »wir tun niemandem ein Leids, der sich nicht widersetzt!«

»Wer sollte sich gegen Wohlwollen widersetzen«, gab Wu zurück.

Nach diesem Austausch wechselseitiger Freundschaftsbezeigungen gingen die Uniformierten.

Sobald sie draußen waren, mußte sich Wu hinsetzen und, obwohl es ein kalter Tag war, den Schweiß von der Stirn wischen. Sein Leib dampfte unter den Kleidern; er verstand selbst nicht, wieso. Er wußte nur, daß in seinen Gedärmen das Gefühl kalter Angst gewütet hatte, doch daß er sich künftighin nicht mehr so fürchten werde. Erleichtert dachte er: Man darf sich bloß nicht wehren. Für einen Mann wie mich ist dies wahrlich nicht schwer.

Seit vielen Monaten hatte er sich nicht so fröhlich und heiter gefühlt. Und als am selbigen Nachmittag ein Soldat erschien und ihm eine Kapsel brachte, die eine Feindesflagge enthielt mit einem daran befestigten Stück Stoff, worauf Buchstaben gemalt waren – war ihm nicht anders, als habe er eine Schlacht gewonnen. Hurtig drückte er dem Überbringer etwas Geld in die Hand und befestigte, sobald der Mann sich entfernt hatte, das Wahrzeichen über dem obersten Türbalken.

Während er noch damit beschäftigt war, drang aus dem nahen Seitengäßchen der gellende Schrei eines Mädchens an sein Ohr. Er hielt kurz inne. Das angstvolle Schluchzen ließ keinen Zweifel darüber, was jenem Mädchen geschah. Der Soldat, fragte sich Wu, der Soldat, der mir eben das Schutzzeichen brachte – kann er es sein . . .? Er horchte, bis Schweigen eintrat, doch ging er nicht hinaus, um nachzusehen, was die Stille bedeutete. Wie sollte er auch einen Mann beschuldigen, der ihm vor einigen Minuten gefällig gewesen war? So geht es im Krieg, dachte er verstimmt, ging zurück in den Laden und bereitete sich heißen Tee.

Während er ihn behaglich schlürfte, ließ er seine Gedanken schweifen und entrüstete sich über den Vater des Mädchens. Was fällt ihm ein, in diesen Tagen, ehe noch der Frieden geschlossen ist, ein junges Mädchen hier in der Stadt zu lassen? Und pries sich weise und glücklich, seine eigenen Angelegenheiten so trefflich geordnet zu haben.

Doch so gut, wie er vermeinte, stand seine Sache nicht.

Bei Sonnenuntergang, als er es an der Zeit fand, die Fensterläden seines Geschäftes zu schließen, trat er vor die Ladentür, um zuerst das Schutzzeichen abzuneh-

men. Er schaute hinauf – das Zeichen war nicht mehr
da.

Er konnte es nicht fassen.

Er trat zurück in den Laden, schob die Querbalken
vor und kroch in sein einsames Bett. Doch der Schlaf
wollte nicht kommen. »Einen Wachtposten«, seufzte er
tief bedrückt, »ich glaube, ich brauche wohl doch einen
Wachtposten, um mich vor meinen Feinden zu schützen!«

Zur gleichen Stunde zimmerte Ling Tan in seinem Haus
mit seinen Söhnen den Sarg für die Mutter Wu Liens.

In diesen Tagen hatte jeder Sargmacher und Schrei-
ner Tag und Nacht zu tun, um der Nachfrage zu genügen.

Ling Tan sah die Nutzlosigkeit ein, nach einem Zim-
mermann Umschau zu halten, und machte sich mit den
Söhnen selber ans Werk.

Auf den Feldern begruben sie Wu Sao und errichteten einen Grabhügel, auf daß sie ihn Wu Lien, wenn er
jemals zurückkehrte, zeigen und sagen könnten: »Dort
ist sie, wir haben für sie getan, was wir konnten.«

Dann kehrten sie wieder ins Haus zurück und fingen
an, das Verwüstete vom Brauchbaren zu sondern und
die Räume wieder bewohnbar zu machen.

Ähnliches geschah in allen Häusern des Dorfes, denn
keines war der Verwüstung entgangen außer der Hütte
von Tans drittem Vetter, die so armselig war, daß der
Feind sich nicht die Mühe genommen hatte, den elenden Hausrat noch übler zuzurichten. Der Vetter selbst
war mit seinem Weibe entkommen.

Auch dem kranken Sohn war nichts zugestoßen. Als
der Feind kam, lag er bewußtlos; seine Mutter häufte

alles Brenngras und Stroh vom Herd über ihn, und er blieb unentdeckt.

Dieses Haus war als einziges im Dorf noch so wie zuvor, worauf das Weib des Vetters sich viel einbildete und behauptete, die Götter selbst seien zu ihrem Schutz herbeigeeilt.

Ob der Himmel jedoch ihren Sohn heilen werde, war nicht so sicher. Er fiel von einer Ohnmacht in die andere und konnte weder essen noch reden. Wenn er sich bewegte, verlor er viel Blut. Aber er starb nicht.

Als Tan erfahren hatte, was alles im Dorf geschehen war, beriet er sich mit den Dorfältesten, was zu tun sei, um die Weiber in Sicherheit zu bringen. Und da er erzählte, sein Weib habe hinter den Mauern der weißen Frau Zuflucht gefunden, wollten alle seinem Beispiel folgen. Jedesmal, wenn der Torhüter der weißen Frau in den folgenden Nächten am Tor das Kratzen eines Weidenzweiges vernahm, tat er auf und sah draußen Frauen und Mädchen und Kinder der Han-Leute, und die weiße Frau nahm sie auf.

So blieben zuletzt im Dorf nur noch Männer, einige Großmütter und das Weib des dritten Vetters, die wegen ihres Sohnes nicht fliehen konnte.

Ohne selbst in die Stadt zu gehen, gelang es Ling Tan, durch Bauern, die ihre Töchter, Schwestern oder Gattinnen der weißen Frau zuführten, Sao Nachrichten und kleine Gaben zukommen zu lassen. Ungeachtet der schweren Zeiten hatte die schwarze Henne eine Handvoll Eier gelegt, die er Sao, in ein Tüchlein gehüllt, übersandte. Aus dem Fischteich fing er für sie einen strammen Fisch und schickte ihn ihr, gesalzen in ein getrocknetes Lotosblatt eingehüllt. Er schnitt zwei Kohlköpfe, die ein Mann unter seinem Gewand verbarg und ihr so überbrachte. Sehr bedauerte er nun, daß er nicht schreiben und Sao nicht lesen konnte; es blieb ihm nichts anderes übrig, als seine Gedanken fremden Ohren und Mündern anzuvertrauen.

Nie hätte Ling Tan gedacht, er könnte sich jemals nach einem Menschen so sehnen wie jetzt nach Sao. Doch sie fehlte ihm nicht als Weib, sondern als Teil seiner selbst. Nichts in seiner Hand oder in seinem Mund war gut, solange sie nicht da war. Am meisten verwunderte es ihn, daß er sie nicht auch als Weib vermißte; doch das war nicht der Fall. Sein Körper war ruhig wie der eines Verschnittenen; er verstand es selbst nicht, wie das möglich war. Seit er mannbar geworden, war er gewohnt, sein Begehren zu stillen.

Eines Tages, als der jüngste Sohn außer Hörweite war, legte er diese Frage dem Ältesten vor. Doch aus einer Scham, wie sie zwischen Vater und Sohn natürlich ist, sprach er dabei nicht von sich selbst, sondern fragte: »Fühlst du dich nicht erregt, mein Sohn, da deiner Kinder Mutter so lange dir fern ist?«

Und der junge Mann antwortete, selbst überrascht ob dieser Erfahrung: »Nein, ich bin nicht erregt; es ist eigentümlich! Ich glaube aber, es kommt daher, weil wir so Furchtbares von Lustmorden und Schändlichkeiten erfahren, daß uns die Lust zur Geschlechtsliebe eine Weile abhanden gekommen ist. Ich denke, das ist so bei allen Männern, die reinlich und gut sind.«

Daran hatte Ling Tan nicht gedacht, doch je länger er darüber nachsann, um so einleuchtender kam es ihm vor. Er hielt Umschau und fand, daß die ihm bekannten Männer von zweierlei Art waren. Einige waren wie er und Lao Ta; andere aber wurden durch all das Abscheuliche, das sie vernahmen, nur zu heftigerem Gelüst angestachelt. So zeigte sich ihm, daß die Menschen, gleich was man sonst von ihnen auch halten mochte, in ihrem Herzen von Anbeginn gut oder schlecht waren. Zeiten wie diese brachten es an den Tag.

Und nun brach ein neues Grauen über Ling Tan und sein Haus herein, etwas, wovon er niemals etwas gewußt und das er nie und nimmer geglaubt hätte, wenn ihm davon erzählt worden wäre – bis er es mit eigenen Augen mit ansehen mußte. Und es geschah seinem jüngsten Sohn.

Wohl wurde es in der Stadt im Verlaufe der Zeit etwas ruhiger. Denn aus dem Entsetzen, das sie erfüllte, stieg der Schrei bis zum Himmel empor und verbreitete sich über die ganze Erde. Männer und Frauen der fernsten Länder vernahmen ihn und erhoben laut ihre Stimmen ob solcher Vertiertheit. Und als der Feind merkte, daß alle Völker der Erde wußten, was seine Soldaten verübten, befiel die feindlichen Herrscher etwas wie Scham, und sie erließen, unsicher geworden, schwankenden Herzens Befehle, das Böse solle künftig nur heimlich und im verborgenen geschehen.

Auf dieses Gebot hin begannen die feindlichen Krieger sich aus der Stadt über die Dörfer zu verbreiten. Als eines Tages Ling Tan von seiner Arbeit aufschaute – er war eben dabei, den Reis für die Abendmahlzeiten zu waschen, und die Söhne waren am Webstuhl beschäftigt –, standen vor seinem Hoftor vier Feinde.

Ling Tan stellte den Reiskorb beiseite und begab sich zum Tor. Allzugut wußte er, daß es sinnlos war, so zu tun, als wäre niemand zu Hause.

Auf ihr Brüllen glaubte er erst, sie wollten etwas zu essen, denn er verstand ihre Sprache nicht. Daher trat er zurück und zeigte ihnen den Reis: ob es das sei, was sie wünschten? Aber sie schrien nur immer lauter, schüttelten die Köpfe, deuteten auf sich selbst und lokkerten ihre Kleider, und Tan sah, daß sie Weiber wollten und welche von ihm verlangten. In seinem Herzen dankte er seinen Ahnen, daß sich in seinem Haus kein weibliches Wesen befand, und er sagte in seiner eigenen Sprache, da er keiner anderen kundig war: »Es sind keine Frauen in meinem Haus.«

Aber sie konnten auch nichts von dem, was er sprach, verstehen, stießen ihn roh zur Seite, suchten auf eigene Faust in allen Kammern herum, und als sie außer einigen Frauenkleidern nichts entdeckten, wurden sie unverschämt und brüllten ihn an. Aber noch immer verstand er nicht, was sie ihm zuriefen. Er verstand nur ihre Wut.

»Wo doch hier keine Weiber sind«, rief er aus, »bin ich denn ein Gott, daß ich Weiber erschaffen könnte?«

In diesem Augenblick erklang das Klappern des Webstuhls.

Der Webstuhl war das einzige Werkzeug im Hause Ling Tans, das nicht zerstört worden war, denn er stand unscheinbar in der dunkelsten Kammer, in der man nur bei Licht arbeiten konnte; wer sich nicht in den Seilen und Schiffchen auskannte, konnte ihn als unnützen Gegenstand wohl übersehen.

Mit bösem Geheul rannten die vier zum Webraum. Voller Furcht, was geschehen könnte, wenn die Rasenden dort keine Frauen entdeckten, folgte Tan. Unmittelbar hinter ihnen trat er in das schwach erhellte Gelaß.

Die gierigen Augen der vier spähten in alle Ecken.

Lao Ta, der oben auf dem Webstuhl saß, hielt mit der Arbeit inne und starrte herab. Lao San ließ die Ösen, mit deren Anordnung er eben beschäftigt war, fallen; wie gelähmt saß er da.

Als nun die Gierigen merkten, daß wirklich kein Weib in der Kammer war, kannte ihr wildes Gelüst keine Schranken mehr. Wie höllische Flammen brach das Laster aus ihnen hervor, und jetzt sah Tan, was er nie, selbst nicht in Alpdruckträumen, gesehen – Vater Ling Tan sah, wie sie an Lao San Hand anlegten, an seinen jüngsten Sohn, der zu seinem Verderben als schönstes der Kinder geschaffen war, seine Anmut wurde sein Unglück. Die Eindringlinge packten den Knaben und bedienten sich seiner als eines Weibes. Und Ling Tan – es würgte ihm in der Kehle, und Auswurf stieg ihm aus dem Hals empor – konnte es nicht ertragen; auch Lao Ta konnte sich nicht bezähmen. Beide fielen über die Angreifer her.

Allein, was vermögen Unbewaffnete gegen Männer in Waffen? Die vier hielten inne, schnürten den Vater und seinen ältesten Sohn mit Seilen, die sie vom Webstuhl rissen, banden sie so, daß sie die Schandtat ansehen mußten, und stachen nach ihnen, wenn sie die Augen davor verschlossen.

Und so geschah es.

Der schöne Knabe lag wie tot auf dem Erdboden. Lachend gingen die vier ihres Weges.

Langsam, mit großer Anstrengung, befreiten sich Tan und Lao Ta, der den Strick mit seinen kräftigen Zähnen, die schärfer und gesünder waren als die seines Vaters, durchnagte und zerbiß. Als sie frei waren, holte Ling Tan das Wasser, in dem er den Reis hatte kochen wollen, herbei und wusch seinen jüngsten Sohn, legte ihm wieder die Kleider an, streichelte ihn beruhigend und half ihm aufzustehen, und Lao Ta half mit.

Lao San war nicht tödlich verletzt, doch sah er wie eine Leiche aus. Als wäre er ins Herz gestochen oder von Sinnen, dachte sein Vater.

»Mein kleiner Sohn«, flüsterte er, »du lebst . . .«

»Ich wollte, ich wäre tot . . .«, kam es kaum hörbar zurück. Er atmete schwer. »Ich kann nicht hierbleiben . . .«

»Du mußt nicht hierbleiben«, suchte der Vater ihn zu berühigen. »Ich habe in der Wand etwas Geld vermauert; das haben sie nicht gefunden. Du kannst es nehmen und damit gehen, wohin du willst. Oh, wenn ich wüßte, wo dein zweiter Bruder mit Jade ist!«

Ein finsterer, wirrer Blick aus den Augen des Sohnes ließ ihn erbeben. Wie, wenn Lao San in seiner Verzweiflung sich zu anderen Verzweifelten schlagen würde, zu den Räubern dort im Gebirge . . .? Er bat seinen Jüngsten: »Wenn du in die Berge willst, geselle dich nicht zu den schlechten Menschen, die unser eigenes Volk ausrauben. Suche vielmehr die guten Gebirgler auf, die nicht uns, sondern unsere Feinde bekriegen!«

Lao San gab keine Antwort. Der Vater reichte ihm einen Überwurf und brachte ihm Speise. Der Junge versuchte, etwas Brot zu essen – er brachte es nicht herunter, hielt es in der Hand und band es in ein Stück Tuch. Dann nahm er das Geld, knüpfte es in seinen Leibgurt und stand auf. Er wankte. Tan mußte ihn stützen; erschrocken fragte er: »Wie kannst du so wandern?«

Mit dunkel flackernden Augen blickte der Knabe ihn an. »Ich werde wandern. Ich habe keine Ruhe; ich muß fort.« Damit riß Lao San sich zusammen und schritt zur Haustür, zum Hoftor.

Die Nacht war still und kalt. San schritt in sie hinein.

Ohne einen Blick nach rückwärts zu werfen, schlug er den Weg zum Gebirge ein. Ling Tan und sein ältester Sohn standen und schauten ihm nach, bis ihn die Finsternis aufnahm.

IX

Wu Lien erkannte: Um vor seinen Feinden sicher zu sein, brauchte er den Schutz des Feindes, der die Stadt beherrschte. Nach zwei Schreckenstagen, an denen er sein Haus nicht zu verlassen wagte, beschloß er des Abends, den Offizier aufzusuchen, der ihn so höflich behandelt hatte.

Er wartete, bis es finster würde, legte sein unauffälligstes Gewand an und ging ohne Laterne zu der Straße, die der Offizier auf dem Schutzbrief vermerkt hatte, und zu dem angegebenen Haus. Dort pochte er an ein verschlossenes Tor, das ihm von früher her wohlbekannt war.

Nach einiger Zeit wurde ihm von einem Soldaten geöffnet. Wu Liens Knie begannen zu schlottern. Die Miene des Mannes war finster und hart. Doch beruhigte er sich bei dem Gedanken, daß solche Leute meist finster dreinschauen, und hielt dem Verdrossenen das Papier hin. Nachdem der Soldat es eine Weile betrachtet hatte, zog er Wu Lien herein, bedeutete ihm zu warten und verschwand in der Tiefe des Hauses.

Der Soldat kam zurück und winkte Wu Lien, ihm zu folgen. Dieser trat hinter ihm ein. In der Haupthalle zechten einige Offiziere.

Sie musterten ihn so feindselig mißvergnügt, daß sich Wu Lien weit weg wünschte. Wäre er nur nicht gekommen! Sogar jener höfliche Offizier zeigte ein kaltes Gesicht. Wenn diese Leute, dachte Wu bestürzt, je mehr sie trinken, nur um so kälter werden, habe ich keine günstige Zeit ausgesucht. Aber nun war er hier.

Wenn Wu Lien, der Händler, für sich selber ein Ziel verfolgte, konnte er einen verbissenen Mut an den Tag legen. Kurz entschlossen wandte er sich an seinen Bekannten. »Herr, ich komme in Geschäften. Wenn ich zu Euch offen reden darf, werde ich nur wenig von Eurer kostbaren Zeit in Anspruch nehmen.«

»Sprechen Sie!« sagte der Offizier, ohne ihm Platz anzubieten.

Als Wu sich so wie ein Knecht behandelt sah, stieg Unwille in ihm auf; doch sagte er sich als vernünftiger Mann, es sei weder der Ort noch die Zeit, empfindlich zu sein. Also schluckte er seinen Ärger schleunigst herunter. »Ich bin ein Kaufmann und Bürger der Stadt, Herr«, sagte er, »Ihr habt meinen Laden gesehen. Seit langem handle ich mit ausländischen Waren, die zum größten Teil von Eurem ruhmvollen Ostmeerland herrühren. Was ich wünsche, ist nichts als Frieden, um mein Geschäft betreiben zu können.«

Die Offiziere hörten ihn an, und der eine, der seine Rede verstand, berichtete den andern, was Wu gesagt hatte. Sie sprachen eine Weile miteinander; Wu verstand nichts. Dann nickte sein Bekannter kurz und bemerkte: »Sie können uns nützlich sein, wenn Sie wollen.«

»Wie sollte ich es nicht wollen«, gab Wu zurück.

»Wir errichten hier eine Landesregierung«, erklärte der Offizier. »Es wird eine Regierung derer, die für uns herrschen sollen. Was für Fähigkeiten haben Sie?«

»Sie sind gering, denn ich . . .«

Der Offizier fiel ihm ins Wort. »Können Sie lesen? Schreiben?«

»Ich? Ganz gewiß«, versicherte Wu nicht ohne Stolz. »Auch weiß ich mit dem Rechenbrett umzugehen und kenne alle Handelsgepflogenheiten. Ferner habe ich die klassischen Schriften des großen Konfuzius studiert wie vor mir mein Vater.«

»Brauchen wir nicht«, erklärte der Offizier. »Können Sie Englisch?«

»Ihr Götter, das kann ich nicht«, rief Wu Lien. »Verzeiht, nie hielt ich es für nötig, eine andere Sprache zu lernen als meine eigene.«

»Ihre eigene Sprache beherrschen Sie aber vollkommen?«

»Ohne mich dessen rühmen zu wollen, ja!« versetzte Wu Lien bescheiden.

Wieder besprachen sich die vier, dann redete ihn der Offizier an: »Sie werden sofort in dieses Haus ziehen. Ihr Lohn bemißt sich nach Ihrer Geschicklichkeit. Sie erhalten einen Titel, der sich nach dem richtet, was Sie leisten. Kommen Sie morgen hierher!«

Wu wirbelte der Kopf, als tummle sich darin eine Schar aufgescheuchter Vögel. »Aber ich – habe ein Weib – meine alte Mutter – zwei Kinder ...«, stammelte er.

»Dürfen mitkommen«, erklärte der Offizier. »Hier sind sie sicher. Sie auch. Zimmer bekommen sie.«

Ein solcher Glücksfall! Sicher leben in einer Stadt, in der niemand sicher war, Lohn zu empfangen, wo niemand wußte, wovon er leben sollte! »Darf ich gleich meine paar Sachen hierherbringen?« fragte Wu, immer noch zweifelnd. »Sie nehmen nicht viel Platz weg; das meiste ist ja zerstört.«

Sie besprachen sich wieder, und wieder nickte der Offizier kurz. »Sie können gleich einziehen.«

»Und ich darf morgen meine Kinder und ihre Mutter holen?«

Der Offizier lächelte dünn: »Sie dürfen.«

Die Nacht verbrachte Wu mit dem Einpacken seiner Habe. Noch ehe der Morgen graute, verließ er sein Haus, fand eine Rikscha, stopfte sein Zeug hinein und setzte sich obenauf. So zog Wu Lien durch feindliche Tore ins andere Lager.

Groß war seine Freude, als er am selben Morgen seine besten Gewänder anlegte und, begleitet von zwei Feindsoldaten, sich zu der Stätte verfügte, an der sich sein Weib in Obhut der weißen Frau befand. Er hätte nur noch gewünscht, an Stelle der alten Pferdekutsche, die er unweit seiner Wohnung aufgetrieben hatte, eines jener fremdländischen Motorvehikel zu mieten. Aber auch so machte Wu Lien, als der Rosselenker seine Schindmähre vor dem wohlbehüteten Eingangstor halten ließ, einen imposanten Eindruck.

»Steig ab«, befahl er dem Kutscher, »klopfe an diese Pforte und melde, Wu Lien sei gekommen, die Seinen zu holen!« Und er lehnte sich in die Wagenpolster zurück wie ein Würdenträger, wenn er zu seinen Sklaven spricht.

Doch der Fahrer rührte sich nicht von dem Kutschbock. »Das geht nicht«, rief er zurück, »mein Pferd kann ich nicht allein lassen. Es hat eine Eigenart: Wenn es nicht meine Hand am Zügel spürt, setzt es sich unverzüglich auf seinen Schwanz wie ein Hund. Allein bekomme ich es dann nicht mehr hoch; vier Männer brauch' ich dazu.«

Vor seiner Schutzwache, die mit ihm im Wagen saß,

hatte Wu zuviel Angst, als daß er gewagt hätte, sie zu bitten, ein rastendes Roß vom Sitz zu lüpfen, und ihm selbst erschien eine solche Aufgabe zu schwierig. Es blieb ihm also nichts anderes übrig, als auszusteigen und selbst an das Tor zu pochen.

Alsbald öffnete sich das Torfensterchen, das alte Gesicht des Pförtners lugte heraus, und Wu Lien, als spräche er zu seinem Bedienten, erklärte herablassenden Tones: »Ich bin Wu Lien und komme, die Meinen zu holen.«

Der Torhüter starrte verbissen auf die zwei feindlichen Wächter, öffnete die Pforte nur eben so weit, daß Wu Lien hereinschlüpfen konnte, und schlug sie sogleich wieder vor den Soldaten zu, die sich dagegenstemmten, schrien und mit Gewehrkolben gegen das Tor hämmerten. Dann wandte er sich an Wu.

»Wieso hast du diese zwei bei dir?« fragte er ernst.

»Weil ich ein Kaufmann bin«, antwortete Wu hochmütig. »Diese beiden sind zu meinem Schutz bestellt.«

»Zu deinem Schutz, sieh einer an!« spottete der Torhüter.

»Ich will mich für sie verbürgen«, sagte Wu hoheitsvoll.

»Auf eigene Verantwortung kann ich sie trotzdem nicht einlassen, denn es sind Feinde«, versetzte der Hüter des Hauses, »erst muß ich die weiße Frau befragen.«

So mußte denn Wu beim Pförtnerhaus stehenbleiben und warten, bis der Gewissenhafte die weiße Frau geholt hatte, und dieser hierauf, so gut er konnte, erklären, warum man die beiden Wachleute hereinlassen müsse. Diese hatten inzwischen weiter gegen das Tor getrommelt und so gebrüllt, daß Wu Lien der Schweiß ausbrach und er im stillen seine Beschützer zum Teufel wünschte.

Unberührt von dem Lärm näherte sich ihm die weiße

Frau. Kühl und ruhig schaute sie drein – wie ein Bildwerk in den Tempeln der fernen Fremden. Mit einer eigentümlichen Stimme, die jedes ihrer Worte fremdländisch klingen ließ, sagte sie: »Bist du nicht ein Verräter?«

Wu schwitzte aus allen Poren und antwortete mit schlechtem Gewissen: »Herrin, ich weiß nicht, was Ihr unter einem Verräter versteht. Ich bin ein einfacher Mann, der seinen Geschäften nachgeht, so gut er kann. Ich muß meine Familie erhalten; sonst tut es keiner.«

Die seltsam fremdländische Stimme fragte ihn weiter: »Hast du gesehen, was in der Stadt geschehen ist?«

Wu Lien antwortete verschlagen: »Was geschehen ist, ist geschehen. Das hat man sich denken können, daß fremdländische Sieger schlimmer als einheimische sind! Ich kann nur sagen: Je eher wir solche Geschichten vergessen, um so früher wird uns der Frieden beschieden sein.«

»Ich sehe, du bist ein Verräter«, sagte die kühle Stimme, »und je eher du deine Leute aus diesen Mauern entfernst, um so besser ist es für alle.« Damit wandte sie sich an den Pförtner und hieß ihn, die Wachtposten einzulassen.

Nur sehr widerstrebend öffnete der Mann das große Tor, und voll Zorn wegen des langen Aufschubes brachen Wu Liens Beschützer herein. Jedoch vor dem weißen Gesicht der hohen, unnahbar kühlen Gestalt mit dem gelben gewellten Haar prallten sie zurück.

»Verhaltet euch still«, gebot ihnen die Fremde, ernst verweisend von oben herab, als rede sie zu lärmenden Kindern, »benehmt euch anständig! Bleibt da stehen, wo ihr steht!«

Als Wu sie so reden hörte, überkam ihn ein Zittern,

und er dankte dem Himmel, daß seine Beschützer keine
andere Sprache verstanden als ihre eigene. Doch die
Kälte der Frau und ihren abweisenden Blick verstanden
die beiden sehr wohl und standen vor ihr mit Schafsge-
sichtern. Sie aber wandte sich an Wu Lien: »In einer solchen Gesellschaft kann ich dich nicht weiter hereinlassen als bis hierher. Warte hier auf die Deinen!« Und
ließ ihn stehen.

Wu Lien sah ihr nach, wie sie über den Rasen ging.
Ihr langes schwarzes, fremdländisches Gewand fegte
das Gras, über das sie dahinschritt.

Da stand er nun mit den zwei Mißvergnügten und
hatte die größte Angst, mit seinen Beschützern allein zu
sein; sie dachten gewiß, der Aufschub sei seine Schuld.
Wie, wenn sie ihren Zorn an ihm ausließen?

Der Hüter des Tores stand in der Tür seines Hauses
und stocherte grinsend in seinen Zähnen.

Endlich sah Wu seine Frau herannahen, mit ihr seine
Kinder und hinter ihnen Ling Sao. Auch Orchidee wäre
gern mitgekommen, doch die weiße Frau hatte es ihr
verboten, weil sie noch jung war und reizvoll; es wäre
nicht gut, wenn die Soldaten sie sähen.

»Wohlergehen für Euch, Mutter!« rief Wu der
Schwiegermutter entgegen, und »auch dir Wohlergehen!« gab Sao zurück. Der Anblick der beiden Soldaten
erschreckte sie so, daß sie alles, was sie Wu Lien zu sagen gedachte, zurückhielt. Sie fragte nur: »Hast du etwas von meinem Mann gehört?«

Wu Lien verneinte. »Seit dem Tag, da meiner Kinder
Mutter hierherkam, hörte ich nichts. Ich wußte nicht
einmal, daß Ihr da seid.«

»Ich kam in derselben Nacht«, erklärte Ling Sao und
merkte aus seiner Antwort, daß er noch nichts vom Tod

seiner Mutter erfahren hatte. Doch beschloß sie, das Schlimmste über ihr Ende zu verhehlen und ihn nicht mehr wissen zu lassen, als notwendig war. »Da du den Vater meiner Kinder noch nicht gesprochen hast, Schwiegersohn, ist es an mir, dir schlimme Nachricht zu geben. Fasse dich! Deine alte Mutter ist nicht mehr. Als der Feind in unser Haus kam, wurde sie von einem herabfallenden Balken erschlagen. Der Vater deiner Frau hat sie auf seinem Feld beigesetzt. Den Sarg hat er selbst angefertigt und einen Grabhügel aufgeschüttet. So wurde mir von Leuten, die nach mir hierherkamen, erzählt.«

Wu Liens Weib führte sogleich den Ärmel ihres Gewandes an ihre Augen, denn obwohl sie schon alles wußte, war es doch schicklich, vor ihrem Gatten von neuem Kummer und Tränen zu zeigen. Auch Wu Lien wischte sich unverzüglich die Augen.

Seine Beschützer jedoch hatten das Warten satt und stießen ihn mit ihren Gewehrläufen in den Steiß, um ihm auf diese Art anzudeuten, sie fänden es an der Zeit, umzukehren. Also verschob Wu Lien das Weinen auf später und fand nicht einmal Zeit, Ling Sao für alles zu danken, was sie und ihr Gatte für seine Mutter getan hatten. Und Ling Sao konnte nur noch hinter ihm her durch das geöffnete Tor schreien: »Muß ich nicht um meine Tochter zittern, wenn sie mit dir geht?«

Wu hatte die Seinen bereits in die Kutsche gesetzt; seine Beschützer hatten die besten Plätze eingenommen. »Nein«, schrie er zurück, »ich werde beschützt samt allen, die zu mir gehören!« Und schon setzte sich das Fuhrwerk in Trab.

Sao stand allein mit der weißen Frau.

Seit der ersten Stunde empfand sie in ihrem Herzen

die tiefste Ehrfurcht vor dem weißen kühlen Gesicht, und jetzt ganz besonders, da die fahlen Augen auf ihr ruhten und sie die Worte vernahm: »Arme Frau, du tust mir leid . . .« Damit entfernte sie sich.

Ling Sao stand vor dem Pförtnerhaus und fragte den Hüter: »Warum bedauert sie mich, wo doch andere mehr und Schlimmeres zu erdulden hatten?«

»Weil deiner Tochter Mann ein Verräter geworden ist«, versetzte der Torhüter.

Der Tag war zu kalt, um sich draußen im Freien zu ergehen. Es fing an zu regnen; bald wandelte sich der Regen in Schnee, und Sao genoß die Wärme, die sie im Innern des großen Saales umfing. Und doch, seitdem ihre Älteste wieder frei war, verspürte sie eine zehrende Unrast. Sie setzte sich nieder und erzählte alles der jüngsten Tochter und Orchidee, und je länger sie sprach, um so heftiger sehnten sich die drei Frauen, auch frei zu sein.

»Das Essen bekäme mir besser, wenn vor mir mein Alter säße«, murmelte Ling Sao vor sich hin und dachte dabei an ihren Mann und die beiden Söhne und daß diese sich ohne sie nicht zu helfen wüßten!

Wie alle guten Weiber hatte sie die Ihren dazu erzogen, ohne die Mutter hilflos zu sein. Düster grübelte sie vor sich hin und stellte sich ihren Haushalt verstaubt, unaufgeräumt und verdreckt vor und alle Hausarbeit ungetan.

Nicht nur bei Sao, sondern bei allen im großen Saal herrschte an diesem Tag große Unruhe. Eine hat nun wieder nach Hause gekonnt; da müssen die Zustände sich sicher gebessert haben! Die Frauen sahen einander an und dachten: Ich bin die nächste. Wenn mein Mann nur schlau genug ist!

Alle brannten darauf, fortzugehen. Die Aufregung wuchs. Die Mütter wurden immer reizbarer. Für kleinere Versehen, die sie sonst ungestraft hatten durchgehen lassen, schlugen sie ihre Kinder, so daß die Halle von Geschrei erfüllt war und Sao in Verwünschungen ausbrach und dachte: Ich wollte, ich hätte den Mut, heut nacht allein nach Hause zu gehen! Aber sie wagte es nicht.

Es kam noch schlimmer.

Einige Tage danach traf ein Brief von Ling Saos ältester Tochter ein, in dem sie mit den prunkvollen Zimmern prahlte, die sie bewohnten: Es sei ein Teil vom Hause eines Reichen! Und sie brüstete sich mit den hohen Ehren, die ihrem Mann bezeigt würden, und berichtete, sie lebten jetzt besser denn je, und für sie sei nun wieder Frieden. »Ich für mein Teil«, stand in dem Brief, »ich glaube, der Feind ist besser, als wir uns vorstellten; er behandelt uns gut, und die Stadt ist, soweit ich jetzt sehe, vollkommen sicher und friedlich.«

Wohl wußte Ling Sao, daß ihre Tochter einen solchen Brief sowenig hatte schreiben können, wie sie ihn zu lesen imstande war. Sie hatte daher auch, um ihn vorlesen zu lassen, in der Schule des Hauses die einheimische Lehrerin aufsuchen müssen.

Diese war unverheiratet und die einzige alte Jungfrau, die Sao jemals erblickt hatte; denn die Tempeljungfrauen, die sie kannte, wer weiß, was es mit denen war! Sie nahm an, Wu Lien habe den Brief geschrieben, und hegte an seiner Richtigkeit keinen Zweifel, denn sie gehörte zu jener Gattung Menschen, die alles, was schwarz auf weißem Papier steht, für unverbrüchliche Wahrheit halten.

Die alte Jungfer meinte jedoch: »Ich würde dem Brief

nicht zuviel Glauben schenken. Wir hören noch immer von solchen, die auf der Straße getötet wurden, und auch von vergewaltigten Frauen.«

Sao entfernte sich unter Dankesbezeigungen und teilte sogleich Pansiao und Orchidee die guten Neuigkeiten des Briefes mit. Orchidee erzählte es alsbald bei den übrigen Weibern herum. Die Unruhe und Reizbarkeit wuchs.

Aber keine von allen war dieser Mauern und Wände so überdrüssig wie Orchidee. Der graue hohe Bau, die sanften Grasflächen, die der Winter schon bräunte, die lautlose Stille, die am Tage von frommen Gesängen unterbrochen wurde, dies alles zehrte an ihr; es war ihr zu ruhig und zu friedlich.

Das Essen, das man ihnen vorsetzte, war alle Tage das gleiche. Schon schien es ihr ohne Geschmack. Auch die Kinder ließen ihr keine Ruhe mehr; sie hatten nichts zum Spielen und schrien nach ihren kleinen zierlichen Spielsachen.

Als nun Orchidee erfuhr, wie gut ihre Schwägerin es getroffen hatte, dachte sie: Da die Stadt wieder in Frieden ist, sehe ich keinen Grund, weshalb ich mich nicht eines schönen Morgens ein wenig aus dem Tor hinausstehlen sollte und schauen, was es in den Läden zu kaufen gibt! Vielleicht könnte ich auch der Schwägerin einen Besuch abstatten, und wenn alles in Ordnung ist, schicke ich dem Vater meiner Kinder eine Botschaft; dann können wir alle wieder nach Hause.

An einem der folgenden Morgen, als ihr Kleinstes noch schlief und das Größere auf dem Rasenplatz spielte, log sie Ling Sao an: »Ich habe heute nacht schlecht geschlafen.« Sie gähnte. »Wenn es dir nichts ausmacht, nach meinen Kleinen zu sehen, der Jüngste schläft noch, will ich mich noch ein wenig auf meinen Strohsack legen.«

»Schlafe du nur, wenn du nichts Besseres zu tun hast!« erwiderte Ling Sao ungehalten. Sie hatte irgendwo eine Spinnspule und etwas Baumwolle aufgetrieben und war dabei, weißen Faden zu spinnen.

Lächelnd ging Orchidee in das Gebäude zurück, durch einen anderen Ausgang wieder hinaus und der Mauer entlang zum Haupttor. Sie hatte bemerkt, daß um diese Zeit der Pförtner das Tor verriegelte, um sich in seinem kleinen Haus zum Frühstück zu setzen. Jetzt war niemand beim Tor zu sehen.

Leise, daß keiner es höre, schob sie den Riegel zurück und trat hinaus auf die Straße. Das Tor machte sie hinter sich zu.

Gut und angenehm dünkte es sie da draußen, frei wie ein Vogel kam sie sich vor. Im Busen trug sie ein wenig Geld, das sie auszugeben gedachte; sie verwahrte es da seit dem Tag, da der Vater alle fortgeschickt hatte. Ein glücklicher Zufall, dachte sie jetzt, daß ich es bei mir habe, und schritt seelenvergnügt durch den Morgen.

Die Straße war fast leer. Es war noch früh am Tag, nur wenige Menschen waren zu sehen; das Wetter war hell und freundlich, und Orchidee atmete mit Entzükken die frische Winterluft ein.

Meines Mannes Mutter, dachte sie, wird schön überrascht sein, wenn ich zurückkomme und ihr erzähle, wie harmlos es in der Stadt zugeht, vollkommen harmlos; da ist auch nicht das geringste, was uns hindert, wieder nach Hause zu gehen. Ich will aber trotzdem nicht weiter als bis zum ersten Laden; dann kehre ich wieder um.

So dachte sie und ging noch ein Stückchen weiter, ein kleines Stückchen nur, ohne zu ahnen, daß der Feind sie auf Schritt und Tritt beobachtete.

Damals waren gerade die neuen Erlasse herausgekommen, wonach das Unziemliche nicht mehr auf offener Straße verübt werden dürfe. Was jedoch hinter Wänden geschah, kümmerte niemand, und als Orchidee nun an einer städtischen Bedürfnisanstalt vorüberkam, wurde sie plötzlich von fünf feindlichen Soldaten überfallen, die dort schon seit einiger Zeit gelauert hatten, ob keine unbehütete Frau vorbeikäme, um sie hereinzuziehen. Solche Frauen waren jetzt selten, denn welche Frau begab sich in diesen Tagen allein auf die Straße! Weil Orchidee so heiter lächelnd daherkam, hielten die fünf sie für ein Freudenmädchen. Hatte sie nicht ein glattes, rundes Gesicht? War ihr Körper nicht mollig und drall, ihr Mund einladend rot? Lechzend vor Gier weideten sich die Soldaten an ihrem Anblick und stritten, noch während sie sich ihrer bemächtigten, wer von ihnen als erster sie haben solle.

Orchidee war eines jener Wesen, die – wenn sie umhegt und geliebt werden – lange Zeit leben; im Ungemach aber sterben sie bald.

Als sie in die verruchten Gesichter der brünstigen Kerle sah, brach sie zusammen. Und als einer nach dem anderen an ihr seine Lust büßte und niemand vorüberkam, der es gewagt hätte, diesen öffentlichen Ort zu betreten, um sie zu verteidigen – und wenn einer kam, zog er sich schon beim Anblick der fünf Gewehre, die an der Wand lehnten, scheu zurück –, da war sie hilflos wie ein Kaninchen, das wilde Hunde zwischen den Zähnen halten. Sie schrie, und da schlug man sie, und einer preßte ihr die Hand auf Nase und Mund, ihren Schrei zu ersticken. Sie zuckte nur ein wenig und hauchte ihr Leben aus – nicht anders als ein Kaninchen. Der letzte schändete ihren Leichnam. Dort, wo sie lag, ließen sie sie liegen und machten sich fort.

Nun erst wagten sich mitleidige Passanten heran, traten ein, bedeckten den armen Leib, fragten verwundert, woher sie wohl käme, starrten in die gebrochenen Augen und hätten gerne gewußt, wer sie sei. »Sie ist eine Bäuerin«, vermutete einer, »man sieht es ihr an, schaut, ihr Haar ist mit einer Silbernadel zusammengehalten; so eine hatte auch meine Mutter! Sie trägt einen kurzen Rock und ein altmodisch schwarzes Seidenhemd. Sie kommt vom Land, sie hat nicht gewußt, wie es hier in der Stadt zugeht!«

Es waren nur Männer, die sie so liegen sahen; denn in dieser Zeit ließ sich kein Weib auf der Straße blicken. Und keiner der Männer wußte, was man mit der Leiche anfangen sollte. Keiner wagte, sie in sein Haus zu schaffen, aus Furcht, ihres Todes beschuldigt zu werden, bis schließlich der Klügste den Einfall hatte: »Laßt sie uns zu der weißen Frau bringen. Die wird keiner beschuldigen, und wenn niemand nach ihr fragt, kann sie die Tote begraben.«

Also holte man eine Rikscha.

Der Kuli sträubte sich zuerst, die unheimliche Last zu ziehen, doch als er die Weiße erwähnen hörte, fand er sich in der Hoffnung auf eine Belohnung dazu bereit und fuhr seinen leblosen Fahrgast die kurze Strecke bis zu jenem Tor, das Orchidee vor wenigen Minuten so seelenheiter geöffnet hatte. Jetzt war es geschlossen.

Der Pförtner hatte sein Frühstück beendet und saß auf dem Bänkchen vor seinem Haus. Wie immer, wenn er nichts zu tun hatte, stocherte er in den Zähnen. Plötzlich vernahm er ein Kratzen am Torflügel.

Er stand auf, öffnete, und als er Orchidee sah, schrie er entsetzt: »Eine von unseren Schutzbefohlenen!«

»Warum habt Ihr sie nicht beschützt?« grollte einer der Männer. »Warum ließet Ihr sie hinaus?«

»Ich habe sie nicht hinausgelassen«, schwor der Torhüter.

»Sie muß sich hinausgeschlichen haben, während ich beim Essen war«, rief er und eilte, die weiße Frau zu holen. Aber zuvor schloß er die Pforte fest zu.

Er fand die Herrin im Morgengebet; sie unterbrach ihre Andacht und kam sogleich mit ihm. Als sie sah, was geschehen war, wurde ihr bleiches Antlitz noch ernster als sonst.

»Ihr habt wohlgetan, sie hierherzubringen«, wandte sie sich an die Begleiter, »denn hier war sie seit vielen Tagen. Auch ihres Mannes Mutter, ihre zwei Kinder und ihre Schwester sind hier. Ich werde nach ihrem Gatten senden.«

Die Männer entfernten sich und waren zufrieden, daß die weiße Frau die Gefahr von ihnen auf ihre eigenen Schultern genommen hatte; der Rikschakuli war am zufriedensten, da er gut bezahlt und belohnt worden war.

Die weiße Frau bat den Torhüter, noch jemanden zu holen, mit dessen Hilfe das arme Geschöpf in die Kapelle zu tragen und auf eine dort befindliche Bahre niederzulegen. Sie selbst wartete bei der Toten.

Bald darauf hob man Orchidee auf und trug sie hinüber.

Langsam, gedankenvoll machte sich die Frau auf, Ling Sao zu suchen. Mit wenigen behutsamen Worten teilte sie ihr das Geschehene mit.

Ling Sao brach in Wehklagen aus, sie konnte es nicht begreifen, wie so etwas geschehen sein sollte. »Ich habe sie noch vor kaum einer Stunde gesehen, blühend wie das Leben selbst!« jammerte sie.

Die weiße Frau teilte ihr mit wenigen seltsam klingenden Worten mit, was sie erfahren hatte.

Ling Sao vernahm es mit ausdruckslosem Gesicht. »So muß es gewesen sein«, weinte sie, »und so etwas konnte ihr nur geschehen, weil sie heillos verrückt war! Von jeher war sie, hinter Lächeln und Sanftmut, so hinterhältig verbohrt; nur deswegen hat der Tod sie ereilt! Oh, weiße Frau, schickt nach meinem Sohn, schickt nach meinem Mann, wenn es möglich ist; denn was nun werden soll, weiß ich nicht!«

»Ich dachte mir schon, du würdest nach ihnen verlangen«, antwortete die Weiße, »und werde einen Boten bestellen. Er soll durch das Wassertor hinaus, aber erst wenn es finster ist. Da die Arme nun tot ist, wäre es sinnlos, noch ein zweites Leben aufs Spiel zu setzen.«

Mit unbeweglichem Antlitz und ohne Träne gebot sie einer der Dienerinnen, ein Tuch zu bringen, Orchidee zu bedecken und weiterhin bei ihr Wache zu halten, bis entschieden sei, was mit der Leiche geschehen solle. Dabei schenkte sie der bitterlich schluchzenden Sao nicht mehr Beachtung als einem plärrenden Säugling, bis diese schließlich unter Tränen hervorstieß: »Es ist ein Jammer! Und die zwei armen Kinder, die nur noch mich haben! Wie soll ich in solchen Zeiten für meinen Sohn wieder ein Weib finden? Es ist ein Jammer, ein furchtbarer Jammer! Weiße Frau, wie können Eure Augen da trocken bleiben?«

»Ich habe zu viel Jammer gesehen«, sagte die Frau mit ihrer hohen, schwebenden Stimme, »ich glaube, nichts kann mich mehr weinen machen und nichts mehr lachen.« Sie hob ihre fahlen Augen. Es war, als sähe sie in etwas hinein, das Ling Sao nicht wahrnehmen konnte, und fuhr fort: »Nicht eher kann mein Herz fröhlich sein, als bis mein allgütiger Herr mich wieder zu sich nimmt.«

Ling Sao war so erstaunt, daß ihr Tränenstrom stockte. »Und man hat mir gesagt, Ihr wäret noch unverheiratet!« rief sie laut heraus.

»Nicht auf irdische Weise, wie du es dir vorstellst, bin ich vermählt«, sprach die weiße Frau, »ich habe mich ganz meinem Gott geweiht, dem einzig wahren, und der Tag wird kommen, da Er mich zu sich nimmt.«

Nun versiegten Ling Saos Tränen; ganz und gar entgeistert war sie, so entsetzt und in Angst, daß sie, um sich vor unheimlichem fremdem Zauber zu schützen, ein beschwörendes *O-mi-to-fu* hervorstammelte.

»Du aber«, endete die hohe Frau und heftete ihre bleichen Augen auf die kleine Ling Sao, daß es diese gleichwie ein zaubriges Licht überflutete, »du, meine liebe Seele, sei dessen gewiß: Gott will auch dich! Mag sein, daß Er diesen großen Kummer nur deshalb über dich brachte, um dein Herz von allen Schlacken zu befreien, auf daß es heim zu Ihm finde!«

Noch heftiger erschrocken wich Sao bis an die Wand vor der Weißen zurück und stieß eilig hervor: »Ihr müßt ihm sagen, ich kann nicht kommen, ich habe schon einen Mann daheim, und jetzt die zwei Enkel, für die ich zu sorgen habe. Ich habe zuviel zu tun, ich kann nicht abkommen, ich war auch noch nie von zu Hause weg, außer jetzt!«

»In deinem eigenen Haus kannst du Ihm dienen«, sagte die weiße Frau und kam langsam auf Sao zu.

Da war es dieser, als werde das weiße Weib im Herannahen größer und größer und erhöbe sich in unheimlicher Blässe geisterhaft hoch über sie hinaus. Sie stieß einen furchtbaren Schrei aus, lief hinaus aus dem Tempel, rannte über den Rasen und durch das Portal bis in den Saal der Weiber und Kinder. Keuchend und heulend erzählte sie dort Orchidees plötzlichen Tod und daß der Gott dieses weißen Weibes die Mordtat veranlaßt habe.

So rasch die Geschichte erzählt war, so schnell stand der ganze Weibersaal in loderndem Aufruhr. Jede dachte in blassem Entsetzen, der ausländische Gott wolle auch sie besitzen und töten. Wilde Angst erfaßte alle.

Über all diesen Aufregungen war es fast dunkel geworden.

Die Großmutter brachte ihre Enkel zur Ruhe; die Kleinen kuschelten sich in ihr Stroh und wußten nicht, was es heißt, eine Mutter zu verlieren. Sao blieb, von den Ereignissen des Tages erschöpft, bei ihnen sitzen. Sie hatte noch nichts gegessen; sie wartete auf ihren Mann und ihren ältesten Sohn.

Zwischen Mitternacht und Sonnenaufgang hörte sie in der Dunkelheit des Saales Schritte vom Gang her. Als sie aufsah, stand in der geöffneten Tür, im Licht seiner Lampe, der Pförtner und winkte ihr. Sie stand auf und schlüpfte durch die Reihen der Schläferinnen hinaus.

Draußen, in Kälte und Dunkelheit, standen die beiden Männer, auf die sie gewartet hatte. Niemals in ihrem Leben hatte ihr Herz solchen Trost empfunden wie bei diesem Wiedersehen. Von neuem begannen ihre Tränen zu strömen, schluchzend wandte sie sich von einem zum andern. »Oh, mein Mann – was ist uns widerfahren! Oh, mein Sohn – wie soll ich dir helfen?«

Die weiße Frau hatte schon mit den beiden gesprochen und ihnen berichtet, was diesen Morgen geschehen war. Nun trat sie wieder herzu.

Bei ihrem Anblick hörte Sao sofort auf zu weinen, doch fürchtete sie sich jetzt nicht mehr; nun war ja ihr Gatte bei ihr.

»Kommt mit mir«, sagte die weiße Frau und geleitete die Trauernden in ihren Betsaal, wo sie in ihren heiligen Büchern zu lesen pflegte. Dort hieß sie sie niedersitzen und erklärte hierauf, sie wolle, wenn es den Männern und Ling Sao recht sei, für Orchidee einen Sarg suchen und sie hier innerhalb ihrer Mauern beerdigen. »Später, wenn einmal bessere Zeiten kommen, könnt ihr sie holen und in eurer Erde begraben.«

Ling Tan, Lao Ta und Ling Sao sahen sich an, und Tan antwortete für die beiden anderen: »Weder wüßte ich einen Weg, wie wir einen Sarg beschaffen, noch wie wir jetzt einen Leichnam aus dieser Stadt wegbringen könnten. Wir wollen tun, wie Ihr sagt, und Euch danken. Eure Barmherzigkeit reicht weiter, als Menschen erfassen. In keinem der Länder um alle vier Meere ist solche Güte wieder zu finden.«

»Ich verdiene dieses Lob nicht«, erwiderte die weiße Frau, »was ich tue, geschieht im Namen des wahren Gottes, welchem ich diene.«

Darauf antwortete niemand, weil niemand wußte, was sie damit meinte, außer vielleicht Ling Sao, die wieder in heftige Angst geriet und beschloß, noch in derselben Nacht mit Ling Tan nach Hause zurückzukehren.

Als er aufstand, erhob sie sich auch und erklärte: »Ich gehe mit dir nach Hause.«

»Nein«, wehrte er, »das darfst du nicht; es sind noch unruhige Zeiten. Niemand weiß, wie sich unser Leben unter den Siegern, die über uns Macht haben, in Zukunft gestalten wird.«

»Ich gehe mit dir«, wiederholte Sao halsstarrig.

Ling Tan kannte sein Weib, und wohlbekannt war ihm auch der Ausdruck des dunklen Gesichtes. Er wußte, nun mochte er tun, was er wollte – nachdem sie einmal erklärt hatte, sie werde mit ihm gehen, war sie nicht mehr zu halten.

»Oh, über die eigensinnige Mutter der eigensinnigen Tochter!« rief er aus. »Mich wird man verdammen, wenn dir etwas Schlimmes zustößt.«

»Was immer mir zustößt«, beharrte Ling Sao, »niemanden will ich dafür verdammen als mich selbst.«

Aber Ling Tan wollte nicht nachgeben. »Was wird aus unserer kleinen Tochter«, fragte er zweifelnd besorgt, »willst du Pansiao allein hier zurücklassen?«

Verwirrt schaute Ling Sao auf. Aber ehe sie noch eine Antwort gefunden hatte, sagte die weiße Frau: »Wenn du gehen willst, geh und laß mir dein Mädchen! Wir hatten in guten Zeiten hier eine Schule für junge Töchter; jetzt ist sie ins Innere des Landes verlegt, unsere Schülerinnen befinden sich tausend Meilen stromaufwärts im freien Land. Es trifft sich gut, daß morgen wieder ein Schiff dorthin fährt, ein ausländisches; das könnte euer Kind mitnehmen. Zwei meiner Landsleute, ein Ehepaar, werden sich ihrer annehmen und sie behüten. Sie wird in Sicherheit sein, und wenn ihr sie zurückwünscht, sollt ihr sie wiederhaben.«

Die drei sahen sich an; sie erwogen den Vorschlag, und wieder nahm Tan das Wort: »Wären die Zeiten so, wie sie sein sollten, wir würden nicht an das ausländische Schiff und die ausländische Schule, sondern nur daran denken, unsere Tochter mit einem guten Mann zu verheiraten; aber wer wagt es heute, und wäre es für den eigenen Sohn, ein junges Mädchen in Haus und Obhut zu nehmen? Also geschehe, wie Ihr es wünscht – nur sagt uns manchmal, ob sie noch lebt!«

»Sie wird schreiben lernen und es euch selber berichten«, meinte die weiße Frau gütig, und dazu sagten die andern nichts mehr. In früheren Zeiten hätte Ling Tan nur laut gelacht, wenn er gehört hätte, eine seiner Töchter solle lesen und sogar schreiben lernen, jetzt aber, in diesen Tagen, wo die Familie über viele Orte verstreut wurde, sah er den Nutzen der Wissenschaft ein.

Lao Ta, der älteste Sohn, hatte bei alldem noch kein Wort gesprochen. Man hatte ihm kaum Beachtung geschenkt. Nun sprach er zum erstenmal: »Ich möchte noch einmal die sehen, die meiner Kinder Mutter gewesen ist.« Er sagte dies sehr leise.

Man hatte ihm nicht alles über Orchidees Ende gesagt, auch hatte er nicht nach den Umständen ihres Todes gefragt. Daher erschrak jetzt Ling Sao; sie wollte nicht, daß er alles wisse. »Laßt mich vorgehen, mein Sohn«, bat sie und vergaß ihre Angst vor der Weißen. Jetzt war sie nur Mutter, und dies war ihr Sohn.

»Du kannst sie sehen«, sagte die weiße Frau, als habe sie die Gefühle der Mutter geahnt. »Ich habe sie selber gewaschen und ihr ein reines Gewand angelegt; sie ruht in Frieden.« So sprechend, nahm sie die Lampe vom Tisch und ging der Familie voran. Als erste folgte Ling Sao. Sie schämte sich nun ihrer Furcht vor dieser Gütigen und bereute es, daß sie vor den anderen Weibern ihre Angst herausgeschrien – und dies zu derselben Zeit, da die hohe Frau mit eigenen Händen der Gattin ihres Sohnes den letzten Dienst erwiesen hatte. In Demut folgte sie ihr, und schweigend betraten alle den Tempelraum.

Hier lag Orchidee, und die weiße Frau hob das Tuch von dem stillen Gesicht, und so sah sie ihr Gatte.

Keine Wunde war auf dem schlafenden Antlitz. Die sanften, vollen Lippen waren geschlossen und lächelten. Sie sah aus, wie sie oft ausgesehen hatte bei Nacht auf Lao Tas Lager, und als dieser sie ansah, traten ihm die Tränen in die Augen und rannen über seine Wangen herab. Und Tränen traten in aller Augen, außer in die der weißen Frau. Sie stand bewegungslos und hielt das Bahrtuch empor, bis sich Lao Ta zur Seite wandte.

»Bedecke sie«, bat er, und die weiße Frau deckte sie zu.

Sie gingen hinaus, und während sich Ling Sao zur Halle begab, um die Kinder zu wecken, standen draußen Ling Tan und sein Sohn in der Nacht bei der Weißen und warteten, und der Vater fühlte die Nöte seines Sohnes und hörte sein unterdrücktes Weinen.

Da zog er ihn etwas beiseite und sprach ihm zu: »Weine, solange noch Weinen in deinem Herzen ist, aber bedenke, mein Sohn, daß alles Weinen einmal endet! Du bist jung, eines Tages wird eine andere Mutter für deine Kinder gefunden werden.«

»Sprich nicht davon«, bat der Sohn.

»Gut«, sagte Tan, »aber du selbst, behalte du es im Sinn!«

Der junge Mann gab keine Antwort, aber der Vater war sich bewußt, ein neues Wollen in ihn gesenkt zu haben – nicht um seine Trauer herabzumindern, sondern um ihm zu bedeuten, daß sein Leben weitergehen müsse, der Sippe zum Heile.

Im großen Saal bekleidete Ling Sao die Kinder mit allen ihren Kleidern und erzählte Pansiao dabei, daß sie hierbleiben solle. »Du brauchst keine Angst zu haben«, sagte sie; »ich war dumm, als ich mich heute mittag so fürchtete. Die weiße Frau hat Orchidee selber gewaschen und angekleidet, und jetzt sagt sie, du sollest die Stadt hier verlassen und an einen sicheren Ort gebracht werden; in eine Schule, um lesen und schreiben zu lernen.«

Sie wunderte sich, daß das Mädchen trotz allem, was sie Trostreiches vorbrachte, nicht doch trauriger und ängstlicher war. Nie hätte sie sich träumen lassen, daß ihre Tochter Pansiao, die immer so still ihre Arbeit verrichtet und sich nie über etwas beklagt hatte, seit Jahren sich danach sehnte, einmal in eine Schule zu gehen.

»Ich will keine Angst haben, Mutter«, versprach Pansiao.

»Und schreibe, sobald du es gelernt hast«, gebot Ling Sao, »unser dritter Vetter kann uns dein Geschriebenes vorlesen.«

»Ich werde schreiben, Mutter«, versprach das Mädchen, nahm das kleinere der beiden Kinder auf den Arm und folgte Sao, die das größere trug. So gingen sie leise, die Schlafenden nicht zu wecken, zur Tür hinaus.

Als Tan seine jüngste Tochter erblickte, erteilte er ihr seine Weisungen und hieß sie, immer gehorsam zu sein und sich gut zu betragen; dann wandte er sich an die weiße Frau und übergab ihr sein Kind mit den Worten: »Eurer Gnade empfehle ich dieses mein wertloses weibliches Kind. Es ist eine kleine Gabe, und doch ist auch sie mein Fleisch und Blut. In meinem Hause haben wir die Töchter stets höher geachtet, als dies in anderen Häusern der Fall ist. Und sie ist unsere letzte. Wenn sie

Euch nicht gehorcht, schickt sie zurück und vergebt uns!«

Bei diesen Worten sah Sao zum erstenmal im Gesicht der Weißen ein Lächeln. Die Frau streckte den Arm aus und ergriff Pansiaos Hand. »Ich denke, sie wird gehorchen«, sagte sie.

Unter Dankesbezeigungen und Verneigungen schied die Familie. Tan nahm sein jüngstes Enkelkind und Ta seinen älteren Sohn auf den Arm. So gingen sie zum Hoftor . . .

Aber Ling Saos Herz hing an ihrer Jüngsten. Sie wandte noch einmal den Kopf nach ihr um und sah im Lichtschein der Lampe, die das weiße Weib in Händen hielt, wie des Kindes Gesicht zu der weißen Frau aufschaute, und hörte die Frage der Gönnerin: »Kannst du bei uns glücklich sein, Kind?«

Sao sah ihrer Tochter Antlitz von reinster Freude erfüllt und hörte sie sagen: »Ich kann sehr glücklich sein.«

Als sie sich durch die Nacht hintasteten – denn es fiel ihnen schwer, sich im Finstern zurechtzufinden; man machte kein Licht, damit kein Feind sie sehe und sie frage, woher und wohin? –, fühlte Ling Sao sich beruhigt, weil es nach Hause ging.

Ling Tan war tief niedergedrückt durch den Tod Orchidees und die Gedanken an das, was er seinem Weib noch verschwieg: daß ihr dritter Sohn in die Berge gegangen war.

Während des ganzen Heimwegs wälzte er immerzu die Frage in seinem Herzen, wieviel von Lao Sans Schicksal er ihr mitteilen und was er für sich behalten solle. Hin und her überlegte er, wie er es wohl verheimlichen könne.

Rasch rannte Ling Sao über die Tenne und durch das Hoftor quer über den Vorhof ins Haus und zündete das Öllämpchen an, das auf dem Tisch an der gewohnten Stelle bereitstand. Aber der Tisch war nicht mehr der gewohnte, sondern nur mehr ein gewöhnliches Brett, das Tan über zwei in die Erde gerammte Pfosten gelegt hatte. Dies fiel ihr zuerst auf, und als ihr nun der Schein des Lämpchens das Bild der Zerstörung enthüllte, brach sie in Wehklagen aus.

»Wo ist alles, was mein war?« rief sie und starrte trostlos herum. »Wehe, wo sind unsere Stühle? Wo ist der lange Eßtisch? Wo sind die Leuchter aus Zinn?«

»Schläft unser dritter Sohn so fest, daß er seine Mutter nicht heimkommen hört?« fragte Sao nach einiger Zeit.

Da wußte Ling Tan, daß er nichts vor ihr werde verheimlichen können und daß es besser sei, ihr die Wahrheit zu sagen. Wenn sie entschlossen war, hierzubleiben und alles, was kam, auch das Schlimmste, mit ihm gemeinsam zu tragen, dann mußten auch ihre Sorgen zu gleichen Hälften geteilt werden. Und unter vielen Seufzern berichtete er ihr die Vorgänge jener Nacht, in der ihr dritter Sohn aufgebrochen war, und sie hörte zu. Kein Wort und kein Ton drangen aus ihr hervor, bis er zu Ende war. Sie fragte ihn nichts, sondern sagte nur: »Wenigstens lebt er.«

»Wenigstens lebt er«, sprach Tan ihr nach.

Sie gingen zusammen in ihre Kammer und legten sich angekleidet zu Bett.

Und Ling Tan wunderte sich wieder, daß er nach all den einsamen Nächten in sich kein Verlangen nach seiner Frau verspürte, die er doch liebte. Es ist etwas anderes als Müdigkeit, obwohl ich sehr müde bin, mußte er denken, aber mir ist, als müsse zwischen Mann und Frau alles Fühlen erst wieder sauber und blank sein, bevor anständige Menschen an so etwas denken können. Zu ihr aber sagte er bloß: »Die Latten sind schrecklich hart. Wenn man an unser großes Bett denkt, wie es war! Die Bande hat den gewobenen Bettboden in Stücke zerschnitten, und ich habe noch keine Rotanghalme zum Ausbessern auftreiben können.«

Ling Sao antwortete nur: »Was kümmern mich Betten und Nachttischchen, Stühle, Schemel oder sonst etwas!«

Da erkannte der Mann, daß seine Frau im Tiefsten getroffen und daß ihre Seele nicht noch tiefer zu verwunden war.

Dann aber kam ein Tag – lange nachdem Orchidee gestorben, Pansiao fern und Ling Sao zu ihren Haustrümmern heimgegangen war –, da wanderte jemand durchs Dorf, der sich nicht aufhalten wollte und in Tans Haus einen Brief zurückließ.

Diesen Brief öffnete Tan, und obschon er nicht lesen und daher, bevor er ihn nicht dem dritten Vetter gebracht hatte, seinen vollen Inhalt nicht wissen konnte, so erfaßte er dennoch die große Botschaft, die ihm das Schreiben brachte. Denn als er den Bogen entfaltete, fiel ihm daraus eine geflochtene Schnur in die Hand, und die war rot.

In diesem zerstörten Haus, in diesem halbverwüsteten Dorf ohne Hoffnung (denn der Feind herrschte mit unverminderter Härte) faßten diese drei Menschen neuen Mut, weil die rote Schnur ihnen kundgab, daß irgendwo, wo, wußten sie nicht einmal, aber irgendwo mußte es doch gewesen sein, ihrem Sohn Lao Er und Jade ein Sohn geboren war und lebte!

X

Inmitten der Not herrschte eitel Freude, und am folgenden Morgen, sobald sie sich gewaschen und gesättigt hatten, begaben sich die Beglückten zur Hütte des dritten Vetters. Dort zog Ling Tan den Brief seines zweiten Sohnes aus seinem Hemd und ersuchte den Vetter, ihn vorzulesen.

Der Vetter las: »Unser Vater und unsere Mutter, Geehrte! Wir hoffen, Ihr seid gesund und alles bei Euch sei wohl und so wie sonst. Unserem älteren Bruder und den Seinen unsere Verehrung und allen anderen unsere guten Wünsche! Wir hoffen, daß alles bei ihnen gutgeht wie immer.«

Hier wischte sich Sao die Augen und rief: »Oh, was nützen jetzt ihre guten Wünsche!« Aber Tan winkte ihr zu, sich still zu verhalten, und der Vetter fuhr fort zu lesen: »Seitdem wir unser gutes Heim verließen und zum letztenmal Eure Gesichter sahen, sind wir wohl an die tausend Meilen gewandert und sind nun hier, wo wir für die Geburt des Kindes uns einen Aufenthalt gönnen. Aber wir wagen nicht, lange zu bleiben; denn das Gerücht geht von Mund zu Mund, der Feind dränge nach. Doch wenn Du, verehrter Vater, uns mitteilen kannst, wie es ist, wenn der Feind kommt, und wenn es nicht allzu schlimm ist, werden wir hierbleiben. Hier Arbeit zu finden ist leicht, und ich, Dein geringerer Sohn, kann jeden Tag eine Riksha ziehen und damit zweimal soviel verdienen, wie ein Schulmeister zu verdienen pflegt. Denn jetzt sind es die Arbeiter, die hohe Einnahmen erzielen.« Dann las der Vetter weiter:

»Euer Enkel wurde am letzten Tag des dreizehnten Monats geboren, ein wenig vor seiner Zeit, weil seine

Mutter so steile Wege gewandert war. Aber der Sohn ist gut geraten und kräftig; macht Euch keine Sorgen um ihn! Wenn die Zeiten besser werden, kehren wir mit ihm zurück, um ihn Euch zu zeigen. Wenn aber die Zeiten schlimmer werden, wollen wir weiterziehen bis zur oberen Krümmung des großen Stromes, und von dort werde ich Euch wiederum schreiben.« Hier endigte der Vetter.

Da nun die Vorlesung beendet und aller Wißbegierde gestillt war, roch man den Gestank noch mehr als zuvor, und Sao fragte das Weib des Vetters, wie sich ihr Sohn befinde. Da seufzte das Weib: Er sei bereits voller Würmer, und es sähe böse aus.

Als aber der junge Mensch seine Mutter so sprechen hörte, schwand der letzte Willensrest, der ihn noch mit dem Dasein verbunden hatte. Ehe eine Stunde verstrichen war, kehrte er sein Gesicht gegen die Wand und verzichtete auf das Leben.

Drückend empfand Ling Sao die Leere und Stille, die sie in ihrem Haus umgab. War sie doch daran gewöhnt, alle Räume von Kindern und Enkeln belebt zu sehen und bei Nacht von überall her beruhigendes Schnarchen zu hören. Ihr Tisch war von Essern umlagert, sie selbst unablässig beschäftigt gewesen. Jetzt aber war nur noch sie da, ihr Mann, ein Sohn, die zwei Kinder . . . Und diese zwei Kinder saßen schweigsam, immer in Angst vor etwas, was sie nicht kannten. Hand in Hand und gelb hockten sie da und zuckten bei jedem Geräusch zusammen. Das ältere Kind sah aus wie ein Greis. Der Vater der beiden, der ehedem heiter und unbeschwert war, richtete nur noch selten an irgend jemanden ein Wort.

Es bestand keine Aussicht, eine Frau zu finden, die

Orchidees Stelle hätte einnehmen können. Manchmal wünschte Lao Ta wohl, eine zu finden; dann wieder war er froh, daß es sie nicht gab, aus Furcht vor mehr Kindern und noch größeren Sorgen. So ging der älteste Sohn herum wie der Wasserbüffel, plackte sich ab auf dem Akker, zog Furchen, hin und zurück, setzte Setzlinge, hin und zurück, wie ihm befohlen wurde. Oft sah ihm Ling Tan dabei zu und dachte bei sich: Das ist auch einer der vielen, dessen Leben vom Krieg zerstört worden ist.

Und wieder packte ihn tiefer Ingrimm gegen alle Männer, die Kriege anzetteln. Während er hinter dem Pflug über das Feld schritt – vor und wieder zurück und immer wieder den gleichen Weg –, tobte in ihm die Wut, und er sah auf das halb zerfallene Dorf und sein zerstörtes Haus, das er sich nicht instand zu setzen getraute aus Furcht, es könnte die feindlichen Schnapphähne anlocken.

So quälte sich Sao durch diesen Frühling, so wütete Tan im Herzen gegen die Männer, die Kriege entfachten. Er hörte, es gäbe deren auch in den fernsten Ländern, und er erinnerte sich dabei an die Ausländer auf der anderen Seite der Erde, tief unter seinem Grundstück . . .

Je mehr er darüber nachsann, um so klarer wurde ihm, daß nur eine ganz besondere Menschenart Kriege mache, und er war überzeugt, wenn man mit dieser Gesellschaft ein für allemal aufräume, werde der Friede wiederkehren und bleiben. Also wanderten seine Gedanken in jenen Tagen. Aber was konnte er tun, ein einzelner auf seinem Grundstück . . .?

Und doch sagte er sich: Denken denn nicht noch andere so wie ich?

Es war ein freudloser Frühling; ein Festtag zog nach dem andern vorbei, ohne daß Sao ihn feierte oder sonst irgendwer in der Gegend. Wie sollte auch ein Volk sich ergötzen, solange der Feind es beherrscht? Ihr Haus war so tot, daß im dritten Monat dieses unseligen Jahres Ling Sao eine derartige Unruhe überkam, daß ihre Haut am ganzen Leibe zu jucken begann und sie Abend für Abend dasaß und sich so lange kratzte, bis es Ling Tan auffiel und er sie eines Abends fragte: »Warum kratzt du dich immerzu und reibst deine Nase und zuckst so merkwürdig mit den Armen?«

Da brachen, wie Dampf aus einem überhitzten Kessel, die Worte aus Sao hervor: »Unser Haus ist ein Grab! Jetzt ist es mir klar: Wir hätten unseren zweiten Sohn und Jade nie von uns weglassen sollen. Was werden nur diese zwei armen Kinder anfangen, wenn uns etwas zustößt; wir sind doch schon alt!«

Ling Tan staunte über das Wunder, daß er nach all den Jahren ihres Zusammenlebens noch immer nicht wußte, was in dieser Frau vorging. »Willst du unseren zweiten Sohn und sein Weib auffordern zurückzukommen?« fragte er bedrückt. »Sollen wir ihnen befehlen, unser Enkelkind aus dem freien Land in dies Land hier zu bringen, das in den Händen der Feinde ist?«

»Es ist nicht in den Händen der Feinde, solange wir darauf leben, Alter«, widersprach Sao, »das Land wäre nur dann nicht mehr unser, wenn wir es aufgäben und weggingen. Aber das tun wir nicht, und unsere Söhne sollen es auch nicht. Denn wenn wir sterben – wie soll man dann das Land behalten?«

Tan fand in dem, was sie sagte, Sinn und Verstand; er war viel zu gerecht, um etwas Vernünftiges, auch wenn es vom Weib kam, abzustreiten. »Sprich weiter, Alte«, forderte er sie auf.

Obwohl Tabak in jener Zeit kostbar war und noch seltener werden mußte, bis seine eigene kleine Anpflan-

218

zung heuer geschnitten war, zündete sich Tan, sein Gemüt zu beruhigen, nun eine Pfeife an. »Sprich weiter, Alte!«

»Ich sage dir: Unser Sohn soll heimkommen und hier so leben wie früher«, erklärte Sao; »denn wir dürfen dem Feind nicht nachgeben. Das tun wir aber, wenn wir unsere Söhne davonziehen lassen. Wenn das junge Volk fortläuft und nur noch das alte zurückbleibt, wird der Feind denken, wir haben Angst.« – Auch daran war etwas Wahres, fand Tan.

Er schmauchte ein Weilchen, dann wandte er ein: »Aber die Aussichten sind so schlecht! Gewiß, unsere Weiber sind heute nicht mehr so gefährdet wie im vergangenen Jahr, weil es jetzt, wie es heißt, Dirnen in Fülle gibt und die schlimmsten der feindlichen Soldaten weitergezogen sind. Aber andere Leiden stehen uns bevor.«

»Was für Leiden?« fragte Ling Sao. Nie wieder hatte sie gesagt: Ich habe vor keinem Mann Angst, und nie wieder sollte es über ihre Lippen kommen. Vielmehr meinte sie jetzt: »Was gibt es Schlimmeres als die Männer?«

»Es geht das Gerücht um«, erwiderte Tan, »daß man uns Bauern bald harte Gesetze gibt. Können wir ihnen den Gehorsam verweigern, wenn wir keine Gewehre besitzen?«

»Wenn uns derartige Übel bevorstehen«, beharrte Ling Sao, »sollen unsere Söhne uns helfen, sie zu ertragen. Und wenn du unserem zweiten Sohn auf seinen Brief antwortest, sage ihm, ich hätte es gesagt!«

»Ha!« machte Ling Tan. Das war alles.

Doch lag er in dieser Nacht lange Zeit wach und erwog, was sein Weib ihm da in den Kopf gesetzt hatte. Es

war nur ein einzelnes Saatkorn, und sie hatte es hinge-
worfen, nicht um seiner selbst willen, sondern nach
Weiberart: um den wirklichen Grund zu verdecken, den
heißen Wunsch ihres einfachen Herzens – ihren Enkel
zu sehen und bei sich zu haben.

Doch ihres Gatten Sinnen und Denken entfaltete das
Saatkorn und brachte es zur Reife, zur Frucht.

Wenn dem so ist, daß sich der Feind gleich einer Seuche über das Land ausbreiten will, überlegte der Mann,
ist es dann richtig und gut, wenn wir alle fliehen und ihm
unser Land preisgeben?

Nein, er wird es Sao jetzt noch nicht sagen. Aber die
Saat ist aufgegangen und sproßt.

Das Frühjahr war nicht so furchtbar, daß ihm der Mut
gemangelt hätte, den Sohn und Jade zurückzurufen.
Der Sommer aber brachte über sein Haus ein besonderes Unheil, und dieses war schlimmer noch als die
neuen Steuern, die der Feind dem Land auferlegte,
schlimmer als die Preise, die er für den Reis festsetzte,
schlimmer als die Vorschriften, was der Bauer zu pflanzen habe, und all die übrige Tyrannei, die Tan auf Erden nie für möglich gehalten hätte. Das Unheil aber
entstand so:

Im letzten Jahr waren so viele Menschen getötet worden, daß es unmöglich gewesen war, sie zu beerdigen.
Um die Straßen von Leichen frei zu machen, hatte man
alle, die nicht begraben werden konnten, in die Kanäle
und in den Strom geworfen. Als nun im Frühling die
Wasser schwollen und ihre Fluten sich in die Kanäle er-
gossen, wurden die Leichen vom Wasser emporgewir-
belt und an die Ufer geschwemmt, wo sie verwesten.
Davon kam Krankheit über das Volk. Vor allem befiel
sie die Armen, vielleicht weil diese die Krebse verzehr-

ten, die sich an den Leichen gemästet hatten, und bei der Hitze des Sommers litt alles an Durchfall und Fieber. Auch im Hause Ling Tans.

Die Jüngsten und Schwächsten packte die Seuche am schlimmsten. Über zehn Tage waren alle im Haus krank, am schwersten aber die beiden Kinder. Die Großen pflegten sie mit aller Sorgfalt und Liebe, obwohl es aus ihnen selber wie Wasser herausfloß und sie erbrachen. – Die beiden Kinder, die allzu ernsten, starben alsbald dahin, und während noch Sao das jüngste im Arm hielt, um ihm das Sterben leichter zu machen, mußte sie sich zur Seite wenden und sich übergeben. So starben die zwei, und mit ihnen starb alle Hoffnung, die Ling Tans Haus auf sie gesetzt hatte! Sao weinte, wie sie noch niemals geweint hatte. So verstört, so verzweifelt waren die Großeltern, daß ihnen war, als schwände ihr eigenes Leben dahin.

»Was haben wir noch?« wehklagte Sao. »Was ist ein Haus ohne Kinder?«

Der Vater der Kinder, ihr ältester Sohn, weinte und jammerte nicht. Wie sein eigener Schatten schlich er im Haus umher. Aber als seine beiden Kinder begraben waren, der Zustand der Großen sich etwas gebessert hatte und der Dünnfluß aufhörte, bat er die Alten, ihm zu verzeihen, wenn er für einige Zeit fortgehe.

»Wo willst du hin?« schrie die Mutter auf.

»Ich weiß es nicht, ich weiß nur, ich muß fort«, sagte er matt.

Da überlegte Ling Tan rasch, wo er den Sohn hinschicken könne, daß wenigstens noch die Hoffnung bliebe, ihn wiederzusehen. Er nahm seinen ganzen Verstand zusammen und sprach eilig: »Wenn du gehen mußt, wünsche ich, daß du in die Berge ziehst, wo du vielleicht deinen jüngsten Bruder entdeckst. Ich fürchte immer, er ist zu den Räubern gestoßen, anstatt zu den guten Berg-Männern. Suche ihn, und wenn er bei jenen Verruchten ist, geleite ihn zu diesen Guten!«

»Befiehlst du es mir?« fragte der Älteste. Ling Tan bejahte. »Dann muß ich gehorchen«, fügte sich Lao Ta.

Wenige Tage später, kaum daß ihm Sao sein Gewand gewaschen und etwas Geld, das Tan noch besaß, in den Rocksaum genäht hatte, sahen die Eltern den Sohn scheiden.

»Wie willst du jetzt die Feldarbeit allein verrichten?« fragte Ling Sao den Gatten.

»Ich weiß es nicht«, gab dieser zurück, »doch ich habe nicht das Herz gehabt, ihn zu halten.«

»Der Himmel hat uns seinen Willen offenbart«, sagte Sao, »jetzt gibt es nur eines; du mußt unserem zweiten Sohn schreiben und ihn nach Hause zurückrufen.«

Still gingen sie durch das schweigende Haus. Noch nie war es so einsam gewesen.

Unerträglich schien es Ling Sao, und täglich lag sie dem Gatten im Ohr: »Wirst du den Brief nicht schreiben? – Warum schreibst du nicht heute? Bis sie hier sind, dauert es ohnehin einen Monat oder noch länger.«

»Warte!« gebot er ihr jedesmal. »Warte!« Und sie mußte warten, bis der Gedanke in seinem Kopf ausgereift und Tan mit sich einig war, daß es so weise und gut sei.

Sieben Tage beackerte Ling Tan sein Land. Sieben Tage hing er in Einsamkeit seinen Gedanken nach, bis der Entschluß in ihm die rechte Gestalt gewann.

Als er am achten Morgen vom Lager aufstand, teilte er Ling Sao mit: »Das ist der Tag, unserem zweiten Sohn den Brief zu schreiben.« Sao war überglücklich.

Tan begab sich zur Hütte des Vetters.

Lange Pausen entstanden, dieweil er den Brief in den Pinsel des Vetters diktierte.

Der dritte Vetter setzte an und wartete, den feuchten Pinsel in seinen Fingern. Mehrmals wurden die Haare trocken, ehe Ling Tan sich gesammelt hatte.

Endlich begann Ling Tan: »Sage meinem Sohn: Er muß verstehen, daß er hier keinen Frieden findet. – Hier kann kein Frieden sein. – Was gewesen ist, war schlimm genug, aber was vor uns liegt, ist vielleicht noch schlimmer. Wer kann es wissen? Er und ich, wir müssen unsere Herzen undurchdringlich machen, um zu ertragen, was unerträglich ist.«

Dies schrieb der Vetter nieder, dann wartete er und leckte an seinem Schreibpinsel. Nach einer Weile fuhr Ling Tan fort: »Sage ihm, daß ich und seine Mutter allein sind ... daß meine anderen Söhne im Gebirge sind ... daß meines ältesten Sohnes Weib und seine zwei Kinder tot sind ... daß unsere jüngste Tochter mit der weißen Frau gegangen ist ... Aber – er soll sich nicht den Gefahren bloß darum aussetzen, weil wir allein sind! Seine Mutter wünscht seine Rückkehr, weil das Haus leer ist. Ich aber – sage ihm das! – möchte – daß er nur dann kommt – wenn er fühlt – wie ich es fühle, daß ich dieses Land, dem Feind zum ewigen Fluch, festhalten will, solange ich lebe – gemeinsam mit ihm, und wenn ich gestorben bin, soll er es festhalten mit seinem Sohn und so lange, bis die Zeit kommt, wo der Feind unsere Gegend verläßt.«

Der Vetter hielt inne, um einzuwenden: »Wenn der Brief dem Feind in die Hände fällt, wird er dann nicht in unser Dorf kommen und uns alle vernichten?«

»Ich werde den Brief nicht auf dem gewöhnlichen

Weg, sondern bis zur Grenze durch einen Boten schikken«, beruhigte Tan den Vetter und ermutigte ihn fortzufahren.

Es gab nämlich Leute, die aus dem vom Feind beherrschten Gebiet nach dem freien Land hinüber- und wieder herüberwanderten und dieses als einen Beruf betrieben. Sie verkleideten sich als Bettler, als Bauern oder als blinde Männer.

Durch einen also verkleideten Mann war auch Lao Ers Brief an Tan gelangt.

Nicht ohne Bedenken schrieb nun der Vetter weiter, und als der Brief fertig war, las er ihn vor.

Ling Tan ging nicht eher weg, als bis das Schreiben versiegelt war, und nahm es dann an sich; sonst wäre dem Vetter vielleicht einiges in den Sinn gekommen, was er noch hineinsetzen könnte.

Mit dem in ein Sacktuch gehüllten und sorgsam verwahrten Brief warteten nun Ling Tan und sein Weib einige Tage auf die Gelegenheit, eines Grenzgängers habhaft zu werden. Tan begab sich täglich, und zwar des Nachts, in das Teehaus – denn solche Leute reisten bei Nacht und pflegten bei Tage zu schlafen.

Am vierten Tag endlich sah er einen unbekannten jungen Mann, dessen Anblick ihn seine Beschäftigung ahnen ließ. Unauffällig näherte Ling Tan sich ihm und ließ leise die Worte fallen: »Wenn du über die Grenze gehst, würdest du einen Brief für meinen Jungen mitnehmen?«

Der Mann nickte, Tan nannte ihm sein Haus und ging weiter.

Nach Einbruch der Dunkelheit fand sich der Unbekannte beim Hoftor ein. Tan führte ihn herein. Sao hatte einen Imbiß bereit, und sie aßen zusammen.

Während des Essens wußte der junge Mensch vielerlei zu berichten, wovon sie bisher nie etwas gehört hatten: daß sich jenseits der Grenze im freien Land ein mächtiges Heer sammle, das den Feind abwehren werde, wie einst jene große Mauer im Norden, welche die Kaiser errichtet hatten. Aber der neue Wall sei aus lebendigem Fleisch erbaut und sei zweitausend Meilen lang, in die Tiefe messe er stellenweise bis zehn, mindestens aber eine bis zwei Meilen. Und Schulen gäbe es in dem freien Land, Fabriken, Bergwerke und Stapelplätze, und obwohl Millionen Menschen aus dem vom Feind besetzten Land in die Freiheit geflüchtet wären, seien nun alle entschlossen, nicht weiterzufliehen. Denn nun hätten sie Fuß gefaßt und würden sich wehren!

All dies ermutigte Tan.

Er händigte dem jungen Menschen den Brief ein und versuchte ihm zu erklären, woran er Lao Er erkennen könne, wenn er ihm begegne.

»Ich sage dir nur das eine: Er ist ein kräftiger Junge, gut von Aussehen, aber nicht allzugut. Er ist lang nicht so schön wie unser dritter Sohn, der so schön wie das hübscheste Mädchen ist – doch ich bin froh, daß es dieser nicht ist.«

Der Bote erhob sich: Er müsse jetzt seines Weges ziehen!

»Wie lange wird es dauern, bis mein Sohn diesen Brief erhält?« fragte Tan.

»Ich weiß es nicht«, antwortete der Mann, »wenn ich Glück habe, vielleicht in weniger als einem Monat. Aber ich habe nicht immer Glück.« Da sagten die beiden ihm Lebewohl.

Jedoch trotz alledem: Sie bestellen ihr Feld, so gut sie es können; Mann und Weib halten ihr Land. Den Haushalt läßt Sao sein ... Wenn sie zusammen spätabends nach Hause kommen, macht sie rasch etwas warm.

Unter ihren Bambushüten, draußen im nassen Feld, sprechen sie viel davon, wie es sein werde, wenn Jade und ihr Kleines erst da seien!

Eines Tages meint Sao, man müsse für sie dann ein Versteck haben, in dem man sie verbergen könne. Bei der weißen Frau in der Stadt schien es ihr aber nicht mehr geheuer. Besser wäre schon ein eigener Platz!

»Ja, wo?« fragt Tan. »Dein Gedanke ist gut wie ein frisches Ei. Nun brüte das Küken aus!«

»Ich will mich ein Weilchen draufsetzen.« Sao lächelte.

Sie grübelte einige Tage nach, bis folgendes herauskam: »Hinter dem Herd in der Küche könnten wir durch den Lehmboden hinuntergraben und unter der Hauswand durch bis unter den Hof. Zum Weben ist jetzt keine Zeit. Wir haben auch keinen Markt, wo wir unsere Gewebe verkaufen könnten. Laß uns daher die Pfosten, Türrahmen und Balken aus unserer Webstube nehmen und unter einem Teil vom Hof eine Kammer bauen! Das Loch im Boden der Küche kann man mit einem Brett zudecken und Stroh darüberlegen.«

Tan war froh und voll Lob über den Gedanken, daß Sao darob verlegen wurde. »Dazu brauchte es nicht viel Nachdenkens«, meinte sie bescheiden.

In derselben Nacht fingen sie an, beim Herd ihre Grube zu graben.

Und von nun an hielten sie nie ihr Tagwerk für vollbracht, bevor sie das Loch nicht etliche Zoll tiefer gegraben hatten.

Denn an einem jener Tage hatte Ling Tan während der Feldarbeit von der Stadt her eine Schar Feinde wie Schreckgespenster herannahen sehen.

Einige trugen Gewehre und kamen geradewegs auf ihn zu. Tan glaubte seine letzte Stunde gekommen. Doch nein – einer von ihnen begann zu sprechen, und Tan merkte, daß es nicht auf sein Leben abgesehen war. Dieser Feind hatte vielmehr ein Büchlein und einen Schreibstift und richtete Fragen an Tan: Wie er heiße und seit wann er hier wohne; wieviel Land er habe und wieviel Reis er aus dieser Pflanzung gewinnen werde. Aus Angst war Ling Tan ehrlicher, als es gut war, doch gab er die Ernte geringer an, als er sie einschätzte. Dies war ein alter Brauch. Von den Steuerschätzern her war man es so gewohnt.

Der Feind, der nicht viel von der Sache verstand, schrieb alles nieder und sagte dann schwerfällig mit erhobener Stimme: »Bauer! Dieses Land gehört jetzt uns, die wir es erobert haben. Wie wir es vorschreiben, mußt du dein Grundstück bebauen, und was du erntest, uns zu dem Preis überlassen, den wir bestimmen. Es gibt keinen freien Einkauf und Verkauf mehr. Wir werden jetzt Ordnung schaffen. Alles hat nach den Vorschriften zu geschehen, die wir erlassen.«

Ling Tan war ein tüchtiger Bauer und klug dazu. Er wußte, daß sich die Preise von Jahr zu Jahr, von Tag zu Tag ändern, je nach dem Wetter, dem Ernteausfall, der Zahl der Käufer und der Verkäufer, der Menge, die man nach anderen Landesteilen zu schicken hat, und den Ladungen, welche von dort hereinkommen. Nie konnte einer voraussagen, wie die Preise für Reis oder Fleisch sein würden. Daher antwortete er mit ruhiger, höflicher Stimme: »Ihr Herren, wie kann man so früh schon im Jahr entscheiden, welches der Fruchtpreis sein soll? In unserer Gegend entscheidet in solchen Dingen der Himmel.«

Da aber blähte der kleine Feindmann sich auf, verzog den Mund und schrie: »Bauer! Wir entscheiden jetzt alles selbst, und wer gegen uns aufsässig ist, der sieht sein Grundstück nicht wieder!«

Ling Tan schwieg, senkte sein Haupt und richtete seine Augen auf die fette dunkle Erde, auf der er stand. Dann beantwortete er die ihm gestellten Fragen und gab an, er habe einen Wasserbüffel, zwei Schweine, acht Hühner, einen Fischteich, einige Enten, und der Haushalt bestünde aus ihm und seinem alten Weib.

»Hast du keine Kinder?« fragte der Mann.

Ling Tan hob wieder den Kopf und sagte seine erste volle Lüge: »Wir sind kinderlos.«

Der Feind schrieb es nieder, verzog abermals den Mund und brachte noch folgendes vor: »Am ersten des kommenden Monats wird eine Aufsicht über die Fische errichtet. Nur wir werden noch Fische essen, Bauer. Wenn du in deinem Gewässer einen Fisch fängst, darfst du ihn nicht essen, sondern mußt ihn uns bringen.«

»Aber der Fischteich ist mein«, entfuhr es Ling Tan. Seit seiner frühesten Kindheit hatte er in diesem Teich Fische gefangen; Fische bildeten die Hauptmahlzeit des Hauses.

»Nichts ist euer!« brüllte der Mann. »Werdet ihr Landleute endlich lernen, daß ihr besiegt seid?«

Höher hob Tan das Kinn. Er schloß die Lippen, doch er schaute dem Feind in die Augen. Nein, sagte sein Blick, wir werden nie lernen, daß wir besiegt sind, und nein, sagte sein erhobenes Haupt, und nein! sprach seine ganze Haltung vor diesen Männern. Aber sein Mund gab keinen Laut, denn er wußte: Nur als

Lebender konnte er sein Land festhalten, als Toter jedoch nicht mehr sich erhalten als den Fleck, auf dem er begraben lag.

Der kleine Feind wich seinem Blick aus und schrie: »Jetzt bist du gebucht, Bauer; du und dein Weib, deine Schweine, das Geflügel, die Fische, der Wasserbüffel und dein Grundstück samt allem, was dein war, ist aufgeschrieben. Tu, was wir dich heißen, dann sollst du in Frieden leben!«

Noch immer sagte Ling Tan kein Wort. Er stand starr aufrecht, erhobenen Hauptes, und sah zu, wie sich die Männer von seinem Boden entfernten und dann vor jedem Haus haltmachten und auf jedem Feld stehenblieben, auf dem ein Mann arbeitete. Doch im Vergleich zu früheren Jahren schafften in diesem Jahr nur wenige auf den Feldern; die jungen Männer waren davon, und einige waren tot. Die aber, die lebten und arbeiteten, waren wie Tan und glaubten wie er, ihr Land festhalten zu müssen – um jeden Preis.

Er beschloß, nicht nach Hause zurückzukehren, solange der Feind in Sicht war. Er griff wieder zu seiner Hacke und setzte die Arbeit fort. Sein Herz aber war traurig und schwer.

Als die Feinde das Tal verlassen hatten und sich einer anderen Ortschaft zuwandten, schaute Ling Tan sich um und sah, wie von allen Seiten die Bauern sich zum Dorf begaben. Da schulterte er seine Hacke und folgte ihrem Beispiel.

In dem halb zerstörten Teehaus versammelten sie sich. Dreißig bis vierzig Männer mochten es sein. Sie sprachen über die feindlichen Zumutungen. Ihr Reis sollte künftig zu einem niedrigen Preis an den Feind verkauft werden! Fisch sollten sie nicht mehr essen, selbst wenn ihnen einer aus ihrem eigenen Teich in die Hand hüpfte! »Solche Tyrannei«, sagten sie, »hat es noch nie gegeben!«

Sonst sprachen sie wenig an diesem Tag, denn niemand wußte Genaues; es hatte keinen Zweck, zu reden und sich Sorgen zu machen, solange man nicht klarsah. »Wenn wir es ertragen können, müssen wir es ertragen«, faßte Ling Tan aller Ansicht zusammen, »und wenn wir es nicht ertragen können, müssen wir Mittel und Wege finden, es erträglich zu machen. Aber vor allem das Land!«

Diesem Wort pflichteten alle bei und gingen auseinander. Sie waren eines Sinnes. Kein Verräter war unter ihnen.

Während Tan auf sein Haus zuschritt, dem Mittagessen entgegen, dachte er, wie gut es sei, daß sein zweiter Sohn nun bald kommen werde. Wie wäre es ihm sonst möglich, den Druck der Feinde auszuhalten? Die Landleute im Dorf sahen in ihm ihren Anführer. Wie sollte er sie leiten, wenn das, was drohte, nicht mehr zu ertragen war? Sie bedurften eines kraftvollen, jungen Anführers, der diesen Zeiten gewachsen war und ausfindig machen konnte, was man jetzt und in Zukunft tun müsse.

In dem verödeten Vorhof saß Tan mit seinem Weib zusammen am Tisch. Nun waren sie ja allein und brauchten nicht mehr die trennende Sitte aufrechtzuerhalten; auch drängte es ihn, ihr die neue Plage zu melden.

Noch hatte Ling Tan nicht ausgeredet, als Sao ihre Ärmel aufkrempelte und ihn ersuchte, ins nächste größere Nachbardorf zu gehen und dort soviel Salz wie möglich zu kaufen.

»Warum, Alte?« fragte der Mann verdutzt.

»Die Schweine müssen geschlachtet werden«, erwiderte sie, »das halbe Geflügel muß geschlachtet werden. Wenn man keinen frischen Fisch essen darf, muß man gesalzenen essen.«

»Sie werden uns töten, wenn sie dahinterkommen«, rief Tan.

Ling Sao schnitt eine Grimasse. »Was können wir dafür, wenn eine Viehseuche unsere Tiere hinwegrafft? Ich werde im Dorf herumgehen und allen Weibern klarmachen, daß ihre Tiere krank sind, und wenn du das Salz einkaufen gehst, rede auch du es herum! Von Mund zu Mund muß es fliegen, das Wort! Du kannst sicher sein: Wer noch nicht selbst so gescheit war, dem wird nun das Richtige einfallen.«

Tao grinste stumm und zog aus und erstand Salz, soviel er nur konnte; jedoch nicht in ein und demselben Geschäft, sondern an verschiedenen Orten. Und dann, heimlich und nächtlicherweile, schlachteten, trockneten und pökelten sie ihre Schweine und Hühner ein. Nur die Muttersau hielten sie noch, bis sie geworfen und ihre Ferkel gesäugt hatte. Dies aber geschah in dem lichtlosen Raum, wo vordem der Webstuhl gestanden, damit niemand die Ferkel entdeckte. »Die sind wenigstens nicht gebucht!« lächelte Tan vor sich hin.

Der Sommer schien endlos lang dieses Jahr, da Tan und sein Weib die Ankunft von Sohn und Enkel erwarteten, und das war gut; denn es galt, die Grube zu graben.

Jeden Tag spähten die Eltern über die Straßen und Wege hin, die ins Gebirge führten. Jede Nacht saßen sie wach und lauschten. So verstrich ein Tag nach dem andern.

Oft wurden sie von den kleinen Feindmännern belästigt, die manchmal mit Soldaten und manchmal allein in das Dorf kamen und ihnen erzählten, was sie zu tun und was sie zu lassen hätten, und ihren Ernteertrag aufzuschnüffeln suchten oder auch nur herumstanden und aufpaßten.

Nun aber, da ihre Anwesenheit Ling Tan nicht mehr den Atem verschlug, lernte er Unterschiede sehen und erkannte: Obwohl alle böse waren, so waren sie doch in ihrer Bosheit nicht gleich. Er beobachtete sie und hielt die Zunge im Zaum. Warte auf deinen Sohn, redete er sich zu, tue nichs, bis dein Sohn da ist! Schweige!

Bisweilen betrat der Feind auch das Haus, doch Sao hatte gelernt, auf der Hut zu sein. Für Fleisch und Reis gab es genug Schlupfwinkel. Solange die Grube nicht geräumig genug war, warf sie das übrige zu dem Gerümpel in ein fensterloses Gelaß, wo man vor lauter Staub nicht die Hand vor den Augen sah, und setzte sich rasch irgendwohin, drehte den weißen Baumwollfaden um die unermüdliche Spindel und sah aus wie ein dummes altes Weib, das die Eindringlinge anglotzte, und wenn diese den Mund auftaten, stellte sie sich taub, zeigte auf ihre Ohren und wackelte mit dem Kopf; so ließ man sie in Ruhe. Mit Vorbedacht unterließ sie es, ihr Haar glatt zu bürsten und ihr Gesicht sauber zu waschen. Die Sonne brannte ihre braune Haut fast schwarz; das war ihr eben recht. Je häßlicher ich bin, um so sicherer bin ich, sagte sie sich und faßte Mut. Bald war die Grube tief genug ausgehöhlt, um Jade und das Kind aufzunehmen!

So verstrich der Sommer. Die heißen Tage gingen zu Ende, und die zwei Alten dachten, nun müßten die Jungen jeden Tag kommen.

Endlich kam die Stunde, auf die sie gewartet hatten.

Kurz vor Mitternacht war es, als sie aus ihrem Schlaf erwachten – am Tor war ein leises Klopfen zu hören gewesen, und Tan sprang auf, rannte in den Vorhof und war schon dabei, den Riegel zurückzuwerfen und aufzutun, denn er spürte, wer draußen stand – als ihn sein Weib, das die Lampe hielt, warnte: »Warte, ich will das Licht löschen, damit wir, wenn sie es nicht sind, fliehen können, und wenn sie es sind, niemand sie sieht und ihre Ankunft verrät.«

Wieder war Tan von ihrer Geistesgegenwart überrascht und geduldete sich, bis sie das Lämpchen gelöscht hatte. Dann öffnete er das Hoftor.

Im schwachen Licht der Sterne sahen sie zwei dunkle Gestalten. »Vater!«

Es war ihres Sohnes Stimme. Ling Tan und sein Weib erkannten sie gleich. Und dann – oh, wie zogen sie die beiden herein und führten sie durch die Finsternis in die Küche, die ohne Fenster und Licht war! Tan sperrte Hoftor und Haustür zu, und Sao zündete wieder die Lampe an.

Und sie sahen sich wieder. Da waren sie: Lao Er und Jade! Und sahen beide wie Männer aus, denn Jade hatte ihr Haar kurz abgeschnitten und trug Männerkleidung.

Ling Sao aber schmachtet nur nach dem Anblick des Kindes.

»Wo ist mein Enkel?« schreit sie. »Wo ist mein kleines fleischernes Klößchen?«

Da lächelt Jade und nimmt den Tragkorb von ihrem Rücken, darinnen, listig unter einem Geflecht verborgen, das Knäblein kauert, nach dem sich Ling Sao so gesehnt hatte. Sao denkt an nichts, sieht sonst nichts; sie hebt das Kleine heraus und hält es in den Armen.

Ihr Gesicht zuckt. Heiße Zähren steigen in ihre Augen. Sie wickelt den Kleinen aus und betrachtet ihn von oben bis unten.

»Er ist just so, wie ich ihn mir vorgestellt habe«, jauchzt sie und hebt ihn empor, drückt ihn an die Brust und wiegt ihn auf ihrem Arm. »Oh, jetzt ist mir leichter.« Sie atmet tief auf.

Als Jade den Jubel Saos mit ansah, bereute sie nicht mehr die Not und Gefahr, durch die sie das Kind bis hierher getragen hatte. Sie selbst hatte nicht zurückkehren, sondern weiter gen Westen gewollt.

Jetzt aber, zum erstenmal, fühlte Jade sich mit der Familie des Gatten eins, mit ihr verknüpft durch ihr Kind, das die lange Reihe all derer fortsetzte, die vor ihm in diesem Haus gelebt hatten.

Und wirklich: Dieses handfeste Bürschchen einer kommenden Zeit flößte allen neuen Mut ins Herz, und das Haus Ling Tans begann mit ihm wieder aufzuleben und sich zu entfalten.

Ling Tan liegt in seinem Bett. Er ist sehr müde, doch es ist eine wohltätige Müdigkeit. Alles, was ihm der Sohn gesagt hat, ist stark und mutig. Es hat ihm Hoffnung gegeben.

Zum erstenmal, seit der Feind erschienen ist, regt sich wieder die alte Natur, und er wendet sich seinem Weib zu. Er fühlt sich gereinigt. Die Hoffnung hat ihn wiederhergestellt, und so erneuert er sich mit ihr, und dann schlafen sie ein.

Lao Er und Jade ruhen Seite an Seite in ihrer alten Kammer. Sie sind zum Schlafen zu müde. Der Weg nach Hause war zweimal so hart wie der Hinweg; denn damals ging es der Freiheit entgegen. Jetzt aber sind sie in ein Land zurückgekehrt, in dem es keine Freiheit mehr gibt. Vielleicht werden sie nie wieder, solange sie leben, die Freiheit genießen.

»Wir müssen lernen, in uns selbst frei zu sein«, sagt Lao Er.

Weiter will er heute nacht nichts sprechen, selbst nicht mit Jade. Im ganzen Land, das er und Jade durchreisten, hat er Tod und Verderben gesehen, Nacht für Nacht; denn nur bei Nacht sind sie gewandert oder geritten, seitdem sie das freie Land hinter sich ließen. Überall half ihnen das Volk in den Bergen, das er nun kennt und das ihn kennt, Männer wie Frauen. Ungern nur und voll Sorgen hat man sie dort weggehen lassen.

Er aber hat den Berglern gesagt, er müsse nach Hause, weil seine Eltern allein seien, und er hat ihnen gelobt, er werde mit ihnen gemeinsame Sache machen und sehen, wie er ihnen beistehen könne.

Darum muß ich um so mehr arbeiten, denkt er, ich muß gerissener sein als der Feind; meinen ganzen Witz muß ich zusammennehmen, muß zum Sterben bereit sein und dabei dafür sorgen, daß ich nicht sterben werde!

Und er preist seine Eltern für den glücklichen Einfall, die Höhlung zu graben.

In der ersten Nacht hatte man sich noch nicht alles erzählen können. Am folgenden Tag holte Tan nach, was er vergessen hatte. Was Lao Er tiefer empörte als alles andere, war die Nachricht, daß Wu Lien zum Feinde übergegangen war. »Diese Verräter und Schurken!« flammte er auf.

»Ich möchte den Mann keinen Schurken nennen«, meinte Ling Tan nachdenklich. »Es entspricht eben seiner Art, nur an sich selbst und an seinen Vorteil zu denken.«

Doch der Sohn ließ keine Entschuldigung gelten. »Jeder, der jetzt zuerst an sich selbst denkt, ist ein Verräter!« rief er aus.

Ling Tan sagte nichts weiter dazu. Demütiger als sonst, denn er war von Natur kein bescheidener Mann, dachte er bei sich: In dieser Zeit werden die Jungen wohl besser wissen, was richtig ist. Er selbst wußte ja nicht, was zu tun sei, außer dem einen: auf jede nur mögliche Weise an dem Land festhalten.

Daher lauschte er, statt dem Sohn Vorschriften zu machen, in Bescheidenheit Lao Ers Worten: »Vater, das wichtigste ist, daß wir die Höhlung jetzt fertigstellen. Da ich nicht eher aufs Feld darf, als bis wir sehen, wie sich die Dinge entwickeln, will ich mich ganz mit dem Graben beschäftigen. Ich will unter dem Hof einen sicheren, guten Platz schaffen, wo wir, wenn es sein muß, leben und wo wir auch andere verbergen können.«

»Was für andere?« fragte Ling Tan verwundert.

»Wir müssen uns mit denen in den Bergen verbünden«, erklärte Lao Er. »Mag sein, daß wir gelegentlich einige hier verstecken müssen.«

Lao Er grub in der Höhle, und Jade grub mit, während Sao für das Kind sorgte – doch arbeitete Jade nicht länger, als sie es konnte, ohne sich durch Übermüdung ihre Milch zu verderben. »Meine Beine sind kräftig genug«, meinte sie lachend, »ich habe gelernt, im Gehen zu schlafen. Jetzt sind die Arme an der Reihe!« Jade war in den vergangenen harten Monaten stark wie ein Mann geworden!

Ihr schlanker Leib war sehnig. Aus ihrem Gesicht war alle Weichheit gewichen. Wenn man nicht auf ihre

236

kleinen Brüste sah, die trotz ihrer Kleinheit das Kind trefflich nährten, konnte man sie wohl für einen Jüngling halten.

Auf dem Feld dachte indessen Tan beständig daran, wie er den Sohn versteckt halten könne. Die Dörfler mußten doch bald etwas von seiner Anwesenheit merken! Am besten dünkte ihm schließlich, nichts vor den andern geheimzuhalten; sie waren ja eines Stammes in Ling, und als er zu Mittag nach Hause kam, teilte er diesen Ratschluß seinem Sohn mit, und der Sohn pflichtete ihm bei.

Am Abend, als sie ihr Tagewerk beendet hatten, nahm Ling Tan vor aller Augen den Sohn mit ins Teehaus.

Nachdem alle Begrüßungen erledigt waren, stand Ling Tan auf und sprach: »Dieser mein Sohn hat viele Dinge gesehen, die er euch, wenn ihr es wünscht, erzählen wird – nicht als ob er sich des Erlebten zu rühmen gedächte, sondern weil es euch, wenn ihr es hört, Zuversicht einflößen wird.«

Auf diese Worte hin klatschten die Verwandten mit ihren Händen auf die Tische, und Lao Er erhob sich. Mit klarer und ruhiger Stimme, ohne Stolz und Schwulst, auch ohne altväterisch feierliche Wendungen, erzählte er seiner Verwandtschaft, wie er westwärts gewandert sei, eintausend Meilen von hier, bis ihn der Brief seines Vaters erreicht und er sich wieder heimwärts gewandt habe. Und daß überall, wo er hinkam, das Volk eines Sinnes sei: daß man dem Feind Widerstand entgegensetzen müsse, und zwar offen dort, wo das Land frei, und im verborgenen, wo Land verlorengegangen sei, aber überall Widerstand!

»Ihr Vettern, ihr Ohme!« rief er. »Wir müssen uns mit

denen im freien Land, die den Feind bekriegen, zusammentun! Wie aber können wir das? Nur indem wir heimlich mit den neuntausend Männern in unseren Bergen gemeinsame Sache machen!«

Es war ihm klar, daß er mit diesen Worten die Blutsverwandten aufforderte, zu jeder Stunde zum Sterben bereit zu sein. Denn wenn der Feind merkte, daß die Berg-Männer mit seinem Dorf in Verbindung standen, würde sein Zorn keine Grenzen kennen und er das Dorf niederbrennen.

Mann für Mann in dem Raum erhob zum Zeichen der Zustimmung Daumen und Zeigefinger. Nur der dritte Vetter zögerte zuerst, bis auch er, von Scham bestimmt, die beiden Finger emporhielt. Doch machte ihm niemand daraus einen Vorwurf; denn sie wußten, daß die Gelehrsamkeit den Menschen erschlafft und ein Gelehrter nicht leicht so tapfer ist wie ein Ungelehrter.

Lao Er wartete, bis alle Hände erhoben waren, und fuhr dann fort: »Was bedeutet das? Es bedeutet, daß wir unsern Reis und unsere Weizenernte verstecken müssen und dem Feind nicht mehr geben dürfen, als unbedingt nötig ist, um uns vor der Hinrichtung zu bewahren. Es bedeutet, daß unser Land dort, wo bisher Baumwolle wuchs, keine Baumwolle mehr hervorbringen darf. Es bedeutet ferner, daß möglichst oft ein Feind oder mehrere Feinde von unsern unsichtbaren Gewehren erschossen werden.«

Tiefes Schweigen herrschte, bis jemand sagte: »Wir haben keine Gewehre.«

»Ich verschaffe sie euch«, gab Lao Er bekannt, »jeder Mann erhält sein Gewehr.«

»Wenn wir Gewehre haben – was ist uns dann noch unmöglich?« sagten die Männer.

Ling Tan war stolz auf den Sohn. Er konnte nur denken: Das Weiseste, was ich jemals getan habe, war, daß ich diesen Sohn nach Hause zurückrief. Und als sie wieder daheim waren, sagte er zu Lao Er: »Ich wollte nur, du wärest nie von hier weggegangen!«

Sein Sohn aber widersprach: »Nein, ich bin froh, daß ich draußen war und das freie Land kennengelernt habe und Menschen im freien Land. Jetzt kenne ich sie und bin überzeugt, daß wir vereint die Feinde ins Meer werfen werden, wenn wir nur standhaft sind. Doch weiß ich wohl: Die Kampfesweise im freien Land muß sich von unserer unterscheiden. Jene dort müssen offen fechten, wir aber im geheimen. Unser Kampf ist härter als der ihre, denn wir wohnen inmitten der Feinde und haben keinen Ort, wohin wir uns zurückziehen können.«

Es wartete das Dorfvolk, daß ihm Lao Er die Gewehre brächte, und er wartete, bis sie die Erdhöhle unter dem Hof fertiggestellt hätten. Aber nun schaffte er nicht mehr allein mit Jade. Fühlend, wie treu die Landleute zueinanderhielten, erkennend, daß alle vom gleichen Holz, wählte er einige aus und erzählte ihnen von dem geheimen Raum unter der Erde und forderte sie zur Mithilfe auf. Oh, wie schnell da die Höhle zu Ende gebaut wurde!

Sie bauten die Feste mächtiger, tiefer und viel geräumiger, als Ling Tan und Sao jemals für möglich gehalten hätten.

In weniger als zwei Monaten nach Lao Ers Rückkehr war der heimliche Bau vollendet.

»Jetzt haben wir einen Ort, um unsere Gewehre unterzubringen«, erklärte der Heimgekehrte.

Am Tag nach Beendigung des Geheimbaues verließ er, bevor der Morgen graute, das Haus. In der Hand trug er Wegzehrung und am Gürtel befestigt zwei Paar Notsandalen.

So schritt Lao Er dem Gebirge zu.

XI

Als die Reisernte reif zum Schnitt war und das Korn goldgelb auf den Feldern stand, sandte der Feind nach allen Richtungen Leute, die den Ertrag abschätzen und den Bauern feste Preise vorschreiben sollten. Der Betrag war so niedrig, daß es sich kaum mehr lohnte, die Ernte zum Markt zu bringen. Doch Ling Tan und jeder, den er kannte, nahm die Befehle schweigend entgegen, wie sie es miteinander vereinbart hatten. Sie durften dem Feind keinen Anlaß geben, einen von ihnen zu töten.

Die Köpfe gesenkt, standen Ling Tan und seine Genossen verstockt vor dem Feind, und sobald dieser sich wieder entfernt hatte, berieten sie, wie sie die Ernte verheimlichen könnten.

Und sie schnitten ihr Korn, alle zu gleicher Zeit und so geschwind, daß es dem Feind unmöglich war, überall dabeizusein. Sie droschen es hinter verhängten Fenstern und verschlossenen Toren.

Bei Tag droschen Ling Tan und seine Gefährten auf offener Tenne das übrige, und der Feind wunderte sich, daß so viel Frucht auf dem Halm so wenig Ernte brachte – kaum die Hälfte des vorjährigen. Die Bauern aber erzählten dem Feind, es sei damit so, daß die Halme zwar dick und kräftig seien, die Körner jedoch in den Ähren nur klein und dünn. Was konnten sie dafür, wenn der Himmel ein solches Jahr bescherte?

Und was konnten die Feinde dagegen? Wenn sie die Bauern für Lügner hielten und umbrachten – wer sollte dann für das kommende Jahr den Boden bebauen? Der Feind konnte nicht mehr Reis wegnehmen, als er vorfand. Was aber Ling Tan die Galle hochtrieb bis in den Hals, und er konnte es nicht herunterschlucken, war die Tatsache, daß sich der Feind nicht damit begnügte, den Reis zum festgesetzten Preis wegzuführen, sondern daß er, nachdem er den eigenen Bedarf gedeckt, den Überschuß in der Stadt verkaufte, und das zu einem Preis, der drei- bis viermal so hoch war wie der, den er den Bauern bezahlte. So beutete man das Land und das Volk aus.

Nun wurde auch das Fischgesetz mit Gewalt durchgesetzt: daß im ganzen Land nur der Feind das Recht haben solle, Fische zu essen.

Ling Tan fing in seinem Teich keine Fische mehr. Wenn er Fisch wollte, benutzte er nächtlicherweile ein Schleppnetz. Die Fische wurden bei Nacht hinter verschlossenen Türen verzehrt, Gräten und Abfälle mußten verbrannt oder verscharrt werden.

Enten und Geflügel aller Art, Schweine und Kühe – alles wurde vom Feind zu Feindpreisen weggeholt.

Einige Zeit, nachdem Lao Er in die Berge gegangen war, erschienen eines Morgens Sendlinge des Feindes und forderten das Landvolk auf, Schweine und Geflügel, das vordem gebucht worden war, herauszugeben. Ling Tan hatte die Leute schon in der Ferne erblickt; er war gewohnt, bei der Arbeit wachsam umherzuspähen. Doch er tat, als bemerke er die Säbelbeinigen nicht, bis er ihre Füße nahe vor sich sah.

»Bei dir sind zwei Säue und mehrere Hühner und Enten gebucht. Es ist Befehl, daß du sie an uns verkaufst.«

»Säue?« machte Ling Tan einfältig. »Ich habe keine Säue.«

»Du hast«, schrie der Kleine. »Hier steht es, daß du zwei Schweine hast.«

»Meine Schweine sind tot«, sagte Tan.

»Wenn du sie getötet hast, wirst du auch getötet«, sprach der kleine Mann ernst und streng.

»Sie sind eingegangen«, antwortete Ling Tan, »an einer Krankheit, und ich habe mich nicht getraut, euch die toten Tiere zu bringen.«

»Wo sind die Knochen?«

»Die hat der Hund abgenagt, und dann haben wir sie zerschlagen und zerstampft und das Mehl in das Land hineingetan«, entgegnete Ling Tan.

Die elf Ferkel hatte er aber in der Webstube gehalten bis auf zwei, und Ling Sao hatte sie eingepökelt. Die zwei aber hatte er zu weiterer Aufzucht behalten und weit hinter das Dorf getrieben, wo sie an Pfähle gebunden waren. Wenn man sie da fand, fand man sie eben.

Der Feind war wütend, aber was wollte er tun? Wenn man den Bauern festnahm, wer sollte das Land bestellen?

Ähnlich wie er verfuhren die anderen Bauern im Land, jeder so schlau, wie er konnte, doch wenige so gerissen wie Tan.

Das tägliche Leben im Hause Ling Tans schien nur noch von dem Erscheinen und dem Auslug nach kleinen Säbelbein-Männern bestimmt. »Die Teufel«, nannten die Leute sie jetzt.

Ling Sao spähte in jeder wachen Minute zum Tor und zum Fenster hinaus und spann dabei oder machte sich in der Nähe des Hauses zu schaffen. Sobald etwas im Anzug war, huschte sie fort und sagte es Jade; diese packte ihr Kind auf, eilte hinter den Herd und die Leiter hinunter. Sao verdeckte das Loch und breitete Erde und Stroh über die hölzerne Falltür.

Doch das Gerücht von dem Kind sickerte langsam nach außen, und nach und nach kamen die Weiber vom Dorf, eines nach dem andern, wollten den Knaben sehen und ihn bewundern. Des dritten Vetters Weib erschien auch und bewunderte ihn, jedoch nur wenig, denn sie war neidisch.

So ging dieser Herbst dahin. Ling Tans Felder waren abgeerntet, und er hatte genug Vorräte aufgespeichert, sein Haus zu ernähren. Schon fing er an, sich zu fragen, ob seinem zweiten Sohn ein Unglück zugestoßen sei, als er eines Nachts, um Mitternacht, ein Klopfen am Hoftor vernahm.

Er kannte dieses Pochen. Bei Lao Ers Weggang hatten sie es miteinander verabredet. Er sprang auf, denn sein Weib schlief noch, eilte zum Tor, öffnete einen Spalt, bereit, ihn augenblicklich zu schließen, falls er sich getäuscht haben sollte. Doch schon hörte er seines zweiten Sohnes Geflüster: »Ich bin es, Vater!« Da ließ er ihn ein.

Lao Er war nicht allein. Zwei andere waren mit ihm gekommen. Erst sagte der eine etwas und dann der andere. Die Stimmen, die Ling Tan vernahm, waren die seiner zwei anderen Söhne.

»Himmel und Erde sind gut!« stieß er leise hervor und geleitete sie in die fensterlose Küche, zündete hurtig die Lampe an und sah vor sich, lebend und wohlbehalten, seine drei Söhne und erkannte sofort, als er seinem dritten Sohn ins Auge sah: Er war kein Räuber geworden!

»Was könnte ich, der ich ein Mensch bin, mehr noch vom Leben verlangen, als daß ich euch drei hier sehe!« rief er beglückt, und wahrlich, es war ein Anblick, einen Mann mit Stolz zu erfüllen. Die Monate in den Bergen hatten beide, den ältesten und den jüngsten Sohn, umgewandelt. Noch nie hatte er sie so kraftvoll gesehen und sonnengebräunt, so unerschrocken im Blick. »Du bist zu den guten Berg-Männern gegangen«, begrüßte er Lao San.

»Nur zu denen, die gegen die Teufel Krieg führen«, versetzte dieser und fügte hinzu: »Sag meiner Mutter, ich habe Hunger! Ich möchte etwas aus ihrer guten Küche, bevor wir gehen.«

»Mußt du so bald wieder fort?« forschte Ling Tan.

»Ehe die Dunkelheit weicht, müssen wir wieder am Fuß der Berge sein«, sagte Lao Ta.

Der Vater führte seine Söhne hinab in das geheime Gelaß, und dort legte jeder der drei eine Traglast ab. Und als sie auspackten, sah Tan, daß jeder Sohn ein Dutzend Gewehre mitgebracht hatte. Es waren Waffen darunter, wie er sie niemals gesehen hatte: ausländische Karabiner, kurz und sehr stark. Er hob einen auf. »Wo habt ihr die her?« fragte er.

»Vom Feind«, lachte Lao San, »wir haben sie ihm genommen.«

Als Tan die Waffen eine Weile bestaunt hatte, fiel ihm ein, daß sein jüngster Sohn Hunger habe; er legte das Gewehr sogleich nieder und weckte Sao.

In wenigen Minuten hatte sie Feuer gemacht. Lao Er holte Jade; sie brachte das Kind, und bald saßen alle im Geheimraum beisammen und aßen Nudeln mit Pökelfleisch, das Ling Sao bereitet hatte.

Bänke gab es da unten und einen Tisch, und sie

scheuten sich nicht, Licht zu brennen, und solange die zwei Söhne verweilen konnten, ging das Gespräch, und sie erzählten sich alles.

Sao konnte sich an ihren drei Söhnen nicht satt sehen. Tan hatte sie vorher ermahnt, die Vergangenheit ruhenzulassen und den Sinn der Söhne nicht durch Erwähnung ihrer eigenen Sorgen und Not zu beschweren. Sie aber, nur Mutter, konnte sich nicht versagen, dem ältesten Sohn beim Abschied ins Ohr zu flüstern: »Sohn, hast du noch keine gefunden? Keine, die dir als Mutter für neue Kinder gefiele?«

Er lächelte. »Ist jetzt die Zeit, an solche Sachen zu denken?«

»Es ist immer Zeit, an mehr Kinder zu denken«, erklärte sie unerschütterlich. »Wer soll nach dir dein Werk übernehmen, wenn du ohne Söhne bleibst?«

»Wohl, Mutter, mag sein, du hast recht. Ich werde mich umsehen, ob ich die Richtige finde«, vertröstete er sie.

Ling Tan schloß hinter ihnen das Hoftor und legte den Riegel vor. Endlich wieder einmal war er mit seinem Hausstand zufrieden.

Von ihrer älteren Tochter und Wu Lien hörten sie während all dieser Wochen nichts, bis eines Tages, als sie eben ihr Essen beendet hatten und Ling Sao Eßstäbchen und Reisschalen ins Wasser tauchte, um sie abzuwaschen, ein Geräusch am Hoftor vernehmbar wurde. In solchen Fällen pflegten Lao Er und vor allem Jade mit ihrem Kind in Eile das geheime Verlies aufzusuchen; eher schob man den Torriegel nicht zurück. Doch jetzt, da Ling Sao von draußen die Stimme der älteren Tochter vernahm, rief sie voll Freude: »Halt, es ist nur meine

Tochter, deine Schwester« und war schon im Begriff, das Tor zu entriegeln, als Lao Er sie beim Arm packte.

»Mutter«, flüsterte er ihr zu, »du darfst ihr nicht sagen, daß wir hier sind! Sag nichts, Mutter« und nahm das Kind von Jades Arm, hieß sie, schnell mit ihm zu kommen, und hastete, nicht anders, als stünde der Feind vor dem Tor, hinab in die unterirdische Wohnung.

Ling Tan stand auf und ging zum Tor, von dem die Stimme der Tochter hertönte: »Was ist? Schlafen meine Eltern? Ich bin da mit meinen Kindern und ihrem Vater!«

Als Tan den Torflügel auftat, stand Wu Lien mit seiner Familie vor ihm. Die vier boten einen Anblick, wie er ihn seit Monaten nicht gehabt hatte.

Er wußte selber nicht, wie sehr seine Augen nur noch an die Erscheinung elenden, ausgehungerten, verängstigten, fliehenden und verwundeten Volkes gewöhnt waren, bis er vor seinem Tor diesen Wu Lien erblickte, fetter denn je, die Haut von der Farbe und Weichheit besten Hammelfetts; an seiner Seite die Frau, ebenso wohlgenährt und wieder mit einem Kind schwanger, und bei ihnen die zwei Söhnchen, kugelrund und in Seide gekleidet, und alle waren in Rikschas gekommen. Doch was ihn am meisten bedrückte und nachdenklich stimmte, waren die beiden feindlichen Wachtposten hinter der Sippschaft.

Er war entschlossen, sie nicht in seinen Hof zu lassen. Er schloß sein Tor wieder bis auf einen schmalen Spalt, nur eben groß genug, um hinauszulugen, und erklärte kalt: »Willkommen bist du, Mann meiner Tochter, du, Tochter, und diese kleinen Kinder; die anderen jedoch kann ich nicht in mein Haus nehmen.«

Wu Lien ließ ein Gelächter ertönen. »Sei ohne

Furcht, Vater meines Weibes. Diese zwei sind nur mitgekommen, um mich zu beschützen!«

»Brauchst du in meinem Haus besonderen Schutz?« fragte Ling Tan.

»Es wäre nicht liebenswürdig, sie vor dem Tor zu lassen«, drängte Wu.

»Wächter gehören vors Tor«, beharrte Ling Tan, »auch habe ich noch nie gehört, daß man zu Wachtposten liebenswürdig sein muß.«

Als Wu erkannte, daß der Schwiegervater nicht nachgeben werde und keine Anstalten traf, das Tor aufzutun, gab er klein bei, wandte sich an seine Beschützer und bemerkte mit einem gezwungenen Lachen, sie möchten dem Alten verzeihen; er habe vor ihnen Angst.

»Ich habe keine Angst vor ihnen«, sagte Tan laut, »ich will sie nur nicht in meinen Mauern.«

Das Ende war, daß die Frauen sich mit den Kindern ins Haus verfügten, während Ling Tan zwei Stühle und eine Bank vor das Tor schaffte. Die Bank ließ er der Bewachung, setzte sich auf einen Stuhl, wies Wu Lien den zweiten an und blieb draußen bei seinen unwillkommenen Gästen. Da es ein warmer Tag war, konnte dies niemanden verletzen. Der Anstand war gewahrt und die Ehre gerettet. Doch je schärfer Ling Tan seinen Schwiegersohn ins Auge faßte, um so deutlicher spürte er seine Verderbtheit. Ohne den Blick von dem fetten Gesicht zu wenden, stopfte er seine Pfeife, nahm mit Bedacht einige Züge und fragte dann: »Wie kommt es, daß du so fett bist?«

»Mein Geschäft geht gut«, gab Wu bescheiden, mit dünner Stimme zurück.

»Wie kann dein Geschäft gutgehen, wo niemand mehr ein gutes Geschäft hat?«

Die Frage des Alten versetzte Wu in gelinden Schweiß. Er zog ein seidenes Tuch aus seinem Gewand, wischte sich das Gesicht und den Hals und die Innenflächen seiner weichen, dicklichen Hände. Immerzu lächelnd, äugte er scheu nach dem Wachtposten, beugte sich vor und sprach mit leiser Stimme: »Du mußt bedenken, daß ich es nur zu unserer aller Nutzen tue.«

Darauf Tan, laut und unbekümmert: »Ich weiß ja nicht, was du tust.«

Wu Lien wischte sich wiederum ab, hustete und lachte: »Die Zeiten ändern sich, und der Weise nimmt seine Zeit, wie er sie findet, und dreht sich nach ihr wie das Segel im Wind. Es soll in der Stadt eine Regierung eingesetzt werden, und zwar keine Regierung des Feindes, sondern eine aus unsern eigenen Reihen; aus Männern, die wie ich einsehen, daß es gilt, zeitweise nachzugeben. Es ist allemal besser, sich zu vergleichen, und leichter, sich Landsleuten zu fügen als Fremden. Du verstehst, was ich meine, Vater meines Weibes.«

Tan nahm die Pfeife aus dem Mund. »Ich bin dazu zu dumm; als gewöhnlicher Mensch verstehe ich nur Dinge, die man beim Namen nennt.« Mit weit geöffneten Augen starrte er den Abtrünnigen an. Der gab es auf, denn er erkannte, daß Ling Tan ihn nicht verstehen wollte, und lächelte stumm vor sich hin.

»Wo wohnst du jetzt?« fragte Ling Tan nach einer Weile.

»In dem zehnten Haus der Nordtorstraße.«

»Eine Straße prächtiger Häuser«, stellte Tan fest. »Wieso kannst du dort wohnen?«

»Es ist mir befohlen.«

»Und dein Laden . . .?«

». . . ist offen. Ich habe zwei Angestellte, die ihn für mich führen.«

»Was führt ihr für Waren?«

»Stoffe, Kleider, ausländische Gegenstände aller Art.«

»Und du – was tust du?«

»Ich arbeite für die neue Regierung«, gab Wu Lien ruhig zu.

»Bezahlt man dich dafür?«

»Ich werde gut bezahlt«, sagte Wu.

»Du bist also zufrieden«, kam es bitter von Ling Tans Lippen.

Hierzu bemerkte Wu nichts, sondern beugte sich vor, so weit er nur konnte, und redete mit seiner sanftesten Stimme auf Ling Tan ein: »Meines Weibes Vater, ich bin hergekommen, um euch zu helfen. Wirklich, das ist mein einziger Wunsch. Ich möchte dich warnen, denn es steht Schlimmes bevor. Wer heute Freunde hat, ist besser dran, als wer ohne Freunde dasteht. Du kannst dir dein Leben erleichtern; du mußt nur tun, was ich dir sage.«

Tan brannte die Antwort schon auf der Zungenspitze; es zuckte ihm in der Hand, sie in das weiche Blaßgesicht zu schmettern – aber er war kein unverständiger Knabe. Zunge und Hand hielt er im Zaum, so schwer es ihm wurde, machte sein einfältiges Gesicht, rauchte weiter und forschte. »Was muß ich tun?«

»Tu, was man dir sagt, daß du tun sollst«, sagte Wu Lien, »dann kann ich da und dort etwas zu deinem Heil ausrichten, soweit es in meinen Kräften steht.«

Ling Tan überging das listige Angebot. »Was hast du zu tun?« wollte er wissen.

»Ich bin Oberaufseher über alle eingehenden Waren«, bekannte Wu; »so ist es meine Aufgabe, darauf zu achten, daß der Reis und der Weizen, Opium, Fische und Salz richtig an einer Stelle eingehen und dort zum Verkauf oder Versand bereitgestellt . . .«

»Opium!« schrie Tan mit entsetzter Stimme. »Opium?«

Wu Liens Gesicht erblaßte zur Farbe ausgelassenen Hammeltalgs. Das Wort war ihm ungewollt und von selber entschlüpft, denn der Handel mit Opium war für ihn etwas Alltägliches. Das Opium kam von Norden herein und war von sämtlichen Gütern das einzige, das nicht an die Ostmeerleute geliefert wurde. Nein, Opium wurde im Lande gehalten und überall in den Städten und Dörfern auf jede nur denkbare Art mit Schläue und List unter die Leute gebracht und ihnen gezeigt, wie man es anwendet. Es war hierzulande ein altes Laster. Mit unsäglicher Mühe und unter schweren Leiden hatte man es gebannt, und nun wurde es abermals eingeschleppt, und derer, die sich ihm ergaben, waren gar viele!

Wu hustete hinter der milchigen Speckhand. »Ich bin nicht mein eigener Herr«, lächelte er verlegen. Aber Ling Tan konnte nicht länger an sich halten. Zweimal spie er auf den Boden. »P'ei!« schrie er dem Schwiegersohn ins Gesicht. »P'ei! P'ei!«

Hinter dem Tor verhörte indessen Ling Sao mit unwirscher Miene die Tochter. »Woher kommt euch all dieser Reis und dies Fleisch?«

»Es gibt genug«, meinte die Tochter in aller Unschuld, »Reis haben wir in großen Kisten, und das Fleisch bringt man uns, Kuhfleisch und Schweinefleisch, Fisch und Geflügel.«

»Ich höre nur immer, daß niemand mehr Fleisch hat«,

sagte die Mutter. »Der Feind sucht alle Dörfer danach ab und läßt keinem von uns einen Bissen. Enten und Hennen, Schweine und Rindvieh, sie haben uns alles genommen.«

»Wenn ich das gewußt hätte«, sagte die Tochter, »hätten wir euch etwas Fleisch mitgebracht. Nächstes Mal bringe ich es dir.«

Ling Sao sagte kein Wort des Dankes, sondern brummte verdrossen: »Es gefällt mir nicht, daß eine aus meinem Blut so gemästet herumläuft, wenn andere darben.«

»Aber ich esse nur, was ich bekomme«, entschuldigte sich die Tochter.

»Wer gibt es dir?«

»Mein Mann.«

Ling Sao fragte weiter; sie wollte ergründen, ob ihr Kind wirklich so ahnungslos sei. »Wieso ist er dazu fähig?«

Ihre Tochter fing an zu weinen. »Er ist ja so gut zu mir«, schluchzte sie, »du kannst das gar nicht verstehen; du schiltst mich, weil er sich in die Zeit schickt. Ich habe ihm gleich gesagt, daß es so kommen wird. Aber auch er haßt den Feind, ja! Er meint nur, jeder muß auf seine eigene Weise Widerstand leisten, und er hat mir gesagt: Er ist auf hunderterlei Art dazu in der Lage, dem Feind einen Nutzen abzujagen und uns zuzuwenden.«

»Wenn ihr nur essen könnt!« versetzte Ling Sao erbittert und warf einen Blick auf die beiden gemästeten Kinder. Zu ihrer eigenen Verwunderung vermochte sie sich nicht mehr an ihnen zu freuen. Das Fleisch dieser Kinder, dachte sie bei sich, ist nicht mein Fleisch. Sie haben vom Feinde gegessen.

Aber die Tochter sah nur, daß die Augen Saos auf

ihren zwei Knaben ruhten, und fragte stolz: »Sind sie nicht gewachsen?«

»Ja . . . sie sind gewachsen . . .«

Mutter Sao sah der Tochter scharf zwischen die Augen. »Was werden sie denken, wenn eines Tages unser Land wieder frei ist und ihres Vaters Name steht unter den Namen der Verräter.«

Wieder brach die Tochter in Tränen aus und wünschte, sie wäre nicht zu den Eltern gekommen.

Bald darauf sah Ling Tan, wie sich das Hoftor von innen öffnete und seine Tochter mit den zwei Kindern wieder herauskam. Auch Ling Sao ließ sich, der guten Sitte gemäß, kurze Zeit sehen. Bis Wu Lien und die Seinen aufbrachen, blieben die beiden vor ihrem Hof stehen, doch wurde kein Wort von Wiederkommen gesprochen.

Als sich die Rikschas in Bewegung setzten, verriegelte Ling Tan wieder das Tor; Ling Sao rief hinab in die Grube, und die anderen kamen herauf. Man sprach über den Besuch, und je mehr Lao Er hörte, um so zorniger wurde er.

Er beschloß, sich verkleidet in die Stadt zu schleichen, um selber zu sehen, was es dort gebe und ob wirklich das ganze Volk dem Feind unterwürfig sei.

Jade riet ihm die Tracht eines Bettlers an. Sie hatte von solcher Verkleidung in einem alten Buch gelesen. Mit roter Erde malte sie ihm eine Wunde in sein Gesicht, so daß der Mund verzerrt und das linke Auge blind erschien, und in dieser Gestalt, in Lumpen gehüllt, begab sich Lao Er in die Stadt.

Er mied die breiten, verkehrsreichen Straßen, strich aber sonst überall herum, redete wenig und sah viel. Und was er sah, bedrückte ihn sehr. Denn überall wurde Opium verkauft. Die zerstörten Häuser und das hungernde Volk schien er kaum zu beachten; dies bringt jeder Krieg mit sich. Und doch: In dieser Stadt, die er vor kurzem so heiter, prächtig und wohlhabend gefunden hatte, waren sie schwerlich zu übersehen. In tiefem Schweigen lagen die Straßen. Tausende und aber Tausende, die sich einst lebensfroh hier getummelt hatten, waren jetzt tot. Häuser, die zuvor Heimstätten gewesen, standen leer und niedergebrannt. Die alten Läden waren geschlossen; nur solche wie die Wu Liens blühten und machten gute Geschäfte.

Noch andere Geschäfte fand Lao Er. Wie eine bösartige Wucherung waren sie dem Boden entwachsen; Buden und Schuppen, zum Teil geschmacklos bemalt und mit Papier schreiend aufgeputzt – Hurenhäuser, Stätten offener und versteckter Unzucht –, und in allen verkaufte man Opium.

Vor einer dieser Gifthöhlen blieb Lao Er stehen und tat, als wolle er hinein, zögere aber noch aus Mangel an Mut, als ein abgerissener Stelzfuß sich auf Krücken heranschleppte. Der Mann war ausgemergelt, seine Haut trocken und brüchig; gewiß kam er nicht zum erstenmal an diesen Ort. Lao Er redete den Menschen in einer fremden Mundart an: »Verkauft man hier – das da?« fragte er und wies auf das Aushängeschild.

Der Unbekannte nickte, und Lao Er forschte weiter: »Sollen wir da hineingehen, obwohl der Feind es verkauft?«

Der Mann schaute auf. »Es ist gleich, was mit Menschen wie mir noch geschieht. Was ich gehabt habe, gibt mir niemand wieder. Die glücklichsten Zeiten, und wenn alle Feinde auch weg wären, brächten mir mein Bein nicht zurück, auch nicht mein gutes Wirtshaus und mein Weib und meine Söhne und alles, was einmal mein war. Ich mache mir nichts mehr aus einem Sieg. Was nützt mir ein Sieg?«

Seufzend dachte Lao Er: Menschen wie dieser sind wirklich geschlagen.

Als die Nacht hereinbrach, schlich er wieder nach Hause und berichtete dort alles, was er gesehen hatte; wie leer die Märkte seien und daß ihm die Marktleute erzählt hätten, die Preise stiegen zum Himmel, weil alle Nahrungsmittel aus dem Land hinausgeschickt würden; und das Volk in der Stadt litt Hunger. Dem Feind aber sei dies gleich oder gar willkommen; statt Nahrung gebe man den Menschen Opium und damit Vergessen.

Da senkte sich schwere Traurigkeit über Tans Haus wie noch nie; denn Ling Tan wußte von seiner Mutter her, was Opium vermag; wie es die Seelen der Menschen verwandelt, daß niemand sie mehr erkennt.

»Wo gibt es für uns Rettung?« grämte er sich. »Vor fliegenden Booten können wir uns verbergen; niedergebrannte Häuser lassen sich wieder aufbauen – was aber können wir tun, wenn unser Volk vergißt, was man ihm angetan hat?«

XII

Heimlicher Krieg ist anders als offener Krieg; er ist viel schwerer zu führen.

Immer wieder mußte Ling Tan im Laufe des Winters ein gleichmütiges Gesicht zeigen, zugleich aber seinen Verstand hurtig arbeiten lassen, um jeden Vorteil, ob klein oder groß, zu erspähen und auszunutzen. Während seine Söhne und ihre Gefährten nächtlicherweile in seinem Haus ein und aus gingen und die unterirdische Feste als Lager für ihre Waffen benutzten, mußte er sich den Anschein geben, als sei er nichts als ein Bauer, der, wenn der Feind kam und etwas wissen wollte, von nichts etwas wissen und nichts aussagen konnte. Und der Feind kam immer öfter; und im Laufe des Frühlings begab es sich immer wieder, daß Feinde in größerer Zahl plötzlich den Tod fanden.

Die feindlichen Herren des Landes gerieten in Wut. Ihre Beunruhigung wuchs. Wachtposten wurden, mit einer Kugel im Kopf, auf den Mauern der Stadt aufgefunden. Dabei waren alle Tore des Nachts verschlossen und die Stadtmauer achtzig Fuß hoch. Wie war es möglich, daß einer unbemerkt da hinaufgelangte?

Aber Ling Tans jüngster Sohn und andere seinesgleichen erklommen in vielen Nächten die Mauer. Er und seine Genossen klammerten sich mit den kräftigen Zehen der nackten Füße in den Ritzen des alten Backsteingemäuers fest, schoben sich durch Rankengezweig und schwangen sich am Wurzelwerk kleiner Bäume empor. Tastend, ruckweise zogen sie sich hinauf und krochen und kletterten um die verwitterten Mauervorsprünge, bis sie auf einen Feind stießen, und dann erschossen sie ihn. Gleich darauf hingen sie wieder in wilden Ranken versteckt, zusammengeduckt, bis kein Laut mehr zu hören war ... Dann kletterten sie hinab und gingen nach Hause. Ehe der Morgen dämmerte, waren sie wieder in ihren Bergen.

Und Feinde, die das Land heimsuchten, um Nahrung und Güter einzuheimsen, sahen sich überall von einem harmlos blöden Landvolk umgeben, furchtsamen Männern und zaghaften alten Weibern – und dann zog mit einemmal dieses gleiche Volk Gewehre und Messer hervor und fiel über sie her, daß keiner mehr übrigblieb, daheim zu melden, wie das Dorf hieß.

In dem geheimen Raum unter Tans Hof gab es jetzt seltsame Waffen. Teils waren es blanke, neue Schußwaffen mit unverständlichen Zeichen und Stempeln der Länder, aus denen sie eingeführt worden waren, teils auch waren sie schon so alt, daß Tan verwundert darüber nachsann, wo man sie hergestellt und wer sie wohl schon gehandhabt habe. Alle kamen von den Männern der Berge, deren Vorfahren in vergangenen Zeiten Banden gebildet hatten und deren Handwaffen man seit Generationen bewahrt und unter verschiedenen Kriegsherren, die ihre Heerführer waren, gebraucht hatte. Aus all diesen Waffen wählte Ling Tan für sich selbst ein altertümliches Schießgewehr mit einem Kolben gleich einer Keule. Der Schießprügel hatte vier Röhren, gleich den gestreckten Fingern der menschlichen Hand, und am Fuß jeder Röhre befand sich eine Vertiefung zum Anzünden des Schießpulvers. So einfach war dieses Gewehr, daß Tan als Geschoß jedes Stück Eisen gebrauchen konnte, das er irgendwo fand. Mit vier schmalen Ladungen Pulver und etwas Baumwolle konnte er viermal hintereinander schießen, und die so entstandenen Wunden waren sehr schmerzhaft.

Im Dorf Ling war Ling Tan dazu erwählt, das todbringende Zeichen zu geben. Er gab es jedesmal, wenn der Feind kam, und merkte stets, ob der Feind oder die Dörfler in der Übermacht waren. Zweimal im Laufe dieses Winters und einmal im Frühjahr hatte er das Zeichen gegeben, und beide Male waren die Bauern stark genug gewesen, die Feinde zu vernichten, so daß keiner hatte entrinnen und das Dorf Ling beschuldigen können. Und so war ihnen nichts geschehen.

Von Monat zu Monat stiegen die Verluste der Unterdrücker, zumal in den fern gelegenen Bergdörfern, und ihre Wut wuchs.

Zu Beginn des Hochsommers begann der Feind alle Dörfer, in denen er Männer der Berge antraf, niederzubrennen. Das Dorf Ling wurde nicht eingeäschert. Zwar befanden sich jedesmal, wenn man es durchsuchte, Berg-Männer an dem heimlichen Ort unter Tans Hof, doch wurden sie niemals entdeckt. So blieb Ling-Dorf trotz wilder Drohungen vor der Zerstörung bewahrt.

Doch gab es Dörfer, fern in den Bergen, in welchen schuldlose Menschen in ihren Häusern des Nachts verbrannt wurden, nur weil diese Dörfer im Gebirge lagen und der Feind annahm, es müßten dort Berg-Männer wohnen.

Angesichts solcher Grausamkeit mußte sich das Wesen der Landbewohner von Grund auf verändern. In den alten Tagen, da sie noch frei waren, trugen hier alle Männer und Weiber ein offenes, heiteres Wesen zur Schau. Immer waren sie zum Lachen aufgelegt. Fröhliche, laute Stimmen erklangen schwatzend, wetternd und scherzend in jedem Haus. Niemand hatte es nötig, sich vor dem anderen versteckt zu halten. Jetzt aber waren die Dörfler totenstill. Aller Landleute Gesichter waren so grimmig und hart wie ihr Dasein unter der feindlichen Herrschaft. Ihr Haß war so heiß, daß sie ihn nicht anders zu kühlen vermochten als durch den heimlichen Mord an den Feinden.

Diese unheimliche Empörung, dies unablässige Fahnden nach Feinden, die man erschlagen könne, mußte bis in die tiefsten Tiefen der Herzen die Menschen verwandeln. In seinem eigenen Inneren verspürte Ling Tan, wie sich die Wandlung vollzog.

Der Feind kannte keinen anderen Brennstoff als Holz. Selbst um Essen zu kochen, benutzte er immer nur Holz und nahm es aus den Häusern der Bauern, indem er Balken herausriß und kleinhackte und Türen aus den Angeln hob. Wann immer sie Holz brauchten, zogen sie aus und nahmen es, wo sie es fanden.

Mit vielen anderen Bäumen fällten sie auch jenen alten Weidenbaum, unter dem sich Jade und Lao Er im ersten Jahr ihrer Ehe gefunden und immer wieder getroffen hatten.

Als Lao Er vorüberkam und den breiten, knorrigen Baumstumpf erblickte, trauerte er und ging heim und sagte zu Jade: »Unseren Baum haben sie gefällt, mein Herz.«

Traurig erwiderte sie: »Werden wir wieder so friedvolle Tage erleben, in denen wir uns unter einem Baum zusammenfinden?«

Zu Anfang des Sommers näherte sich dem Hause Ling Tans eine feindliche Schar von neun Männern, aber hinter dem Schleier scheinbarer Stumpfheit erkannte Tans scharfes Auge sogleich, daß nur ihrer fünf bewaffnet, die übrigen aber waffenlos waren. Die Dörfler traten wie immer demütig vor ihre Tore, aber dahinter standen die Greisinnen und Greise bereit, um ihnen auf Ling Tans Zeichen die Waffen zu reichen.

Ling Tan winkte, und wie ein Mann sprangen die Bauern hervor, stürzten sich auf den Feind und töteten alle mit Ausnahme eines einzigen, der, von Tans vierläufiger Flinte verwundet, sich in das Bambusdickicht südlich von Ling Tans Haus verkroch. Dort holte Tan ihn ein.

Der Mann hob die Hände in die Höhe und kniete vor

ihm, wandte flehend die Augen zu ihm empor und bettelte um sein Leben; Tan konnte die Worte verstehen. Die beiden Gegner waren etwa gleich alt. »Laß mich leben«, keuchte der Verwundete, »laß mich leben, ich bitte dich! Ich habe ein Weib und Kinder. Schau, hier sind sie!« Er suchte etwas aus seiner Brusttasche hervorzuziehen, konnte es aber nicht mehr, denn schon griff Tan in den Gurt des Feindes, zog ihm das kurze Messer heraus, und ohne zu zaudern oder sich mehr Gedanken zu machen, stieß er es ihm in den Leib.

Der Getroffene warf ihm einen dunklen, traurigen Blick zu und verschied.

Es war der vierte Feind, den Tan mit eigener Hand getötet hatte. Nun stand er vor ihm, betrachtete ihn und dachte: Er hat kein böses Gesicht, dieser Teufel.

Das Blut aus der Wunde hatte nicht die Brust des Toten bespritzt. Ling Tan gedachte der flehenden Worte des Mannes, griff ihm in die Tasche, zog ein kleines seidenes Futteral hervor und öffnete es. Es enthielt das Bild einer hübschen Frau mit vier Kindern im Alter von acht bis vierzehn Jahren. Tan betrachtete sie einige Zeit und dachte dabei, daß sie den Mann, dem sie angehörten, nie wiedersehen würden.

Im gleichen Augenblick war ihm klar, wie sehr er selbst sich verändert hatte, daß ein solcher Gedanke und Anblick kein Mitleid mehr in ihm erregte. Nein, es war weder Freude noch Betrübnis in ihm. Was er getan hatte, hatte er getan; er wünschte es nicht ungeschehen zu machen. Im gleichen Fall würde er morgen ebenso handeln. Und er war doch ehedem so zartfühlend gewesen, daß er nicht einmal zusehen mochte, wenn man ein Huhn schlachtete!

Er begab sich zurück in sein Haus und wies nur zuvor

die Dörfler an, den Leichnam aus dem Bambusdickicht zu holen und rasch zu verscharren, damit ihn niemand entdecke. Das seidene Futteral verbarg er in seiner Kammer.

Ja, er war umgewandelt. Er würde heute wie immer zu Abend essen, und es machte ihm nichts aus, daß seinetwegen ein Mann, auf den ein Weib und vier Kinder warteten, irgendwo in der Erde begraben wurde; er war nicht der erste, dem dies geschah, und sollte nicht der letzte sein! Manches Mal schon hatte Tan mit den Leuten im Dorf über die erschlagenen Feinde gespottet: ob ihre Leichen das Erdreich verbesserten oder verdürben und ob davon die Ernte des kommenden Jahres wohl verändert würde? Alle waren sie anders geworden, das ganze Dorf.

Ling Tans ältester Sohn war ein schlichter, weichherziger Mensch gewesen. Als er zum erstenmal einen Menschen erschlagen mußte, hatte sein ganzes Wesen sich dagegen aufgelehnt. Sobald er aber die Tat vollbracht hatte, war er ein anderer geworden. Wenn ihn Ling Tan von den Bergen zurückkommen sah, hatte er einen Mann vor sich, der einst wie ein Kind dahingelebt und gelacht hatte, auch als er selber schon Kinder besaß, und der nun nicht mehr zu lachen verstand. Mit verschlossenem Gesicht ging er dem täglichen Mordgeschäft nach, so selbstverständlich, wie er einstmals den Acker bestellt hatte.

Dieser Älteste verstand es, mit solchem Geschick Menschenfallen zu legen, daß niemand die unter dem Staub verborgenen Gruben ahnte. Auf vielen Straßen und Wegen stellte er diese Fallen und suchte sie nachts und am Morgen auf. Wenn ein Schuldloser hineingeraten war, zog er ihn wieder heraus und ließ ihn frei, fand er jedoch einen Feind, so stieß er ihm sein Messer in den Leib, nicht anders, als wäre ihm ein Fuchs in die Falle gegangen. An einen Feind ohne Gewehr verschwendete er keine Kugel, sondern rannte ihm die Klinge ins Herz, warf die Leiche ins Dickicht und erneuerte seine Falle.

Eines Tages sah Tan, wie dieser Sohn daheim plötzlich vom Essen aufstand und hinausging. Ein einzelner Feind stand vor dem Tor, um etwas in sein Taschenbuch einzutragen. Lao Ta tötete ihn und kam dann wieder zum Essen zurück.

»Wäschst du dir nicht einmal die Hände?« fragte Ling Tan verwundert.

»Wozu?« gab der Sohn bündig zurück. »Ich habe ihn nicht angerührt; ich habe ihn nur mit den Füßen in die Büsche gestoßen« und verzehrte mit derselben furchtbaren Einfalt sein Mahl. Erst als er damit zu Ende war, vergrub er die im Dickicht verborgene Leiche.

Ling Tan hatte damals nicht weiteressen können, nicht, weil ein Feind erschlagen, sondern allein, weil sein Sohn so anders geworden war. Ob er sich je wieder zurückverwandeln wird? fragte er sich. Wenn der Frieden kommt, wird dann mein Sohn wieder so gut, wie er früher war?

Nichts aber dünkte den Vater so grausig wie die wilde Kampf- und Mordlust des jüngsten Sohnes. Lao San, obzwar noch immer blutjung, war seinen knabenhaften stillen Träumereien entwachsen und zu einer männlichen Schönheit emporgediehen, die von Tag zu Tag erschreckender wurde. Er war höher gewachsen als die meisten seiner Landsleute und Kameraden, und sein Gesicht war so, daß Frauen wie Männer sich nach ihm umwandten. Daher ging er, außer wenn er sich unter den Seinen befand, stets verkleidet und mit veränderten

Zügen, denn sein Gesicht war so einprägsam, daß es niemand, der es einmal gesehen hatte, vergaß. Sein Ausdruck war frei, die Brauen schwarz und schmal, seine Augen blitzten vor Entschlossenheit. Die Nase war gerade und hoch, die Lippen so frisch wie die eines Kindes, und was er sonst hatte, war größer als bei den meisten anderen Männern. Aber noch hatte er kein Weib erkannt. Die Frauen schauten ihm nach, sie verlangten nach ihm; er jedoch wandte den Kopf weg, wenn sie ihm zulächelten. Denn was man ihm als Knaben einst angetan, hatte sein ganzes Sein dem Urempfinden entfremdet und alle Leidenschaften, die sich sonst in die Liebe zum Weibe ergießen, zu einem einzigen harten Willen erstarren lassen: dem Willen, zu töten. Und so erfüllte ihn eine unbändige Mordlust.

Mit eigenen Augen sah und erkannte Ling Tan, daß sein eigener Sohn zu jener Menschengattung gehörte, die er selber am tiefsten verdammte und fürchtete: zur Gattung derer, die Kriege entzünden und daran ihre Freude haben. Nicht länger konnte er sich verhehlen, daß sein Jüngster vor Kampfesgier brannte und nichts liebte, was nicht mit Krieg und Schlacht zusammenhing. Auch die Männer in den Bergen hatten dies wohl erkannt, und so war es Lao San ein leichtes gewesen, sich trotz seiner Jugend zu ihrem Anführer aufzuschwingen. Schon stand er an der Spitze einer Freischar und entwarf Kriegspläne und kühne Überfälle, als handle es sich dabei um ein Spiel. Er wurde ein Meister des Hinterhalts und überraschender Angriffe. Von allen Berg-Männern weit und breit war er der unerschrockenste.

Lao San kam nur selten nach Hause. Ließ er sich aber sehen, so hatte er stets von neuen Erfolgen zu melden. Stolz und mit breitem Lachen pflegte er zu erzählen und ward immer eitler auf das gute Gelingen all seiner Unternehmungen. Er war fest überzeugt, daß ihm Glück als besondere Gabe des Himmels beschieden war. »Der Himmel hat mich zu diesem Werk auserwählt«, brüstete er sich.

Dies erschien Tan als eine so schamlose Frechheit, daß er sich nicht zurückhalten konnte. Er holte aus und schlug mit der Rechten dem Sohn auf den roten Mund. »Redest du so zu mir?« schrie er ihn an. »Nach den Lehren unserer Altvordern haben wir seit Jahrtausenden gelebt, länger als irgendein Volk dieser Erde. Nur durch den Frieden leben die Menschen, und wenn sie sterben, stirbt unsere Menschheit!«

Allein Ling Tan kannte den eigenen Sohn noch nicht. Dieser trat vor ihn hin und erhob seine Hand gegen den Vater. »Diese Zeiten sind vorbei«, sagte er hart und verbissen. »Schlage mich künftighin nicht mehr; ich könnte sonst auch dich töten, so gut wie jeden andern!«

Hat Tan recht gehört . . .? Die erhobene Hand sinkt ihm schlaff herab. Er starrt in das zornige Gesicht vor sich, das so schön ist und das ihm sein Dasein verdankt . . .

Er wendet sich ab und bedeckt sein altes zerfurchtes Angesicht mit den Händen. Er stöhnt: »Ich glaube es, daß du imstande wärst, mich zu töten . . . wie jeden andern . . .«

Der Junge erwiderte nichts mehr, nur seine Augen blitzten hoffärtig und grimmig. So verließ er das Haus. Tagelang sah man nichts mehr von ihm. Es waren traurige Tage für Tan.

Er konnte nicht schlafen; er konnte nur immer denken: Ist dies nicht der Untergang unseres Volkes, wenn wir ebenso werden wie die auf den Krieg versessenen

Völker der Erde? Und er wünschte, sein Sohn möge lieber sterben, als nach diesem Krieg weiterhin seinen Kriegslüsten frönen. Ein Mann, der tötet, weil ihm das Töten gefällt, soll zum Besten des Volkes sein Leben lassen, dachte Ling Tan. Er muß es, und wäre er mein eigener Sohn. Denn solche Männer werden Tyrannen, und das Volk ist in ihrer Gewalt.

»Ich habe ein Gefühl, als wäre unser jüngster Sohn tot«, sprach er eines Nachts zu Ling Sao. »Er ist so verändert, daß mir ist, als wäre er nicht mehr der zarte Knabe – der sich erbrach, als er in der Stadt dem Tod ins Angesicht sah!« Er dachte erst, seine Frau verstünde nicht, was er meine. Aber dann hörte er in der Finsternis ihren Seufzer und die bedrückte Frage: »Sind wir nicht alle verändert?«

»Bist du anders geworden?« fragte er ungläubig, verwundert.

»Bin ich es nicht?« antwortete sie. »Kann ich je wieder die alten Wege zurückgehen? Selbst wenn ich das Kind auf den Knien halte, kann ich nicht vergessen, was wir getan haben und tun müssen.«

»Können wir anders sein?«

»Nein.«

Er ging eine Weile mit sich zu Rate. Dann sagte er: »Und doch müssen wir uns in diesen Tagen daran erinnern, daß der Frieden das Gute ist. Die Jungen wissen es nicht; sie können sich nicht mehr daran erinnern. Drum ist es an uns, daran zu denken und sie zu belehren, daß der Frieden die wichtigste Nahrung des Menschen ist.«

Lao Er jedoch war nicht wie die beiden anderen Söhne. Er tötete, wenn er mußte, und nur, weil es notwendig war; nicht aber, weil es ihm Freude machte wie dem jüngeren und weil ihm dies am einfachsten dünkte wie dem älteren Bruder. Dieser zweite Sohn schmiedete seine Pläne auf weite Sicht. Wenn er bei ihrer Ausführung töten mußte, tötete er, doch bedachte er immer das Ende.

Niemand konnte bei diesen Entwürfen ihm nützlicher sein als Jade.

»Wir sollten Wu Lien als Eingang in die feindliche Festung benutzen«, schlug sie ihm einmal vor. »Es ist sinnlos, über solche Gesellen wütend zu sein. Wir sollten sie weder lieben noch hassen, sondern nur ausnützen. Aber wie?«

»Du sprichst klug«, sagte Lao Er. Er stand neben ihr in dem Geheimraum. Sie waren damit beschäftigt, Waffen zu reinigen und instand zu setzen, denn von den Männern aus dem Gebirge war Nachricht an sie gelangt, daß innerhalb der nächsten drei Tage auf eine feindliche Besatzung in dieser Gegend ein Angriff gemacht werden solle und daß die Waffen in Bereitschaft sein müßten.

Niemals hätten sich Jade und Lao Er träumen lassen, daß Wu Lien etwas von ihrem unterirdischen Gelaß wußte.

Doch Wu Lien wußte. Er hatte Ohren und Augen im Dorf Ling. Und wem sonst konnten diese Lauscher und Lichter gehören als jener Frau, die Jade und Ling Tans Sippe um ihren Kleinen beneidete?

Des dritten Vetters Weib wußte es so gut wie das ganze Dorf, daß Wu Lien wohlgemästet und reich zum Hause Ling Tans gekommen war. Daher nahm sie eines Tages frisch gefangene Fische unter den Arm, und unter dem Vorwand, sie müsse sie dem Feind abliefern, begab sie sich in die Stadt und zum Hause Wu Liens.

Dort nannte sie dem Soldaten am Tor Anliegen und Namen und gelangte so mit ihren in Lotosblätter gewikkelten Fischen, als Muhme seines Weibes, unschwer vor Wu Lien.

Er begrüßte sie höflich, so wie er jedermann grüßte, hieß sie Platz nehmen und sandte nach seiner Frau. Und diesen beiden erzählte nun das Weib des dritten Vetters, immer nur ihre alte Freundschaft und Verwandtschaft vorschützend, von Ling Tan und seinen Söhnen. Und sie erzählte, wie schlecht es ihr und ihrem Manne ginge.

Wu Lien hatte während ihres Redens schon einen Entschluß gefaßt, jetzt sagte er: »Es ist am besten, wir helfen Euch dort, wo Ihr seid. Das heißt, Ihr kommt ab und zu hierher, und wir geben Euch Essen und etwas Geld und was Ihr sonst braucht, und Ihr könnt uns dann erzählen, was es bei Euch Neues gibt. Wir freuen uns immer, zu hören, wie es Euch und meines Weibes Vater, ihrer Mutter und ihren drei Brüdern ergeht.«

So sprach er mit der größten Unschuldsmiene. Doch was dahinterstand, war klar ersichtlich; auch des Vetters Weib verstand es. Sie grinste. Sie grinste noch mehr, als Wu in die Brusttasche griff, etwas Geld hervorzog und es ihr einhändigte.

Entschlossen, alles zu tun, was Wu Lien von ihr verlangte, kehrte sie in ihre Hütte zurück. Sie gedachte ihr Ohr dicht an Ling Tans Tür zu halten, denn dieses Haus war der Mittelpunkt und das Herz des Dorfes. Ich will meinem Mann auseinandersetzen, was wir zu tun haben, legte sie sich zurecht, und ihn vorher ordentlich füttern.

Diesen Plan führte sie aus, und der Ärmste war viel zu harmlos, um dahinterzukommen, warum sie ihm diesen Abend ein Vergnügen nach dem andern bereitete. Erst als sie ihm ihre Eröffnung gemacht hatte, wurde er der Ursache ihres verwandelten Wesens inne. »Ich hätte mir denken sollen, daß du irgend etwas im Schilde führst«, stöhnte er. Ihm war, als läge er zwischen zwei Mühlsteinen. Der eine war sein Weib und der andere seine Furcht vor Ling Tan.

Es war mehr als nur Furcht. Er achtete seinen jüngeren Vetter sehr hoch und hielt ihn im Grunde seines Herzens für mächtiger als diesen Wu Lien, der inmitten der Feinde saß. »Wenn Ling Tan oder einer seiner Söhne entdeckt, daß du und ich sie verraten«, erklärte er seinem Weib – »weißt du nicht, daß unser Leben zur selben Stunde verwirkt ist? Ach, diese Menschen! Sie töten heutzutage so leicht, wie sie atmen. Sobald sie in uns Feinde erkennen, sind wir erledigt wie alle andern.«

Sein Weib aber schmähte ihn heftig: »Von allen Männern auf Erden gleichst du am wenigsten einem Mann. Wirst du tun, was ich dir sage, oder nicht?«

»Was sagst du mir?« fragte der Zagende zitternd.

»Wir sind Ling Tans Feinde«, erklärte sie, »ich habe ihn immer gehaßt.«

»Ich nicht«, stotterte der Vetter, »er ist gut zu uns, er hat uns oft zu essen gegeben, und als er noch seinen Webstuhl hatte, hat er uns immer die Reste gegeben, fast alles, soweit er es nicht für die Seinen brauchte, und jedes Jahr hat er mir Stoff für einen Talar oder einen Mantel geschenkt. Es fällt mir schwer, all dies zu vergessen.«

»Mir fällt es nicht schwer«, fiel das Weib ein. »Meinst du vielleicht, daß ihm das etwas ausgemacht hat? Es macht ihm Vergnügen, uns seine Reste und kleinen Geschenke hinzuwerfen; da kommt er sich großartig vor.

Meinst du, jemand schenkt etwas weg, wenn er sich dabei nicht großartig vorkommen kann? Sollen wir ihm für seinen Hochmut noch dankbar sein?«

Also walkte sie das Häuflein Unglück an ihrer Seite; und er ächzte und hörte ihr zu, jammerte erbärmlich, schloß die Augen und schlief endlich ein.

So wurden der Vetter Ling Tans und sein Weib zu Wu Liens Ohren und Augen im Dorfe Ling. Aber der Vetter gab sich nur ungern und unwillig dazu her und behielt, soviel er nur konnte, für sich.

Aber wie wäre es möglich gewesen, alles für sich zu behalten?

Dieses Frauenzimmer besaß besondere Mittel, den Mann zu foltern. Nur um daheim Frieden zu haben und sich großen Kummer zu ersparen, gab er nach und nach und stückweise etwas von den Geheimnissen preis, die er bei den von Ling Tan einberufenen Versammlungen der Männer erfuhr, und verriet ihr, was jedem zu tun dort befohlen wurde. Und das Weib eilte damit getreulich zu Wu Lien, teilte ihm alles mit und empfing ihre Belohnung.

Doch was er auf diese Weise erfuhr, erzählte Wu Lien niemandem weiter.

Jade indessen, die nichts von diesen Kenntnissen ihres Schwagers wußte, erwog und plante so lange weiter, wie man durch Wu Lien den Eingang ins Lager der Feinde gewinnen könnte, bis sie eines Tages zu dem Ergebnis gelangte, sie wolle selbst mit Lebensmitteln in die Stadt und sie dort, wenn möglich, vor Wu Liens Tür verkaufen.

Jade war kühn und kühl wie ein Räuber. Niemanden weihte sie in ihr Vorhaben ein, wählte vielmehr einen

Tag, an dem ihr Mann in den Bergen war, wartete, bis ihr Kind schlief, suchte inzwischen eine graue Perücke hervor, die sie damals bei ihrer Wanderung gen Westen von einer umherziehenden Schauspielerbande gekauft hatte, bedeckte damit das eigene Haar, so daß ihre Jugend verschwand, rieb sich das Gesicht und die Lippen mit Farbe und Asche ein, schwärzte sich ihre Zähne, stopfte sich einen Buckel aus, so daß von all ihrer Schönheit nichts übrigblieb, und schlüpfte, während Ling Sao schlummerte, in altem zerrissenem Schuhwerk, das ihre jungen kräftigen Füße verbarg, durch das kleine, mit Ranken bewachsene Hinterpförtchen hinaus auf ein hinter Bambusstauden verborgenes Feld, wo Ling Tan, feindlichen Späherblicken entzogen, seinen Winterkohl angepflanzt hatte. Davon schnitt sie sich einen Korb voll. Da Ling Tan auf der anderen Seite des Hauses auf freiem Feld arbeitete, bemerkte er nichts. Nun schlängelte sie sich auf Umwegen vom Haus weg, bis sie endlich den Weg zur Stadt einschlagen konnte.

Sie wußte das Haus Wu Liens zu finden. Daß sie aber den besten Schlüssel zu seiner Tür in ihrem Korb Kohl besaß, wußte sie nicht. Denn auf den Märkten gab es noch keinerlei Grünzeug. Dem Soldaten vor dem Tor lief beim Anblick ihres Gemüses das Wasser im Munde zusammen. Sie brauchte nicht einmal den Namen Wu Liens zu nennen. »Geh in die Küche, altes Weib«, hieß er sie radebrechend, »der Koch wird dich gut bezahlen!«

»Wo ist die Küche?« fragte Jade wie aus zahnlosem Mund und mit verschleimter Greisinnenstimme.

»Komm mit«, gebot der Soldat und geleitete sie durch verschiedene Höfe. Sie schlurfte gebückt hinter ihm drein, bis sie zur Küche gelangten, wo der Soldat lachend dem Koch zurief: »Da ist eine Alte mit einem Korb; da ist etwas drin, das ist besser als Gold. Alles, was ich dafür verlange, ist eine Kostprobe, wenn das Gericht fertig ist.« Damit entfernte er sich.

Ein dicker, verdrossener Koch kam heraus; er war nicht vom Volk der Feinde, sondern früher in der Garküche beschäftigt gewesen, die jetzt zerstört war. Während er den Deckel des Korbes lüftete, brummte er etwas Unverständliches in sich hinein. Dann bot er zwei Silberstücke.

Jade schüttelte den Kopf. »Ihr wißt, was Kohl heute kostet«, sprach sie mit brüchiger Stimme.

»Dann drei«, warf er hin, »ist ja nicht mein Geld, das ich ausgebe. Ich habe keine Zeit, lange herumzuhandeln. Es gibt wieder mal ein Fest hier, ein großes Festmahl. Immer feiern sie Feste; möchte bloß wissen, wo ich das Essen dazu auftreiben soll! Kannst du mir Fleisch besorgen, Alte? Ein Stück Schweinefleisch? Fisch habe ich – Fisch – Fisch –, aber was ist ein Festessen ohne Schweinefleisch oder wenigstens eine Ente?«

Jade faßte den Mann scharf ins Auge. War auch er ein Verräter?

»Wenn ich Euch zwei Enten bringe – gebt Ihr mir dafür zehn Silberstücke?«

»Bring sie, dann siehst du sie!« Er nahm Silber aus seinem Gürtel und bezahlte den Kohl. »Wann ist das Fest?« fragte sie.

»Übermorgen«, antwortete er; dann brach die Erbitterung aus ihm hervor. »Übermorgen jährt sich der Tag, wo sie ihren ersten Sieg über uns errungen haben. Deshalb muß ich ihnen ein mächtiges Festmahl rüsten, alle Häuptlinge kommen zusammen, es zu vertilgen.«

Jade beugte sich vor: »Du bist einer von uns«, flüsterte sie.

Der fette Koch warf einen erschrockenen Blick zum Fenster und über den Hof. Die Küche war leer. Aber noch hielt er mit seiner Antwort zurück.

»Du hast einen wichtigen Posten«, raunte Jade ihm zu. »Ganz nebenbei könntest du ihnen, was dir gefällt, in die Speisen tun. Wieviel Köche seid ihr?«

»Drei.«

»Drei«, wiederholte sie nachdenklich. »Sind drei genug für ein so großes Essen? Könntest du da keine Hilfe anfordern? Zehn Köche brauchtet ihr! Kochst du alles, oder kommen außerdem noch Gerichte aus einem Speisehaus?«

»Sie trauen keinem von draußen«, antwortete der Koch, »sie sind auf der Hut.«

»Ah«, machte Jade.

Der Koch entnahm die Kohlhäupter ihrem Korb. »Bringst du morgen die Enten?«

»Ja, um die gleiche Zeit.«

»Das Geld ist bereit, wenn du kommst«, sagte der Mann und zeigte ihr eine Hintertür, durch die sie auf eine leere Gasse hinaustrat.

Wie Saatkörner in den Grund hatte Jade Gedanken an Gift in die Seele des Küchenmeisters gesenkt.

Sie selbst hatte noch keinen bestimmten Plan, sondern ging ziellos durch die zerstörten Straßen, machte da und dort halt, als müsse sie ausruhen, und knüpfte mit Männern und Frauen heimlich Gespräche an.

Scheu und leise erzählten sie ihr von dem furchtbaren Leben, das man hier führte ...

Da war ein Althändler, vor dessen Laden sie stehenblieb; er hatte ihn erst unlängst wieder eröffnet. Jade trat ein und gab vor, nach einem Mantel Umschau zu halten. Als sie den Mann fragte, wie das Geschäft ginge, füllten sich seine Augen mit Tränen. »Kann mir noch irgend etwas zum Nutzen gereichen?« fragte er. »Ich habe meinen einzigen Sohn verloren, und um meine drei Töchter steht es noch schlimmer.«

»Wie hast du deinen Sohn verloren?« begehrte Jade zu wissen.

»Ob du es mir glaubst, wenn ich es dir erzähle . . .?« antwortete der Mann. »Und doch ist es wahr. Er war vierzehn Jahre, das jüngste von meinen Kindern. Die Götter schenkten uns, bis auf diesen letzten, nur Töchter, und er war unser bestes Kind. Als die Feinde einmal hier am Tor vorbeizogen, gefielen ihm die blitzenden Waffen und Uniformen – er war noch ein Kind und wollte wohl zeigen, wie klug er sei –, er grüßte wie ein Soldat – ein kindlicher Einfall! Aber im gleichen Augenblick trat einer aus den Reihen der Feinde hervor und schoß den Kleinen nieder, da vor meiner Tür, und ich stand daneben und fing das Kind auf, als es umfiel.«

»Ist das möglich . . .?« fragte Jade erschüttert.

»Es ist möglich, denn es war so.«

Jade ging weiter.

Ihre Wut stieg aufs höchste, als sie auf den Häuserwänden in einer Hauptstraße, in die sie zufällig eingebogen war, große Papiere aufgeklebt sah, die mit Lügenbildern bemalt waren. Da sah man lächelnde Feinde, die in ihren Händen Kuchen und Früchte hielten; die streckten sie einer Schar von Knienden entgegen, besiegten alten und jungen Männern, Frauen und kleinen Kindern, die dankbar zu ihnen aufschauten. Darunter standen in großen Schriftzeichen die Worte: *Das Volk be-*

grüßt seinen gütigen Nachbarn, der ihm Nahrung, Frie-
den und Sicherheit gibt.

Als Jade dies las, war ihr Entschluß gefaßt. Sie kehrte
um und trat in einen Laden ein, an dem sie schon vorher
vorübergestrichen war. Dort verlangte sie nach einem
altbewährten bekannten Pülverchen.

Jade verbarg das Pulver in ihrem Gewand und eilte
nach Hause.

Noch am selben Abend erzählte sie denen daheim von
ihrem Vorhaben. Das mußte sie, denn sie brauchte zwei
Enten, und Ling Tan hatte sich, aller Schwierigkeiten
ungeachtet, zur Aufzucht einige heimlich verwahrt.
Ohne ein Wort zu verlieren, stand er auf, ging in das En-
tengehege, griff zwei der schlafenden Vögel heraus und
schlachtete sie. Ling Sao und Jade rupften sie, nahmen
sie aus, rieben ihnen das Gift in Fleisch und Gekröse
und hängten sie über Nacht an die Luft. Das Gift besaß
aber die besondere Eigenschaft, daß es so geschmack-
und geruchlos war wie Mehl – oder fast so.

Am folgenden Morgen nahm Jade die beiden Enten
mit in die Stadt und übergab sie dem fetten Koch. Bis
sie ihr Geld in Empfang genommen hatte, sprach sie
kein Wort und hierauf nur ganz leise: »Bereite für diese
Enten eine recht kräftige, würzige Tunke! Unsere Enten haben in diesen Tagen ein seltsames Futter gefressen; ihr Fleisch hat davon einen Stich.«

Des Küchenmeisters Äuglein weiteten sich und starrten sie an; und Jade erwiderte seinen Blick kraftvoll und
kühn. Da erkannte der Mann, daß er kein altes Weib
vor sich hatte – er öffnete seinen Mund, sagte aber
nichts, nickte nur und sperrte die Hintertür auf, durch
die sich Jade auf kürzestem Weg nach Hause begab.

Ob ihre Tat Früchte tragen würde und welche – wie sollte sie es erfahren. Berichte von dem, was sich in der Stadt zutrug, gelangten nicht leicht in das kleine Dorf. Sie wartete ab und dachte: Wenn es gefruchtet hat, tu' ich es wieder und wieder. So führe ich gegen die Teufel Krieg.

Erst nach geraumer Zeit sickerten Nachrichten durch, und zwar dank der Frau des dritten Vetters. Ohne sich etwas dabei zu denken, erzählte sie eines Tages, ihr Mann sei unterwegs Wu Lien begegnet: der sei jetzt so dünn wie ein alter Ziegenbock und wäre beinahe ums Leben gekommen; einige Feinde seien nach einem Festschmaus gestorben.

Als Sao dies hörte, vermochte sie sich kaum zu beherrschen. Sie war nur froh, daß sonst niemand dabei war. Jade war, als das Weib ankam, mit ihrem Kind wie gewöhnlich unter die Erde verschwunden. Ling Sao aber mußte Genaueres wissen, stellte sich also bestürzt und fragte entsetzt: »Wie viele sind tot und wer?«

Die Base war erfreut, mit ihrem Wissen glänzen zu können, und meldete: »Es waren lauter sehr hohe Häupter. Fünf davon sind gestorben, und mehr als zwanzig sind schwer erkrankt. Von allen war Wu Lien dem Tod noch am wenigsten nah; er hatte kaum Fleisch zu sich genommen.« Sie spitzte den Mund zu geheimnisvollem Gewisper: »Man hat die Köche beschuldigt – aber wer konnte sagen, welcher es war? Sie hatten außer ihren gewöhnlichen Köchen zehn Aushilfen, und als man nach diesen suchte, waren sie schon geflohen.«

»Ist für die Köche kein Fleisch übriggeblieben, an dessen Genuß sie erkrankten?« fragte Ling Sao.

»Die feindlichen Häupter waren so auf das Fleisch versessen, daß sie sogar noch die Knochen zerkauten«, lautete die Auskunft der Base.

»Ah«, schmunzelte Sao, »das ist freilich bekannt, wie scharf unser Feind auf Fleisch ist!«

Als Sao am Abend den anderen erzählte, daß auch Wu Lien die Wirkung des Giftes verspürt habe, entstand erst eine Stille, dann sagte Lao Er: »Ich wollte, er hätte auf die Gäste weniger Rücksicht genommen und so sein Leben geendet.«

Ling Sao fand es nicht recht, so zu reden, und obschon sie stolz darauf war, gemeinsam mit Jade die weibliche Waffe, das Gift, zur Vernichtung von Feinden gebraucht zu haben, wies sie ihn doch zurecht: »Schweig! Er ist deiner Schwester Gemahl.«

Von der Mutter also getadelt, schämte sich Lao Er, wandte den Kopf und sagte nichts mehr. Statt seiner entgegnete Jade mit ruhiger Stimme: »Mutter, in diesen Tagen gibt es höhere Pflichten als die gegen Schwestern und Brüder. Du mußt nicht gegen ihn reden.«

»Verabscheust du mich?« flüsterte Jade und wandte den Blick von ihrem Gatten ab. Jetzt, da ihre Tat Früchte getragen hatte, erfüllte sie Angst.

»Ich dich verabscheuen? Wieso?« wunderte sich Lao Er.

Sie sah an sich herab. Sie hatte gebadet und war nackt. Ein zages Lächeln lag auf ihren Lippen. »Ich finde an mir nichts Schönes mehr.« Sie verschränkte die Arme über der Brust. »Ich bin dünn geworden. Mein Fleisch ist hart. Als ich heute die Kleider wusch, habe ich mich im Wasser gesehen. Mein Gesicht ist dunkel, nicht mehr das Gesicht einer Frau.« Dabei raffte sie ihr Gewand auf und hüllte sich darin ein.

Lao Er saß am Tisch in ihrer Kammer; er trank vor

dem Einschlafen noch etwas Tee. »Du siehst anders aus als am Tage unserer Hochzeit, das ist wahr«, gab er zu.

Sie warf ihm, während sie ihre blauen Wollhosen überstreifte, einen Blick über die Schulter zu. »Hättest du mich genommen, wenn ich so ausgesehen hätte wie jetzt?«

Er mußte lächeln. »Gewiß nicht. Ich war damals auch nicht der gleiche wie jetzt. Was mir damals gefiel, würde mir heute vielleicht nicht mehr gefallen.«

Sie fing seinen lächelnden Blick auf, ihr Herz wurde leichter. »Wenn ich dich jetzt so ansehe«, meinte sie und zeigte ihr Schalksgesicht, »merke ich: Du bist auch nicht mehr so hübsch, wie du warst. Wie schwarz dich die Sonne gebräunt hat!«

Lao Er gab dies zu.

»Und dein Haar hat die Farbe verrosteten Eisens«, fuhr Jade fort.

Auch dies gab er zu.

Sie ergriff einen kleinen Spiegel, der auf dem Tisch stand. »Was macht es aus, wie ein Mann aussieht?« fragte sie ihn.

»Wenn es dir nichts ausmacht, mir macht es auch nichts aus«, lachte Lao Er.

Sie betrachtete sich im Spiegel, besonders den feinen Mund. »Ob ich mir je wieder die Lippen male, mich pudern kann und Ohrringe tragen?«

»Wer weiß!«

»Die Ohrringe damals ... hast du mir nie geschenkt«, sagte sie nachdenklich.

»Du wolltest lieber das Buch«, erinnerte er sie.

»Vielleicht war es falsch von mir ...« Sie war noch immer in ihre Selbstbetrachtung versunken.

»Dann« – er lachte hell auf –, »dann kaufe ich dir doch noch einmal diese Ohrringe! Eines Tages . . .«

Zwischen den beiden Gatten flutete jene echte Herzenswärme, die nichts zu erkälten vermag. So verbunden waren sie, so eins, daß unter Gefahr und Beschwerden, in aller Trübsal dieser verdorbenen Welt sie sich ihrer Liebe hingeben und immer zu ihr zurückkehren konnten: zur Liebe, die zwischen ihnen lebendig und immer war.

Und doch war es Lao Er in dieser Nacht, bald darauf, als halte sich Jade vor ihm zurück. »Was ist dir?« fragte er sie. Es mußte ihr etwas im Sinne liegen, das ihren Körper hemmte. »Was hast du?«

Sie verbarg ihren Kopf unter seinem Arm; das tat sie immer, wenn sie sich gehemmt fühlte. Er suchte ihr in die Augen zu sehen; sie aber wand sich und zitterte. Ihre Blicke gingen da- und dorthin, nur nicht in seine Augen. Bis sie endlich fragte: »Bist du sicher, daß du mich nicht weniger . . . daß ich nicht weniger Weib bin – wegen dem, was ich getan habe?«

»Was du getan hast?« verwunderte er sich. »Du tust vieles; du tust ja immer etwas . . .«

»Das Gift«, stieß sie leise hervor. »Manchmal, wenn ich aufwache, muß ich daran denken, dann verabscheue ich mich . . .«

»Es war für die Teufel!«

»Ich weiß, aber ich weiß nicht . . .«, zauderte Jade, »ob nicht einmal ein Tag kommt, vielleicht, wenn längst wieder Frieden ist – und du mich ansiehst und dein Herz zu dir spricht . . . das konnte sie, Gift in das Fleisch mischen . . . und dann hältst du mich weniger für ein Weib, als mir lieb ist . . . und dir.«

In diesem Augenblick schien es dem Manne Lao Er,

daß er jetzt erst zur wahren Erkenntnis gelangt sei. So mutig konnte sie sein, so unerschütterlich stark, und besaß doch – jetzt wußte er es – ein Herz, das zurückschauderte und sich zusammenkrampfte, und er liebte sie dafür mehr als für all ihren Heldenmut. Doch da er wußte, was ihr am meisten Freude bereitete, brummte er nur: »Was du getan hast, war brav. Ich möchte nur wissen, ob irgendein Weib so tapfer ist wie du.«

Damit übernahm er wieder den Oberbefehl. »Du hast jetzt bewiesen, was du vermagst, damit ist es genug«, ordnete er an. »Es gibt genug unter uns, die den Teufeln den Garaus machen können. Du hast eine höhere Aufgabe.«

Was konnte er mehr sagen, sie seiner Liebe zu versichern und sie wissen zu lassen, er werde sie lieben, solange er lebe? Was konnte er Besseres sagen, um ihr die Gewißheit zu geben, daß das, was er in ihr liebe, nicht das Weib, irgendein Weib sei, auch nicht das Weibtum, sondern das Geschöpf, das nur sie, nur Jade war?

Er warf sich herum, und all die Zeit wuchs seine Liebe und erhob sich so hoch, daß sie wieder wie einst zu groß und zu mächtig war, als daß Worte sie ausdrücken konnten. Er faßte sie bei den Armen und forschte in jeder Linie, im kleinsten Zug ihres Gesichtes, in ihren Augen, den Mundwinkeln, dem Haar und den Nasenflügeln. Wenn da ein Makel war, dann vielleicht der, daß die Nasenlöcher um einen Hauch zu weit waren. Für ihn waren sie es nicht. Sie entsprachen der Üppigkeit ihres Mundes, der Klarheit der langen schmalen Augen, die in ihrem Antlitz schwebten und es gleich dunklen Blättern beschatteten.

»Es ist Zeit, daß wir wieder ein Kind bekommen«, sagte er. »Ich will Kinder aus deinem Fleisch und Blut, viele Kinder, und wenn du mir eine Freude bereiten willst, laß sie werden, wie du bist – alle, immer und immer wieder wie du . . .«

XIII

Wu Lien schreibt, und der Feind gibt an, was er zu schreiben hat.

Daumen und Zeigefinger halten den feinen Kamelhaarpinsel; die übrigen Finger schweben wie Grillenbeinchen über dem Papier. Wenn Wu fertig ist, wird der Feind die Niederschrift an sich nehmen, vergrößern, vervielfältigen und in großer Bogenzahl an die Häuser-, Tempel- und Stadtmauern kleben lassen.

Das Gemach, in dem Wu Lien mit dem Feind sitzt, ist mit ausländischem, aus vielen Wohnungen geraubtem vornehmem Hausrat erfüllt; meist stammt es aus Häusern der Weißen. Drei Klaviere stehen zwischen anderem Hausgerät. Auf dem Boden liegen blaugoldene Decken und Teppiche. Sie warten darauf, in Kisten verpackt und über das Meer nach dem Lande der Feinde verfrachtet zu werden. Inmitten all dieser Pracht sitzt Wu Lien in tiefem Schweigen. Der Feind liest ihm langsam und deutlich vor, was er schreiben soll, und fragt nach jedem dritten oder vierten Schriftzeichen: »Haben Sie es?«

»Ich habe es«, antwortet Wu Lien jedesmal sanft.

»Dann weiter!« befiehlt der Feind, und Wu schreibt.

An der Spitze der Seite stehen in großen schwarzen Lettern die Worte: STERN DES HEILS! DIE NEUE ORDNUNG! Darunter in kleineren Buchstaben: »Mitbürger! Seit mehr als hundert Jahren haben wir den

Druck und die Ketten der weißen Völker erduldet. So-oft wir uns auch aufbäumten und jede Gelegenheit suchten, das Joch abzuschütteln und uns der Fesseln der weißen Rasse zu entledigen, kamen wir dennoch niemals zum Ziel.«

»Ist das nicht wahr, Chinamann?« schreit der Feind. Es ist ein kleiner Dünner mit einem Zorngesicht. Weil er so kurzbeinig ist, tut er besonders ungestüm. Wenn er allein ist, sträubt er mit einem Zahnbürstchen, das er immer bei sich trägt, seine Augenbrauen. Sein Kriegerkleid ist das eines Hauptmanns im feindlichen Heer. Nie zeigt er sich in anderem Gewand, obwohl seine Aufgabe nur darin besteht, Kundgebungen zu entwerfen, die an die Wände gekleistert werden. Unterzeichnet sind diese Papiere mit den drei Wörtern: »Der große Volksbund«, damit man nicht glaube, sie kämen vom Feind, sondern von einheimischen Führern des unterjochten Volkes.

»Ist das nicht wahr?« wiederholt der Feind.

Wu hebt den Pinsel und blickt ihn verwundert an. »Was soll nicht wahr sein?« erkundigt er sich mild beruhigenden Tones.

»Was Sie geschrieben haben, Sie Narr!« schreit der kleine Feind.

»Ich habe nicht darauf geachtet«, entschuldigt sich Wu Lien, »Ihr dürft es mir nicht verargen; mein Kopf ist noch benommen von der Vergiftung. Ich kann nicht gut denken.«

Das war auch der Fall. Er sah sehr blaß aus und war noch darüber froh. Ja, er betrachtete es als ein Glück, vergiftet zu sein. Er hatte damit seinen Herren und Meistern den Beweis seiner Treue erbracht. Wäre er allein dem Festmahl gesund entronnen, da alle andern krank

280

oder tot waren, er hätte unmöglich den Mordverdacht von sich abwälzen können. Er hat noch nie so argwöhnische Menschen wie diese Feinde gesehen. Sie wissen, daß sie von Leuten umgeben sind, die ihnen den Tod wünschen. Auf unsicherem Seil wandelt Wu über einen Abgrund dahin.

Der kleine Mann wirft ihm einen scharfen Blick zu. »Weiterschreiben!« befiehlt er mit erhobener Stimme, und Wu schreibt weiter.

»Warum« – schreibt er weiter – »war es so? Weil das Land zu weich war, zu ohnmächtig, zu kraftlos.« Wie Donnerrollen kommen diese Worte aus dem Mund des kleinen Feindes, ohne daß sich der Ausdruck des bleichen, freundlichen Gesichtes Wu Liens verändert. Er schreibt und murmelt dazu die Worte still vor sich hin, als wären es Waren, die er in seinem Laden verkauft.

»Jetzt aber«, brüllt der Feind, »ist uns dank einer günstigen Wendung des Schicksals das Glück beschieden, uns der Kraft einer befreundeten Macht bedienen zu können und so unsern lange gehegten Wunsch zu verwirklichen, an der weißen Rasse Rache zu nehmen! Dann können wir wieder ein freies Volk sein. Und unser Feind, obwohl er zu unseren Gunsten diese große Anstrengung unternimmt und uns ein gewaltiges Opfer bringt, verlangt von uns nichts weiter als Gegengabe, als daß wir die neue Ordnung aufrichten!«

Der kleine Feind bläht sich auf, zwirbelt den kurzen, spärlichen Schnurrbart und räuspert sich. Wu Lien sieht ihn erwartungsvoll an. Dabei übelegt er: Wie ist es möglich, daß diese kleinen wilden Männer so einen dürftigen Haarwuchs haben? Ich dachte stets, Wilde sind haarig.

»Weiterschreiben!« befiehlt der Feind.

»Ich schreibe weiter«, antwortet Wu Lien artig.

»Die neue Ordnung«, ruft der Feind und springt, von seinen eigenen Sätzen begeistert, vom Sitz, »die neue Ordnung hat nicht nur unser gegenwärtiges Heil, sondern auch unsere ewige Erlösung zum Ziel! Von nun an werden wir, dessen seid gewiß, unsere dauernde Freiheit erlangen! Mitbürger! Die neue Ordnung auf diesem Erdteil ist wahrlich der Stern des Heils für unser Vierhundertmillionenvolk!«

»Mit welchem Namen soll ich unterschreiben?« fragt Wu, hebt das Papier in die Höhe und bläst die Schrift trocken.

»Der große Volksbund«, ordnet der Feind an.

Wu schreibt die Schriftzeichen des großen Bundes, den es nicht gibt.

»Soll man es an den üblichen Stellen anschlagen?« erkundigt er sich, das Papier in der Hand, und steht auf.

»Überall anschlagen!« schreit der Feind, und Wu Lien verneigt sich.

Geräuschlos gleiten seine Stoffschuhe über den teppichbelegten Boden. Im Vorzimmer gibt er mit gemessener Würde etlichen Untergebenen seine Anweisungen und verfügt sich dann, von einem Gefühl der Übelkeit erfüllt, in seine Privatgemächer, wo seine Frau auf ihn wartet.

Wenige Stunden später erschienen draußen auf vielen Straßen Männer mit langen, breiten Besen voll Kleister und beklebten die Mauern mit großen Bogen Papier, auf welchen die von Wu Lien geschriebenen Wörter gedruckt standen. Wo sie auch gingen, folgten ihnen Leute, die den Maueranschlag eifrig zu lesen schienen, obwohl die wenigsten lesen konnten. Sie hatten nur alle

Hunger, und jeder wartete sehnsüchtig auf den Augenblick, da er sein mitgebrachtes Schälchen in den Kleisterbrei tauchen konnte, um ihn dann in irgendeinem Winkel gierig herunterzuschlingen. Der Kleister bestand hauptsächlich aus Mehl, und Mehl war in diesen Tagen rar.

In einer Gruppe, die sich vor einem der Plakate versammelte, befand sich an jenem Tag auch der dritte Vetter Ling Tans. Wenn dieser Mann irgendwo Schriftzeichen sah, konnte er sich nicht enthalten, sie näher in Augenschein zu nehmen, teils, weil das nun einmal so seine Art war, teils auch, weil er sich gern wichtig machte und es ihn kitzelte, unter einer Menge Unwissender, die weder lesen noch schreiben konnte, als einziger Gelehrter dazustehen und laut den Inhalt der Schrift zu verkünden. So drängte er sich auch jetzt in die vorderste Reihe, setzte die messingumränderte Brille auf seine Nase und verlas, langsam gedehnt, die von Wu Lien geschriebenen Wörter.

Angesichts solcher Gelehrsamkeit verfiel die Menge in ehrfürchtig neugieriges Schweigen und hörte ihm zu, bis er mit seiner Vorlesung fertig war und die Brille absetzte. Da sie nun wußten, was die Schriftzeichen zu bedeuten hatten, sagten sie erst recht kein Wort mehr, und auch der Vetter hielt seinen Mund.

Als sich der Vetter entfernte, wäre es ihm lieber gewesen, er hätte die öffentliche Verlautbarung nicht vorgelesen, denn sie rief nur Gefühle der Rache hervor, und er wünschte nichts sehnlicher, als zu vergessen, nur zu vergessen!

Er hatte während der letzten Wochen Tröstung gesucht und gefunden. Er rauchte Opium oder etwas, was sich in seiner Wirkung dem Opiumgenuß näherte und dabei billiger war. Er erhielt es einige Straßen weiter am Südende der Stadt, in einer armseligen Bude, die Tag und Nacht offenstand und zu der er sich jetzt begab.

Ein scheeläugiges, hageres gelbes Mädchen geleitete ihn zu einer leeren strohbedeckten Pritsche, auf der er sich ausstreckte, den Kopf auf den hölzernen Kopfteil legte und wartete. Das dürre Ding manschte unreine Opiumabfälle zusammen, füllte damit den Pfeifenkopf, zündete an und schob ihm die Pfeifenspitze zwischen die welken Lippen.

Der Vetter sog den süßlichen Rauch tief ein und schloß die Augen. Oh, diese Ruhe, dachte er, diese himmlische Ruhe! Was kümmerte ihn jetzt noch, wer draußen herrschte? Hier drinnen beherrschte ihn niemand mehr. Sein Körper lag wie der eines Toten, und seine Seele durfte sich weit von hier und fern von allen Übeln ergehen. Er war befreit.

Wie er dazu gekommen war?

Nun, dieser Mann, der zwischen den Mühlsteinen des Daseins zermahlen wurde, war im Grunde ein wenig besser, als ihm zu sein erlaubt war, und dies vermehrte sein Elend. Aus Furcht vor seinem Weibe war er mit ihren Botschaften immer wieder zu Wu Lien und zu ihr zurückgelaufen. Es waren zumeist geringfügige Nachrichten, oft völlig nutzlose, die er da überbrachte: daß sie zum Beispiel heut ein paar Männer gesehen habe, sicherlich Berg-Männer, die nach Westen gezogen seien. Manchmal aber teilte sie auch mit, Ling Tans Söhne seien gekommen und hielten sich im Haus ihres Vaters versteckt. Ob klein oder groß, jede Botschaft mußte ihr Mann übermitteln; denn Wu Lien zahlte dafür. Oft genug grübelte der Vetter darüber nach, ob er diese Nachrichten verdrehen, statt Süden Norden sagen oder die

Erwähnung von Ling Tans Söhnen vergessen solle. Doch fehlte ihm dazu der Mut.

»Die neue Ordnung«, murmelte der Betäubte, während er in Dämmerschlaf sank.

Das schielende Mädchen beugte sich über ihn. »Was sagst du?«

Aber da war er bereits hinüber.

Drei Stunden danach weckt sie ihn wie gewöhnlich; er reicht ihr eine kleine Münze und entfernt sich. Noch halb im Dämmer wankt er zu Wu Lien und erzählt ihm, was er im Kopf behalten hat; Wu gibt ihm zwei Münzen – eine davon versteckt er für das nächste Mal, die andere liefert er seiner Frau ab. Anfänglich hat er zwar Angst gehabt, sie werde dahinterkommen. Jetzt ist er längst über diese Furcht hinaus. Er begehrt weiter nichts mehr als so viel Geld, um bald wiederkommen zu können.

Er war nicht der einzige in seiner Art. Viele seines Schlages bevölkerten diese Stätten, weil sie keine Hoffnung mehr sahen, noch einmal in ihrem Leben frei zu sein. Sie wünschten die alten Zeiten zurück, doch da war keinerlei Aussicht.

Im Dorfe merkte niemand, was mit dem dritten Vetter geschah. Wer sollte auch auf einen kindischen Alten, für den sie ihn hielten, besonderes Augenmerk haben. Ling Tan sah wohl, wie sein Verwandter von Tag zu Tag gelber und trockener wurde; aber das wurden alle, seit die Nahrung so selten und teuer war und mächtige Wolkenbrüche die Früchte des Feldes verheert hatten.

Alles, was sich in Ling Tans Haus zutrug, wußte oder ahnte die Muhme und übermittelte es Wu Lien. Doch dieser hatte von dem, was er auf solche Weise erfuhr, noch nie etwas weitergeleitet. Er behielt alles, was er erfuhr, für sich und achtete sorgsam darauf, daß nichts im Ton seiner Stimme, kein Wort und kein Augenaufschlag sein geheimes Wissen verrieten.

Dennoch besaß er es. Außer dem dritten Vetter kamen noch zwölf andere Männer und Frauen zu ihm und erzählten ihm mancherlei Dinge. Überall hatte er Augen und Ohren. Er hörte auch von den Unternehmungen der Berg-Männer. Ehe selbst Ling Tan davon wußte, war ihm bekannt, was die Söhne Ling Tans taten. Sein Kopf war voll von Wissen, das er niemals zu nutzen schien.

Ja, dieser Wu Lien war ein folgerichtig denkender Mann! Wenn je die Stadt dem Feind wieder genommen würde, wollte er sich in den alten Wu Lien zurückverwandeln; solange jedoch die Eroberer da waren, gedachte er auf seine Weise angestrengt auf das hinzuarbeiten, was er für sein Volk für richtig hielt.

Während der ganzen Zeit lag die Stadt wie eine einsame kleine Insel inmitten der Welt. Keine Kunde drang von der Außenwelt zu ihr, und niemand in ihren Mauern erfuhr, was das Volk in dem freien Land dachte und tat.

Unter allen, die sich ehedem über die eigenen Soldaten beschwert hatten, gab es nicht einen mehr, der sich jetzt nicht nach den Braven zurückgesehnt hätte; so arg wüteten die Feinde vom Ostmeer, die den elenden Läden entrissen, was sie nur wollten, und dafür ein längst entwertetes Geld hinwarfen, manchmal auch ausländisches und am häufigsten gar nichts. Und Weiber nahmen sie, wo sie ihrer nur habhaft wurden! Dabei wimmelte es jetzt in der Stadt von Dirnen, die sich hier von überall her eingefunden hatten und den zahlreichen Häuptern des Feindes nachstrichen.

Auch unter den Feinden besaß Wu Lien einen Freund, einen wackeren Mann. Es war dies aber kein Krieger, sondern einer, der Bilder anfertigte, um sie in die Ferne zu schicken, und der jeden Tag auszog, zu sehen, was es in Bildern zu berichten gäbe. Er suchte nach guten und edlen Dingen, doch fand er viel Übles. Mit eigenen Augen sah er, wie seine Landsleute sich junger Frauen und Mädchen bemächtigten und selbst alte vergewaltigten. Eines Tages, als er allein bei Wu Lien saß, sagte er: »Nirgendwo kann ich mehr reden, aber dir will ich es anvertrauen, wie sehr ich verabscheue, was wir deinem Volk zufügen; ich schäme mich dessen! Unsere Landsleute daheim würden es nimmermehr glauben, wenn sie von den Grausamkeiten und Schandtaten ihrer Söhne und Gatten, Väter und Brüder erführen!«

Wu Lien ließ ihn ausreden und hielt nicht mit der Antwort zurück, so daß zwischen beiden etwas wie Freundschaft erwuchs. Wu Lien sprach wenig, und der Bildermann sagte viel, und aus seinem Mund hörte Wu Lien zum erstenmal, daß der Krieg nicht allein hier bei seinem Volk tobte, sondern auch unter andern Völkern, ja, bald vielleicht in der ganzen Welt. »Woher wißt Ihr das?« fragte Wu.

Da führte ihn der Mann in sein Zimmer und zeigte ihm einen dunklen Kasten – ein Ding, von dem Wu Lien wohl schon gehört, das er jedoch noch niemals gesehen hatte. Sein Freund drehte an einem Knopf, dann noch an einem, und aus dem Kasten hervor drang eine Stimme, sehr leise . . . »Horch!« sagte der Freund, und Wu Lien horchte.

Die Stimme aus dem Kasten erzählte von ungeheuren Geschehnissen, und zum erstenmal hörte Wu Lien mit eigenen Ohren, daß ein Volk dem anderen den

Krieg erklärt habe und daß auf großmächtige Städte des Westens Bomben herabfielen, wie sie auf diese Stadt heruntergefallen waren. Was waren dagegen die winzigen Dinge, die er von seinen Horchern und Spähern erfuhr!

»Wo kann ich eine solche Kiste kaufen?« fragte er seinen Freund.

»Ich will dir eine besorgen«, antwortete dieser.

Bald danach brachte er seinem Freund Wu eine ähnliche dunkle Kiste, wie er selber eine besaß, und Wu Lien behielt sie in seinem Zimmer und ließ in der kommenden Zeit in jeder freien Minute lebendige Stimmen daraus hervortönen – besonders in tiefer Nacht.

Eines Tages begab es sich, während er wie so oft auf die Worte des dunklen Kastens hörte, daß der alte Vetter Ling Tans hereinkam, um seine Neuigkeiten auszukramen. Als er nun Wu Lien horchend vor seinem Kasten fand, fragte er ihn, was das denn wäre.

Wu Lien erklärte das Wunderding, und erfüllt von dem eben Vernommenen, teilte er dem Alten mit, die ganze Welt stehe im Krieg. Als ihn der Vetter fragte, woher er das wisse, zeigte er ihm genau, auf welche Weise dieser Kasten Worte hervorbringe, wie man die Knöpfe zu drehen und wo man zu drücken habe, damit die Stimme hervorkäme. Im Augenblick erscholl zwar nur ein heiteres Singen und Klingen, doch erregte schon dieses im Herzen des Vetters arglistig verwegene Gedanken.

Der dritte Vetter war nicht so dumm, wie es den Anschein hatte. Er war zeit seines Lebens nur immer schlecht behandelt worden, erst von seiner Mutter und später von seinem Weibe. Sein Wissensdurst inmitten lauter Unwissender hatte ihn jeder Gemeinschaft derart entfremdet, daß er vor den Leuten mutlos und albern erschien. Aber das Opium hatte ihn verwegen gemacht. Ein paar Gefahren mehr oder weniger galten ihm gleich, wenn ihm nur täglich sein Traumgift zuteil wurde. Jede Münze, die er ergatterte, wanderte in die Opiumhöhle.

Als er nun das Geheimnis der dunklen Kiste erfuhr, schoß ihm sogleich der Gedanke durch den Sinn, wie schön es doch wäre, selbst eine solche Kiste zu besitzen. Dann könnte er sie an einem verschwiegenen Ort aufstellen, die Stimme hervorzaubern und dann in einem Teehaus von den Leuten für die Mitteilung des Gehörten Geld verlangen und damit wieder Opium kaufen!

Er blieb und trödelte so lange, bis Wu abberufen wurde.

»Ich lasse Euch nicht gern hier«, bemerkte Wu Lien beim Weggehen. »Es verstößt gegen die Gesetze des Feindes, wenn einer der Unsern die Stimme des Kastens anhört.«

»Laßt mich nur dies noch zu Ende hören, dann will ich gehen«, bat der Vetter. Wu Lien willigte ein und entfernte sich.

Sobald er draußen war, ergriff der Vetter den Kasten, löste die Drähte von einer metallenen Stange, welche als Dachstütze das Zimmer durchzog, verbarg die Beute unter seinem Gelehrtentalar, wickelte die Drähte um seinen Leibgurt und verließ kaltblütig auf dem gleichen Weg, auf dem er gekommen war, das Haus. Da man ihn kannte, ließ man ihn ungehindert passieren.

Er konnte den Wunderbehälter unmöglich nach Hause bringen. Er mußte sein Weib weiter im Glauben lassen, er gehe bei Wu Lien ein und aus. Sie durfte nicht wissen, wieviel Geld er besaß. Wem aber sollte er sich in der Stadt anvertrauen? Er hatte hier keine Bekannten.

Sein künstlich gereiztes Gehirn zeigte ihm einen Ausweg. Das zarte gelbe Mädchen fiel ihm ein, das ihm das Opium zu bereiten pflegte.

Er begab sich an die vertraute Stätte, und als die Junge sich über ihn beugte, um seine Pfeife in Brand zu setzen, sagte er leise: »Möchtest du gern mehr Geld verdienen als jetzt?«

»Wie kann ich das?« forschte sie vorsichtig. »Willst du mich nehmen?«

»Nein – nein«, wehrte er rasch ab, »ich habe schon ein Weib zuviel.«

»Was sonst?«

»Bring mich an einen Ort, wo uns niemand hören kann; dort will ich es dir sagen.«

Das Mädchen tat, wie ihr geheißen, und als der Vetter wieder zu sich kam, befand er sich in einem Raum, in dem er noch niemals gewesen. Es war ein armseliges Gelaß mit einer Pritsche, einem zerbrochenen Tisch und zwei Bänken.

Er zog den Kasten hervor und entwickelte ihr seinen inzwischen zur Reife gediehenen Plan.

Das Mädchen horchte gespannt, und als es endlich merkte, worauf er hinauswollte, meinte es: »Da habt Ihr einmal einen trefflichen Gedanken gehabt! Euer Glück, alter Bücherwurm, daß Ihr damit zu mir gekommen seid! Ihr könnt das Wunderding bei mir lassen; hier ist es sicher. Zu mir kommt niemand, den ich nicht selbst mitbringe.«

Der Alte ist wieder klar im Kopf, ja klarer denn je. Er schiebt den Kasten unter das Lager, wo niemand ihn sehen kann, steckt die Drähte in die Wand, dort, wo die Lichtleitung läuft, und sieht sich nach einer metallenen Stange um. Er findet keine.

Verstört blickt er sich um, bis er im Mörtel der Wand ein Loch entdeckt. Es ist nämlich kein altes Haus, sondern eines der neuen, rasch aufgebauten; in den Wänden befindet sich ein eisernes Wurzelgeflecht.

An eines der Wurzelenden bindet er nun seinen Draht, schraubt vorsichtig an den Knöpfen und wartet.

Da strömt die Kraft durch das dunkle Holz, und unter dem Lager dringt eine Stimme hervor: »Nachrichten aus dem freien Land«, verheißt sie und erzählt von feindlichen Bombenangriffen und wie sich das Volk davor in den Höhlen der Berge verbirgt und endet schließlich: »Aber wir sind nicht mehr allein. Heute verbergen sich auch die Menschen der westlichen Länder in Erdgruben, und der gleiche Feind drückt auf uns alle. Wir weichen nicht, wir . . .«

Der Vetter hört ein seltsames Geräusch, schaut auf – da steht das magere Mädchen und hat beide Hände an die Kehle gepreßt, als drohe es zu ersticken. Bestürzt stellt er ab. »Was hast du?« fragt er beunruhigt.

»Sie wehren sich noch . . .?« flüstert das dünne Geschöpf. »Ich habe gedacht, daß niemand mehr Widerstand leistet – nirgends!«

»Was dieser Kasten sagt, ist wahr«, verkündet der Vetter stolz.

»Dann hältst du das Glück in Händen«, beteuert das Mädchen, »denn was diese Stimme spricht, ist das, was die Männer zu hören verlangen.«

Ein paar Tage lang tischte der Vetter seinem Weibe mancherlei Lügen auf. Er behauptete, Wu Lien habe von ihm verlangt, er solle nicht mehr bei Tag zu ihm kommen, sondern des Nachts. Er gab ihr doppelt soviel Geld wie zuvor und erklärte, dies sei für den nächtlichen Weg. Und das Weib glaubte ihm eine Weile.

Aber von dem Tage an, da sich seine Hände zum erstenmal mit Geldstücken füllten, war der Vetter verloren. Er rauchte nicht länger mehr Abfall und Asche, sondern begab sich an einen besseren Ort, wo man ihm unvermischten, schwarzen, betäubenden Stoff in die Pfeife stopfte. Nun fiel er in Träume, wie er sie vordem niemals gekannt hatte. Bald nahte der Tag, an dem er nicht mehr nach Hause wollte; die Pfeife dampfte und dampfte, und wieder ein Tag ging dahin und abermals einer. Als ihm darob das Gewissen schlug, schoß es ihm durch den Sinn: Warum muß ich denn überhaupt noch einmal nach Hause? Wozu soll ich mich von einem Frauenzimmer auszanken und beherrschen lassen, wo ich die Möglichkeit habe, frei zu sein?

Warum ihm nur dieser Gedanke nicht längst gekommen war?

Er blieb in der Stadt. Er verschlief den Tag und erhob sich am Abend, um die neuesten Nachrichten vorzutragen, die ihm sein Kasten erzählt hatte. Kein Mensch wußte, wer er war, nicht einmal das dünne Mädchen.

Also bedient sich der Himmel auch eines wertlosen Mannes zu höheren Zwecken.

Während in die vom Feind eingeschnürte Stadt kaum mehr eine Stimme von draußen hereindrang, die den Bürgern Kunde aus einer freieren Welt gab, sikkerte aus dem redenden Holz die Wahrheit und ging heimlich von Mund zu Ohr, von Ohr zu Mund, bis alle wußten, daß ihr Volk im freien Lande noch kämpfte und die Feinde zurückschlug.

Und in der mundtoten Stadt breitete sich ein Losungswort aus: das Wort »Widerstand!« – »Widerstand?« fragte der eine heimlich den andern, und: »Widerstand!« kam als Antwort zurück. Wo der Mut längst gestorben schien, lebte er wieder auf.

Es währte nicht lange, bis man allgemein wußte, daß in der Stadt die unerhörtesten Gerüchte im Umlauf waren. Doch niemand ahnte, daß sie von einem alten Gauner stammten, der Ling Tans Vetter war.

Im Dorfe Ling hörte zuerst Lao Er die seltsame Mär.

Es war nämlich seine Aufgabe, zusammen mit andern die Verbindung zwischen den Berg-Männern und den städtischen Freischärlern durch ständige Botengänge aufrechtzuerhalten. Auf jene verschwiegene Art, in der man sich zu verständigen gelernt hatte – ohne die Lippen dabei zu bewegen, die Augen wandernd, spähend und schweifend –, hatte er in Erfahrung gebracht, daß sich die Hälfte der Erdoberfläche im Krieg befand und daß das eigene Leid nur ein Teil der gewaltigen Weltnot war.

Wie kam es, daß diese Nachricht auf alle so tröstlich wirkte? Ja, es stärkte die Zuversicht jedes Mannes, wenn er sich sagen durfte, daß sie hier den Teil eines Ganzen und Großen bildeten und ihre Qual nur ein Teil eines größeren Kampfes war ... daß sie nicht mehr allein in der Bresche standen, preisgegeben der Übermacht.

Es war irgendwie leichter, die eigene elende Kost zu essen, wenn man sich dabei sagen konnte, daß es andern auf dieser Erde auch nicht besserging.

Am selben Tag, da er sie hörte, brachte Lao Er alle Nachrichten seinem Vater. Er hatte sich an einem jener Tage verkleidet in die Stadt geschlichen, um etwas Gemüse zu verkaufen und dabei zu hören, was es Neues gab. Das Gemüse war rasch verkauft; Lebensmittel wurden den Bauern, kaum daß sie die feindliche Torwache passiert hatten, von den Käufern fast aus dem Korb und den Händen gerissen.

Lao Er hatte sich alsbald abseits gewandt und ein Teehaus betreten, um zu erfahren, was man sich erzählte. Dort hatte er sich an ein Tischchen in einer dunklen Ecke gesetzt, damit niemand seine Verkleidung entdecke. Er war darin nicht so geschickt wie Jade. Er vergaß sich leichter als sie, streifte gedankenlos die Ärmel von seinen kräftigen jungen Armen oder ließ seine sehnigen Beine sehen, die den grauen Bart Lügen straften, den er mit Draht an der Nase befestigt hatte. Unverkleidet jedoch traute er sich nicht in die Stadt. Leicht hätte ihn sonst der Feind ergreifen und zu harten Arbeiten anhalten können; denn überall preßten die Feinde junge Männer zur Zwangsarbeit und manchmal sogar die alten.

Erst nach einiger Zeit faßte er Mut, näherte sich zwei älteren Männern, die miteinander Neuigkeiten austauschten, und bat sie: »Ihr Herren, ich bin nur ein Bauer; die Zeiten sind schwer. Wenn ihr günstige Nachrichten wißt, teilt sie mir mit, daß ich sie in unser Dorf bringe und wir unsere Drangsal noch etwas länger ertragen können.«

Anfänglich wollten die beiden nicht mit der Sprache heraus, endlich jedoch erklärten sie, der Tag werde kommen, wo sie gemeinsam mit andern einen größeren Feind bekämpfen würden. In dem gemeinsamen Frieden könnten sie dann endlich ihr Joch von sich abschütteln.

Mit dieser und anderer Kunde begab Lao Er sich sogleich nach Hause, und als sie beim Abendessen saßen, sagte er zu seinem Vater: »In der Stadt geht das Gerücht, daß dieser Krieg sich schon über die halbe Welt erstreckt und andere, ganz so wie wir, unterdrückt sind. Zwar haben einige Schwache klein beigegeben; die Starken aber leisten Widerstand so wie wir.«

Ling Tan hielt mit essen inne. Die zwei Frauen schauten auf und achteten nicht einmal mehr auf das Kind.

»Und auch dort widersetzt sich das Volk?« rief der Vater.

»So hörte ich«, gab Lao Er zurück, »aber weiter nichts.«

»Das genügt«, sagte Ling Tan, und während er das Gehörte still überdachte, wuchs in ihm ein solcher Mut, daß ihm war, als könne er nun allezeit gegen alles angehen.

XIV

Inzwischen zerbrach sich das ganze Dorf den Kopf, wo Ling Tans Vetter wohl sein möge und warum er nicht wieder nach Hause kam. Sein Weib gab natürlich die Schuld an diesem Verschwinden Ling Tan und kam jeden Tag in sein Haus gelaufen und beschwor ihn heulend, er solle herausfinden, ob ihr Mann tot sei oder noch lebe.

Für Ling Tan schien es so gut wie sicher, daß sich sein Vetter aus eigenem Antrieb dazu entschlossen habe, sein Haus und sein Weib zu verlassen. Aber wie sollte er so etwas einer Frau beibringen?

Das Weib aber hatte die größte Angst, daß ihr Mann auf seinem Botengang zu Wu Lien in die Hand eines Feindes gefallen sei, und getraute sich daher auch nicht zu Wu Lien. Noch viel weniger wagte sie es, Ling Tan zu

295

erzählen, daß sie und ihr Mann die Ohren Wu Liens waren. Sie flehte ihn daher an, er oder einer seiner Söhne möchten zu Wu Lien gehen, um zu sehen, ob dieser vielleicht bei seinen Oberen für ihren Mann Fürsprache einlegen könne.

Ling Tan beriet sich mit Lao Er, der ihm vorschlug, er wolle zu Wu Lien gehen. »Ich wollte schon längst mit ihm sprechen und schauen, ob er uns nützlich sein kann.«

Zwar war der Vater besorgt, und die Mutter wollte ihm den Besuch verbieten. Allein was half es? Längst waren Jade und Lao Er gewohnt, wenn auch in aller Höflichkeit, das zu tun, was sie für richtig erachteten, und so begab sich denn auch Lao Er an einem Herbsttag des neunten Monats zum Hause Wu Liens in die Stadt, und zwar zum erstenmal ohne Verkleidung.

Dem Wachtposten stellte er sich beherzt als Wu Liens Schwager vor; das Tor tat sich vor ihm auf, und man geleitete ihn in die Wohnung des Würdenträgers Wu Lien.

Erstaunt sah er sich in dem Zimmer um, in dem man ihn warten hieß. Er bewunderte die Teppiche, die den Boden bedeckten; die mit Seidendamast überzogenen Stühle und anderes, das er noch niemals gesehen hatte. Allein was war all dieser Reichtum im Vergleich mit Wu Lien selbst, wie er nun eintrat, in Seidenbrokat gehüllt, das Haar mit duftigem Öl gesalbt, die fetten Finger mit goldenen Ringen geschmückt!

Doch Lao Er lächelte nur sehr kühl. »Fein, Schwager«, begrüßte er ihn, »fein hast du es hier.«

»Ich befinde mich wohl«, antwortete Wu Lien glatt, sanft und geziert wie gewöhnlich und überhörte, wie er seit langem gelernt hatte, den wahren Sinn und die Bedeutung dessen, was der andere sagte und fragte. Er erkundigte sich vielmehr höflich nach allen Angehörigen seiner Frau.

Lao Er berichtete ihm von dem Verschwinden des alten Vetters und von der Last, die man mit dessen Weib habe.

Wu Lien lächelte erst, dann stand er plötzlich auf und öffnete eine Tür, um zu schauen, ob niemand dahinter horchte. Als er die Luft rein fand, wandte er sich wieder zu seinem Besucher und gab ihm mit kaum hörbarer Flüsterstimme die volle Wahrheit kund: daß der dritte Vetter und sein Weib ihm im Dorf Ling als Ohren und Augen gedient hätten und wie eines Tages der Vetter bei ihm den fremdländischen Kasten gesehen und entwendet habe. »Auch hier in der Stadt«, fuhr er lächelnd fort, »habe ich meine Ohren, und nachdem sie ein Weilchen gespitzt waren, fanden sie euern alten Vetter.« Und er sagte auch, wo und wie.

Lao Er konnte nicht umhin, die Geschicklichkeit dieses Mannes mehr noch als seinen Hausrat und sein Gewand zu bewundern und ihn dafür zu loben, daß er so hoch in der Gunst des Feindes gestiegen und dennoch nicht eins mit ihm sei, sondern überall für sich allein seine Ohren und Augen habe. »Ich dachte, du seist gegen uns«, bekannte er aufrichtig. »Es gab eine Zeit, da wünschte ich dir den Tod.«

Wu lächelte friedvoll. »Ich bin gegen niemanden.«

»Bist du für uns?« drang Lao Er in ihn.

»Soweit es in einer solchen Zeit vernünftig ist«, gab Wu Lien zurück und erläuterte seinem Schwager, wo er den Alten antreffen könne. »Um diese Stunde liegt er wohl reglos im Opiumrausch. Am besten, du gehst etwas später in das Teehaus zur Weide. Dort wird er sein.«

Dann forderte er Lao Er zum Bleiben auf, rief die Seinen herbei, und Lao Er sah seine Schwester, die vor kurzem von ihrem dritten Kind, einem dicken Mädchen, entbunden worden war. Die zwei Knaben waren so rund und fett, wie es Lao Er nie für möglich gehalten hätte.

»Geht's dir so gut, wie du aussiehst?« fragte er seine Schwester, was diese lachend bestätigte. Bald aber wurde sie ernst und meinte, es sei ihr einziger Wunsch, von Zeit zu Zeit ihre Eltern sehen zu können; erst dann wäre sie glücklich.

»Und du?« wandte sich Lao Er an Wu Lien, »bist du zufrieden?«

Wieder lächelte Wu sein beharrliches Lächeln. »Wer ist zufrieden in dieser Welt?« antwortete er weise.

Die Kinder schwatzten halb in der Sprache des Feindes, halb in der ihrer Mutter. Sehr fremd erschienen sie Lao Er; er konnte es nicht glauben, daß dies seine Blutsverwandten seien, und in diesem Gefühl der Entfremdung ging er fort.

Doch begab er sich nicht in das Teehaus zur Weide, sondern hielt es für angemessen, zuerst seinem Vater Bericht zu erstatten. Durch die ihm vertrauten Gassen eilte er heim und enthüllte dem Vater die ihm von Wu Lien anvertrauten Geheimnisse.

Als Ling Tan die seltsame Kunde von dem Vetter und den Ohren Wu Liens gehört hatte, wurde er ernst und schweigsam. Lange Zeit saß er da, rieb sich die Unterlippe und überlegte, was Wu Lien von ihrem Treiben hier wissen mochte und welche Gefahr dies Wissen wohl für sie bedeute.

Er richtete dringliche, bestimmte Fragen an seinen Sohn, doch konnte ihm dieser nur antworten: »Ob der

Mann treu ist oder falsch, vermag ich nicht zu entscheiden. Kann sein, er ist nur sich selber treu. Wenn dem so ist, sind wir sicherer. Dann wird er nämlich dem Feind nicht zuviel sagen, damit er an dem Tag, da die Teufel von hier vertrieben werden, sein Leben retten kann, indem er erklärt, er habe nur zum Schein den Verräter gespielt.«

»Weiß er von unserem geheimen Raum?« forschte Ling Tan.

»Woher soll ich es wissen?« erwiderte Lao Er. »Ich konnte nicht wagen, ihn danach zu fragen.«

»Wenn er es weiß, liegt unser Leben in seiner Hand«, erklärte Tan und fluchte dem Weibe des Vetters, ja er war schon bereit, in ihre Hütte zu laufen, sie bei der Kehle zu packen und das Geständnis der Wahrheit aus ihr herauszuschütteln. Dann aber besann er sich eines Besseren. Woher soll sie wissen, wieviel ihr Mann ausgeplaudert hat? meinte er und fand schließlich: Am besten ist, ich sage ihr nichts; dann wird ihre Furcht vor dem, was ich weiß oder nicht weiß, mir Macht über sie geben. Die brauche ich jetzt; denn solange mein Vetter für tot gilt, muß ich sie betreuen.

Hatte er dieses Weib schon vorher verabscheut, um wieviel mehr verachtete er es jetzt!

Am folgenden Abend, es war schon recht spät, teilte er Sao nur mit, er habe in der Stadt ein Geschäft zu besorgen, und machte sich mit Lao Er auf den Weg, der ihn durch das Stadttor zum Teehaus zur Weide führte.

In allen Straßen fiel ihnen das veränderte Wesen der Stadt auf. Überall pries der Feind seine Ware an: Heilmittel und Huren; manchmal kam es Ling Tan so vor, als habe der Feind nichts zu verkaufen als Drogen und Dirnen.

Ein neues Übel hatte sich auch in den Teehäusern eingeschlichen.

Die anständigen Aufwärter waren verschwunden. An ihre Stelle waren freche junge Weiber getreten. Als Ling Tan im Teehaus zur Weide Platz nahm, kam eines derselben auf ihn zu, um nach seinen Wünschen zu fragen. Allzu vorwitzig war ihr Blick für den Braven. Er wollte nicht mit ihr sprechen. Als ihm sein Sohn zuflüsterte, so sei es jetzt in allen Teehäusern der Stadt, versetzte er laut: »Sage du ihr, wir wollen nur Tee!«

Das junge Weib lächelte verächtlich, ging und brachte alsbald zwei Schalen und eine Kanne Tee. Als sie den Preis dafür nannte, schrie Tan entsetzt auf und wollte nicht trinken. »Wenn ich nur wüßte, wie man sich das Zeug ersparen könnte«, meinte er zu Lao Er.

Die Kellnerin hob ihre schmalen Schultern, verzog den gemalten Mund und bemerkte: »Wenn Euch der Tee erschreckt, alter Mann – was meint Ihr dann dazu?« Dabei zog sie aus ihrem Busen ein silbernes Schächtelchen, öffnete es und ließ ein darin befindliches weißes Pulver sehen. »Die Unze dreihundert Silberdollar«, erklärte sie stolz, »viel Geld, aber für einen Dollar den Tag kauft Ihr Euch Seligkeit und ein Ende all Eurer Sorgen!« Halb heimlich schob sie es auf den Tisch vor Ling Tan. Er jedoch tat, als ob er weder das Schächtelchen sähe noch auch verstünde, was die Person meinte, so daß sie nach kurzem Warten das Pulver ärgerlich wieder in ihren Busen versenkte.

»Des Teufels Arznei«, raunte Lao Er ihm zu, als die Kellnerin wieder gegangen war. »Man sagte mir, es sei schlimmer als Opium!«

»Ich kenne es nicht. Für mich ist es nicht vorhanden«, brummte Tan, vergrämt vor sich hin starrend, als wisse er nicht, worum es sich handele. Und doch erkannte er nur zu gut, was für ein bösartiges Pulver man ihm angeboten hatte. Wer kannte es nicht? Sogar die Kinder in den Straßen der Stadt wurden damit in Versuchung geführt. Der Feind füllte es in verlockende Süßigkeiten, und wenn jemand erst einmal davon gekostet hatte, wütete das Verlangen nach mehr von dem Gift wie Feuer in seinen Adern. Ling Tan wollte nichts davon sehen, selbst nicht daran denken! Es war ja nur eine von vielen Scheußlichkeiten in dieser schrecklichen Zeit!

Mit einemmal fiel ihnen auf, wie von den Gästen erst einer, dann mehrere sich leise erhoben und nach hinten gingen. Sie folgten ihnen und gelangten in einen kleinen Raum ohne Fenster, der anscheinend früher einmal eine Küche gewesen war; man sah noch die Trümmer eines gemauerten Kochherdes – sonst nichts, nur einige Bänke und etwas abseits davon einen Sessel. Hier warteten Tan und sein Sohn hinter den anderen Männern verborgen; denn »ob ich mich meinem Vetter zeigen werde, weiß ich noch nicht«, hatte der Vater dem Sohn erklärt. »Das entscheidet sich erst, wenn ich ihn sehe.«

Nach einer Weile öffnete sich ein enges, rückwärtiges Pförtchen, und im Licht einer Kerze, die auf einem Wandvorsprung stand, sah Ling Tan – kaum traute er seinen Augen – den alten Vetter. Wie hatte der Mann sich in dieser kurzen Zeit doch verändert! Er trug einen viel zu weiten pflaumenfarbigen Talar aus fleckiger Glanzseide, den er anscheinend in einer Pfandleihe erstanden hatte. Auf seinem Nasenrücken schwankte eine mächtige Hornbrille. Er war eingefallen und gelber denn je. Im Augenblick, da er ihn sah, wußte Ling Tan, daß sein Vetter dem Opium verfallen war. Genauso hatte damals seine unselige Mutter ausgesehen!

Der Vetter schien niemanden zu sehen. Er trat langsam vor, warf den Talar nach alter Gelehrtensitte in Falten um seine Lenden, setzte sich auf seinen Sitz, als sei er der Lehrer und alle Versammelten seine Schüler, verneigte sich grüßend, strich seinen schütteren Bart und begann feierlich mit gedämpfter Stimme: »Ihr, die Ihr mich hört, es kamen heute von draußen gute und böse Nachrichten. Böse ist die Nachricht aus unserer Hauptstadt im Inneren des Landes, wonach die fliegenden Boote des Feindes alles daransetzen, um uns noch vor Jahresende ihr Ärgstes anzutun. Die Unseren sind erschöpft, ihre Häuser stehen in Flammen. Doch unser großer Anführer ist ohne Furcht; obwohl er die Sorgen des Volkes teilt, hat er gesagt, daß alle bis zum Äußersten Widerstand leisten müssen.«

Gemurmel lief durch die Menge, und eine Stimme rief: »Hat er auch gesagt, wie wir uns wehren? Wird unser Heer stärker?«

Der Vetter rollte die Augen und dämpfte die Stimme geheimnisvoll: »Zweifellos wird dies an einem der nächsten Tage gesagt werden.« Dann fuhr er fort: »Was diese Nachrichten von jenseits des Meeres betrifft, so sind auch diese teils gut und teils schlecht. Noch haben wir keine klar erkennbare Hilfe. Unsere Freunde sind immer noch nicht unsere Freunde. Sie senden uns Geld für Lebensmittel und Arzneien für unsere Verwundeten; aber dem Feind senden sie Öl und Brennstoff für seine fliegenden Boote, die uns vernichten. Im fernen Westen zerstört ein Westfeind die großen Städte des Landes Ying. Nacht für Nacht muß sich das Volk von Yingland in seiner Erde verbergen. Ob ihren Häuptern sind ihre Paläste zerstört. Der Berg der Toten türmt sich zum Himmel.«

Die Hörer lauschten und konnten nicht fassen, woher der Alte dies alles wußte. Doch keiner zweifelte an der Wahrheit der Rede.

Nachdem er so sein ganzes Wissen ausgepackt hatte, stand er auf, zog eine kleine Schale aus seinem Gewand, setzte sie auf seinen Sessel und stellte sich selbst, mit dem Rücken gegen seine Zuhörer, schamhaft ein wenig beiseite. Dies war das Zeichen für die Versammelten, sich zu entfernen und ihre Plätze andern, die schon darauf warteten, zu überlassen. Sie traten vor, und jeder legte, je nach Vermögen, sein Scherflein in die Sammelschale; und also tat auch Ling Tan für sich und seinen Sohn.

Tan konnte sich nicht genug über all das verwundern, was er gesehen und gehört hatte. Er lachte über den dritten Vetter und nannte ihn einen alten Halunken. »Aber laß ihn nur, laß ihn! Er sieht so zufrieden und glücklich aus wie noch nie. Wir werden niemandem erzählen, daß wir etwas von ihm wissen. Die Götter bedienen sich auch der Unnützen!«

Um sie her, während sie ihres Weges dahinschritten, breiteten sich die trauten Gefilde aus, und wenn auch viele Gehöfte zerstört und versengt waren, der Boden war gut, das Land war noch da, das Land konnte wieder so gut werden, wie es gewesen war, solang man es nicht dem Feind überlieferte. Ling Tan blickte zu Boden, verfolgte die Spur ihrer Sohlen in der braunen Krume und sagte zu seinem Sohn: »Wir, die wir vom Land sind, wir dürfen nicht von ihm lassen. Laß unsere Oberen uns verraten, wenn sie so schlecht sein können! Nur laß uns nicht die Erde verraten!«

Am nächsten Morgen, als des Vetters Weib kam, um

Ling Tan zu befragen, legte dieser sein Gesicht in tiefe Falten und log sie an: »Weib meines Vetters, was du gefürchtet hast, ist Wahrheit. Dein Mann ist dahin; du wirst ihn niemals mehr sehen, betrachte dich von nun an als Witwe!«

Da brach die vermeintliche Witwe in Weinen aus und wehklagte: »Wie ist er gestorben? Wo sind seine sterblichen Reste?«

»Frage mich nicht«, versetzte Ling Tan ernst und streng, »ich sage es nicht. Zu seiner Leiche führt dich kein Weg.«

Die Frau verstummte, erblaßte. Zum erstenmal in ihrem Leben war sie von wahrer Trauer erfüllt. Nach einer Weile sah Tan sie nach ihrer Hütte wanken, um dort den Toten zu beklagen und ihre eigene Notlage zu überdenken.

Es ist das schlimmste für eine Frau, allein zu sein und keinen Mann mehr im Haus zu haben. Dieses Weib aber fürchtete außerdem, daß Ling Tan um ihre Schurkerei wisse, und diese Angst setzte ihr um so heftiger zu, als Ling Tan sein Wissen durch nichts verriet. Jetzt lag ihr Leben in seiner Hand. Es währte keine zwei Tage, da kam sie schon, bis ins Mark zermürbt und gefügig, zu Ling Tan gehumpelt und machte sich vor ihm noch kleiner, bescheidener. »Ich habe jetzt in der Welt niemanden mehr als Euch; auf wen soll ich sonst bauen?«

Er antwortete kalt: »Verlaß dich darauf, solange ich Lebensmittel habe, hast du zu essen.«

Vater und Sohn hüteten ihr Geheimnis sogar vor Ling Sao. Die Belastung durch den Witwenunterhalt nahm Tan auf sich und sah darin einen Streich mehr, den er dem Feinde versetzte. Denn auf diese Weise konnte sein Vetter unbehelligt bei seinem dunklen Kasten und seinen Nachrichten bleiben.

Lao Er jedoch vertraute Jade alles ohne Furcht an; denn er und Jade waren eins, und er traute ihr wie sich selbst.

XV

Werden die Männer im Gebirge, die jungen und alten, dem Feind jahraus, jahrein standhalten? Wer vermag es zu sagen! Eins nur steht fest: Jetzt sind sie entschlossen, nimmer zu wanken, jetzt, da sie wissen: auch anderwärts in der Welt wird ihr Kampf ausgetragen. Auf große Schlachten können sie es noch lange nicht ankommen lassen, und ihre Erfolge sind wahrlich bescheiden genug, wenn man die Zahl der von ihnen getöteten Feinde mit der Unzahl der noch lebenden Feinde vergleicht. Und doch ist ihre Leistung nicht zu verachten, denn Tag für Tag lernen sie besser, kämpfend im Widerstand gegen die Feinde zu leben, und das ist schwerer und größer, als im Widerstand zu sterben.

Oft ermattete die Seele Ling Tans unter den Schwierigkeiten der leidigen Tage, unter dem unablässigen Druck eines boshaft gierigen Feindes. Kleine, selbstsüchtige Menschen brauchen ihre erbärmliche Macht, um an sich zu raffen, was es zu raffen gibt. So war es auch hier.

Wieder kam eine Ernte, wieder mußte Ling Tan seinen Reis zu dem vom Feinde bestimmten Preis herausgeben. Wieder verkaufte der Feind diesen Reis mit beträchtlichem Nutzen. Wieder mußte Ling Tan sein Fleisch in aller Heimlichkeit verzehren. Die einheimischen Räuber schienen ihm weniger hassenswert als die fremden Teufel. Auch diese Räuberbanden waren nun wieder aufgetaucht. Nur auf sich bedacht, raubten und plünderten sie, wo sie nur konnten, und der Bauer, der vielgeplagte, mußte sein bißchen Habe ebenso ängstlich wie vor dem Feinde vor den Räubern des eigenen Volkes verstecken.

In diesen Wirren ging Jade mit ihrem zweiten Kind schwanger, und trotz aller Tücken und Fährlichkeiten setzte Lao Er seine gewagten Gänge zwischen der Stadt und dem Gebirge ununterbrochen fort.

Eine besondere Geschicklichkeit entwickelte er beim Durchschreiten feindlicher Sperren. Dabei ging er manchmal als Verkäufer verkleidet, manchmal als Bettler oder als Greis. Jede seiner Vermummungen war von Jade ersonnen und angefertigt. In den Bergen begegnete Er oft seinen Brüdern, und auch zwischen ihnen und den Alten daheim war er mehr als ein Sendbote; er trug dafür Sorge, daß die Entfernten sich einander näherfühlten, besser verstanden und Geduld miteinander hatten. Denn seit Tan sich dazu entschlossen hatte, an keinen Menschen mehr Hand anzulegen – selbst nicht an einen Feind –, war der Riß zwischen ihm und seinen zwei Söhnen noch größer geworden.

»Was würde aus uns«, hatte der Jüngste empört ausgerufen, als ihnen der Vater seinen Entschluß mitteilen ließ, »wenn sich jeder dies zum Gesetz machen wollte? Sollen wir den Feinden erlauben, uns totzuschlagen, ohne sie selber zu töten? Mein Vater wird alt – zu alt, um für die Seinen Verständnis zu haben!«

Lao San trug seit einiger Zeit eine Uniform und dachte an nichts anderes als an Krieg und Verderben. Er verstand keinen Brief zu lesen; Bücher erschienen ihm als ein Übel, das Lernen war ihm ein Greuel – alles dünkte ihn verwerflich und überflüssig außer der Kraft seines Armes, mit der er den Säbel schwang und Feinde erlegte. Er hauste fern im Gebirge in einem Tempel, den er in eine Festung verwandelt hatte, zusammen mit zweihundertfünfzig Jünglingen, die ihm zugleich ergeben und untergeben waren. Von dort zogen sie aus, um feindliche Besatzungen zu überfallen und Waffen und Kriegsvorräte zu erbeuten. Über die ganze Gegend hatte Lao San ein dichtes Netz von Spähern gezogen, so daß er binnen spätestens einer Stunde erfuhr, wenn eine feindliche Schar sich in Reichweite seines Standortes befand. Nichts konnte ihn dann von einem Angriff zurückhalten.

Von dem schlanken Knaben, den der Feind einst geschändet hatte, war an ihm keine Spur mehr zu sehen. Er war noch bedeutend größer geworden, sein Leib hatte Fleisch angesetzt, seine Knochen, Muskeln und Sehnen waren stark und zäh, seine Haut golden, seine Augen rastlos und wild wie die eines Tigers; daß er keine zwanzig Weiber besaß, lag gewiß nicht an ihm. Da waren anmutige Jungfrauen, die er mit seiner Schar gerettet hatte, und Weiber, die ihn in ihrem Haus zu verweilen baten, ihm Essen und Nachtlager anboten: reizende Frauen, deren Weiblichkeit in vollster Blüte stand; keine ließ ihn vorüberziehen, ohne ihm irgendein Zeichen zu geben. Die Tugendhaften taten es unbewußt, die Zuchtlosen unverhohlen.

Was einst der Knabe erlitten, hatte lange Zeit seine angeborene Männlichkeit hintangehalten. Doch war er ein Mann, und jetzt, in seinem neunzehnten Lebensjahr, strömte sein Blut wieder in den natürlichen Bahnen männlichen Begehrens. Allein, so viele Frauen ihn auch schon zu sich geladen hatten, er verachtete alle; und obschon er da und dort mit einem Weibe geschlafen hatte, war ihm noch keine begegnet, die er seiner für wert erachtet hätte. Aber im Geist schwebte ihm ein unfaßbares Bild, wie diese Eine beschaffen sein müßte. Er wollte eine, die mehr war als bloße Bettgenossin.

Doch wo war eine solche Frau zu finden?

Es kamen Tage, an denen sein Verlangen nach diesem Weibe so heftig anschwoll, daß er tobte und seine Mannen sich vor ihm fürchteten und nichts ihn beschwichtigen konnte als ein wilder Kampf mit dem Feind. Nur wenn es ihm gelang, mit eigener Hand etliche Feinde niederzustrecken, war er wieder für eine Weile ruhig. Doch eine solche Ablenkung bot sich nicht immer, und dann kamen lange und harte Tage, in denen seine finstere Laune kaum zu ertragen war.

Eines Tages, gegen Ende des elften Monats, als Lao Er auf seiner gewohnten Fahrt mit Nachrichten in die Berge kam, bat ihn Lao Sans Mitkämpfer und Adjutant um eine vertrauliche Unterredung. Er geleitete ihn in einen abgesonderten Tempelraum, der jetzt nur noch von wenigen betreten wurde, denn er war Kwanyin, der Göttin der Barmherzigkeit, geweiht, die nur von Frauen verehrt wurde. Jetzt aber gab es keine Frauen mehr, die sich dem Tempel zu nahen wagten.

Lao Er folgte dem Mann, und unter dem Bild der erhabenen Gottheit klagte ihm dieser das Leid, das sie von den Launen ihres Hauptmanns zu erdulden hätten. »Mich selber«, erklärte er, »würde das alles nicht anfechten, da ich weiß, sein Herz ist nicht böse; es ist nur das hitzige Feuer seines Blutes. Ich habe gelernt, mich zur rechten Zeit vor ihm aus dem Staube zu machen. Wenn er den Fuß hebt, springe ich auf, und wenn er nach einem Stein oder seinem Schwert greift, bücke ich mich schnell.«

»Ist mein Bruder so unbeherrscht jähzornig?« fragte Lao Er erstaunt.

»Er hat so seine Tage«, versetzte der Mann geduldig, »und wir tragen es ihm nicht nach; denn was ihm fehlt, Freund, ist die richtige Frau. Daher wurde ich von unseren zweihundertfünfzig Leuten dazu bestimmt, deinen Vater zu bitten, für seinen Sohn ein mutiges, tüchtiges Weib zu suchen, das ihn besänftigen und einen ganzen Mann aus ihm machen kann; dann wäre alles besser!«

Lao Er konnte kaum ein Lachen verbeißen, doch versprach er dem Ängstlichen, er werde sein möglichstes tun.

»Ich habe nur keine Ahnung«, setzte er hinzu, »was für ein Weib mein Bruder sich wünscht.«

Des Mannes Miene verdüsterte sich. »Es ist keine leichte Aufgabe, für einen Mann seines Schlages die richtige Frau zu finden«, bekannte er. »Sie muß kräftigen Leibes sein und ein Gemüt besitzen, das fähig ist, seine Eigenart zu ertragen, und darf doch nicht sein wie er. Wenn er heiß ist, muß sie kühl sein; wenn er verdüstert ist, muß sie leuchten, und wenn er trotzt, muß sie vernünftig sein.«

»Gut«, sagte Lao Er, »ich werde mit meinem Vater reden und ihm alles berichten, was du mir gesagt hast. Dann wollen wir sehen, was uns die Zukunft beschert!«

Der Mann verneigte sich und ließ Lao Er mit der barmherzigen Göttin allein.

Er schaute zu ihr empor und betrachtete sie zum erstenmal. Nie hatte er eine solche Tempelstätte als Wallfahrer betreten. Auch sein Vater hatte sich niemals dazu verstanden, denn solche Dinge überlassen die

Männer lieber den Weibern; und Ling Sao hatte im Haus viel zuviel Arbeit, um häufiger als einmal im Jahr eine heilige Stätte aufzusuchen.

Lao Er war mit der fruchtspendenden Göttin allein.

Auf eine geheime Weise hatte der Künstler, der das Bildwerk vor langer Zeit geschaffen, als ein echter Mann, der er war, in sein Werk alles hineingezaubert, was ein weibliches Wesen dem Mann anziehend erscheinen läßt. Obschon er eine Göttin darstellte, hatte er zugleich, mit besonderer Kunst, in ihr das Weib geschaffen. Man spürte es an der sanften Schwingung ihrer stolzen Lippen, den schmalen, wissenden Augen, den geschmeidigen Hüften, die sich dem Auge hinter dem Göttergewande enthüllten, dem Busen, welcher zugleich bedeckt und entblößt war. Der kleine Fuß ruhte auf einem vergoldeten Drachen. Ihre Gestalt war aus Porzellan, gülden bemalt und von solcher Anmut, daß Lao Er war, als lebe sie.

Je mehr er die Gottheit betrachtete, um so deutlicher fühlte er das lebendige Weib.

Wer anders mußte in diesem Augenblick der Versunkenheit eintreten als sein jüngerer Bruder!? Ärgerlich fuhr er los: »Überall habe ich nach dir gesucht. Erst durch Zufall erfuhr ich von meinem Mitstreiter, daß du hier bist. Was suchst du hier?«

Lao Er wies mit dem Kinn nach der Göttin. »Ich hatte sie früher nie aus der Nähe betrachtet.«

»Ton«, knurrte der Bruder, »Ton und bemalt wie alle anderen Weiber« und schaute knabenhaft zornig auf das Standbild der holden Göttin.

»Es ist hier noch etwas anderes«, sagte Lao Er verschmitzt, um den Bruder aus sich herauszulocken. »Der Mann, der diese Gottheit gestaltete, hat sie geliebt.«

Lao San trat vor das Bildwerk und schaute finster zu ihm empor. »So ein Weib gibt es nicht«, erklärte er barsch.

»Hast du schon alle Frauen betrachtet, die es auf der Welt gibt?« forschte Lao Er mit behutsamem Lächeln.

»So eine habe ich noch nie gesehen«, wehrte der Bruder ab.

»Wenn es so eine gäbe, möchtest du sie zum Weibe?« lächelte ihn Lao Er an. »Höre, ich mache dir einen Vorschlag: Wenn so ein Weib kommt, wirst du sie heiraten.« Dabei drehte er sich rasch nach ihm um und gewahrte auf seines Bruders schamhaft errötetem Gesicht einen so trotzig befangenen, abwehrenden und zugleich sehnsüchtigen Blick, daß er in helles Gelächter ausbrach.

»Ich brauche kein Weib«, stieß Lao San hervor. »Was soll ich mit einem Weibe anfangen, wenn es zum Kampf geht?«

Am folgenden Abend berichtete Lao Er dem Vater, was ihm der Berg-Kämpfer von dem jüngsten Bruder vermeldet hatte. Auch Ling Sao und Jade waren dabei, und der Vater erklärte: »Du machst einen Spaß aus der Sache, mir aber scheint sie traurig und ernst.« Und er erklärte weiter, wie sehr es ihn schon seit langem bekümmere, daß es mit seinem Sohn so weit gekommen sei, daß er nur noch den Krieg, den Menschenmord, liebe: Solche Männer trügen die Schuld, daß nirgends in der Welt Frieden sei; denn aus ihnen entspringe der Krieg wie Feuer aus Zunder. »So tief bedrückt mich das«, seufzte er und sah den dreien in die Augen, »daß ich mir sage: Wenn eines Tages jemand käme und meldete mir, mein dritter Sohn lebe nicht mehr, ich würde

nicht trauern. Derartige Unholde müssen den gleichen
Tod erleiden, den sie den anderen zudenken und bereiten.« Er hielt inne, sann und fuhr fort: »Ich kenne
Männer dieses Schlages genug. Sie sind auch zu ihren
Frauen schlecht und werden weder treue Ehemänner
noch sorgende Väter.« Abermals stockte er. »Dennoch
ist dieser Mann mein Sohn; ich vergesse es nicht.«

»Aber wo willst du eine Frau hernehmen, die wie
Kwanyin eine Göttin ist?« rief Ling Sao verzweifelt.

»So eine gibt es auch nicht«, versicherte Jade, »aber
das schadet nichts. Wir müssen nur eine finden, die er
für eine Göttin hält; die tut denselben Dienst.« Dabei
äugte sie lächelnd nach ihrem Mann, und der fing ihr
Lachen mit lachenden Augen auf. Die Mutter jedoch
lachte nicht, denn die Brautschau für einen der Söhne
war ein wichtiges, ernstes Geschäft.

»Heiratsfähige Frauen sind heute schon eine Selten-
heit«, stellte sie fest. »Hierherum kenne ich kein junges Weib, das nicht vom Feind angesteckt oder verdorben wäre. So eine aber nimmt mein Sohn nicht, das
weiß ich im voraus, und wenn er sie auch geschenkt
bekäme!«

Das fand auch Ling Tan und schüttelte streng den
Kopf. Doch Jade rief laut: »Dann müssen wir ihm eine
im freien Land suchen!«

Der Einfall war klug – alle sahen es ein –, doch wie
wollte man ihn zur Ausführung bringen? Ein Jahr war
nun schon verflossen, daß man nichts mehr von Pansiao gehört hatte, und Ling Sao war schwer bekümmert, daß sie die Tochter nicht aufsuchen konnte, um
sie zu verheiraten oder nach Hause zurückzuführen.
»Es ist gut, daß sie in Sicherheit ist, gewiß, aber wie
soll das nun enden?« pflegte sie zu sagen. »Sie kann

nicht ewig in Kellern hocken und lesen und schreiben lernen. Wie steht es mit ihrer Weiblichkeit und mit der Vermählung?«

»Sei zufrieden, daß sie in einer solchen Zeit dem Zugriff des Feindes entzogen ist«, dämpfte dann allemal Tan die Unrast der Hitzigen, »denke an Orchidee . . .!« Worauf die Mutter kein Wort mehr sagte. Doch ihre Sehnsucht nach Pansiao verstummte nicht, und sie grübelte, wie sie das Mädchen, trotz seiner Abwesenheit in der Ferne, verheiraten könnte. Wozu ist sie sonst am Leben? Ein unverheiratetes Weib wäre besser tot! Wenn man nur irgendwen dort in der Fremde damit beauftragen könnte, die Tochter glücklich und gut zu vermählen!

Da aber Saos Denken immerzu von Heiratsplänen für ihre Kinder erfüllt war und sie oft dachte, ehe sie diese Mutterpflicht erfüllt habe, könne sie nicht in Ruhe und Frieden dahinscheiden, entzündete Jades Erwähnung des freien Landes auf einmal in ihr einen neuen Gedanken. »Wir können ja an Pansiao schreiben«, rief sie, »wir könnten sie bitten, sich für ihren Bruder draußen im freien Land umzusehen! Eine Schule wie jene dort ist voller Jungfrauen; sie kennt ihren Bruder – was wäre besser, als Pansiao den Auftrag zu geben?«

Pansiao! Die andern sahen sie immer noch, wie sie als kleines Ding am Webstuhl gesessen hatte, und konnten sich nicht vorstellen, daß sie so schwierigen Aufgaben schon gewachsen sei. Außerdem wußte keiner, wohin man ihr schreiben sollte. Mehr als einmal hatte Ling Sao ihren Mann schon gebeten, er solle das Weib aufsuchen und von ihr den Namen der Schule erfragen, in der Pansiao sich aufhielt. Tan hatte es mehrmals versprochen, doch bei all den Mißhelligkeiten den Gang immer wieder hinausgeschoben; das Mädchen war ja schließlich in guter Hut! Jetzt aber riß Ling Sao die Geduld: »Ich hab's dir gesagt und gesagt, du sollst zu dem weißen Weib und herausfinden, wo sie Pansiao hingetan hat! Es ist eine Schande, daß ich nicht einmal weiß, wo mein eigenes Kind steckt!«

»Alte, ereifere dich nicht«, begütigte Tan. »Morgen gehe ich hin!«

Und er ging am folgenden Tag über Land bis zum alten Wassertor und betrat die Stadt und schritt durch die öde Gegend zwischen Wasser und Mauern, hinter welchen das weiße Weib wohnte.

Er steht vor dem Hoftor; es ist verschlossen. Er pocht gegen das Holz, aber niemand kommt, ihm zu öffnen. Er wartet lange und horcht. Tiefes Schweigen.

Er hebt einen Stein auf und hämmert ohn' Unterlaß gegen die Pforte, bis sie sich langsam ein wenig auftut.

Der alte Pförtner lugt durch den Spalt. Sein Gesicht ist voll Trauer, seine Haltung gebückt. »Was willst du jetzt noch?« fragt er Ling Tan. Der sucht im Gürtel nach einer Münze, die er für den Notfall zu sich gesteckt hat. »Ich muß mit der weißen Frau sprechen«, erwidert er und reicht dem Torhüter das wenige. Der aber entgegnet: »Wer kann noch mit Geld den Weg zu ihr kaufen? Hast du denn nicht gehört . . .?«

»Was?«

»Sie ist tot«, antwortet der Alte.

Ling Tan verschlug es den Atem. Der Pförtner öffnete den Flügel ein wenig, trat heraus, setzte sich auf die hohe Steinstufe vor der Torschwelle, nahm die Filzmütze ab, kratzte sich seufzend am Hinterkopf, bedeckte dann wieder sein Haupt und begann traurig: »Ja, und sie ist aus eigenem Entschluß gestorben. Ich habe sie gefunden ... Ich kam an dem Morgen in die Kapelle, um wie an jedem Feiertag die Fenster zu öffnen ... da lag sie tot vor dem Altar ... Oh, ihr Blut! Sie hatte sich die Adern geöffnet, und das Blut rann hinab bis ins Seitenschiff. Der Blutfleck bleibt immer dort, trotz allem Waschen verschwindet er nicht.«

»Aber warum ...« Tans Stimme bebte. »Sie befand sich in Sicherheit, sie hatte zu essen ...«

Der Torhüter fuhr sich mit dem Zipfel seines Gewandes über die Augen. »Man sollte meinen, das wäre genug ... Für sie war es das nicht. Sie hat einen Brief hinterlassen, erzählte man mir; ich kann ja nicht lesen – und sie schrieb in ihrer eigenen Sprache, die nur unsere alte Jungfrau zu lesen versteht. Sie schrieb ihn an die Menschen in ihrer Heimat auf der anderen Seite des Meeres. Sie schrieb: ›Ich habe versagt.‹«

»Versagt?« Ling Tan verstand nicht. »Versagt – wo?«

»Wer kann wissen, was sie gemeint hat?« antwortete der Pförtner bedrückt. »Aber das hat sie geschrieben.«

Ling Tan blieb eine Zeitlang stumm. Er hockte auf seine Fersen nieder. Er mußte sich ausruhen. Was er empfand, war halb Mitleid und Trauer über das Ende des weißen Weibes, halb Verdruß und Besorgnis um seinetwillen. Wie sollte er nun herausfinden, wo sich Pansiao befand?

Er schilderte dem Pförtner seine Verlegenheit, worauf dieser sagte: »Ich hole unsere alte Jungfrau. Sie weiß mehr als ich. Komm herein und frage sie!«

Während der Torhüter sich langsam nach rückwärts entfernte, wartete Tan. Bald darauf sah er ein hageres ältliches Weib herannahen. Auf ihrer Nase trug sie eine Hornbrille wie der gelehrte Vetter Ling Tans. Nachdem Tan sein Begehren vorgebracht hatte, eröffnete sie ihm:

»Die Schule befindet sich in den Höhlen eines großen Gebirges im freien Land. Dort sind alle sicher und guten Mutes. An ihrer Spitze steht eine andere weiße Frau. Ihr braucht nicht in Sorge zu sein.«

»Gut«, dankte Ling Tan, »aber ich möchte meiner Tochter einen Brief übersenden. Wollt Ihr mir den Namen des Ortes nicht aufschreiben?«

Sie entnahm einem Buch, das sie unter dem Arm trug, ein Blatt Papier. Verwundert sah Tan, wie sie ihm leicht, ohne zu zaudern, das Gewünschte aufschrieb, als sei sie ein Mann und Gelehrter. Dann gab sie ihm das Papier und entfernte sich.

»Ist nur noch diese alte Jungfrau in Eurem großen Haus?« fragte Ling Tan, während er den zusammengefalteten Zettel in seinem Gürtel verwahrte.

»Nur sie und einige Dienerinnen«, antwortete der Pförtner. »Tränen würden deinen Augen entfliehen, wenn du wüßtest, wie viele Jahre das weiße Weib hier gearbeitet und sich aufgeopfert hat, um ihr Haus in die Höhe zu bringen und Schülerinnen aus allen Provinzen um sich zu scharen. Aus allen Himmelsrichtungen, schwöre ich dir, kamen die Lernbegierigen hier zusammen. Dies war einmal eine sehr berühmte Schule.«

»So . . . also auch hier haben die Teufel ihr Werk verrichtet«, erkannte Ling Tan. Sein Blick streifte über die weiten verwüsteten Gartenanlagen, die grauenhaft öden Fensterhöhlen. Dann ging er weg.

Als er nach Hause kam, berichtete er, was er gehört und gesehen, und Ling Sao bereute es tief, daß sie der weißen Frau weniger Dankbarkeit gezeigt hatte, als ihr möglich gewesen war.

Jade schreibt den Brief an Pansiao. Sie schöpft dazu Worte aus ihrer Erfahrung, aus ihrer Liebe zu Lao Er

316

und aus ihrer Kenntnis vom Wesen des jüngeren Bruders und schreibt: ».. . wähle auch keine Närrin, nur weil sie ein hübsches Gesicht hat. Eines Tages würde er dieses Weib töten, aus Wut über ihre Dummheit. Er hat eine sehr rasche Rechte; er ist jetzt nicht mehr verträumt. Kwanyin ist keine Närrin . . .«

Sie liest das fertige Schreiben dem Gatten vor. Er neckt sie: »Ei, du hast ja so schön geschrieben, daß ich selber bereit wäre, diese Göttin zu lieben! Bist du nicht eifersüchtig?«

Jade senkt den Blick, hebt dann rasch ein- oder zweimal die Lider und streckt mit einem Ruck die rote Zunge heraus. »So ein Weib gibt es gar nicht!« Und schneidet ihm ein Gesicht.

Lao Er lacht und hat seine Freude an Jade.

XVI

In ihrem eigenen kleinen Bezirk der großen Gemeinschaftshöhle sitzt Pansiao, den übrigen abgewandt, und liest den Brief Jades. Sie liest schon fließend und ist auf ihre Fertigkeit stolz. Und doch ist es für sie so neu, daß sie lesen kann!

Zweitausend Meilen von hier hat ihre Schwägerin diesen Brief geschrieben. Durch die Lüfte erreichte er sie, doch vorher wanderte er über weite Landstrecken und Flüsse und durch gar viele Hände. Ist es nicht ein beglückendes Wunder, daß es noch Menschen gibt, die inmitten von Krieg und Verheerung, Feuersbrünsten und Fluten so ihre Pflicht erfüllen, daß der Brief von daheim sie im gleichen Winter erreichte?

Langsam legt sie den Brief, nachdem sie ihn gelesen,

wieder in seine Falten. Das Papier ist dünn und brüchig; Papier ist in dieser Zeit kostbar und kaum noch erhältlich. Niemand würde sich einfallen lassen, Papier wegzuwerfen. Und erst ein solches Papier! Oh, wie schwer ist die Last, die dieses Papier Pansiao auferlegt! Wie kann ich für meinen Bruder ein Weib finden? so grübelt sie, und gar für einen solchen Bruder!

Von der ganzen Familie kennt niemand besser als Pansiao die Eigenheiten jedes einzelnen Familienmitgliedes. Besser als ihre Mutter weiß sie um verborgene innere Unterschiede. In jenen langen Tagen, da sie am Webstuhl saß, gab es für ihren Geist wenig Beschäftigung. Wenn ihr das Webmuster klar war, woran konnte sie dann noch denken als an Geschwister, Eltern und die Verschwägerten – sonst wußte sie ja von nichts. Infolgedessen verweilte ihr Geist beschaulich und lange bei jedem Hausangehörigen und besonders bei ihren Brüdern; es hatte sie immer gekränkt, daß sie als Tochter geboren war und nicht als Sohn. Seit ihrer frühesten Kindheit fühlte Pansiao die auch im Haus Ling Tans unüberschreitbaren Mauern, welche ein Weib umgaben, während den Männern die Tür offenstand.

Und nun sitzt sie hier, durch Krieg und Zufall befreit, als einzige ihrer Sippe im freien Land, jenseits der Reichweite feindlicher Flugboote!

Zwölf Mädchen wohnen und schlafen mit ihr in dem Höhlensaal. Ob eine darunter ist, die ihre Freiheit aufgeben würde?

Sie verwahrt den Brief unter dem Kleid an der Brust und sieht sich um. Es ist die Stunde, da jede tun und lassen darf, was ihr gefällt. Einige lesen, andere schwatzen; es wird gelacht und Spaß getrieben. Welche von diesen zwölf wäre ein Weib für den Bruder ...? Einige sind hübsch, andere unansehnlich; es gibt große und kleine, aber nicht eine, die sie sich als Lao Sans Weib vorstellen könnte.

Plötzlich hallt lauter Lärm von den Felswänden zurück. Lachend, drängend und stoßend rennen die Mädchen aus ihren Höhlen heraus, einen Felsenvorsprung entlang in eine andere Höhle, in welcher die Lehrerinnen schon auf sie warten.

Hundertzwölf Schülerinnen strömen dort zusammen. Es fehlt an Bänken und Stühlen. Sie hocken am Boden auf Strohmatten, wie sie buddhistische Priester benutzen, um damit beim Beten ihre gebeugten Knie vor Feuchtigkeit zu bewahren. Pansiao schaut in jedes der vielen Gesichter und sucht nach der Göttin. Es fällt ihr heute sehr schwer, beim Unterricht aufzupassen.

So geht es noch tagelang. Überall, wo sie geht oder steht, denkt sie an das Gebot ihrer Eltern. Sie wagt nicht zurückzuschreiben, sie könne ihres Vaters Gebot nicht erfüllen. Sie wagt nicht zu schreiben, sie könne es. Nach langem Überlegen kommt ihr in den Sinn, es sei falsch, an das Mädchen zu denken, ehe sich ihre Gedanken mit dem Bruder beschäftigt hätten! Zuerst will ich mich an alles erinnern, was ich von Lao San weiß ... und wenn ich so voller Erinnerung bin, daß er wieder vor mir steht und mit mir lebt – dann will ich noch einmal die Mädchen betrachten und sehen, ob eine die Seine sein soll!

Und sie denkt in jeder freien Minute, manchmal auch während der Unterrichtsstunden, wenn sie vor der Lehrerin sitzt, an ihren Bruder ... Ein hochgewachsener, schlanker Knabe mit wunderschönem Gesicht kehrt zu Pansiao zurück.

Sie weiß Dinge von ihm, von denen niemand im Vaterhaus etwas ahnte . . . Sie war ja als einzige jünger als er. Oft genug hatte er an ihr sein Mütchen gekühlt. Sie weiß auch um seine heimlichen Grausamkeiten aus ihrer Kindheit. Wenn ihn der Vater für etwas, was er verbrochen hatte, ausschalt und er als Sohn sich keiner Widerrede erdreisten durfte – oh, wie hatte sie sich da hinterher von ihm fernhalten müssen! Sonst packte er unvermutet ihren Unterarm und kniff ihre zarte Haut zwischen Daumen und Zeigefinger. Und dann verbarg er beschämt sein schönes Gesicht vor ihr.

»Was habe ich dir denn getan?« weinte sie oftmals. Nie gab er ihr eine Antwort.

Er war damals ein Kind, redet ihr sanftes Herz ihr begütigend zu; dann aber sagt sie sich: Seine Frau darf nicht zu sanftmütig sein, nicht so wie ich. Ich möchte keinen solchen Mann.

Es gab Zeiten, da er in finsteres Schweigen verfiel. Die Eltern merkten es nicht; es fiel ihnen nicht auf, denn es ziemt sich, daß die Jungen vor Älteren schweigen. Sie aber wußte mehr. Wenn sie auf den Verstockten, Verdüsterten schwesterlich einsprach, fauchte er sie an, und wenn sie ihn fragte: »Warum bist du zornig?«, gab er ihr keine Antwort.

Sie muß kräftig lachen können, folgerte Pansiao, sie darf auf keinen Fall sein wie ich. Denn wenn jemand in meiner Gesellschaft betrübt ist, werde ich traurig.

An solchen glücklichen Tagen sprachen sie so vertraut miteinander, wie keines von ihnen jemals mit andern sprach; sie waren sich ja im Alter so nah! Aus solchen Gesprächen wußte sie auch, wie sehr er sich danach sehnte, das Vaterhaus zu verlassen und nie gesehene Orte aufzusuchen.

»Was willst du dort in der Fremde?« fragte sie ihn.

»Wenn die Nacht hereinbricht, wo willst du schlafen? Wer wird dir zu essen geben?«

»Was kümmert es mich, wo ich schlafe!« antwortete er ihr ungestüm, »mein Essen –? Das kann ich erbetteln oder mir stehlen!«

»Stehlen?« erschrak sie. »Du wirst nicht stehlen!«

»Wenn es mir paßt«, trotzte der Bruder.

Sie weiß heute noch nicht, ob er so redete, um vor ihr großzutun, oder ob dies sein Ernst war. Und sie sagte sich: Die Göttin muß schlau sein; klug genug, um zu wissen, ob er lügt oder nicht. Ich wußte es nie.

Sie muß natürlich sehr schön sein, denkt Pansiao weiter, ich glaube, nichts ist schlimmer für eine Frau, als wenn ihr Mann sie an Schönheit übertrifft. Je schöner der Mann, um so schöner muß seine Frau sein.

Liebt Pansiao den Bruder? Oder haßt sie ihn? Vielleicht beides, denn Lao San ist liebens- und hassenswert.

Vor allem aber wird ihr eines klar: Das Weib muß stärker sein als ihr Bruder; sonst ist sie nicht stark genug.

In dieser Gewißheit hielt sie abermals unter den hundertzwölf Kameradinnen Umschau; aber keine von allen war ›sie‹.

Doch Stunde um Stunde näherte sich in jenen Tagen den hohen Bergen, in deren Höhlen Pansiao lebte, ein Mädchen, von welchem sie niemals etwas vernommen hatte.

Dieses Mädchen, das jetzt viele tausend Meilen zurücklegte, kehrte aus fernen Ländern zurück in sein eigenes Land, an das es keine Erinnerungen banden. Vor vielen Jahren war es aus der Heimat von seinem Vater weggeführt worden und hatte seitdem mit ihm allein gelebt, denn die Mutter war tot. Es war nun fast neunzehn Jahre alt und hatte sich mit seinem Vater heftig auseinandergesetzt, soweit es dieser zu Auseinandersetzungen kommen ließ. Ja, er war sehr dagegen, daß seine einzige Tochter die hohe Schule verließ und ihr Heim in dem fernen Land, in dem sie solange in Sicherheit gelebt hatte, aufgeben wollte. Er konnte es nicht verstehen, daß sie in einer solchen Zeit in das Land zurückkehren wollte, das er damals mit ihr verlassen hatte.

Ihm selbst widerstrebte jeder Gedanke an Heimkehr; denn in seiner Erinnerung verband sich das Bild seiner alten Heimat untrennbar mit Herzeleid; mit dem Tod seines schönen und jungen Weibes. May-lis Mutter war bei ihrer Entbindung gestorben.

Sie stammte aus einer mohammedanischen Familie, und ihrer arabischen Abkunft verdankte sie wohl den kühnen Schwung ihrer Brauen, den dunklen Glanz ihrer Augen, die zarte Nase, den schlanken und hohen Wuchs.

Wie hatte Wei Ming-ying sein Weib ob dieser Besonderheiten geliebt – und mußte sie dennoch von einer zur andern Stunde verlieren; was ihm geblieben, war nichts als das kleine, kräftig schreiende Mädchen!

May-li nannte er es nach der Mutter und bemühte sich dann um den gleichen Auslandsposten, den er während der beiden letzten Jahre immer wieder ausgeschlagen – weil sein junges Weib sich beharrlich geweigert hatte, ihre Heimatprovinz und Vaterstadt zu verlassen. Jetzt brauchte sie das nicht mehr; jetzt lag sie vor den Toren der Stadt bei ihren mohammedanischen Vorfahren im Grabe. Wei Ming-ying aber begehrte nichts, als so schnell und so weit er nur konnte, zu fliehen; selbst der bloße Gedanke an eine Rückkehr war ihm unerträglich. Und nun – nun lebte er schon so lange in dem fernwestlichen Land, daß er an nichts anderes mehr dachte, als hier sein Leben zu beschließen. Dann sollten seine Gebeine nach der Heimat zurückgebracht und neben der ewig Geliebten begraben werden. Gleich nach ihrem Tode war er zum mohammedanischen Glauben übergetreten, nur um dereinst in der gleichen Erde ruhen zu können wie sie.

Aber es kam der Tag, da May-li erklärte: »Vater, ich halte es hier nicht aus, ich kann hier nicht glücklich sein, während das Ostmeervolk unser Land wegnimmt!« So sprach sie in ihrer Muttersprache, die sie nur schlecht beherrschte; erst seit kurzem hatte sie sich entschlossen, sie besser zu lernen, und aus diesen und anderen Anzeichen hatte Wei Ming-ying ihren Entschluß zur Heimkehr erkannt. Sie trug auch nicht mehr ihre bisherigen Kleider von westlichem Schnitt, sondern ein langes und enges Gewand – die jüngste Tracht der uralten Heimat. Auch dazu hatte der Vater geschwiegen. Er hatte nur alles beobachtet und durchschaut, und da sie nun eines Morgens am Frühstückstisch zu ihm sprach, tauchte er seine durchscheinenden welken Finger in eine silberne Wasserschale, wartete, bis die Diener das Zimmer verlassen hatten, und erwiderte dann in der Sprache des fremden Landes: »Ich wüßte nicht, was du dort anfangen solltest! Was willst du im Kriegsland tun? Sie brauchen Männer, Sachkundige auf allen Gebieten der Kriegskunst und Ingenieure, doch schwerlich ein junges Mädchen, das seine Ausbildung noch nicht beendet hat.«

Wie sie doch ihrer Mutter gleicht! dachte er dabei und war zugleich froh, daß irgend etwas, vermutlich der

Einfluß des fremden Landes, ihr eine Art aufgeprägt hatte, die anders war als das Wesen der längst Begrabenen, weit Entfernten, die ihm immer so nahe war und noch so lebendig vor ihm stand, daß er es nie über sich gebracht hatte, den Gedanken an eine neue Heirat, an eine Frau, die ihm Söhne zur Welt bringen konnte, zu verwirklichen. Es war dies in der neuen Heimat auch nicht so wichtig, wie es in der alten gewesen wäre.

»Ich werde schon etwas finden«, versetzte May-li, und ihre großen schwarzen Augen blitzten ihn an – oh, er kannte den Blick nur zu gut –, und da sagte er nichts mehr. Es hieß nur Atem und Lebenskräfte vergeuden, wollte er mit ihr rechten. Das hatte er schon seit ihrem vierzehnten Lebensjahr aufgegeben. Seit dieser Zeit hatte May-li alles durchgesetzt, was sie wollte.

»Dann gehst du also«, seufzte Wei und schlug seine sanften braunen Augen mit letzter, flehender Bitte zu May-li auf: »Was wird aus mir, allein und einsam im fremden Land?«

May-li lachte laut heraus, viel zu laut für ein Mädchen ihrer Abkunft, und sprang von ihrem Stuhl auf. »Daß du allein bist, Vater, ist nur deine eigene Schuld! Drei Ladys sind mindestens da, die nur darauf warten, dich trösten zu dürfen.« Da sie ihre Mutter nie gekannt hatte, fand sie nichts dabei, ihren Vater mit einer anderen Frau aufzuziehen. Er war ein gutaussehender stattlicher Mann, und seine angeborene Liebenswürdigkeit ließ ihn im Umgang mit Frauen nicht selten weiter gehen, als er wollte und sich bewußt war. Dadurch gab es bei den von der Tochter erwähnten Damen mitunter Enttäuschungen, über die May-li mit kindlicher Bosheit zu spotten pflegte.

»Teile mir wenigstens mit, wann du zu gehen gedenkst«, unterbrach er sie hastig, verlegen. Dieses Kind wußte mehr von ihm, als ihm lieb war!

Wenige Wochen später war alles zur Fahrt über das Weltmeer bereit. Nachdem man auf der Gesandtschaft von ihrem Wunsch unterrichtet war, hatte es keine Schwierigkeiten bereitet, eine Stelle für sie zu finden. Ihr Vater hatte ohne ihr Vorwissen dafür gesorgt, daß man ihr nur solche Stellungen antrug, die sich außerhalb des Gefahrenbereiches befanden. Er wünschte, soweit nur irgendwie möglich, sie als Lehrerin in einer Missionsschule unterzubringen, in welcher Umgebung sie von althergebrachter, hochachtbarer Sitte umhegt wäre. Zum Glück und zu seiner Beruhigung fand es May-li romantisch, eine Stelle als Lehrerin in einer Höhlenschule der hohen Gebirgsketten im Westen der alten Heimat anzutreten. Dort Unterricht zu erteilen hielt sie für eine Kleinigkeit.

So flog sie an einem klaren kalten Frühmorgen jener Bergschule entgegen, in welcher Pansiao lebte.

Auf dem kleinen schwankenden Flugboot, das sie bis in die Nähe der Höhlenwohnstadt brachte, lag das Eis in dicken Krusten. Daß ihr dies Fahrzeug überhaupt zur Verfügung gestellt wurde, verdankte sie, ohne darum zu wissen, allein den hohen Beziehungen und der Fürsprache ihres Vaters. Sie selbst fand es durchaus selbstverständlich, daß beim Verlassen des Dampfers ein Flugzeugführer auf sie gewartet hatte.

Nachdem sie dieser vom Landungsfeld hinauf zu den Berghöhlen geleitet hatte, machte er ihr die Mitteilung, er habe Befehl, sich zum Rückflug bereit zu halten, wann immer sie wünsche, und überreichte ihr eine Karte, auf der sein geheimer Aufenthaltsort verzeichnet stand.

»Ich gehe nicht zurück«, wies sie die Adresse hochmütig zurück.

»Verwahre sie trotzdem; ich habe meine Pflicht erfüllt«, rief der Pilot in Eile. Er fürchtete dieses große herrische Mädchen, das so genau wußte, was es wollte, und noch genauer, was es nicht wollte, und war daher froh, es endlich los zu sein. Angenommen, May-li hätte verlangt, das Flugzeug selbst zu steuern – was hätte er dagegen ausrichten können? Zum Glück war sie nicht auf diesen Gedanken gekommen. Unbewegt, schweigend hatte sie während der ganzen Fahrt dagesessen; der Westwind trieb ihr die kurzgeschnittenen schwarzen Haare aus dem Gesicht. Auf halber Fahrt hatte sie sich aus einem umfangreichen Paket an Fleisch, Brot und Früchten gütlich getan, ohne ihm davon anzubieten. Er hatte sich mit seinem kalten Reis und etwas Fisch begnügen müssen. Jetzt aber, da sie sich trennten, öffnete sie eine Tasche aus fremdländischem Leder, die sie in der Hand trug, und händigte ihm eine Geldsumme ein, die dreimal so hoch war, als er zu hoffen gewagt hatte. Infolgedessen gefiel sie ihm beim Abschied besser als während des Fluges. Er verneigte sich tief und eilte den Berg wieder hinab, den er eben erst neben ihrer Bergrikscha aus Bambusholz, in der sie hinaufgetragen worden war, zu Fuß hatte erklimmen müssen. Er hoffte, sie niemals wiederzusehen.

May-li war von dem Raum, den man ihr in einer der Höhlen als Wohnung anwies, begeistert. Öffnungen und Ausgänge der Berghöhlen waren mit Bohlen verschalt, in welche Fenster- und Türrahmen eingefügt waren. Ihr Raum besaß eine kleine Fensteröffnung, welche gen Süden ging. Die Aussicht, die sie von dort aus genoß, überstieg ihre verwegenste Einbildungskraft.

Wie in breiten gewaltigen Wogen feierlicher Musik rollten die nackten Gebirgskämme näher und näher in donnerndem Schweigen.

Trotz schneidender Kälte hat sie mit heftigem Ruck das Fenster geöffnet. Nun streckt sie die Arme aus – die Gebärde scheint unecht und ist es dennoch nicht. »Mein«, murmelt sie, »dies alles ist mein. Gebirge, ich komme heim zu dir!«

Sie steht eine Weile, verspürt dann Hunger und erinnert sich, daß die alte Dienerin, die sie hierhergeführt, ihr gesagt hat, die Schulklassen würden sich binnen kurzem zur Mahlzeit einfinden. Aber zuerst muß sie zur Amtsstube der ausländischen Vorsteherin und ihre Aufwartung machen.

Sie wirft einen prüfenden Blick in den kleinen Spiegel, der auf einem Tisch an der Wand steht. Sie bürstet ihr kräftiges schwarzes Haar, wischt sich mit einem feuchten Tuch über das Gesicht, legt Puder und etwas Rot auf und färbt sich die Lippen genau in der ihr anstehenden Tönung. Ihr Kleid behält sie an. Es ist ein Gewand aus dunkelrotem ausländischem Wollstoff, das wärmste, das sie besitzt.

Sie geht durch einen zugigen, düsteren Gang bis zu der Stelle zurück, wo die alte Dienerin ihr die Amtsstube gezeigt hatte. Ohne Scheu öffnet sie die Tür und tritt ein.

An dem Tisch sitzt eine ernste, breitschultrige weiße Frau; ihr Blick ist nicht ungütig, eher treuherzig und offen.

Are you Miß Freem?

Die Angeredete blickt erstaunt auf. Sie glaubt eine Landsmännin zu hören. Sie selbst ist auf hundert Meilen im Umkreis die einzige Ausländerin. Keine der vielen Schülerinnen wäre imstande, mehr als vier zusammenhängende Worte in fremder Sprache akzentfrei hervorzubringen. Doch im Augenblick, da sie die Eintretende erblickt, weiß sie auch schon, wen sie vor sich hat. Wenn ich nicht sehr auf der Hut bin, denkt sie, gibt es mit diesem verwegenen Mädchen Verdruß. Und May-li denkt: Die gefällt mir nicht.

So begann die Zusammenarbeit der beiden.

In der Haupthöhle, in welcher die Mädchen die Mahlzeiten einnahmen, schaute Pansiao von ihrem Eßnapf auf, erblickte die neue Lehrerin und fühlte sogleich ihr Herz von Liebe bewegt. Die Neue stand zur Seite der ausländischen Vorsteherin, zu welcher Pansiao niemals ein Wort zu sagen wagte. Diese Neue jedoch redete mit der Gestrengen so unbefangen wie mit einer Jugendgespielin. Pansiao ließ die Eßstäbchen sinken und starrte sie an wie eine Erscheinung.

Ein Wispern ging durch die Tischreihen der hundertzwölf Schülerinnen. »Die Neue ... die neue Lehrerin ... das ist sie ...« Sie erhoben sich von ihren Plätzen, wie immer beim Eintritt der Vorsteherin, und blieben stehen, bis sich diese gesetzt hatte.

Pansiao war nur für die neue Lehrerin aufgestanden.

Alle gafften, bewunderten das straffe schimmernde Haar, den hohen Wuchs, die Hautfarbe der Fremden, staunten ob ihrer beschwingten ausländischen Bewegungen wie über den fremdartigen Stoff ihres Kleides. Und doch, erkannten alle, ist sie eine von uns, denn ihr Haar ist schwarz, und ihre Haut, wenn auch licht, ist unsere Haut.

Pansiao ist von dem Anblick der Schönheit wie betäubt. Unter der gehobelten Tischplatte falten sich ihre kleinen verfrorenen Hände. Von irgendwoher, aus dem Unbekannten, fühlt sie eine heiße Zuneigung ihr Herz überfluten.

Und mit einer Schlichtheit, wie sie nur einem so einfachen Wesen wie Pansiao eigen sein kann, denkt sie: Der Himmel hat mir eine für meinen Bruder geschickt.

Es war eine seltsame Rückkehr in die Heimat. Wenn sich May-li des Morgens von ihrem Bett erhob, schaute sie aus dem Fenster über die wilde, stürmisch bewegte Landschaft. So weit ihr Auge reichte, stieß Berg an Berg. Menschenwerk war allein ein winziges Dorf, dessen Häuser sich an einen zerklüfteten Taleinschnitt klammerten; mit der flachen Hand konnte sie es auf die Entfernung zudecken.

Aber inmitten dieser ungeheuren Natur war nun May-li ein bis ins kleinste streng geregeltes Tagewerk vorgeschrieben, das so leer war, so fern dem Willen und Ziel ihrer Zeit, daß sie diesen Stundenplan am liebsten gleich einem lästigen Spinngewebe zerrissen hätte. In unserem Land, in diesen aufwühlenden Tagen – grollte sie in täglich wachsender Ungeduld – diese Mädchen zu unterrichten, als lebten sie in irgendeiner amerikanischen Kleinstadt; es ist zum Verrücktwerden!

In dieser Stimmung betrat sie eines Morgens früh das Klassenzimmer, wo sie Pansiao im Eifer des Lernens über ein Buch gebeugt fand.

»Was studierst du da, Kind?« fragte sie obenhin. Sie hatte noch nicht gelernt, die verschiedenen Gesichter der Schülerinnen auseinanderzuhalten; sie sah nur, daß dies eine der kleinsten war.

Pansiao war absichtlich so zeitig hierhergekommen.

Hier sollte ja bald die Verehrte, Bewunderte sie in das Geheimnis der Ziffern und Zahlen einweihen. Wenn sie früh kam, war sie vielleicht die erste, die sie erblickte! Auf das Glück, mit ihr allein zu sein, hatte sie kaum zu hoffen gewagt. Auch mußte sie noch etwas Englisch lernen, worin Miß Freem unterrichtete. Als sich nun das wunderbare Gesicht über sie beugte und sie etwas fragte, war Pansiao nicht fähig, auch nur ein einziges Wort hervorzubringen; nur ihr Buch konnte sie hochheben.

»*Paul Revere's Ride!* Unglaublich!« rief May-li voll Zorn und packte das Lesebuch. »Also so etwas müßt ihr hier auswendig lernen?«

Pansiao nickte. »Es ist sehr schwer«, flüsterte sie und war wie vom Donner gerührt, als die Angebetete das Buch packte und wütend zu Boden warf: »Elender Plunder!« rief sie. »Paul Revere's Ritt – wo unsere Freischärler täglich Heldenkämpfe bestehen!«

Pansiao bückte sich, um das Buch aufzuheben; sie verstand nicht, was die Lehrerin meinte. Doch diese ließ es nicht zu, sondern setzte ihren nicht eben kleinen Fuß auf das Lehrbuch, stampfte darauf herum, hob es dann selber auf und stürmte hinaus. Hinter ihr zitterte Pansiao: Jetzt habe ich sie erzürnt . . . Ihr Herz krampft sich zusammen; sie möchte weinen. Ich darf sie doch nicht erzürnen, ich will es nicht – alles, nur das nicht!

Und sie schämt sich ihrer Unwissenheit.

May-li aber ging schnurstracks zu Miß Freem und betrat, ohne anzuklopfen, das Amtszimmer. Die Vorsteherin las eben, wie jeden Morgen um diese Zeit, in der Bibel, aber May-li achtete nicht darauf. Just auf die Bibel warf sie Pansiaos Schulbuch. Die Höhlenböden waren feucht, und der Abdruck ihres Schuhes war noch auf *Paul Revere's Ride* zu sehen.

Miß Freem fuhr zurück und musterte die Erregte. Während dieses ersten Monats war es zwischen May-li und ihr schon mindestens zehnmal zu heftigen Auseinandersetzungen gekommen. Beide nahmen in allen Streitfragen frank und frei entgegengesetzte Standpunkte ein. »Sehen Sie sich das an!« rief die Junge ohne Respekt vor der Würde der Älteren. »Das Zeug wollte eben eines der Mädchen auswendig lernen!«

Miß Freem rückte ihre Brillengläser zurecht, zu sehen, was es wäre. »Das haben sie für heute im Englischen auf«, erklärte sie. »Seit vierzehn Tagen lernen sie es stückweise; heute müssen sie es ganz aufsagen können.«

»Warum geben Sie eine so blödsinnige Aufgabe?« loderte May-li. »Jetzt, in dieser Zeit, mitten in einem Kampf, der unvergleichlich viel größer ist als alle Kriege, die je für die Freiheit gekämpft wurden – da sollen unsere Mädchen hier, hier in unserem eigenen Land, nichts anderes zu lernen haben als Paul Revere's Ritt?«

Miß Freem war mehr als empört; sie war entsetzt. Sie hatte schon manchmal gezweifelt, ob ihre Untergebene recht bei Verstand sei. »Es steht im Lehrplan«, erklärte sie streng.

May-li lachte laut auf, nahm sich aber sogleich wieder zusammen. »Hören Sie, Miß Freem«, redete sie ihr zu, »meinen Sie im Ernst, wir sollen uns hier in der Bergwildnis nach dem Lehrplan für Mittelschulen in den Vereinigten Staaten richten? Bedenken Sie, wo Sie sind! In Höhlen, im tiefsten Innern des Landes, vor den Bomben der Eindringlinge versteckt! Wir bilden eine kleine Schar einheimischer Mädchen aus – wer weiß, wozu? –, aber bestimmt nicht für so etwas!« Sie ergriff das Buch, riß es mitten durch und warf die zwei Hälften in den Papierkorb.

Miß Freem rührte kein Glied.

Wie Rettung suchend umklammerten ihre Finger die zerlesene Bibel. Erst als sie sich wieder sicher fühlte, antwortete sie, und ihre Stimme klang heiser: »Ich bin die Schulleiterin. Ich bestimme, was die Schülerinnen zu lernen haben.«

Sei keine Närrin! sagte sich May-li und setzte sich Miß Freem gegenüber auf einen Stuhl, beugte sich über den Tisch und näherte ihr blühendes junges Gesicht dem durchfurchten der Vorgesetzten. Konnte sie wissen, daß auf Miß Freem nichts so aufreizend und abstoßend wirkte wie ein derart bezauberndes Angesicht?

»Schauen Sie, Miß Freem«, begann sie. »Ich möchte nur sagen: Berauben Sie uns nicht unserer Größe! Was sich hier abspielt, ist unser Freiheitskampf. Wir müssen den Mädchen unsere eigenen Dichtungen beibringen, unsere eigenen Lieder. Wozu singen wir immerzu Hymnen? Wir sollten die Heldengesänge unseres Volkes singen – vor allem die neuen! Verstehen Sie nicht, wie mir zumute sein muß, die ich heimgekehrt bin, hier in dies Große« – ihr Arm schwang kraftvoll zur Seite, zum Fenster, in dessen Rahmen die wildzerklüftete Bergwelt stand –, »und muß mir nun anhören, was ihr hier singt – was? – ›Von Grönlands eis'ger Flur . . .‹ und ›Oh, wohn bei mir . . .‹.« Sie konnte nicht anders, sie mußte hell auflachen. »Verstehen Sie nicht, was ich meine, Miß Freem?«

Miß Freem stand auf; sie konnte die Nähe des starken, allzu schönen Gesichtes nicht aushalten; Leidenschaft glühte darin – sie aber verabscheute Leidenschaft. »Ich fasse diesen Ort als Obdach auf«, erklärte sie priesterlich. »Gott hat uns ein Obdach bereitet.«

»Wir brauchen kein Obdach«, schrie May-li, »wir stehen mitten im Kampf!«

Sie ist aufgesprungen. Stumm stehen die beiden Frauen sich gegenüber, durch unübersteigbare Schranken getrennt. Sie sehen sich an. May-li macht kehrt, geht hinaus.

Miß Freem bückt sich und fischt das zerrissene Buch aus dem Papierkorb. Bücher sind kostbar. Man kann es neu einbinden.

In heller Wut rast May-li zurück ins Klassenzimmer. »Hier kann ich nicht bleiben«, schnaubt sie, »hinaus, hinaus! Ich laß mich nicht dafür bezahlen, daß ich das länger mit ansehe!«

Sie hat das Mädchen vergessen, das sie hier sitzenließ. Jetzt sieht sie es, bricht jäh ihr wütendes Selbstgespräch ab. Das Mädchen sitzt noch genauso da wie vorhin. Sein Gesicht ist sehr bleich, und die dunklen Augen sind zu Tode erschrocken.

»Was hast du?« fragt May-li.

»Ich habe Euch erzürnt«, haucht Pansiao. Tränen treten ihr in die Augen. »Ich, die ich lieber sterben möchte, als Euch erzürnen!« Wie ein Licht schimmert liebende Anbetung in ihren tränenerfüllten Augen. Sie streckt eine furchtsame Hand aus, den Zipfel von May-lis Gewand zu ergreifen.

»Du Kind, Kind, Kind . . .!« lächelt May-li auf sie herab. »Warum hat man dich von weit her in diese Wildnis geschickt?«

»Ich bin bald sechzehn«, betont Pansiao, ». . . kein Kind mehr. Ich habe drei Jahre am Webstuhl gearbeitet. Dann kam der Feind, und mein Vater schickte mich fort.«

Und sie erzählt, schüchtern und einfach, wie sie selber ist, von daheim und von der nahen Stadt, auch von dem Mann ihrer Schwester, Wu Lien, der zum Feind überging und jetzt in einem reichen Haus wohnt: in der gleichen Stadt, in der die Feinde so schrecklich gehaust haben.

Aber bevor sie noch damit zu Ende ist, kommen andere Schülerinnen herein, so daß May-li sie bittet: »Davon muß ich mehr hören; in eurer Stadt ist meine Mutter geboren. Komm heute abend, ehe du schlafen gehst, auf mein Zimmer, mein Kind!« Pansiao nickt und blickt anbetend zu ihr auf. Wie betäubt wandelt sie durch den Tag. Einmal, zweimal fängt May-li ihren Blick auf und lächelt sie an. Dann hält Pansiao den Atem an, bis sie fast das Bewußtsein verliert.

Wie konnte dies Kind das alles aushalten? sinnt May-li. Das eben Vernommene verfolgt sie während des ganzen Tages, sie vergißt darüber den Streit mit Miß Freem und spricht im Vorübergehen so freundlich zu ihr, daß diese nicht anders denkt, als daß Gott ihr Gebet erhört und May-lis Denkart gewandelt habe. Voll innigen Dankes für den eingetretenen Frieden läßt sie den Tag dahingehen. Sobald ihr Gott zeigen würde, was sie zu tun habe, wollte sie seine Weisung befolgen. »O Gott«, betete sie leise am Abend vor ihrem Bettrand, »zeige mir einen Weg, auf dem ich dieses Mädchen loswerden kann!«

Am gleichen Abend erwartete May-li mit Ungeduld ihre Besucherin.

Sie hatte von jeher alle Zeitungen, deren sie habhaft werden konnte, gelesen; seit sie die Höhle bewohnt, hat

sie allnächtlich horchend vor ihrem Radiokasten gesessen, welchen sie, aller Verbote ungeachtet, ins Land
eingeführt hat – es war ihr gelungen, da sie mit einem
Diplomatenpaß reiste. Allein, die Dinge, von welchen
Pansiao erzählte, waren etwas, was sie noch niemals
vernommen hatte.

Als sie vor der Tür ein leises Husten hörte, rief sie:
»Herein!«

Die Tür ging auf, sie sah Pansiao und beglückte sie
mit dem strahlendsten Lächeln, das ihr zu Gebote
stand. »Setze dich«, bat sie und schob einen Sessel zu
einem mit Holzkohlen gefüllten Becken. »Es ist kalt.
Und schau da, etwas Süßes! Ich habe es den weiten Weg
über das Meer gebracht und für eine besondere Stunde
verwahrt. Ich glaube, dies ist die Stunde!«

Pansiao fühlte sich in die Polster gedrückt, noch nie
hatte sie bei einem so herrlichen Feuer gesessen. In
ihrer kleinen Hand hielt sie ein süßes, braunes vierecki-
ges Naschwerk. »Es kommt von einem Baum, weit, weit
von hier«, erläuterte May-li, »koste es – es ist gut!«

Pansiaos Zungenspitze leckte vorsichtig daran, und
May-li lachte. »Deine Zunge sieht aus wie die eines jungen Kätzchens.« Da lachte auch das Mädchen.

Sie war so berauscht von Glück, daß ihr schien, es
schwebe über May-lis Haupt ein Gewölk, und die
fremdartige Stimme schien ihr von ganz weit her zu
kommen . . . »Du bist wie Kwanyin . . .!« flüsterte sie.

May-li macht große staunende Augen. »Oh, du
kennst mich noch nicht. Wie würde mein Vater darüber
lachen! Weißt du, mein Kind, ich bin schlimm, ich bin
eine Wilde!«

»Ich glaube es nicht . . .«, lispelt Pansiao. Sie hält
noch das Zuckerzeug in der Hand; sie denkt nicht mehr

daran. Sie schaut in das holde Gesicht, das im Abglanz des Feuers in rötlichem Schimmer erstrahlt. Und sagt sehr zart, doch ihre Liebe verleiht ihr Stärke: »Ich bitte dich, oh . . . ich flehe dich an – willst du nicht meinen Bruder heiraten?«

Von allem, was May-li von dem kleinen Mädchen hätte erwarten können – dies war das Unmöglichste! Ihr hübscher Mund steht offen; sie starrt auf Pansiao. »Habe ich richtig gehört, was du sagst, oder . . .?«

Das kleine Mädchen legt das Zuckerzeug weg und fällt auf die Knie. »Mein dritter Bruder . . .«, stößt es stammelnd hervor, ». . . zu Hause ist er der Hauptmann der Berg-Männer . . . er sucht ein Mädchen, das dir gleicht . . . mein Vater sandte mir einen Brief, er befiehlt mir, in dem freien Land hier eine Frau für meinen Bruder zu finden . . . dort, wo der Feind ist, lebt keine, die sich für ihn eignet . . . hier habe ich keine gefunden – da war nicht eine, die zu ihm paßt – bis du gekommen bist.«

Zitternd vor ihrer eigenen Verwegenheit, zieht sie Jades Brief aus der Brust. Als sie sich nach Einbruch der Dunkelheit auf den Weg hierher machte, hat sie ihn zu sich gesteckt. Wenn ihre eigenen Worte versagten, sollte der Brief an ihrer Statt sprechen.

Ungläubig noch nimmt May-li den Brief.

Dieweil sie liest, erhebt sich Pansiao, wischt den Staub des Bodens von ihren Knien, knabbert an ihrem Zuckerstückchen und verfolgt ängstlich angespannt das wechselnde Mienenspiel ihrer Göttin.

Erst ist da nur ein übermütiges Lachen; ein Staunen dann und endlich ein tiefer Ernst. Vom Saum der langen blauschwarzen Wimpern senkt er sich über den roten, vollen, bezaubernden Mund. Jetzt hebt May-li die Augenlider; sie hat zu Ende gelesen. Sie faltet das Schreiben zusammen und reicht es stumm Pansiao zurück. Sie sinnt: Wo auf der ganzen Welt ist so etwas noch denkbar? Wenn ich es nicht vor Augen hätte, ich würde es selber nicht glauben. Was soll ich dem Kind darauf antworten?

Pansiao hat das Zuckerzeug wieder weggelegt. Sie wartet.

»Es ist ein guter Brief«, sagt May-li. »Er ist klar und deutlich geschrieben, ein einfacher Stil. Schreibt dein Bruder ebenso gut?«

»Er?« meint verwundert die Schwester. »Er kann weder lesen noch schreiben.«

»Schau«, spricht May-li ihr zu, »es wäre schwer für mich, einen Mann zu heiraten, der weder lesen noch schreiben kann.«

»Oh, er ist klug, sehr klug«, ereifert sich Pansiao. »Er hat nur nichts gelernt, weil er das Gute daran noch nicht erkennt. Niemand in unserem Dorf liest oder schreibt, mit Ausnahme eines alten Vetters, und der ist ein Narr.« Angstvoll hängt sie an May-lis Augen und Mund. »Wenn du wünschest, daß er lernt, wird er lernen. Wenn du ihn unterrichtest, wird er rasch lernen.«

»Kann man einen Mann heiraten, den man noch nie gesehen hat?« fragt May-li freundlich.

»Welche Frau hat den Mann schon gesehen, den zu heiraten ihr bestimmt ist?« fragt Pansiao verwundert. Es ist eine andere Welt, denkt May-li und besinnt sich: Ist es nicht meine Welt . . .? Wenn man mich nicht, ehe ich ein Jahr alt war, von dort weggenommen hätte – ich hätte jetzt ebenso geantwortet wie dieses Kind.

»Erzähle mir etwas – von deinem Bruder!« fordert sie

Pansiao auf. Sie hat nicht die leiseste Ahnung von diesem Mann. Was das Kind ihr sagte, war einfach verrückt; man kann nur darüber lachen, denkt sie – und doch, es ist meine Welt, es ist mein Land. »Erzähle mir alles von deinem Bruder!«

Und Pansiao erzählte ihr alles, was sie von ihrem dritten Bruder wußte, und verschwieg weder seine schlechten Eigenschaften noch seine Grausamkeiten. Darüber lachte May-li nur. Hierauf berichtete die Schwester von Lao Sans tapferen Taten; da wurde May-li ernst und nachdenklich.

Über die Kohlen breitete sich eine feine, weiche Schicht Asche; die Nacht war schon halb vorüber, und sie merkten es nicht. Sie waren weit weg von hier; und jede durchlebte auf ihre eigene Weise ein anderes Leben und sah einen starken und eigenwilligen jungen Mann: unwissend und groß.

»Das ist mein Bruder«, sagte Pansiao endlich.

»Du hast ihn mir gut geschildert«, dankte May-li; aber auf Pansiaos Blick, der weitere Antwort von ihr erflehte, schüttelte sie den Kopf. »Liebes Kind, das ist mir alles so fremd und absonderlich, als wäre es ein Märchen. Du mußt jetzt zu Bett, sonst merkt die gute Miß Freem, daß du nicht da bist. Denk nur, wie böse sie dann wird!« Mit diesen Worten streifte sie leicht die Wange des Mädchens und brachte es bis zur Tür. Nur mit den Augen vermochte Pansiao sie noch zu beschwören; die Zunge war ihr gelähmt.

»Gute Nacht«, wünschte May-li. »Träumen werde ich heute nacht . . .« Pansiao ging.

Für May-li war alles ringsum verändert. Dieser Raum war bis dahin der ihre gewesen und eigentlich noch ein Teil des Landes, aus dem sie hierhergekommen war.

Mit da und dort verstreuten Kissen, einem ungerahmten kleinen Bild, einem Lichtbild vom Heim ihres Vaters, hatte sie ihn ausländisch wohnlich gestaltet. Jetzt war es nicht mehr ihr Raum. Es war nun ein Unterstand, eingehauen in eine Felsklippe, fern in den Bergen einer vom Feinde besetzten Provinz. Ein junger Guerillahäuptling stand da, ein gewaltiger Schatten, ein gegenwärtiger mächtiger Geist, den sie nicht bannen konnte.

Sie kauerte bei den Kohlen und dachte an ihn und an alles, was sie von ihm gehört hatte.

Dann stand sie auf und schüttelte sich, den Bann dieses Mannes abzutun, den sie niemals gesehen hatte. Man soll nicht verstiegen sein, sagte sie zu sich selbst, trat zum Fenster und öffnete es.

Der hohe Mond goß sein volles Licht über die nackten Gebirgszacken. Grau, rauh und wild ragten sie auf. Kein Baum, kein Niederholz war auf ihnen zu sehen, nur schwarze Schatten, die ein Gipfel über den anderen warf. Es war eine Landschaft, an deren Größe und Schönheit keine auf dieser Erde heranreichte. Doch bedurfte es eines starken Herzens, um unerschrocken ihren Anblick zu ertragen. May-li erschrak nicht. Lang stand sie am Fenster und starrte hinaus, regungslos, fast eine Stunde.

Ich bin ja verrückt, dachte sie; dann ging sie zu Bett.

XVII

Tagelang mied sie Pansiao, und wenn sie durch Zufall den wartenden Augen des Mädchens begegnete, lächelte sie flüchtig und wandte den Kopf weg. Was diese

Augen verlangten, war ein Ding der Unmöglichkeit. Aber besondere Mächte wirkten auf das Unmögliche ein.

Da war die Macht der Gebirgswelt. Tag und Nacht fühlte sie ihre wilde Wucht, die sie aus den frommen Geleisen des Tagewerks drängten. Nie hätte ich Lehrerin werden sollen, erkannte sie, ich kann keine frommen Lieder singen! Doch was sollte sie sonst werden, wenn nicht Lehrerin? Diese Frage bedrängte sie unablässig. Was konnte sie tun, ein alleinstehendes Weib? – Ihre Einbildungskraft begann zu arbeiten.

Wie, wenn sie den Piloten benachrichtigte, der sie hierhergebracht hatte, und sich von ihm fortbringen ließ – irgendwohin! – Wohin nur . . .? Wohin konnte sie gehen? Zu den Angehörigen ihrer Mutter? Die waren in alle Winde verstreut und ihre Stadt vom Feind besetzt. Nein, allein vermochte sie nichts. Sie mußte sich mit jemandem verbünden. Mit wem? – Vielleicht mit einer Armee? Hier im Nordwesten standen Armeen, in denen Frauen an der Seite der Männer kämpften . . . Doch sie will nicht als eine von vielen kämpfen, dazu ist sie zu stolz. Sie braucht eine Stellung, in der sie Macht besitzt oder Macht schaffen kann . . . Und sie denkt an ein Weib, ein besonderes Weib, wohlbekannt unter allen Völkern der Erde, eine Frau ihrer eigenen Abkunft und wie sie im Abendlande herangebildet, eine willensstarke, lebhafte, schöne Frau, die einen Kriegsherrn geheiratet hat, einen Mann – sie könnte sich vorstellen, daß der Bruder, von dem Pansiao erzählte, ähnlicher Art ist! Diese Frau hat sich einen unwissenden, ungeschliffenen Mann genommen, ihn geformt und gebildet und ihn in einen Herrscher verwandelt, dessen Namen die Welt jetzt kennt. Kann sie nicht ein Gleiches vollbringen?

Eine harte Aufgabe, dachte die Schulvorsteherin Freem in diesen Tagen und guckte durch ihre dickgeschliffenen Brillengläser, ich habe ein Gefühl, als verwandle sich dieses Mädchen in einen Tiger. Oh, mein Gott, zeige mir einen Weg, wie ich es loswerden kann!

Einsam in ihrem Höhlenzimmer dreht May-li des Nachts an ihrem Funkgerät. Sie hört die Stimme der Frau . . . Aus dem Herzen des Landes dringt sie durchs Dunkel, jede Nacht zwischen zwei und drei, und erzählt von Siegen und harten Verlusten . . . Mitten am Tag, in ein widriges Schema wie in einen Käfig gezwängt, wartet May-li auf diese Stunde nach Mitternacht. Und jedesmal, wenn sie die Stimme vernommen hat, wendet sie ihr Gesicht den Bergen zu. So schneidend die Kälte auch ist, sie hält das Fenster geöffnet und steht und sieht, und die Berge vollbringen ihr Werk.

Ich muß mich hier losmachen, beschließt sie.

Aber es war Miß Freem, die sie der Freiheit zurückgab.

»Gott hat mir die Kraft gegeben«, sagte Miß Freem zu den übrigen Lehrerinnen, als alles vorbei war, »seit Wochen flehte ich zu dem Herrn, er möge diese Last von mir nehmen. Aber noch war das Wort nicht an mich ergangen. Da, eines Tages, vernahm ich es mit eigenen Ohren. Miß Wei drängte die Schülerinnen, von hier zu entfliehen; fortlaufen sollten die lieben Kinder, die meiner Obhut anvertraut sind! Durch Zufall kam ich an ihrem Klassenzimmer vorüber, in dem sie, so war es bestimmt, die Geschichte Amerikas lehren sollte. Was mußte ich hören? ›Es ist jämmerlich‹, sagte sie, ›daß wir in unseren Höhlen hier auswendig lernen, was andere Nationen geleistet haben. Wir alle müßten hinaus, unsern eigenen Kampf zu kämpfen. Auf – wenn ich gehe, wer ist bereit, mit mir zu gehen?‹ Das mußte ich hören. Ich öffnete die Tür; Gott gab mir die Kraft. ›Miß Wei‹, sagte ich, ›Miß Wei, Sie sind fristlos entlassen.‹«

Die folgsamen Lehrerinnen murmelten ihren Abscheu. Die meisten von ihnen waren ehemalige Schülerinnen Miß Freems und kannten sie . . .

Als Miß Wei von einer derselben später erfuhr, auf welche Weise der liebe Gott Miß Freem geholfen hatte, lachte sie ihr schallendes Lachen. »Oh, wenn sie ahnte, wie die Götter sich ihrer als Werkzeug bedienten, um mir die Freiheit zu geben!«

Lodernd vor Zorn hatte sie von Miß Freem ihr volles Gehalt verlangt und den Pförtner ersucht, ihr einen Boten zu besorgen. Diesen sandte sie mit einer Depesche zur nächsten Stadt. Das Telegramm rief ihren Piloten zurück. Ohne Pansiao noch einmal zu sehen, verließ sie die Schulhöhle.

Pansiao aber, da sie ihrer Göttin Verschwinden bemerkte, weinte lange im verborgenen. Wohin war sie gegangen? War sie nicht vielleicht selbst daran schuld, daß die Angebetete entschwunden war?

In einem Dorf am Fuß des Gebirges traf May-li ihren Piloten.

Als sie in ihrem Tragstuhl vor der Dorfschenke eintraf, war er schon da. Er war nicht überrascht gewesen, als er ihre Botschaft erhalten hatte, die ihn zu der bestimmten Stunde hierher rief. Er hatte sich gleich gedacht, daß es eine so junge Person nicht lange in der Bergeinsamkeit aushalten werde.

»In einer halben Stunde bin ich soweit«, lautete ihre Begrüßung. Dann betrat sie das Haus. Nachdem sie eine Schale Nudeln verzehrt und dem Wirt erklärt hatte, sein Wirtshaus sei das lausigste aller fünf Erdteile, kam sie, in ihren Pelz gehüllt, wieder zum Vorschein, schritt über den freien Platz auf das bereitstehende Flugzeug zu, stieg hinein, setzte sich auf dem engen Sitzplatz zurecht und gebot dem Piloten: »Zur Küste!« Das Flugzeug fuhr los und schwebte empor. Während es aufstieg, wandte sie sich noch einmal um und warf einen letzten Blick auf die Berge. Dann richtete sie ihre Augen und ihre Gedanken geradeaus – auf das Meer und die kommenden Dinge.

Was war nun zu tun?

Seit Pansiaos Bericht über das Haus Ling Tans hatte sie ihre Gedanken mit keiner Silbe verraten und des Mädchens schüchterne Blicke nur mit einem Lächeln beantwortet. Jeder andern hätte sie ohne weiteres erwidert, es sei ein Wahnsinn, an einen völlig unbekannten, ungebildeten Mann auch nur zu denken; Pansiao sagte sie nichts. Das Kind hatte ihre Einbildungskraft in eine bestimmte Richtung gelenkt, und jetzt, da ihr die ganze Welt offenstand und kein Mensch eine Ahnung hatte, wo sie sich befand, fühlte sie sich so frei wie eine Himmelswolke. Nie zuvor hatte sie solche Freiheit genossen. Der Mann da im Flugzeug zählte nicht; er war für sie nichts als ein Teil der Maschine. Ihr Blick war unbewegt geradeaus in den Himmel gerichtet, und ihr Geist arbeitete an einem Plan.

Warum sollte sie sich nicht auf eigene Faust davon überzeugen, ob dieser Bruder wirklich so schön war, wie die Schwester gerühmt hatte? Denn dies hatte Pansiao mit weiblicher Klugheit wieder und wieder getan. »Und groß«, hatte sie gesagt, »größer als du«, und die Augen seien so lang und tiefschwarz und das Weiße darin so leuchtend, daß jeder, den er nur ansah, den Gott in ihm fühlte. So hatte Pansiao ihren Bruder geschildert.

May-li war eine der Frauen, die glauben, kein Mann sei ihnen gewachsen. Trotz aller Leidenschaft hatte sie nur Verachtung für die Männer. Doch hatte sie seit ihrem dreizehnten Lebensjahr zuweilen von einem Menschen geträumt, den sie nicht lächerlich fand wie alle, mit denen sie bisher in Berührung gekommen, ihren eigenen Vater nicht ausgeschlossen. Gelehrsamkeit an einem Mann sagte ihr nichts, und so erhöhte der Umstand, daß dort in dem Bergtal der nie gesehene Mann weder lesen noch schreiben konnte, in ihren Augen den Wert seiner Persönlichkeit. Wenn er sich ohne jegliche Bildung zu solcher Macht aufgeschwungen hatte, was könnte er alles vollbringen, wenn er erst Wissen besäße! Unbändig und ungezähmt wünschte sie sich den Mann, den zu formen sie sich sehnte.

So schmiedete May-li hoch über der Erde den ganzen langen Tag hindurch Pläne, wie sie wohl nahe genug an den Mann herankommen könne, um festzustellen, ob er ihrem Wunschbild entspreche.

Allzu schwer schien es ihr nicht, den geeigneten Weg zu finden. Pansiao hatte ihr von dem Gatten der älteren Schwester erzählt, der in der Stadt für den Feind tätig war, und ihr den Namen Wu Lien genannt. Konnte sie nicht von der Küste aus an jenen Scheinherrscher schreiben, der in der gleichen Stadt residierte, in der ihre Mutter geboren war? Sie mußte ihn wohl nur um die Erlaubnis zum Besuch des Geburtsortes und des Grabes ihrer Mutter ersuchen. Diese Marionette war ehedem ein Freund ihres Vaters gewesen. Sie kannte ihn noch aus der Zeit, da das ganze Land frei und ohne

Scheinherrscher war. Er war stets ein Aufwiegler gewesen – nicht aus Kraft, sondern aus Schwäche und Ehrgeiz. Dieser Mann hatte gegen die eigene Landesherrschaft gestritten und viele Jahre als Verbannter im Ausland verbringen müssen, wenn auch nicht im Elend; denn er verfügte über genug Geld und Einfluß, sich oben zu halten. Mehr als einmal war sie ihm im Haus ihres Vaters begegnet, zu welchem er ebenso wie zu vielen anderen Stellen zu gehen pflegte, um sich über die Zustände in der Heimat zu beklagen: daß man dort nicht mehr auf ihn hören wolle und ihn beiseite geschoben habe. In allen Hauptstädten des Auslandes spann er Ränke und näherte sich jedem, den er für einflußreich hielt. Auch Wei Ming-ying konnte ihn nicht abweisen; der Mann war sein Landsmann und einstiger Schulkamerad. Und als der Feind als Eroberer einbrach – wer hätte sich besser zum Scheinherrscher geeignet, wer konnte dieses Amt bereitwilliger übernehmen als dieser lebenslänglich Unzufriedene?

Und doch, sagte sich May-li auf ihrer einsamen Gedankenfahrt, würde er begierig die Gelegenheit wahrnehmen, sich in den Augen einstiger Freunde zu rechtfertigen, und ihr daher gewiß die Bitte um freies Geleit zum Grab und zum Heim ihrer Mutter in der eroberten Stadt gewähren. Gewiß würde er sie auffordern, zu kommen, in seinem Haus zu verweilen, und ihr alle erdenklichen Ehren erweisen, nur um dem Feind darzutun, wer seine Freunde seien und daß die Tochter eines gar Hochgestellten um seinen Schutz nachsuche! Freilich, sie konnte sich denken, daß sie damit ihren Vater heftig verbittern würde, allein: hatte sie ihn je vorher um Erlaubnis gefragt, wenn sie wußte, daß ihm etwas nicht recht war?

Ihr Plan nahm Gestalt an. Ja! Wenn sie sich erst in dem Haus des Scheinherrschers befand, konnte es keine Schwierigkeit mehr bieten, jenen Schwager Wu Lien zu finden und hinaus auf das Land zu gelangen, um das Grab zu suchen, dessen Lage ihr unbekannt war. Das Dorf und das Haus war ihr aus Pansiaos Erzählung bekannt. Dort konnte sie dann alles in Augenschein nehmen, vielleicht auch den sehen, den sie am meisten zu sehen begehrte. War der Mann nur ein stumpfer Knecht – nun, dann brauchte sie ja nur umzukehren und das Ganze als einen Zeitvertreib zu betrachten. Sie selbst setzte nichts aufs Spiel, ganz gleich, wie der Ausgang sein mochte.

Am Abend senkte sich das Flugzeug zur Erde, und sie verbrachten die Nacht in einer Kleinstadt an der Grenze in einem Gasthaus, das ebenso schmutzig war wie alle Wirtshäuser hierzulande, und wurden von Wanzen zerbissen. Dies empörte May-li, und am Morgen, ehe sie ging, sagte sie dem Besitzer ihre Meinung. Der Wirt grinste bloß.

Der Pilot aber verdoppelte an diesem Tag die Geschwindigkeit seines Flugzeugs, um sich ja vor Einbruch der Nacht seines unliebsamen Fahrgastes zu entledigen. So gelangten sie an die Küste.

Dort sandte May-li ihrem Plan gemäß ein Telegramm an den Scheinherrscher und erhielt binnen weniger Stunden die erwartete Antwort. Er bat sie zu kommen, versprach ihr, im Zug einen Platz für sie belegen zu lassen; am Bahnhof werde er sie in seinem eigenen Wagen abholen. Seines Schutzes könne sie sicher sein. Unterzeichnet war die Depesche mit seinem vollen Namen und Rang als »Herrscher des Landes«. May-li gedachte seines weichen Gesichtes und lächelte verächtlich.

Aber sie folgte der Einladung nicht sogleich. Sie blieb erst noch in der Hafenstadt und gab Geld aus. Hochmütig ging sie allein durch die Straßen, kaufte sich einige neue Gewänder und Perlen, und wenn sie da und dort etwas Verabscheuenswertes wahrnahm, äußerte sie sich darüber zu niemandem. Sie sah vieles Abscheuliche, Grauenhafte. Die Ruinen in vielen Teilen der Stadt waren von Heimatlosen, Verwahrlosten bevölkert. Nicht nur aus ihrem eigenen Volk – aus allen Teilen der Welt stammten diese obdachlosen Verjagten. Sie sah in ausgehungerte weiße Gesichter, Verzweiflungsaugen vertriebener Juden, die hier an den Stätten des Jammers Unterkunft suchten. Die Hälfte der Welt war zerstört und ohne Schutz. Diese mächtige, reiche Stadt hatte ihrem eigenen Volk gehört – warum mußte sie so verderben?

Obwohl allein und ohne Bekannte, sah May-li kühl über die freundlichen Blicke all derer hinweg, die gern gewußt hätten, wer diese schöne, junge, stolze Frau sei, und grübelte über dem, was sie sah. Und all ihre Leidenschaft verdichtete sich zu furchtbarem Zorn auf den Feind. In dieser Stimmung bestieg sie den Zug.

Sie fand einen Wagen für sich bereit, und gleich einer zürnenden Fürstin, die den Grund ihrer Ungnade nicht verrät, fuhr sie der Stadt entgegen, in der ihre Mutter ein glückliches Kind gewesen war. Spät am Abend kam sie dort an.

»Ich bin sehr einsam«, sagte der Scheinherrscher, und May-li wußte: Jetzt ging er mit sich zu Rate, ob er sich noch etwas näher an sie anlehnen und ihre Hand streicheln solle. Seit er sie zum letztenmal gesehen hat, ist sie zum Weib herangereift.

Sie warf ihm einen Blick zu – da wußte der Mann, er durfte sie nicht anrühren. Er zog sich zurück, stellte das gefüllte Glas auf den Tisch.

»Selbstverständlich sind Sie einsam«, antwortete May-li gelassen. Beide sprachen Englisch, das sie gleich gut beherrschten.

»Sie aber können mich doch verstehen?« Das weiche Schönlingsgesicht bettelte um ihr Verständnis. »Ich bin kein Verräter, sondern ein Tatsachenmensch. Wenn wir die Wirklichkeit sehen: daß diese Ostmeerleute unser halbes Land in der Hand haben, besteht unsere einzige Hoffnung darin, daß wir mit ihnen zusammenarbeiten. Übrigens, was ich tue, ist altchinesische Übung. Die Geschichte lehrt uns immer und immer wieder, daß wir unsern Eroberern jedesmal scheinbar nachgeben; im Endergebnis jedoch haben wir weitergeherrscht, und unsere Eroberer sind dahingegangen.«

»Ja, damals war unser Geist stärker als der unserer Eroberer«, meinte May-li, »ist er das auch jetzt?« Sie verschwieg ihre Gedanken und den Schrecken, der sie durchzuckt hatte, als sie mit einigen Häuptern der Feinde gespeist und die harte, düstere Verbissenheit ihrer Gesichter gesehen hatte. Dagegen hier das gutmütig weichliche Puppengesicht!

Er gab keine Antwort . . . Irgendwer mußte ins Zimmer getreten sein, obwohl er sich jede Störung verbeten hatte, solange sein vornehmer Gast bei ihm weilte. Schon wandte er sich mit einem halb tückischen, halb erschrockenen Blick um – da sah er den lautlos Eintretenden und war sogleich wieder beruhigt. »Ah, Wu Lien«, grüßte er leichthin und stellte vor: »Dies ist mein Sekretär. Er ist mir zugetan und treu ergeben; er versteht mich.«

Zu einem so hohen Posten also war dieser Schwager emporgestiegen, inmitten der Feinde! Dieser Umstand vereinfachte für May-li die Dinge.

Wu Lien verneigte sich tief, ohne der schönen Frau ins Gesicht zu sehen. Er hatte von seinem Vater, der seinerzeit öfter Waren an reiche Damen verkauft hatte, gelernt, was einem höflichen Manne geziemt. Er wandte sich leise an seinen Gebieter: »Herr, verzeiht mir die Störung, allein – unangenehme Nachrichten sind eingetroffen.«

Der Scheinherrscher stand bestürzt auf, eilte hinaus, May-li saß allein, und ihre Gedanken beschäftigten sich mit Wu Lien.

Als ihr Gastgeber wieder eintrat, war sein Ausdruck verstört. »Ich muß mich entschuldigen; es ist etwas Schreckliches vorgefallen. Eine Bande ist aus den Bergen hervorgebrochen und hat die gesamte unten am Berghang verschanzte Besatzung ermordet. Nicht ein einziger Mann ist entkommen.«

»Wird man Sie dafür verantwortlich machen?« fragte May-li.

»Allerdings . . . in gewisser Hinsicht . . .«, gab er unsicher zu, »man weiß zwar genau, ich kann diesem Unwesen in meinem Volk nicht steuern; aber die Folgen bekomme ich deswegen doch zu spüren.«

Wu Lien, der seinen Herrn hinausgeleitet hatte, kehrte zurück und wartete, daß der Besuch sich entferne.

»Führen Sie meinen Gast in seine Gemächer«, gebot der Scheinherrscher.

Wu Lien verbeugte sich, gewärtig, daß May-li ihm folge.

»Gute Nacht«, wünschte der Gastgeber, »für morgen

werden wir etwas Angenehmeres zu Ihrer Zerstreuung zu finden wissen.«

»Bemühen Sie sich nicht«, sagte Miß Wei, »ich weiß allein meine Zeit nützlich und angenehm zu verbringen.«

Mit Wu Lien allein gelassen, fragte sie ihn: »Wäre es möglich, daß ich morgen die Stadt besichtige?«

»Wohl«, versetzte Wu Lien, »unter Bedeckung.«

»Und die Umgebung der Stadt – geht das auch?«

»Unter Bedeckung«, wiederholte er teilnahmslos.

May-li dachte nach. – »Müssen es notwendig Soldaten sein?«

Wu Liens Gesicht blieb glatt wie ein Kiesel.

»So etwas«, fuhr sie fort, »berührt mich unangenehm: feindliche Soldaten in meinem Gefolge! Diese Stadt war meiner Mutter Geburtsort und meiner . . .«, versuchte sie den Unbeweglichen aus sich herauszulocken – umsonst! »Ich möchte gern das Grab meiner Mutter besuchen; ich bin ihr einziges Kind.«

Das wird er doch einsehen, dachte sie, es ist ein strenges Gebot und der Wille der Götter . . .

Wu Lien nickte gemessen. »Vielleicht kann ich es einrichten, Euch in eigener Person zu geleiten. Dann können wir die Bewachung ein Stück wenigstens hinter uns lassen.«

May-li hatte Wu Lien nur die Wahrheit gesagt. Das Grab ihrer Mutter befand sich auf dem mohammedanischen Friedhof, aber wo dieser lag, wußte sie nicht. Wenn sie den Namen des nächstgelegenen Dorfes hörte, würde sie sich wohl wieder erinnern!

»Wie soll ich Ihnen danken?« sagte sie.

Wu Lien verneigte sich abermals. »Es bedarf keines Dankes.«

»Ich hoffe trotzdem, mich Ihnen dankbar erweisen zu können«, lächelte May-li, und da sie während dieses Gespräches vor ihrer Zimmertür angelangt waren, empfahl sie sich und trat ein.

Die Räume waren so herrlich eingerichtet, daß May-li daran ihre Freude hatte, obwohl sie dem Feinde gehörten; und sie schlief einen gesunden Schlaf.

Am nächsten Morgen brachte ihr Gastgeber May-lis Herzenswunsch, der Mutter Grab zu besuchen, volles Verständnis entgegen und bemühte sich, den Namen des benachbarten Dorfes in Erinnerung zu rufen. Zu diesem Zweck ließ er den unentbehrlichen Wu Lien kommen, und als dieser erfuhr, worum es sich handle, schlug er vor, seine Frau zu rufen. »Sie stammt aus der Umgebung; ihre Familie wohnt heute noch auf dem Land. Sie kennt die Namen unserer Dörfer und Weiler besser als ich.«

Also sah May-li ohne besonderes Dazutun alsbald Wu Liens Weib eintreten und merkte sogleich an der Ähnlichkeit, daß sie eine Schwester Pansiaos vor sich hatte; nur war ihr Gesicht nicht so hübsch und ausdrucksvoll wie das der jüngeren Schwester.

Nachdem man ihr die Frage nach dem Grab vorgelegt hatte, dachte die Frau eine Weile nach und rief dann: »Dieser Friedhof muß der im Westen vom Dorf meines Vaters sein. Ich kenne ihn; es gibt kein anderes mohammedanisches Gräberfeld in der Gegend. Warum ...«, wandte sie sich sogleich an ihren Gatten, »soll ich nicht auch mit hinausgehen? Ich könnte die Kinder mitnehmen, bei meinen Eltern einkehren und, während du mit der Dame weitergehst, mich endlich wieder einmal des Wiedersehens mit den Meinen erfreuen und hören, wie es ihnen geht!«

Also vollzog sich alles einfach und leicht nach dem Willen der Götter.

XVIII

Ling Tan saß auf der Bank seiner Tenne und flickte das Kummet des Wasserbüffels. Er hatte das alte Tier so manches Mal schon vor dem Zugriff des Feindes gerettet, daß es ihm fast wie ein alter Vater ans Herz gewachsen war.

An diesem Morgen nun war das Joch beim Pflügen gebrochen und mußte ausgebessert werden.

Ling Tan war übler Laune. Er hatte die Nacht kaum geschlafen. Zwei Tage voller Gefahren lagen hinter ihnen. Vor einer Woche war sein ältester Sohn gekommen und hatte ihn darauf vorbereitet, daß in nächster Zeit ein Angriff auf das Nachbardorf unten am Berghang erfolgen werde; der dort befindliche Posten des Feindes sollte ausgehoben werden. Ein Gleiches war zuvor schon zweimal geschehen, und der Feind hatte jedesmal die Besatzung verstärkt, so daß ein erneuter Angriff zu einem rechten Wagestück wurde, bei welchem es fraglich war, ob die Berg-Männer gewinnen oder verlieren würden.

Sie hatten gewonnen. Jetzt aber lagen Ling Tans beide Söhne, erschöpft von der vollbrachten Tat, schlafend im Haus. Lao San war leicht verwundet; sein Arm war nach dem Rat des Vaters verbunden worden und ruhte ihm in einer Schlinge an der Brust.

Obwohl Ling Tan äußerlich den Anblick eines friedfertigen alten Bauern gewährte, fühlte er sich in seiner Haut nicht wohl. Wie ein Wachtposten beobachtete er von seiner Tenne aus alles, was auf dem Lande draußen sich regte. Sein unangenehmes Gefühl wurde noch dadurch verstärkt, daß Lao San, dieser Eigensinnige, ihm rundheraus erklärt hatte, er könne nicht in dem unterirdischen Loch schlafen; die Luft sei ihm dort zu drückend, worauf er sich unbekümmert in einer Kammer des Hauses niedergelegt hatte. Wie, wenn man ihn entdeckte! Wenn irgend jemand zum Tor kam und der Junge erst dann in die Küche eilte, zur Falltür? Wie leicht könnte er da gesehen und abgefaßt werden! Doch welches Geheiß seines Vaters befolgte der Bursche denn noch? Was soll man mit ihm erst anfangen, wenn dieser Krieg zu Ende ist? zermarterte Tan seinen alten Kopf und beugte sich über sein Flickwerk. Wie soll ich in Friedenszeiten, wenn kein Bedarf mehr an Helden ist, mit diesem dritten Sohn fertig werden? Er fand keine Antwort. Trostlos sank er in sich zusammen.

Da fiel sein Auge, das während der ganzen Zeit den Hauptweg nicht außer acht gelassen hatte, auf Wu Lien, welcher mit Weib und Kind in einer von zwei Rossen gezogenen Kutsche herannahte. Schon stiegen sie aus.

Wu Lien war seit seinem letzten Besuch bei Ling Tan auf der Stufenleiter seiner Erfolge so hoch gestiegen, daß er nicht länger in Furcht vor seiner Bewachung lebte. Er konnte es sich erlauben, sie bei der Kutsche warten zu lassen, und die Leute gehorchten ihm ohne Murren.

Während nun die Ankömmlinge zu Fuß auf ihn zukamen, bemerkte Ling Tan unter ihnen zu seinem Mißvergnügen eine hochgewachsene junge Fremde, wie er niemals in seinem Leben eine gesehen hatte. So ausländisch war ihr Aufzug, daß er nichts anderes meinte, als eine Feindin vor sich zu haben. Ohne sich zu erheben oder mit seiner Arbeit innezuhalten, rief er den Herannahenden zu: »Seid ihr wiedergekommen?«

»Wir sind es«, antwortete Wu Lien liebenswürdig, »und hoffen, euch alle wohl und gesund zu finden.«

»Wir sind so wohl, wie man in solchen Zeiten sein kann«, brummte Ling Tan. Er verspürte nicht die mindeste Lust, zu Wu Lien freundlich zu sein, sagte sich aber zugleich, es sei ein Wahnsinn, ihn sich zum Feinde zu machen.

»Da wären wir, Vater, und hier sind die Kinder«, rief Wu Liens Frau, »und diese ist eine Gastfreundin unseres Oberherren; sie will das Grab ihrer Mutter auf dem mohammedanischen Friedhof besuchen.«

Da erkannte Ling Tan, daß er keine Feindin zu fürchten habe, stand auf und begrüßte sie. »Ich hielt Euch nach Eurem fremdartigen Aussehen für eine Feindin. Aber jetzt verstehe ich – Ihr seid Mohammedanerin.«

Sie lächelte höflich. »Ich fürchte, ich komme Euch ungelegen.«

»Durchaus nicht«, versetzte Ling Tan ebenso höflich, obwohl sie recht hatte. Da seine Söhne im Haus versteckt waren, konnte sie ihm nicht ungelegener kommen. Daß sein Schwiegersohn sich von allen Tagen auch gerade diesen für den Besuch aussuchen mußte! Ob er vielleicht etwas ahnte – oder gar wußte? Wohl möglich. Wenn er nur vor dem Besuch ins Haus gelangen und seine Söhne rasch warnen könnte! Wie aber durfte er sich vor einem so vornehmen Gast so ungesittet benehmen? Denn das sah Ling Tan auf den ersten Blick: Die hier vor ihm stand, war kein gewöhnliches Weib, sondern eine Hochgestellte von irgendwoher.

Während er noch unschlüssig dastand, sah er bestürzt, wie sein dritter Sohn gemächlich aus dem Tor heraustrat und zu allem auch noch den Gürtel entschnallte und seine Beinkleider lockerte, um nach Männerart im Freien sein Wasser abzuschlagen. »Zieh dich zurück!« brüllte er dem Ahnungslosen entgegen. »Hier steht eine Fremde, ein Weib!« Aber der dritte Sohn war schon draußen vor der Tür.

Nun war aber sein schamvolles Erschrecken und des Alten Entsetzen so komisch, daß May-li laut herauslachte, wie keine andere es sich erlaubt hätte.

Dies war der Augenblick, da Lao San zum erstenmal seine Augen zu May-li erhob. Und er sah sie, wie sie lachte und wie Sonnenlicht über ihre Gestalt fiel. Er sah ihr tiefschwarz schimmerndes Haar, die geröteten Wangen, den blutroten Mund und die blitzenden Zähne, das Haupt in hellem Gelächter zurückgeworfen – und stand getroffen, als wäre vom Himmel ein Schwert herab und ihm mitten durchs Herz gestoßen. Oh, wie beschämt er war! Wie ein trotziger Knabe senkte er finster den Blick zu Boden, wandte sich um und rannte zurück in das Haus.

»Das war ja mein dritter Bruder!« schrie Wu Liens Weib überrascht.

Nun aber tat Ling Tan etwas, wovon er sich nie hätte träumen lassen, daß es je möglich sein werde. Er fiel vor Wu Lien auf die Knie. Er berührte den Staub der Erde mit seiner Stirn, und Wu wußte sehr gut, warum Tan es tat. Er hatte das Leben des ganzen Stammes, des ganzen Dorfes in seiner Hand.

Er aber hob den Alten auf, sah sein Weib an und sprach: »Ich habe niemanden gesehen . . .«

Da verstand Ling Tan, daß sein Schwiegersohn ihm mit diesen Worten versprach, er werde weder ihn noch die Söhne verraten. Und er stand vor ihm und sagte demütig: »Niemals will ich wieder verdammen. Nur den Himmel laßt richten!«

Jetzt endlich durfte er es wagen, die Gäste in sein Haus zu bitten, und tat es fast ungestüm. Und alle folgten der Einladung.

Er rief sein Weib und hieß es den Tee aufsetzen.

Vor May-lis Augen sitzt die Familie versammelt, von der ihr Pansiao so vieles erzählt hat. Nun lernt sie jeden einzelnen kennen, hört sie reden, betrachtet sie und lächelt still vor sich hin. Jade, gesegneten Leibes, erscheint, und May-li liebt sie, weil sie nicht schüchtern ist; und sie liebt auch die andern.

Nur der dritte Sohn und der erste sind noch nicht zum Vorschein gekommen.

Da verrammelte Ling Tan das Tor, damit nichts sie überrasche, und forderte Lao Er auf, seine Brüder zu holen. »Hier sind nur noch Freunde.«

Daraufhin kam der älteste Sohn aus seinem Versteck hervor. May-li sah einen scheuen ruhigen Menschen mit offenem Gesicht. Aber der dritte Sohn wollte nicht kommen.

Er saß in der Kammer, in der er geschlafen hatte, und verfluchte sein tölpelhaftes Benehmen; daß er wie jeder gemeine Lümmel mit seiner Notdurft hinausgestürzt war – vor den Augen einer Frau, solch einer Frau, wie er sie draußen gesehen! Er, der Stolze, der im letzten Gefecht all seine Mitkämpfer übertroffen, fühlte sich nun im Tiefsten gedemütigt, denn sie – sie hatte ihn ausgelacht.

Finster, mit gerunzelter Stirn, saß er auf seiner Lagerstatt und biß sich die roten Lippen. Als Lao Er ihn einlud zu kommen, gab er ihm keine Antwort; er riß ein wollenes Kissen vom Bett und schleuderte es ihm ins Gesicht. Lao Er mußte sich bücken und sich hinter der rasch geschlossenen Tür in Sicherheit bringen. »Mein jüngster Bruder will nicht«, bestellte er dem Vater.

»Was heißt das?« rief die Mutter verstimmt, »wo ich meine drei Söhne monatelang nicht mehr beisammengehabt habe, weigert er sich zu kommen?« Wuchtig erhob sie sich von der Bank, stapfte in Lao Sans Kammer, packte ihn beim Ohr und zog den sich Sträubenden vom Bett auf und hinaus, und er folgte auch; er hatte von jeher der Mutter besser gehorcht als dem Vater. Erst bei der Haustür befreite er sich von ihrer Hand. »Laß mich los«, knurrte er, »ich bin kein Kind mehr!«

»Alter Knochen!« lachte Ling Sao.

Lao San richtete sich auf und trat in den Hof.

Das Herz wäre ihm im Busen zersprungen, wenn er nun nicht ohne Unterlaß May-li betrachtet hätte. Und so betrachtete er sie, und sie betrachtete ihn.

Er dachte: Nie hätte ich mir träumen lassen, ein Weib wie dieses zu sehen!

Und sie dachte: Er ist aufs Haar so, wie ihn Pansiao geschildert hat.

»Ich muß jetzt gehen«, sagte sie eilig zu Wu Lien, der sich sogleich erhob.

Da riß jedes der beiden den Blick vom anderen los, und Wu gebot seinem Weibe: »Bleibe hier, Mutter meiner Kinder, und wenn ich zurückkomme, sei bereit!«

Sie stand auf, auch May-li erhob sich. Mit einem leichten Kopfnicken nahm sie für kurze Zeit von der Familie Abschied, die zusah, wie sie sich in ihren Mantel hüllte. Höflich standen sie wartend, bis die Fremde gegangen war. Tan und Sao begleiteten sie bis vor das Tor.

Als Ling Tan wieder zu seinem Platz zurückkehrte, merkte er, daß sein dritter Sohn ihn unter vier Augen zu sprechen wünschte; denn er wies mit dem Kopf gegen die Haustür und schlenderte dann wie zufällig ins Haus.

Die Teeschale in der Hand, folgte der Vater dem Sohn in die Kammer, in der Lao San geschlafen hatte.

Die Hände auf seinen Knien, saß San nun wieder, vorwärts gebeugt, auf seinem Bett. Der Vater setzte sich auf ein Bänkchen. »Was ist?« fragte er, verwundert über das rote erhitzte Gesicht des Sohnes, der ihn schwer atmend ansah.

»Dieses Weib!« stieß Lao San zwischen zusammengepreßten Zähnen hervor.

»Welches Weib?«

Sans Hand zuckte in der Richtung des Hoftores. »Die in dem Mantel . . .«

»Was ist mit ihr?« forschte Ling Tan und war schon darauf gefaßt zu hören, sie sei eine Spionin, die er nicht hätte einlassen dürfen. Er hatte in dieser Hinsicht schon selbst eine geheime Befürchtung gehegt. Er war nur von Wu Liens Großmut so überwältigt gewesen, daß er darüber alle Gebote der Vorsicht vergessen hatte. Lao San aber antwortete: »Verschaffe sie mir zum Weibe!«

Nun war Ling Tan gewiß der sorgsamste und sparsamste Familienvater, den man sich vorstellen kann; wenn nur die armseligste Schüssel in seinem Haus in Scherben ging, gab es ein großes Gejammer – doch als er dies hörte, geriet er dermaßen außer Fassung, daß seine Hand sich von selber auftat und die gute, von seinem Vater ererbte Teeschale zu Boden fiel und in wertlose Stücke zerbrach. Dies aber brachte ihn so außer sich, daß er alles andere vergaß und erbost auf den Sohn losfuhr: »Schau dir das an!« schrie er empört und bückte sich, um die Scherben aufzulesen; aber sie waren zu klein und zu zahlreich – selbst der geschickteste Geschirrflicker hätte sie nicht wieder zusammengeleimt. »Langes Laster, Steckrübe, alter Knochen!« schimpfte er seinen Sohn und dies mit solch wütendem Stimmaufwand, daß Ling Sao es draußen hörte und voller Angst hereingestürzt kam. Oh, wie sie aufschrie, als sie der Scherben ansichtig wurde. »Diese Schildkröte, die du geboren hast!« schrie Tan ihr zu.

»Was heißt das?« schrie Ling Sao zurück und schickte sich an, ihren Sohn gegen den tobenden Vater in Schutz zu nehmen, wie sie es immer bei all ihren Söhnen getan hatte. Nur wenn es Streit mit einer Tochter gab, konnte Tan bei seiner Frau auf Gerechtigkeit zählen.

»Er ist daran schuld, daß ich sie fallen ließ«, klagte der Alte.

»Das bißchen Geschirr . . .«, meinte sie, wieder beruhigt.

»Es handelt sich nicht um das verfluchte Geschirr«, polterte Ling Tan weiter, »es ist jetzt so weit, daß der da, dein Sohn – jetzt will er Sonne und Mond verschlingen! Weiß nicht mehr, daß er ein gewöhnlicher Mensch ist und ein jüngerer Sohn, o nein – er bildet sich ein, er hat Himmel und Erde geschaffen!«

»Du bist auch nur ein alter Knochen«, versetzte Sao. »Was schwatzest du überhaupt? Da werde ich noch eher aus dem Geschnatter unserer Enten klug. Mein Sohn! Wessen Sohn ist er denn, wenn nicht deiner?« Und nun zankten die beiden Alten so laut miteinander, daß auch noch der älteste Sohn und das Weib Wu Liens hereinkamen und die Tochter, den Streit zu schlichten, den Vater anflehte: »Vater! Bis jetzt weiß niemand außer dir, warum du so wütend bist. Jetzt wollen wir alle uns still verhalten, damit du erzählen kannst, was vorgefallen ist.«

Sie warteten, bis der Alte wieder zu Atem kam; seine Tochter brachte ihm eine Schale mit frischem Tee, der älteste Sohn zündete ihm ein Pfeifchen an, und nur der jüngste saß unbewegt da und sagte kein Wort.

Als Ling Tan ein paar Züge aus seiner Pfeife getan und sich etwas beruhigt hatte, begann er endlich, während der Tabakrauch seinen Lippen entfuhr: »Dieses Ungeheuer, welches mein Sohn sein will – er, der nicht heiraten wollte, kommt keck daher und sagt mir: Verschaffe sie mir zum Weibe!« Er verschluckte sich und mußte husten.

»»Sie‹«, fragte Ling Sao, »welche ›sie‹?« und leuchtete auf vor Wonne und Lust. Heiratsgespräche waren Weihrauch für ihre Nase und Atzung für ihren Gaumen, besonders, wenn es um eines ihrer Kinder ging.

»Welche ›sie‹?« echote Tan. »Ei, wer denn sonst als die in dem ausländischen Mantel!«

Nun waren auch die andern wie vor den Kopf geschlagen.

Es kam nicht ein einziges Wort mehr, von keinem.

Lao San aber schaute unter den schönen zusammengezogenen Augenbrauen verstohlen von einem zum andern, und je mehr er sie ansah, um so höher stieg seine Erbitterung. Wütend warf er den Kopf zurück und sprang auf. »Keines von euch weiß, wer ich bin!« rief er verwegen. »Für euch bin ich ein Kind. Ich bin kein Kind! Mutter, ich weiß nichts davon, daß du mich jemals an deiner Brust genährt hast! Vater, ich zehre nicht mehr von deinen Vorräten. Und was euch andere angeht – wer seid ihr? Ich habe keine Eltern und keine Brüder und keine Schwestern. Ich sage mich los von euerm Geschlecht!« Damit schritt er zur Tür, aber die Mutter rannte ihm nach, hängte sich an seine Schöße, drehte einen Zipfel derselben in ihrer nervigen Hand und schrie: »Wo willst du hin, Sohn! Was tust du uns an?«

Er riß sich los, aber die starke Mutterhand hielt so fest, daß sein Gewand entzweiging und ihm, da er hinausstürmte, in Fetzen von den entblößten Schultern hing. »Laß mich die Naht flicken«, schrie Sao ihm nach, »wenigstens die Naht!« – aber er war nicht zu halten. »Wenn ihr mir gebt, was ich verlange, kehre ich wieder«, rief er noch über die Schulter zurück und eilte mit mächtigen Schritten zum Tor hinaus in den blendenden Sonnenschein, ungeachtet aller Gefahren, die ihm hier drohten.

Fassungslos liefen sie hinter ihm drein und sahen, wie er in Eile den Weg nach den Bergen einschlug.

Ling Tan sank auf die Tenne, stützte den Kopf in beide Hände, sah sein Weib vorwurfsvoll an und ächzte: »Wie war es möglich, daß so etwas je aus deinem Schoß kam?«

»Wie war es möglich, daß du so etwas hineingebracht hast?« gab sie stöhnend zurück.

»Nein . . .«, sagte Tan schwer, ». . . er ist weder mir noch dir entsprossen. Aus dieser Zeit ist er geboren. Was soll mit ihm werden, wenn diese Zeiten vorüber sind?«

Da saß der Alte und rang nach Fassung, aber alles Stöhnen und Jammern verschaffte ihm keine Erleichterung. Er wußte, es war seine Vaterpflicht, dem Sohn ein Weib zu verschaffen, und mehr noch war es seine Pflicht gegenüber den Ahnen und allen zukünftigen Generationen. Wie aber sollte er, ein Bauer – sein Sohn ein Bauernsohn –, um ein solches Weib werben?

Anders dagegen dachte Ling Sao.

Sie hielt ihre Söhne für jedes Weib gut genug, und nachdem sie die Sache eine Weile still für sich überlegt hatte, zog sie ihre Tochter hinaus in die Küche und trug ihr dort folgendes vor: »Du, meine älteste Tochter, befindest dich an der rechten Stelle, an der du die Ohren spitzen und deine Fühler ausstrecken kannst. Finde heraus, ob das Weib schon verheiratet ist. Wenn nicht – nun, ein Mann ist ein Mann. Sie kann lange suchen, bis sie einen findet, der unserem dritten Sohn gleichkommt!«

»Sie ist gelehrt«, wandte die Tochter ein.

»Was nützt Gelehrtheit im Bett?« gab Sao zurück. »Da muß eine weder lesen noch schreiben.«

Die Tochter bekam einen roten Kopf. Sie lebte nun lange genug in der Stadt, um in solchen Dingen empfindlicher zu sein als die Mutter. Sie ging daher weder mit Worten noch unpassendem Gelächter auf den Einwurf der Mutter ein, sondern bemerkte nur zimperlich vornehm: »Ich könnte die Frage allenfalls mit dem Vater meiner Kinder erörtern.«

Da beugte Ling Sao sich über sie und war auf einmal feierlich ernst. »Mein Kind«, sagte sie eindringlich leise, »das mußt du für deinen Bruder tun, und wenn es dir gelingt – das schwöre ich dir –, will ich alles vergessen, was ich je gegen dich und deinen Mann auf dem Herzen hatte.«

»Ich will tun, was in meiner Macht steht«, versprach die Tochter, wenn auch nicht ohne Bedenken.

Ling Tan schüttelte zweifelnd das Haupt, als ihm Ling Sao berichtete, auf welche Weise sie die Sache zu fördern gedachte. »Tut, was ihr könnt und für gut haltet, ihr Weiber«, sagte er kummervoll, »aber laßt mich aus dem Spiel!«

Lao San wäre kein echter Freischärler gewesen, wenn

er wirklich den vor aller Augen eingeschlagenen Weg weiterverfolgt hätte. Solange er annehmen konnte, daß Vater, Mutter, Schwester und Bruder ihm angsterfüllt nachstarrten, schritt er in der Richtung der Berge. Sobald er jedoch ihrem Gesichtskreis entschwunden war, machte er einen Bogen und wandte sich gen Westen, dem mohammedanischen Friedhof zu, den er bald erreichte.

Mit den lautlosen Bewegungen, welche die Berg-Männer den Berg-Tigern abgelauscht haben, kriecht er behend durch die frischen, hochaufgeschossenen Gräser. Lautlos teilt er die buschigen Halme. Nun späht er aus seinem Hinterhalt. Jetzt erblickt er das Weib.

Das Haupt gesenkt, in den Mantel gehüllt, steht May-li aufrecht am Grab ihrer Mutter. Es gefällt ihm, daß sie nicht niederkniet. Mächtig groß ist sie, findet er und liebt ihre Größe, liebt ihr adlerhaftes Gesicht, die bernstein-hafte Glätte der Haut und die langen, schmalen, nervigen Hände.

Lao Sans Seele ist nicht einfältig schlicht wie die seines ältesten Bruders; auch sein zweiter Bruder ist von einfa-cherer Art als er. Uralter Ahnengeist ist in ihm wiederer-standen. Einst, in ferner Vergangenheit, hatte es in der Reihe längst vergessener Vorfahren einen gegeben, der ihm glich, der gegen Kaiser gekämpft hatte und in allen Schlachten Sieger geblieben war.

Und wie nun San auf die Frau, nach der ihn verlangte, die Blicke richtet, erfüllt ihn nicht gemeine Begierde. Er begehrt sie auf mancherlei Art: daß sie die Leere und Mängel seines eigenen Wesens ausfülle und ihm in seinen Nöten beistehe. Der Gedanke, daß sie gelehrt sei und an-dersgeartet als er, beglückt ihn, und da er sich seines eige-nen Wertes bewußt ist, schreckt ihn auch nicht der Ge-danke, daß sie in manchem besser sei als er selbst. In manchem, fühlt er, ist sie ihm gleich; in ihrem Innersten ist sie wie er, und er ist wie sie.

Er beobachtete sie unverwandt. Nicht ein einziges Mal schaute sie auf, sonst hätte sie ihn erblickt. Auch das gefiel ihm. Lao San war noch jung genug, um zu denken: Sie soll mich erst wiedersehen, wenn ich schön aussehe! Ich will mir neue Kleider besorgen und sie anlegen; ein Schwert will ich umgürten und mir das Haar schneiden und salben lassen.

So stand er, Augen und Herz von May-li erfüllt, bis sie sich endlich abwandte und mit dem wartenden Wu Lien wieder dem Haus Ling Tans zuschritt. Die Augen des Jünglings wanderten hinter ihr her, bis sie nicht mehr zu sehen war . . .

Dann ließ er die Halme vor sich zusammenschlagen und machte sich auf in die Berge.

Von allem, was nach May-lis und Wu Liens Weggang geschehen war, hatten Jade und Lao Er nichts gesehen und nichts gehört. Sobald die Fremde den Rücken gewandt hatte, fühlte sich Lao Er von Jade am Ärmel gezupft. Leise geleitete ihn ihre Hand hinab in den unterirdischen Raum. Dort drehte sie sich nach ihm um; ihr Antlitz strahlte. »Siehst du!« jauchzte sie unterdrückt.

Er ahnte weniger als ein Sonnenstäubchen. »Was soll ich sehen?« fragte er stutzig.

»Was? Das ist sie!« jubelte Jade.

»Welche ›sie‹?« fragte er wieder.

»Oh, alter Knochen«, jammerte sie mit lachenden Augen, »oh, Erdkloß du unter meinen Füßen! Warum hat der Himmel den besten der Männer als Tropf erschaffen? Sie ist die Göttin Kwanyin, deines Bruders Gottheit!«

Lao Ers Unterkiefer klappte herunter. Endlich hatte er Jade verstanden. »Aber sie steht so hoch«, wandte er zaghaft ein, »wie sollte sie je ihre Blicke auf unsereins richten? Und dann – wie stellt sie sich zum Feind?«

Jade wurde plötzlich ernst. »Allerdings . . . Daran habe ich nicht gedacht, verzeih . . . du bist doch kein solcher Tropf!« Ihr fraulicher Spürsinn witterte die Untergründe weiblichen Verhaltens. »Ich glaube nicht, daß sie dem Feind geneigt ist. Keine Frau denkt noch an die, welche herrschen und an der Spitze stehen, sobald sie den Mann, den sie braucht, an ihrer Seite findet.«

»Er ist nicht an ihrer Seite«, beharrte Lao Er, »er ist vielmehr weit entfernt. Und er denkt nicht an sie, wenn sie auf seiten des Feindes ist. Darin sind die Männer nicht wie die Weiber.«

»Falsch!« belehrte ihn Jade. »Ihr Männer haltet ein Weib für so unbedeutend und schwach und euch selbst für so stark, daß ihr euch zumeist gar nicht darum kümmert, was die Frau denkt!«

Er lachte. »Sind wir hier, um über Männer und Weiber zu streiten?« Doch Jade stimmte nicht in sein Lachen ein. »Nein, aber hier ist der Haken«, beharrte sie eigensinnig.

»Du kannst ihn nicht geradebiegen, auch wenn diese Fremde aussieht wie eine Göttin im Tempel«, nörgelte Lao Er, und nachdem sie noch eine Weile gestritten hatten, gingen sie wieder zurück. Beim Emporklimmen auf der Leiter half er ihr zärtlich besorgt, denn sie stand nahe vor ihrer Entbindung; jeden Tag erwartete sie das Kind.

Über der Erde erfuhren sie bald, daß das, was sie unter der Erde für unmöglich gehalten hatten, wohl möglich war.

»Wie bringen wir nun die beiden zusammen?« war Jades Frage, auf die ihr niemand die Antwort erteilen konnte.

Als May-li zum Palast des Scheinherrschers zurückgekehrt war, ging sie geradewegs in ihre Zimmer, nahm den Mantel ab, legte ihn mit ungewohnter Sorgfalt zusammen, badete, kämmte ihr Haar, setzte sich dann vor einen schmalen Wandtisch und betrachtete ihr Gesicht lange im Spiegel. Der Vormittag hatte ihr ungebärdiges Herz seltsam besänftigt. Der Gang zum Grabe der Mutter, ihr stummes Verweilen in der Vergangenheit hatte ihren Sinn mit Bildern erfüllt, an die sie sich selbst unmöglich erinnern konnte und die sie dennoch so deutlich sah und fühlte, als lebe in ihr eine Erinnerung. Die Mutter war bei May-lis Geburt gestorben – aber als sie diesen Morgen bei ihrem Grab stand, war es der Tochter gewesen, als sähe sie ein Antlitz von hohem Liebreiz, das trotzig genug schien, dem Gatten nicht in die Fremde folgen zu wollen, aber auch süß genug, ihn festzuhalten und dort zu beseligen, wo sie war.

Wei Ming-ying hatte ihr, solange sie noch ein Kind war, von ihrer Mutter erzählt. Sie weiß um die Liebe dieser zwei Menschen und hat daraus den Glauben gewonnen, daß Liebe, wenn sie so stark ist wie diese, das köstlichste Erdengut ist.

May-lis befriedigtem Herzen ist noch ein zweites Bild eingeprägt: das Gesicht eines jungen Mannes. Mag er sein, was er will, unwissend oder nicht – er ist tapfer und von unaussprechlicher Schönheit, und in ihm ist wahre Kraft; sie hat es gefühlt! Tapferkeit, Schönheit und Kraft – sind diese Gaben nicht ausreichend? Nie zuvor sah sie die drei in einem Manne vereinigt . . . Und doch:

Wie soll es ihr möglich sein, dieser Familie anzugehören, ein Teil dieses Hauses zu werden? Es ist ihr so fremd, fremder noch als jedes Haus in den vertrauten Bereichen jenseits des Meeres. Niemals in ihrem Leben hat sie ein Haus wie dieses betreten. Nein, hier kann sie nicht leben.

Dann müssen wir eben hinaus, folgert May-li, er wird ihnen entsagen müssen und nur noch mir anhangen, und ich werde allen entsagen, die ich gekannt habe, und ihm allein anhangen ... Werden wir dann nicht gleichen Standes und Sinnes sein? Werden wir dann nicht unsere eigene Welt gestalten?

May-li springt auf; wie von Flügeln getragen eilt sie durchs Zimmer. Früher, in jener Zeit, die nie mehr zurückkehrt, wäre das, was sie jetzt sich erträumt, undenkbar gewesen. Für zwei, so wie sie, hätte sich kein Ort gefunden, die eigene Welt zu erschaffen. Die alte Welt war fertig geprägt, zu Ende geformt und erstarrt. Wer ihr sich nicht anpaßte, war ein Ausgestoßener. Doch jetzt war die alte Welt dahin, alte Satzungen waren zerschellt, alte Gebräuche und Sitten gestorben. Die Jugend kann tun, was ihr gefällt; es gibt kein Herkommen mehr. Wir können ins freie Land, fällt ihr ein, an jeden Ort, der uns zusagt. Warum sollte sich seine Kraft nicht mit meinen Vorzügen verbinden? Was ich weiß, sage ich ihm. Was er weiß, wird er mir sagen. Ach, mir ist von all diesen glatten neunmalweisen Herren längst übel! Was er für kräftige Hände hat! Er wurde im Kampf verwundet. Es war ein Sieg! Sie denkt an seinen Blick, an seinen stolzen Gang. Das einzige, was ihr unmöglich erscheint, ist seine Familie. Oh, diese Niedrigkeit; sie paßt nicht zu ihm, er muß da heraus! Große Männer werden oft in der Niedrigkeit geboren, doch gehören sie ihr nicht an. So sann und spann sie.

Bei der Abendtafel, zu der sie sich endlich begab, fiel

dem Gastgeber ihre Schweigsamkeit auf. »Habe ich Sie verstimmt?« Er hatte einen unangenehmen Vormittag hinter sich. Die Ostmeerherren waren nicht glimpflich mit ihm umgesprungen. »Schauen Sie nicht so böse drein«, schmeichelte er und suchte zu lächeln, »ich brauche ein bißchen Trost. Jetzt hat man mir gesagt, ich müsse den Anführer jener Bande fangen, die gestern die ganze Besatzung umgebracht hat; wie kann ich das?«

»Wie können Sie das!« wiederholte May-li. Ihre Stimme war kalt und fern; ihr Herz sah das junge verwegene Gesicht jenes Anführers. »Sie können es nicht«, sagte sie kurz.

Und der Himmel lenkte die Dinge nach seinem unerforschlichen Ratschluß.

Zwei Tage hatte May-li nun gewartet, sich geprüft und erkannt: Was sie jetzt fühlte, ließ sich nicht unterdrücken. Die einzige Möglichkeit einer Kur, wenn es überhaupt eine solche gab, war die, ihrer jähen Liebe ein klein wenig nachzugeben. Liebe? War es denn wirklich Liebe? Sie war zu klug, um nicht das Verrückte darin zu erkennen . . . Doch schließlich . . . warum soll sie sich nicht noch einmal zum Hause Ling Tans begeben, aber diesmal schlicht, ohne Vorwand. Sie wird einfach nach Jade fragen und ihr erzählen, daß sie Pansiao kennt, und sehen, was dabei herauskommt. Gedacht, getan.

Keck wie stets verließ sie nachmittags das Scheinherrscherschloß. Kaltblütig, als gäbe es in der Stadt und deren Umgebung keine frischen Ruinen und auch sonst nichts, was ein junges Weib in Angst und Schrecken versetzen könnte, mietete sie eine klapprige Pferdekutsche, die sie mit Mühe und Not endlich aufgetrieben hatte; Pferde waren jetzt selten; fast alle waren geschlachtet worden. Sie erklärte dem Kutscher den Weg und ließ ihn aufs Land fahren.

Jade hatte an diesem Tag noch keine Arbeit irgendwelcher Art verrichtet; sie fühlte sich viel zu schwer und unbeholfen. Ihr Körper war so ungewöhnlich dick geworden, daß sie es sich kaum vorstellen konnte, die Frucht ihres Leibes könne so groß sein, aber sie war es.

Da saß sie denn im Hof, und ihr Söhnchen, das jetzt zwei Jahre alt war, spielte um sie herum. Plötzlich ein kräftiges Pochen ans Haustor.

Sie horcht auf. Ein zweites Klopfen, doch beide Male nicht so, wie wenn der Feind mit dem Gewehrkolben ans Tor schlägt. Soll sie auftun? Die Schwiegereltern sind auf das Feld und ihr Mann ist auf Geheiß des Vaters auf Kundschaft gegangen, um zu erfahren, ob Lao San, der Unüberlegte, in seiner blinden Wut heil die Berge erreicht hat.

Da Jade also mit dem Kinde allein war, verstellte sie ihre Stimme, so daß sie brüchig wie die einer zahnlosen Alten klang, und rief: »Wer ist draußen?«

»Ich«, scholl die Antwort herüber, und es sah May-li gleich, anzunehmen, nun müsse jedermann wissen, wer dieser Ich sei. Aber Jade war hell und wußte es auf der Stelle.

Sie raffte sich auf und öffnete. »Oh«, machte sie erstaunt und entschuldigte sich. »Ich wollte nicht unhöflich sein – aber ich bin so – ich war auf Euch nicht gefaßt . . .«

»Wieso auch?« fragte May-li, trat ein und nahm Platz. Jade verriegelte wieder das Haustor.

Unbefangen und heiter schaute sich May-li um. Kein

Mensch hätte vermuten können, wie heftig ihr Herz in der Brust hämmerte und zuckte. Auch Jade bemerkte es nicht und sollte nichts merken. Viel später erst gestand May-li einmal ihrem Gatten: »Ich wußte, es war kein gewöhnlicher Tag. Ich fühlte, ich ging einen Weg, der in ein Schicksal mündete.«

Jeder andere, der die beiden in dieser Situation beobachtet hätte, würde in ihnen nichts weiter als plaudernde Frauen gesehen haben. Jade goß Tee ein und rief sodann ihren Knaben, der etwas schüchtern herankam; May-li bewunderte ihn, trank Tee und begann endlich nach einigen unverbindlichen Redensarten: »Als ich vor zwei Tagen hier war, konnte ich nicht offen und ungehemmt sprechen; auch waren meine Gedanken beim Grabe meiner Mutter. Deshalb bin ich heute noch einmal gekommen. Ich wollte nur sagen . . . ich kenne eure Schwester Pansiao; ich habe sie kurze Zeit unterrichtet.«

Das war eine Neuigkeit! Jade konnte es kaum glauben, doch May-li erzählte, wie alles gekommen war, und Jade, stumm staunend und lauschend, konnte nur denken: Wie einfach sich doch dies alles vollzog . . . und dennoch, wer könnte leugnen, daß es der Himmel also gefügt hat?

»Als ich hierherkam«, sagte May-li und ließ ihre Blicke verträumt über den Hof und das Haus wandern, »schien mir dies alles bekannt . . . sie hat mir alles genau geschildert; das Kind hat mich geliebt – ich weiß nicht, wieso. Sie plauderte gern mit mir, und ich habe ihr gern zugehört; ich war immer nur in fremden Ländern, sie aber sprach mir von meiner Heimat.«

»Hat sie von uns allen erzählt?« fragte Jade harmlos verschmitzt; sie mußte etwas herausbekommen und lauerte darauf wie die Katze vor einem Mauseloch.

»Als ich euch sah«, antwortete May-li, »wußte ich gleich, wie jeder einzelne heißt.«

Jade macht sich auf einmal, ganz ohne Not, mit ihrem Knaben zu schaffen, zieht ihn an sich heran, glättet sein Haar. Sie entdeckt sogar ein Stäubchen in einem Augenwinkel und muß es unbedingt entfernen. Und dann, mit einem Ruck, fragt sie und sieht May-li scharf in die Augen: »Hat sie vielleicht einen Brief gezeigt, den ich geschrieben habe?«

May-li hält den Blick ruhig aus und antwortet klar: »Ich kenne den Brief.«

Und da sie noch immer nicht wegschaut, verliert auch Jade jede Scheu vor der Fremden.

»Er hat dich geliebt, sobald er dich sah«, sagt Jade.

»Manche Männer sind so«, sagt May-li. Sie versucht ein Lächeln. Seltsam, wie steif ihre Lippen sind!

»Er ist nicht wie jeder Mann«, wirft Jade unbeirrt ein. »Er liebt dich. Ich muß es sagen – der Himmel verlangt es von mir. Was soll ich ihm antworten?«

May-li blickt in Jades schmale, langgezogene Augen. Wie schön sie sind, muß sie denken, und Jade blickt in May-lis tiefschwarze Augensterne und denkt: Wie rein sie ist, wie beherzt und warm! Und so bewundert jede das Wesen und Bild der andern so neidlos, so hingegeben, wie keine gewöhnliche Frau es vermag. »Wie groß du bist«, staunt Jade, »viel größer als ich!«

»Zu groß!« lächelt May-li sie an.

»Große Frauen gefallen ihm.« Jade streckt ihre Hand aus. Ihre Fingerspitzen rühren an May-lis schmale, kräftige Rechte. Und wieder fragt sie behutsam und sanft: »Was soll ich ihm sagen?«

Da greift May-li in die Falten ihres Gewandes und zieht ein schimmerndes Stück Seide heraus. Es ist sorgfältig zusammengelegt, so daß es nur wenig Raum einnimmt. Sie schüttelt es auseinander, und es entfaltet sich, wird zur Fahne; auf blutrotem Grund eine Sonne, rein und weiß: die Flagge des freien Volkes. Niemand darf sie hier zeigen; nur wenige Wagemutige halten sie noch bei sich verborgen; denn jeder, bei dem sie der Feind findet, ist des Todes.

»Die freie Fahne«, flüstert Jade, »du bist so tollkühn wie er!«

»Sage ihm, ich gehe ins freie Land«, sagt May-li und legt das Banner in Jades Hand, »sag ihm, ich gehe nach Kunming.«

XIX

May-li ist gegangen. Jade sitzt in Gedanken versunken.

Sie betrachtet das spielende Kind zu ihren Füßen ... sie spürt das sich regende Kind unter ihrem Herzen. Sie freut sich an beiden, und dennoch beschleicht sie etwas wie Neid auf das freie, hochgewachsene junge Weib. Ihr Herz pocht an die zusammengefaltete seidene Fahne.

Wenn wir im freien Land geblieben wären, geht ihr durch den Sinn, wir hätten Großes vollbracht! Er aber hat die Rückkehr gewählt.

Sie sieht, wie eng ihr Leben in diesen Mauern geworden ist, wie wenig Zeit ihr neben der Hausarbeit und der Pflege des Sohnes bleibt. Sie hat keine Zeit mehr, Bücher zu lesen, kein Geld, sich ein neues Buch anzuschaffen – es gibt ja auch keine mehr. Die Druckschriften, die noch zum Verkaufe stehen, sind vom Feinde geschrieben ... Lügen ... Überall kann man jetzt sehen, wie Menschen, denen von Urahnenzeit her die Ehrfurcht vor jedem mit Schriftzeichen bedruckten Blatt eingepflanzt ist, diese feindlichen Lügenpapiere verbrennen. Die rückhaltlose Verehrung für Wissen und Wissenschaft ist in Rauch aufgegangen . . . Und ich sitze hier müßig herum und tauge zu nichts als zum Gebären, denkt Jade fast schmerzlich. Auf ihrer Haut brennt die Fahne der Freiheit.

Wie die anderen am Mittag heimkehren, hat Jade das dampfende Mahl bereit. Mit wenig Salz und noch weniger Öl hat sie aus dem armseligen Zeug, das heute noch der Ernährung dient, das Beste herausgeholt. Aber obwohl sie ihnen als Zukost eine freudige Neuigkeit verheißt, entgeht Lao Er nicht, daß ihr Lächeln dabei überschattet ist. Sobald er mit ihr allein ist, will er sie fragen, woher dieser Schatten rührt . . .

Während des Essens erzählt Jade freudig bewegt von May-lis Besuch, und alle erörtern ihn in seiner Bedeutung für Zukunft und Gegenwart. Sie weiden sich am Anblick der seidenen Fahne und wagen doch nicht, sie dazubehalten. »In den geheimen Raum!« ordnet Ling Tan an. »Dort mag sie ruhen; denn wenn sie die Falltür entdecken, müssen wir sterben, mit oder ohne Fahne.«

Während Lao Er, dem Geheiß des Vaters folgend, die freie Fahne hinabbringt, steigen Ling Sao andere Bedenken auf. Etwas gefällt ihr an der Geschichte nicht. »Meint sie vielleicht, mein Sohn soll ihr nachlaufen?« fragt sie beleidigt. »Was ist das für eine Schwiegertochter? Hat man je gehört, daß ein Mann auf die Suche nach einer Frau geht? Die Frau hat zu ihm zu kommen.«

Ling Tan setzt die Eßschale ab.

»Da kannst du sicher sein«, spricht er mit vollem Mund, »eine Schwiegertochter wird diese Frau nie«

und ißt weiter, denn er hat Hunger. Oh, das sind Zeiten! Den rechten Daumen würde er jetzt mitunter für ein Stück Fleisch hergeben, wie er es früher bekam, wenn er in der Stadt Reis oder Gemüse verkauft hatte. Ein Glück, daß Jade eine geschickte Köchin ist; aus nichts macht sie noch etwas!

»Wie kann ein Weib meinen Sohn heiraten, ohne meine Schwiegertochter zu werden?« fragt Ling Sao streitsüchtig.

»Wenn er mit ihr verheiratet ist, wirst du es sehen«, grinst Ling Tan und schlappert weiter an Nudeln mit wildem Klee; denn dies ist ihre heutige Tagesmahlzeit.

»Dann ist sie kein Weib«, stellt Sao entrüstet fest, »dann kommt kein Enkel aus ihr. Ein Weib, dem man die Füße nicht bindet, so daß sie so lang werden wie bei der und sie darauf überall hinrennen kann und Schulen besuchen, so ein Weib ist kein Weib mehr: das sag' ich euch!«

»Immerhin ist sie noch so viel Weib, daß unser Sohn geschworen hat, er wolle sie oder keine«, neckt Tan sie, »da muß sie doch irgend etwas Weibliches an sich haben.«

»Wann weiß ein junger Mann, was er will?« giftet Ling Sao, »wär' sie bloß nie durch unser Tor eingetreten. Ein Teufel hat sie hergesandt, und just an dem Tag, wo unser Sohn hier war. Das nimmt ein böses Ende!«

»Jetzt höre auf!« Ling Tan verlor die Geduld, aber nicht die Weisheit des Alters. »Dich verdrießt nur, daß du nicht all deiner Söhne Weiber da haben sollst, wo du den Daumen draufhalten kannst. Ich aber sage dir: Es gibt welche, die kämpfen besser im freien Land, und andere wieder, solche wie wir, die stehen hier ihren Mann, auf unserem eigenen Boden. Ich sah es längst: Unser

Jüngster gehört in das freie Land. Laß ihn hinziehen, wohin es ihn treibt – wenn er nur unsern Feind schlägt!«

Das waren viele Worte für Ling Tan, und wenn er so gewichtig redete, widersprach ihm niemand in seinem Haus. Selbst seine hitzige Frau, so schwer es sie ankam, ordnete sich unter und schwieg, und nur ihre Gedanken bewegten sich weiter in anderer Richtung.

Tans Rede war aber noch nicht fertig. »Was dich angeht, du mein zweiter Sohn«, fuhr er fort, »mache dich nun auf den Weg und bringe deinem jüngeren Bruder die Botschaft! Bestelle ihm auch, es sei mir nicht möglich, ihr nach Kunming ins freie Land zu folgen und dort für ihn um sie zu werben; denn keinem Menschen zuliebe darf ich mein Land verlassen. Seine Füße jedoch sind unstet und nirgends gebunden; drum möge er tun, was ihm gefällt! Und noch eines: Wenn er sich dazu entschließt und davongeht, möge er uns ein Wort zukommen lassen! Und er soll nicht jahrelang fernbleiben, ohne uns einmal Nachricht zu geben.«

Lao Er neigte gehorsam sein Haupt. Das Mahl war beendet.

»Ich gehe erst morgen den Bruder suchen. Heute will ich mit meinem Vater das Weizenfeld fertig bestellen«, sagte er zu Jade.

Sie nickte und lächelte müde. Lao Er ging hinaus auf das Feld.

Den ganzen Nachmittag über ist Jade still und in sich gekehrt, und Ling Sao läßt sie gewähren und setzt sich neben die Schweigsame. Das kommt von dem Kind, sagt sie sich, das drückt. Emsig dreht sie den Baumwollfaden um ihre Spindel; Baumwolle ist jetzt schwer erhältlich, und Sao sammelt und spart, soviel sie nur kann.

Kein Faden, kein Stück wird mehr verkauft, man braucht alles selbst für Winterkleidung und für das Kind, das jetzt kommen soll!

Die Alte dreht ihre Spindel, befeuchtet zuweilen drei Finger mit ihrem Speichel, damit der Faden geschmeidiger wird und nicht abreißt, und erzählt dabei Jade, wie ihre sechs Geburten verliefen, jede anders, und Jade hört zu. Auf dem Feld arbeitet ihr Mann mit Ling Tan. Es geht zur Zeit den Bauern ein wenig besser, soweit sie noch da sind; denn viele sind tot oder in das freie Land geflüchtet. Doch sowenig Bauern auch noch vorhanden sind, der Feind schickt immer noch welche zur harten Zwangsarbeit oder in den Tod. Lebensmittel bekommt er auch dadurch keine.

Ling Tan behält, während er schafft, die Straße scharf im Auge. Sobald er einen Feind sieht, wird er den Sohn warnen, der hinter den Büschen am Werk ist. Dann wird Lao Er ins Haus eilen und sich mit Weib und Kind unter der Erde verbergen, bis die Luft wieder rein ist; denn von dem Feind hat man nur das Schlimmste zu erwarten. Noch immer! Trotz aller Schliche des Landvolkes reißt er über ein Drittel des Bodenertrages an sich, und die Steuern und Abgaben sind ungeheuerlich. Ling Tan verflucht sie; und sein Fluch scheint wirksam zu sein. Die feindliche Verwaltung hat von dem Raub keinen Nutzen; die Beute gelangt nicht bis oben hinauf. Die Kleinen, die Gründlinge, fressen fast alles vorweg. Die kleinen Vögte sind immer die schlimmsten. Nie saßen jemals so gierig gefräßige Herren einem Volk im Nacken. Für Geld war dieser feindliche Klüngel zu allem zu haben, und wenn ein Einheimischer Waren einkaufen oder schmuggeln wollte – es ging! Nur mußte er vorher genügend Feindeshände mit Geld füllen. Sogar die Schußwaffen der Berg-Männer wurden in letzter Zeit aus fremden Ländern durch gewisse Feinde hereingeschmuggelt, die nur auf den eigenen Nutzen bedacht waren und fremdes Geld mehr liebten als ihre eigenen Stammesbrüder. Sofern nur genügend viel Silberlinge in die Hände feindlicher Wachen flossen, konnte man ausländische Kanonen ungehindert vom Meer den Strom hinauf in das freie Land einführen. Wie aller Welt war diese Tatsache auch Ling Tan bekannt, und er begrüßte sie freudigen Herzens. Gut . . . gut . . ., dachte er, und wenn sie noch so wild mit den Zähnen knirschen – diese Verderbtheit beweist uns, daß der Tag kommt, an dem der Feind so verfault ist, daß wir ihn überwinden und ins Meer werfen können.

»Auf den Tag warten wir«, sagt er seinem Sohne, »und bis zu dem Tag halte ich meinen Boden.«

»Es ist nichts«, meinte Jade, wandte die Augen ab und goß ihrem Mann vor dem Einschlafen einen Napf heißen Wassers ein; Tee war nur noch selten im Topf, meist tranken sie heißes Wasser.

»Doch! Es ist etwas, du hast etwas!« Lao Er nahm ihr den Teetopf aus der Hand und faßte sie um die Handgelenke. »Ich merke dir doch an, wenn dein Atem langsamer oder geschwinder geht – alles sehe ich dir an . . .«

»Du sollst mich nicht so beobachten!« Sie versuchte vergeblich, sich seinem Griff zu entziehen.

»Ich beobachte dich nicht, ich merke es, ohne dich anzusehen, ich spüre es in mir.«

Bald scherzend, bald befehlend setzte er ihr zu. Sie biß sich die zierliche Unterlippe, lachte und meinte, es sei wirklich nichts. Plötzlich fuhr sie mit dem Ärmel ihres Gewandes über ihre Augen und wischte sich die

Tränen weg; die kamen ihr jetzt, da sie ihrer schweren Stunde entgegensah, ohne daß sie es wollte, viel zu leicht. Da mußte sie nachgeben und gestand: »Ich habe heute gedacht ... ich bin jetzt nicht mehr als das geringste Bauernweib, und wenn wir in dem freien Land geblieben wären – was hätten wir da alles leisten können! Dort wäre ich so viel nützlicher – du und ich gemeinsam ...«

»Es kommt daher, daß du diese Frau gesprochen hast«, sagte Lao Er.

»Ist das ein Unrecht«, rief Jade hitzig, »ist es von ihr oder mir eine Sünde, wenn sie in mir das Verlangen erregt, etwas Größeres zu vollbringen, als hinter diesen Mauern zu hocken und Kinder zu gebären?« Sie entzog sich ihm, und er ließ sie gewähren. Er fragte nur: »Ist das etwas Geringes, daß du mir Kinder gibst?«

Sie antwortete nicht. Auch Lao Er konnte nicht sprechen, nicht nur, weil er sich verletzt fühlte – mehr noch, weil ihm die Worte fehlten. Es ging ihm immer noch so: Er mußte zuerst mit seinen Gefühlen ins reine kommen; dann erst konnte er sie für Jade in Worte kleiden. Das rechte Gefühl war da, klar und deutlich; er wußte, sie hatte mit dem, was sie sagte, unrecht. Er rang mit seiner eigenen Einfalt. »Wäre ich nur gebildet!« murmelte er vor sich hin. Es war das Klügste, was er in diesem Augenblick sagen konnte. Es rührte sie. Ihren Mann konnte sie nicht tadeln hören, auch nicht von ihm selbst.

»Du bist schon recht«, begütigte sie.

Da wußte Er, daß er sich auf dem rechten Weg zu ihrem Herzen befand, und ging weiter: »Für mich und meine schwachen Begriffe leisten wir das Beste und Tapferste«, sprach er langsam und nur auf Wahrheit und Klarheit bedacht. »Es ist leicht, in das freie Land zu gehen. Man lebt dort sicher. Es ist nicht schwierig, dort Gewehre zu bekommen, Mitkämpfer zusammenzuziehen, sich über einen feindlichen Stützpunkt herzumachen und sich hierauf wieder zurückzuziehen. Es ist die einfachste Art, sein Leben zu wagen; denn das Leben wagen wir alle in diesen Tagen. Dort bringt es außerdem Ruhm – siehst du nicht, wie leicht es für meinen jüngeren Bruder wird, Ruhm und Ehre einzuheimsen? Wer aber erweist uns Ehre? Wer gibt uns Ruhm? Wir bleiben nur da, wo wir sind, und versuchen, so weiterzuleben, wie wir immer gelebt haben. Das ist unsere Kampfesweise: zu bleiben und keinen Verdruß, kein Leid zum Vorwand zu nehmen, um von hier wegzugehen. Ruhm ist dabei nicht zu gewinnen.« Er hielt inne und dachte nach. »Es ist nicht unmöglich, daß man uns später einmal auch dafür Ehre erweist«, brachte er langsam hervor, »aber ich weiß nicht . . . mir kommt's nicht auf Ruhm an, solange wir das Land halten.«

»Aber das Land gehört doch dem Feind, wenn er darüber herrscht«, wandte sie traurig ein.

»Das Land gehört denen, die es bebauen«, erklärte Lao Er bedächtig. »Erst wenn uns der Feind von unserem Boden vertreibt und selber kommt, ihn zu bestellen, zu säen, zu ernten, dann – aber da wird er vorher mit uns zu kämpfen haben!«

Da Jade schwieg, fuhr er fort: »Du, wenn du ein Kind gebärst, gebärst du eine Kraft, die am Land festhält. Kann das denn eine andere als so ein Weib wie du? Wir Männer, wir können für Unterhalt sorgen, aber können wir Männer schaffen, die einmal unsere Stelle einnehmen? Das tut ihr, und was ihr auf diese Art leistet, ist etwas, was getan werden muß, wenn unser Volk leben will. Wenn unsere Frauen keine Kinder mehr austragen – können wir dann noch leben?«

Sie sitzt sehr still, hört die Worte von seinen Lippen so langsam und sorgsam gesprochen, als fürchte er, sie zu entstellen: »Wenn du unser Kind auf die Welt bringst und aufziehst, hältst du unser Land durch unser Kind.«

Das ist alles. Er vermag nichts weiter zu sagen. Er ist so abgespannt, als käme er aus einem Gefecht.

Er hat einen Kampf gekämpft und hat gesiegt.

Jade weiß, er hat recht.

Wer aber hat sich während all dieser Begebenheiten mit dem ältesten Sohn beschäftigt? Wer fragte auch nur ein einziges Mal: Wo ist Lao Ta?

Er tut in den Bergen seine einfache Pflicht. Er stellt seine Fallen, bald da und bald dort. Er fängt etliche Male im Monat ein paar Feinde, freilich nicht mehr so viele wie früher. Der Feind ist wachsam geworden und hütet sich immer mehr vor gefährlichen Straßen, verdächtigen Wegen. Lao Ta muß seinen Kopf anstrengen, um neue Fallen auszudenken, günstigere Orte dafür zu suchen, und legt dabei große Tapferkeit an den Tag. Immer näher rückt er mit seinen Fallen den Mauern der Stadt, so daß sich auch immer häufiger andere Leute als Feinde darin verfangen. Wenn das der Fall ist und er bei seinem Rundgang im Morgengrauen auf dem Boden der Fanggrube einen verzweifelt fluchenden Bauern, Bettler oder Hausierer entdeckt, hilft er ihm eilig heraus, und der Befreite verzeiht und flucht ihm nicht länger; denn er weiß, für wen die Falle gestellt war, und Lao Ta geht weiter auf Feindesfang.

Seit einigen Tagen ist er im tiefsten verstimmt. Er spricht zu niemand darüber, aber er fühlt sich zurückgesetzt; alles dreht sich nur um den jüngsten Bruder und seine Heirat! Und doch ist er der Älteste; es ist nicht in Ordnung, daß der Jüngste vor ihm eine Frau bekommt! Vater und Mutter hätten die heilige Pflicht, zuerst ihm ein Weib zuzuführen!

Als Lao San durch Lao Er den Bescheid seiner Göttin erhielt, machte er sich sogleich unter großem Getöse bereit, nach dem freien Land zu ziehen. Seine ganze Gefolgschaft wollte er mit sich führen, und alle Mannen, soweit sie nicht mit zu großem Familienanhang belastet waren, stimmten begeistert zu. Auch ihn, seinen ältesten Bruder, entbot er zu sich und sprach zu ihm wie ein großer Kriegsherr: »Willst du mit mir, mein Bruder, ins freie Land? Wenn du willens bist, mir zu folgen, geh und sage meinen Eltern, ich hätte es dich geheißen! Mein Wort darauf, daß es dir gutgehen wird!«

Das war eine Sprache, die Lao Ta gründlich mißfiel. Entgegen der guten Sitte hatte ihn Lao San nicht mit »mein älterer Bruder« angeredet. Sollte der Älteste sich dem jüngsten Sohn der Familie unterordnen? Nein, weder mit seines Bruders Vorhaben noch mit jener Frau wollte er etwas zu tun haben. »Dem Feind Fallen stellen und Fanggruben graben kann ich am besten«, antwortete er Lao San, »was soll ich im freien Land, wo keine Feinde sind?«

Der jüngste Bruder warf ihm einen finsteren Blick zu. »Willst du damit andeuten, ich ginge dorthin, weil es dort keine Feinde gibt?« fragte er in auflodernderm Zorn.

Lao Ta lächelte etwas hämisch. »Ich höre, du gehst, weil dort ein Weib auf dich wartet. Ob sie ein Feind ist oder nicht, kann ich nicht wissen.«

»Wenn sie es wäre – ginge sie dann in das freie

Land?« fuhr Lao San auf. Lao Er hat ihm von der seidenen Fahne erzählt; doch hatte der Vater es nicht geduldet, daß er sie mit in die Berge nahm, damit sie bei einer der häufig vorkommenden Durchsuchungen unterwegs nicht gefunden werde und dem Überbringer Unheil bringe. Doch allein schon das Wissen um dieses Geschenk genügte dem Hauptmann, an die Geliebte zu glauben. Das erklärte er Lao Ta.

Dieser jedoch zuckte die Achseln: »Ich kenne sie nicht, ich weiß nichts von ihr; ich bin zu dumm dafür.« Und ehe noch der jüngere Bruder geantwortet hatte, machte er kehrt und ging wieder an sein Geschäft.

In ihm jedoch gärte es; tagelang ließ er sich nicht im Haus seines Vaters blicken. Daß man ihm weder Nachricht sandte noch fragen ließ, warum er nicht komme, verletzte seinen Stolz. Wer kümmert sich darum, ob ich am Leben bin oder tot? bohrte es in ihm, und seine Gedanken schweiften zu seinen toten Kindern, die seine letzte Lebensfreude mit sich genommen hatten. Er dachte an Orchidee, wie lieb sie immer zu ihm gewesen, wie fröhlich und warm! Und jetzt war er einsam und unbeweibt! Wo sollte er in diesen Zeitläuften eine Frau hernehmen, die Orchidees Platz einnehmen könnte? Gern hätte er eine gewußt: Er war bereit – aber nie werde ich meine Mutter oder den Vater darum bitten, mir dabei zu helfen, sagte er sich; wenn ihnen so wenig an mir liegt, daß sie ihre Elternpflichten vergessen – ich werde sie nicht darum anflehen; ich müßte mich sonst vor mir selbst schämen!

Er war bereit, ein neues Leben anzufangen. Er wünschte sich wieder eine Frau und Kinder, und unbewußt begann er, sich umzusehen. Wo aber sollte er hier auf dem Land ein passendes Weib finden? Es gab nur alte und kranke oder solche, die vom Feind angefault und verdorben waren – ein Buhlweib wollte er nicht!

Eines Tages führte der blinde Zufall ihm eine Frau zu.

Es war ein Weib, wie er es früher nicht angesehen hätte; aber wenn ein Mann einmal so weit ist, wie er war, findet er jede Frau recht, wenn sie nur sauber ist und heile Gliedmaßen hat.

Auf folgende Weise machte er ihre Bekanntschaft.

An einer neuen Straße in einer Gegend, in die der Feind, wie er vernommen, in den nächsten Tagen Steuereintreiber senden wollte, hatte er eine neuartige Fanggrube gegraben. Sie war sehr tief. Die darüberliegenden festen Bohlen waren mit großen Steinen beschwert und schwebten zugleich so leicht auf ihrer einzigen Stütze, daß schon ein leichtes Übergewicht ihren Einsturz bewirken mußte. Nachdem er seine Arbeit beendet hatte, entfernte er sich und warnte die Bewohner der Umgegend, den Weg nicht eher zu benutzen, als bis der Feind in die Grube gefallen sei. Und alle waren ihm für seine Arbeit und Mitteilung dankbar.

Als er am folgenden Morgen die Falle nachsah, fand er drinnen ein tränenersticktes Weib. Sie hatte die ganze Nacht in der Grube verbracht, und weil infolge der Warnung kein Landbewohner des Weges gekommen war, hatte niemand ihre Hilferufe gehört.

Nun spähte Lao Ta in die dämmrige Tiefe hinab, und als er erkannte, daß es kein Feind war, was er gefangen hatte, rief er hinunter: »Wartet, ich hol' Euch herauf!« und sprang hilfsbereit in die Grube.

Das Weib war nicht mehr jung, doch ihr Gesicht war voll, ihr Mund kindlich, und die Augen waren vom Weinen rot und geschwollen. »Ich bin vor Angst fast gestorben«, jammerte sie. – »Ein unglücklicher Zufall hat Euch des Weges geführt«, sagte Lao Ta. »Wie konnte ich ahnen ...?« Dabei half er ihr, ziehend und stoßend, herauf und auf die Beine.

Sie strich ihre Kleider zurecht, dankte ihm für die Rettung und fragte, während sie sich das tränenfeuchte Gesicht mit dem Rockzipfel trocknete: »Sagt mir, wo ich bin! Ich bin hier fremd. Meinen Mann hat der Feind getötet. Für den Fall seines Todes hatte er mir anbefohlen, das Dorf seiner Eltern aufzusuchen, daß sie sich meiner annehmen.« Sie nannte den Namen einer Ortschaft, von der Lao Ta nie gehört hatte.

»Ich glaube, Ihr habt Euch geirrt«, erklärte er ihr. »So ein Dorf gibt es hier nicht«, und als sie von neuem zu weinen begann, stand er ratlos da.

»Wo soll ich nur hin?« jammerte sie. »Mein Geld ist aufgebraucht; was soll ich anfangen? Der Feind ist zu Frauen schlecht. Wenn ich ihm jetzt in die Hände falle ...!« Sie warf Lao Ta einen flehenden Blick zu. »Ihr seid ein wackerer Mann; ich sehe es Euch an!«

Da dachte er bei sich: Ist nicht eine Frau wie die andere? Die hier macht mir einen sanften und guten Eindruck. Zwar ist sie Witwe, doch was kann sie dafür? Zu ihr aber sagte er nur: »Habt Ihr gegessen?« Und als sie die Frage verneinte, führte er sie, sobald er die Falle neu aufgebaut hatte, in die nächste Schenke und kaufte ihr dort zu essen. Doch nahm er nicht neben ihr Platz; das hätte ihn erniedrigt und sie bloßgestellt, sondern setzte sich an einen andern Tisch und beobachtete sie nur unmerklich von der Seite her. Er dachte: Hat am Ende der Himmel sie mir in meine Falle geschickt?

Als sie mit Essen fertig war, forderte er sie auf, ihm zu folgen. Er nahm all seinen Mut zusammen, aber wenn sie nicht so verzweifelt und auf jede Weise bemüht gewesen wäre, ihm für seine Güte zu danken und zu gefallen, hätte er sich schwerlich getraut, ihr zu sagen: »Zum Haus meines Vaters ist es von hier nur ein Tagesmarsch. Meine Mutter ist eine gute Frau. Soll ich Euch hinbringen?«

Warum hätte die Unglückliche nicht einverstanden sein sollen, da sie keinen Unterschlupf wußte? Dankbaren Herzens erwiderte sie: »Wie sollte ich das Anerbieten eines Mannes zurückweisen, in dessen Hand mich der Himmel gegeben hat?«

Ohne ein weiteres Wort schlug Lao Ta den Weg nach Ling-Dorf ein, und die Frau lief getreulich hinter ihm her. In der Hand trug sie ihre Habseligkeiten, die in ein großes blaues Tuch eingebündelt waren.

Viele Wegmeilen sagte er nichts zu ihr, und da er nicht sprach, redete sie auch nichts. Nur ihren Schritt hörte er hinter sich. Wenn sie weiter nichts sagt, werde ich sprechen, ehe ich noch das Haus meiner Mutter erreiche. Wenn ich ein Weib mitbringe, muß ich auch einen Grund angeben.

Als Ling-Dorf in Sicht kam, machte er halt, faßte abermals Mut, drehte sich nach dem Weib um und sagte mit trockenem Mund, weil er gezwungen war, für sich selber zu sprechen: »Ich habe mein Weib und meine beiden Kinder verloren. Ihr habt Euren Gatten verloren. Sind wir nicht zwei Hälften? Wenn wir zusammenkommen, bilden wir dann nicht ein Ganzes?«

Die Frau war so erschöpft und verlangte so sehnlich nach einer Unterkunft, daß sie keinen Mann abgewiesen hätte. »Wenn Ihr mich wollt . . .«, lautete ihre Antwort.

Da nickte Lao Ta, und ohne weiter zu verhandeln, näherten sie sich dem Haus seines Vaters.

Sie hätten sich zu ihrem Einzug kaum einen ungeeigneteren Augenblick aussuchen können. Am frühen Vormittag hatten bei Jade die Wehen begonnen und sich während des ganzen Tages fortgesetzt.

Das Kind aber blieb im Mutterleib und wollte ihn nicht verlassen. Lao Er war verzweifelt.

Ling Sao stand Jade in ihren Kindsnöten bei; auch alle Weiber vom Dorf waren um sie versammelt, und jede gab an, was sie selber in diesem Fall täte.

Jeder Ratschlag war schon befolgt, aber noch immer war das Kind nicht geboren. Jade entsank der Mut. »Das Kind ist zu groß . . .«, stöhnte sie und dachte, sie könne es nimmer zur Welt bringen.

Als nun Ling Sao auch noch den ältesten Sohn mit einer Frau ankommen sah, hatte sie weder Lust noch Zeit, sich mit seinen Angelegenheiten zu beschäftigen. Von dem, was sie hinter sich hatte und alles noch vor sich sah, war sie in einer furchtbaren Laune. Doch Lao Ta, der in seiner Einfalt nichts anderes dachte und sah als sich selbst, entfuhren beim Anblick der Mutter die Worte: »Mutter, dies Weib hier ist deine neue Schwiegertochter!«

Da schrie Ling Sao entsetzt: »Sprich mir von keiner Schwiegertochter! Nur Bitternis hab' ich von den Schwiegertöchtern zu kosten bekommen! Jetzt wieder Jade, die ihr Kind nicht gebären will; es ist zum Verrücktwerden! Nichts als Verdruß hat man mit seinen Kindern und Kindeskindern, hör mir bloß auf mit den Schwiegertöchtern!«

Das also schnöde mißachtete Weib hatte genug Erfahrungen hinter sich, um zu erkennen, wo und wie sie ihr Glück machen könne. Das Dorf hatte ihr auf den ersten Blick zugesagt, und das Besitztum Ling Tans, der

Hof und das Haus gefielen ihr noch besser. Eine günstigere Gelegenheit konnte eine in ihrem Alter unmöglich erwarten. Ihr guter Stern hatte sie in die Falle geraten lassen; und nun galt es, das Glück beim Zipfel zu fassen und den schlimmen Zeiten dankbar zu sein, daß sie ihr einen so kräftigen Mann bescherten, der mindestens zehn Jahre jünger war als sie! Als Ältere mußte sie nun an seiner Statt handeln und eingreifen.

Trotz ihrer Müdigkeit legte sie rasch ihr Bündel beiseite, strich sich das Haar glatt und sprach in liebenswürdigem, sanftem Ton: »Ich kenne meinen geringen Wert und möchte nicht keck erscheinen; doch oft schon habe ich Weiber entbunden. Mag sein, daß ich Euch von Nutzen sein kann. Ja, warum hätte mich sonst der Himmel in dieses Haus gesandt, welches ich niemals vordem gesehen habe?«

»Kommt mit!« schrie Ling Sao, die kein Wort, außer dem, was sie brauchte, von der feierlichen Rede verstanden hatte, packte die Unbekannte beim Handgelenk und zog sie zu Jades Kindsbett. »Hier ist eine, die schickt der Himmel, daß sie dir helfen soll!« rief sie aufgeregt: »Mut! Fasse Mut!«

Die Fremde krempelte ihre Ärmel hoch, lächelte Jade ermutigend an, streifte ihr das Gewand in die Höhe und fing vorsichtig an, ihr Bauch und Lenden zu kneten.

Sei es nun, daß das neue Gesicht sie ermutigte, sei es, daß das sanfte Reiben, Streichen und Kneten ihr Linderung verschaffte, jedenfalls fühlte sich Jade von neuem belebt, schöpfte Atem und Kraft und bemühte sich wieder.

Mit grenzenloser Geduld feuerte das fremde Weib Jade mit schmeichelnden Worten an und ließ nicht lokker, bis die Kreißende rief: »Das Kind hat sich vorwärts bewegt!«

Alle standen gespannt. Jade fiel in heftige Wehen. Die Wehmutter griff mit Hand und Arm in sie hinein. »Ich fühle den Kopf eines Knaben!« schrie sie verzückt, ein Ausruf, der alle mit neuer Zuversicht erfüllte. Nun, da es ein Sohn sei, müsse Jade ihr Äußerstes tun, drängte Ling Sao. Die Hebamme aber zog mit sanfter Gewalt und kundiger Hand so lange, bis dem zähen Kind nichts übrigblieb, als endlich, wenn auch mit Widerstreben, ihr nachzugeben. Keine zwei Stunden waren vergangen, da war es glücklich geboren. Schon hatte Ling Sao ihr neues Enkelkind aufgenommen, da rief die Fremde, die weiter mit Jade beschäftigt war: »Da ist noch eines!« und stürzte sich mit verdoppeltem Eifer in ihre Arbeit, so daß kaum eine halbe Stunde danach, mitten in einem großen Erguß leuchtenden Blutes, ein zweites Kind aus Jade das Licht dieser Welt erblickte.

»O himmlische Gnade!« rief Ling Sao beseligt und streckte den Arm nach dem zweiten Enkelsohn aus. Und es waren zwei so gesunde Burschen, daß sie gemeinsam ein Krähen anstimmten, als seien sie schon eine Woche alt.

Wer durfte da noch bezweifeln, daß diese Fremde vom Himmel gesandt war?

Lao Ta hatte inzwischen dem Vater seinen Wunsch mitgeteilt, und so war dieser vorbereitet und hatte einen Entschluß gefaßt.

Ling Sao kauerte beim Feuerloch des Herdes, um für die Frau ein Essen zu wärmen. »Die Götter treiben mit uns ein närrisches Spiel«, rief sie dem Gatten zu: »Aus heiterem Himmel ein Weib wie dieses für meinen Sohn – nein, das hätte ich mir nie träumen lassen! Schicklich ist so etwas nicht.«

»Wäre es schicklich, unserem ältesten Sohn seinen Wunsch abzuschlagen?« versetzte Ling Tan, und da Sao aus dieser Antwort seine Geneigtheit erkannte, verschanzte sie sich hinter dem stärksten Bollwerk: »Wenn sie zum Kinderkriegen zu alt ist, darf er sie nicht nehmen. Was sollen wir in unserer Familie mit einer Frau, die kein Kind mehr zur Welt bringt!«

»Heut hat sie sogar zwei Kinder zur Welt gebracht«, stellte Ling Tan fest.

»So was gibt es nur einmal in hundert Jahren«, schlug Sao zurück und hatte schon ihren Plan. Als sie der Frau das Essen brachte, fragte sie in aller Höflichkeit, so wie man jeden Fremden befragt, wie alt sie sei.

»Ich weiß schon, ich bin zu alt«, gab die Fremde bekümmert zu, »ich bin sechsunddreißig Jahre alt.«

So gut ihr die Aufrichtigkeit der Fremden gefiel, sagte Ling Sao sich doch, sechsunddreißig ist wohl zu alt, obwohl ein fruchtbares Weib in dem Alter immer noch drei bis vier Kinder gebären könnte. Sie setzte daher ihr Verhör höflich fort: »Habt Ihr Kinder?«

Die Frau begann zu weinen. »Ich habe Kinder gehabt«, antwortete sie, »und es waren leichte Geburten. Aber ich habe sie alle fünf verloren – auf einen Schlag – in dem Krieg der fliegenden Boote. Da blieb mir nur noch mein Mann, und ihn verlor ich im Krieg der Soldaten. Er war Kesselflicker. So einer kann sich nicht immer daheim versteckt halten; sein Handwerk führt ihn auf alle Straßen. Da haben sie ihn denn geholt; damals, als es hieß, unser Distrikt müsse tausend Mann für die Armee im freien Land stellen, wo wir wohnten. Gleich haben sie ihn genommen, kein Wunder; er war ja so stark! Vom vielen Laufen und Schleppen waren seine Beine sehnig und fest. Ich dachte mir gleich, sie hätten ihn zu den Soldaten gepreßt, als er tagelang nicht heimkam. Dann gelang es ihm, mir Nachricht zu geben, wo er sei. Ich ging hin, ohne zu zögern. Aber ich fand ihn nicht, es waren da viele tausend Soldaten – und dann sagte man mir, er sei schon tot.«

»Ein Jammer«, murmelte Ling Sao mitfühlend, und ihr Mitleid machte sie nachgiebig.

Und sie erfüllte des ältesten Sohnes Bitte und nahm hin, was der Himmel beschert hatte.

XX

Ling Tans Haus stand wieder in Saft und Kraft, und obwohl der feindliche Druck unvermindert fortdauerte, ging das Leben weiter. Ein Ende der Fremdherrschaft war nicht abzusehen, und Tan ertrug gleich allen andern die ungerechtesten Steuerlasten, die grausamsten Heimsuchungen und kämpfte in jedem Frühjahr den Kampf gegen das Opium, das der Feind dem Land aufzwang.

Im Opiumkrieg war der Gegner bis jetzt siegreich geblieben. In der Stadt verkaufte er Opium um einundzwanzig Silberdollar die Unze. Für einen Menschen genügte täglich ein Silberdollar; er brauchte sich dann kein Essen zu kaufen. Die Zahl derer, die an Stelle von Speisen das Opium wählten, stieg stetig an. Auf allen Straßen standen Opiumpfeifen und Opiumlampen zum Verkauf, was man seit unvordenklichen Zeiten nicht mehr erlebt hatte. Und der Feind belegte jede Pfeife und jede Lampe mit einer Abgabe und beutete so die

Schwäche der Verzweifelten dreifach aus. Den Feinden selber war Opiumgenuß streng untersagt.

Kleider und Kleidungsstoffe kamen kaum mehr zum Verkauf; die Feinde eigneten sich alle derartigen Güter an. In ihren Händen befanden sich die Seidenspinnereien und die Vorräte an Mehl, Reis und Zement. Und da Tan nun mit ansehen mußte, wie der Feind aus allen Häusern, Speichern, Kellern und Läden Eisen und Erz aller Art und jeder Gestalt wegführte wie Nägel, Schlösser, Messer, Gabeln, Hacken, Spaten, soweit man sie nicht versteckt oder vergraben hatte, da dachte er in tiefem Ingrimm: Das einzige, was sie nicht in ihr verruchtes Land fortschleppen können, ist unsere Erde.

Da aber war es, als empöre sich der heimische Boden selbst gegen den ruchlosen Raub. Er ließ die Ernten zusammenschrumpfen, so daß sie nur noch die Hälfte ihres früheren Ertrages aufwiesen. Und Ling Tan sprach: »Der Feind hat den Krieg nicht erklärt, aber er führt ihn. Jetzt hat er den Frieden erklärt, aber er hält ihn nicht.« Und er haßte den Gegner um so heftiger, weil er, der seiner Lebtage ein aufrechter Mann war, nun im Alter zum Schweigen verdammt war.

Es kamen Zeiten, in denen die Empörung ihn zu ersticken drohte. Die Wut würgte ihn so, daß er keinen Bissen herunterbrachte und nichts ihn beruhigen konnte, weder der Anblick der Enkelkinder noch schmeichelnde Worte Ling Saos, noch irgend etwas, was er sein eigen nannte. »Wenn ich einmal einen der Feinde auf meinem Boden treffe«, sprach er zu seinem Weib, »dann ist es aus mit mir.« Das war kein leeres Gerede. Nichts konnte ihn trösten, kein Wohlbefinden, kein Behagen und keine Freude. »Es gibt für mich keine Freude mehr!« stöhnte er auf. »Wenn man nur ein

Körnchen Hoffnung hätte! Wenn ich ein Ende absehen könnte, läge es auch in weitester Ferne, daß wir uns eines Tages erheben und den Feind in die See drängen könnten! Aber uns bleibt ja nichts übrig als auszuharren. Ward je ein Sieg nur durch Ausharren errungen?«

Hierauf wußte Ling Sao keine Auskunft und keine Antwort. Das war ihr das Furchtbarste. Denn wenn ihr Mann den Mut verlor und zusammensank, lag ihr ganzes Haus in Dunkel gehüllt. Auch die Söhne vermochten nichts gegen seine Niedergeschlagenheit auszurichten.

Im Spätsommer kam der Tag des Zusammenbruchs. Es war der finsterste Morgen, den Tan jemals erlebt hatte, und es war sein Geburtstagsmorgen.

In den guten alten Zeiten war dieser Tag stets für ganz Ling-Dorf ein Festtag gewesen; da hatte er die Freunde eingeladen und ein Mahl veranstaltet.

Seit Jahren hatte er sich in Gedanken mit seinem sechzigsten Geburtstag beschäftigt, denn der sechzigste ist der beste Geburtstag, den ein biederer Hausvater feiern kann, dem Söhne und Enkel beschert sind. Wären die Zeiten danach gewesen, so hätten sich an diesem Tag seine Nachkommen um ihn versammelt; es wären Stunden des Glücks und der Zufriedenheit gewesen. Er hätte neue Gewänder angelegt, hätte Gaben mancherlei Art empfangen und selber an alle im Haus Geldgeschenke verteilt! Jubel und Heiterkeit hätten geherrscht. Aber jetzt? War jetzt derlei denkbar?

Sein dritter Sohn lebte in weiter Ferne im freien Land; der älteste hauste in den Bergen. Ling Tan sah seinen Geburtstag näher und näher rücken; aber im ganzen Haus war nicht das kleinste Stück Fleisch und kein Geld, womit er es hätte kaufen können. Das wenige, was ihm geblieben war, mußte man ängstlich zusammenhalten, um die Familie notdürftig zu ernähren.

Es war ein endloser heißer Sommer gewesen, und da er nun in den Herbst überging, fühlte sich Ling Tan erschöpft, alt und leer. Das Dasein ward ihm zur Last. Nicht einmal an meinem Stück Land habe ich mehr Freude, grübelte er vor sich hin, während er durch die Fluren ging, um nach dem Stand der Reisernte zu sehen. Ist die Ernte gut, tut es mir weh; denn dann wird sie die Feinde ernähren. Ist sie mager, dann habe ich das Land schlecht behandelt, und es zürnt mir. An nichts kann man sich mehr freuen, solange sich dieser verruchte Feind gleich teuflischem Ungeziefer auf unserem Boden vermehrt. Zum erstenmal stiegen ihm Bedenken auf, ob er gut daran getan habe, auf seinem Grund auszuharren, von dessen Ertrag er jahraus, jahrein den Feind füttern mußte. Oh, das war bitter!

»Wenn nur irgendwo«, sagte er zu Lao Er, »irgendwo am Himmel ein Schimmer von Hoffnung auftauchte! So klein nur wie meine Hand! Nur eine einzige Hand, die sich uns hilfreich entgegenstreckt! Doch uns hilft ja niemand. Überall auf der Welt denken die Menschen nur an sich selbst!«

Selbst unwissende Bauern wie Tan wußten es nur zu gut, daß keines der vielen Länder der Erde ihnen offen zur Seite getreten war, keines ihnen in ihrem Verzweiflungskampf rückhaltlos Hilfe gewährte. Es war ihnen sogar schon zu Ohren gekommen, daß es selbst bei jenen Völkern, die sich als Freunde bezeichneten, immer noch Menschen gab, die – zu günstigen Preisen – dem Feind Waffen und anderen Kriegsbedarf verkauften. Tiefer Kummer erfüllte die treuen Herzen Ling Tans und seiner Gefährten, da sie erkannten, daß das Gefühl der Rechtschaffenheit unter den Menschen verschwunden war. Da taugte einer so wenig wie der andere. Auch wenn dieses Volk oder jenes sich selber des Kampfes enthielt – solange sie den Kriegsmachern ihre Waren mit Nutzen verkauften, waren sie um kein Haar besser als jene! Sie schmiedeten die Waffen, sie verkauften die Waffen und gaben sie denen, die sich ihrer gegen Unschuldige bedienten! Das alles wußte Ling Tan und wollte nicht länger auf Beistand hoffen; es gab keine Hilfe mehr.

Und da nun das fünfte Kriegsjahr zu Ende war, entsanken ihm die letzte Hoffnung, der letzte Mut. »Alle Menschen sind schlecht«, sagte er zu seinem Sohn. »Unter der Sonne lebt niemand mehr, der Unrecht von Recht unterscheidet. Da dem so ist, werden wir untergehen.«

Er verlor jede Eßlust. Er arbeitete kaum mehr. Das Ernten und Pflanzen, das ihn bis dahin am Leben und jung erhalten hatte, bereitete ihm kein Vergnügen mehr.

So weit ging diese Teilnahmslosigkeit, daß es Ling Sao einfach nicht mehr mit ansehen konnte und Todesangst sie befiel. Sie eilte in ihre Kammer, schloß die Tür hinter sich und vergoß bittere Tränen.

Der Sohn nahm sich der Mutter Leid sehr zu Herzen und sann und grübelte lange darüber nach, wo er etwas Gutes erfahren könnte, um es dem Vater zu melden.

Ich will zu dem alten Knochen, beschloß Lao Er; vielleicht, daß er etwas Gutes zu melden hat! Und ich will meinen Vater bitten, mit mir zu kommen. Wenn der Vetter etwas Erfreuliches zu berichten weiß, wird es der Vater mit eigenen Ohren vernehmen. Dann weiß er, daß ich ihm keinen Dunst vormache, nur um ihn aufzurichten!

Das war an Ling Tans sechzigstem Geburtstag.

Es gab keine Feier. Ihr Mahl bestand aus einem heimlich gefangenen und bis zum Augenblick des Verzehrs verborgen gehaltenen Fisch. Hinter verschlossenen Türen aßen sie ihn in Eile. Kaum aber war dies geschehen, da erhob sich der zweite Sohn und ermunterte seinen Vater: »Wollen wir uns am heutigen Tag nicht einige Stunden der Unterhaltung gönnen, mein Vater, und in der Stadt in das Teehaus zur Weide gehen, um unsern alten Vetter zu besuchen und wieder einmal zu hören, was er zu erzählen hat?«

Zwar zeigte Ling Tan keine Neigung dazu; doch als er sah, wieviel seinem Sohn daran gelegen war, hielt er die Absage, die ihm schon auf der Zunge schwebte, zurück und antwortete ihm: »Weil du es dir wünschest und heute mein Geburtstag ist, werde ich mit dir gehen, obwohl ich kein Verlangen danach verspüre.«

So geschah es, daß sich Ling Tan und sein Sohn zum zweitenmal unter die Besucher des Teehauses mischten.

Alles ging wie beim erstenmal. Sie betraten das Hinterzimmer, in welchem nach kurzer Zeit der alte Vetter erschien.

Er war ausgemergelter und benebelter denn je zuvor. Tan hätte sich getrost vor ihn hinstellen und ihm seinen Namen nennen können – der alte Gelehrte hätte nicht gewußt, wen er vor sich habe; so tief war er in die Nacht des ewigen Rausches versunken. Er besaß nur noch die Kraft, sein tägliches Geschäft zu vollbringen; denn davon allein hing es ab, ob er des unentbehrlichen Schlummersaftes teilhaftig wurde. Lange würde er ihn nicht mehr benötigen; das sah man ihm an.

Nun nahm er auf einem Sessel Platz und begann, in seinen Bart zu brummen, und zwar so leise, daß es

Mühe machte, ihn zu verstehen. Die Anwesenden aber spitzten die Ohren und hörten alsbald: »Ich habe euch gestern von einer Begegnung zwischen zwei mächtigen Weißen gesprochen. Auf dem Meer fand sie statt. Der Weiße kam aus dem Lande Mei, der andere aus Ying-Land. Sie saßen eine Zeitlang beisammen. Heute sprach der Weiße aus Ying.«

Der Vetter kramte in seiner Brusttasche und förderte einen Streifen braunen, befleckten Papiers und seine Hornbrille hervor, dann las er mit erhobener Stimme: »Die Prüfungen der besetzten Länder werden hart sein. Wir müssen ihnen Hoffnung geben. Wir müssen ihnen die Überzeugung geben, daß ihre Leiden und ihr Widerstand nicht umsonst sind. Der Stollen, durch den der Weg führt, mag finster und lang sein, aber an seinem Ende ist Licht.«

In dem altersdunklen, verwahrlosten und zerstörten Raum steht Ling Tan und trinkt die trostreich mutigen Worte. Sie fallen in sein verdurstendes Herz wie Samen in aufgepflügtes Brachland. »Wer ist der Mann, der das gesagt hat?« schreit er auf. »Ich war gestern nicht da – sag es mir heute!«

Der alte Vetter brauchte ihm nicht zu antworten. Andere waren bereit, begierig sogar, ihr Wissen mitzuteilen. Sie redeten durcheinander, erfüllt von der Hoffnung und dennoch von Zweifeln zernagt; denn sie hatten zu lange des Trostes geharrt. Und sie berichteten Tan, da seien endlich, endlich zwei Völker – das Mei-Volk und das Ying-Volk, und dieser eine führe für sie das Wort!

Ling Tan lauschte und sog jedes Wort in sich ein, und jedes schlug Wurzel in seinem Herzen. »Wenn diese zwei Völker gegen den Feind sind«, stieß er hervor, »sind sie dann nicht mit uns?«

»Sind sie dann nicht mit uns!!« wiederholten die anderen freudevoll.

Und plötzlich fühlte Ling Tan, wie aus der Tiefe langwieriger Qual heiße Tränen ihm in die Augen stiegen. Während all dieser bitteren Jahre hatte er nicht geweint. Er hatte den Verfall seines Hauses erlebt, das Jammerbild seines Dorfes und Tod auf allen Straßen gesehen und nicht geweint. Er konnte es selber nicht fassen, daß bei der ersten glückhaften Nachricht, die er seit Jahren empfing, seine Augen sich mit Tränen füllten. »Komm, laß uns gehen!« bat er seinen Sohn, und Lao Er geleitete ihn schweigend hinaus und aus der Stadt.

Das verfallene Gemäuer der verödeten Stadt liegt hinter Lao Er und Ling Tan. Ein steiniger Pfad windet sich alt und vertraut durch die Talsenke. Es ist Neumond. Schwarz stehen die Berge gegen den düsteren Himmel.

Des Sohnes Herz ist voller Zweifel und Unglauben. Es liegt ihm auf der Zunge, dem Vater zu sagen: Zähle lieber nicht auf Hilfe von draußen! Wo gibt es Menschen, die für nichts Hilfe leisten? Er spricht den Gedanken nicht aus. Er wartet darauf, daß der Vater zuerst etwas sage.

Aber Ling Tan bleibt stumm, und Lao Er hält es für besser, dem Vater die Hoffnung zu lassen. Ich bin jung, denkt er, ich brauche die Hoffnung nicht, denn ich lebe!

Mit kühlem Herzen, herb und verschlossen, läßt er den Alten vorangehen, sieht, wie der Vater den Blick zu den Sternen hebt und die Hand ausstreckt, um zu prüfen, woher der Wind weht.

Plötzlich dringt aus der Dunkelheit die Stimme des Sechzigjährigen: »Ist das nicht Hoffnung auf Regen . . .?« Sie haben seit Wochen auf Regen gewartet.

»Nur eine Hoffnung . . .«, antwortet Lao Er.

Pearl S. Buck

Ullstein